GW01607672

EVEREST

1063

BUKET UZUNER

Romancı, hikâyeci ve gezi yazarı. Hacettepe Üniversitesi, (Norveç) Bergen Üniversitesi, (ABD) Michigan Üniversitesi'nde biyoloji ve çevrebilim eğitimi aldı. (Finlandiya) Tampere Teknik Üniversitesi ve O.D.T.Ü'de araştırmacı olarak çalıştı, ders anlattı. Romanları on dile çevrilen Buket Uzuner 1996 yılında (ABD) Iowa Üniversitesi'nin (IWP) "onur üyesi" olmuş, 2004 yılında da ODTÜ Senatosu tarafında takdir belgesiyle onurlandırılmıştır. Yazar, 2016 yılında Ankara Üniversitesi ve Ankara Öykü Günleri Derneği'nce verilen "Öykü Onur Ödülü"nü almıştır. "İklim değişikliği" çevre sorunlarını ele aldığı ve Türk Mitolojisi'nden fantastik ögeler kullandığı 'TABİAT DÖRTLEMESİ' romanları "Su", "Toprak", "Hava" ve "Ateş" yayınlanmaya devam etmektedir. Yazar, Osmanlı gezgin kadınlarından "Zeynep Hanım" kitabına önsöz hazırlamıştır. Kuzey Sahra Afrikası, Kuzey Amerika, Kanada, Avrupa'da uzun tren yolculukları yapan Buket Uzuner'in bir çocuk kitabı da vardır.

Buket Uzuner'in kitapları

Roman:
İki Yeşil Susamuru, Anneleri, Babaları, Sevgilileri ve Diğerleri (1991)
Balık İzlerinin Sesi, (1993 Yunus Nadi Roman Ödülü) (1992)
Kumral Ada~Mavi Tuna (1998 İstanbul Üniversitesi İletişim Fakültesi Ödülü) (1997)
Uzun Beyaz Bulut - Gelibolu (2001)
İstanbullular (2007)
SU - Tabiat Dörtlemesi: *Uyumsuz Defne Kaman'ın Maceraları* (2012)
TOPRAK - Tabiat Dörtlemesi: *Uyumsuz Defne Kaman'ın Maceraları* (2015)

Hikâye:
Benim Adım Mayıs (1986)
Ayın En Çıplak Günü (1988)
Güneş Yiyen Çingene (1989)
Karayel Hüznü (1993)
Şairler Şehri (1994)
Şiirin Kızkardeşi Öykü (2003)
Yolda (2009)

Gezi:
Bir Siyah Saçlı Kadının Gezi Notları (1989)
Şehir Romantiğinin Günlüğü (1998)
New York Seyir Defteri (2000)

Biyografi:
Gümüş Yaz, Gümüş Kız (2002)

Deneme:
Selin ve Cem'le Yolculuklar (2004)
Benim Adım İstanbul (2011)

Çizgi Roman
İstanbullular (Ayşe Nur Ataysoy çizgileriyle-2011)

Çocuk:
AH Bir Çocuk Olsam! (2107)

BUKET UZUNER

UYUMSUZ DEFNE KAMAN'IN MACERALARI

SU

§

Yayın No **1063**
Türkçe Edebiyat **370**

Uyumsuz Defne Kaman'ın Maceraları/SU
Buket Uzuner

www.buketuzuner.com
e-posta: buketuzuner@buketuzuner.com
www.twitter.com/BuketUzuner

Kapak tasarımı: Utku Lomlu
Vinyetler: Buket Uzuner

1-2. Basım: Mart 2012-Ekim 2013
3-6. Basım: Haziran 2014, Mayıs-Kasım 2015
7. Basım: Ağustos 2016
8. Basım: Ekim 2016
9. Basım: Mart 2017
10. Basım: Temmuz 2017
11. Basım: Ocak 2018

ISBN: 978 - 605 - 141 - 003 - 6
Sertifika No: 10905

Baskı ve Cilt: Melisa Matbaacılık
Matbaa Sertifika No: 12088
Çiftehavuzlar Yolu Acar Sanayi Sitesi No: 8
Bayrampaşa/İstanbul
Tel: (0212) 674 97 23 Faks: (0212) 674 97 29

EVEREST YAYINLARI
Ticarethane Sokak No: 15 Cağaloğlu/İSTANBUL
Tel: (0212) 513 34 20-21 Faks: (0212) 512 33 76
e-posta: info@everestyayinlari.com
www.everestyayinlari.com
www.twitter.com/everestkitap
www.facebook.com/everestyayinlari
www.instagram.com/everestyayinlari

Bu romandaki karakterler kurgu, yaşayan insanlarla benzerliklerse tamamen tesadüftür. Romandaki olaylar bugün Anadolu'da yaşayan bütün kültürlerin günlük yaşamına sinmiş binlerce yıllık kadim Kaman geleneklerimizden ve Orta Asya ile Sibirya mitolojilerinden esinlenerek kurgulanmıştır.

Annem'e

"Aklın süsü dil, dilin süsü sözdür.
Kişinin süsü yüz, yüzün süsü gözdür."

Yusuf Has Hacib

Kutadgu Bilig: Mutluluk Bilgisi Kitabı'ndan

"Ben yazarken, taşları
kaldırıyorum ve altlarında
ne olduğunu gösteriyorum.
Zaman zaman taşların altından
canavar çıkıyorsa, benim suçum değil."

José Saramago

TEŞEKKÜR VE BİLGİ

Bu romanı yazarken yakından incelemek şansı bulup, çok sevdiğim *Kutadgu Bilig'in* (Mutluluk ve Devlet Bilgisi) bilinen üç orijinal nüshasından ilkini Uygur alfabesiyle Türkçe yazdığı düşünülen Yusuf Has Hacib ile bu önemli eseri 1947'de günümüz Türkçesine çeviren Prof. Reşit Rahmeti Arat'ı şükranla anmak istiyorum. Bugüne kadar Türkiye'de ve dünyada hak ettiği önemi ve sevgiyi göremeyen bu güzel eserin, romanda bir şifreler kitabıy*mış gibi* kullanılmasıyla özellikle gençler arasında ilgi göreceğini hayal ederek, Yusuf Has Hacib'e, Reşit Rahmeti Arat'a ve bu eser üzerinde çalışan yerli ve yabancı birçok değerli sosyal bilim insanına selâm ediyorum.

Kendileri artık hayatta olmadığı için birbirinden önemli çalışmaları hakkında karşılıklı konuşma şansı bulamadığım, ancak bu romanı yazarken kitaplarından yararlandığım bazı değerli araştırmacıları da burada anmak istiyorum: "Şamanizm" çalışmalarının 'baba'sı sayılan Mirea Eliade, "Sibirya ve Şamanlık" alanında çalışmalarıyla ünlü Wilhem Radloff, "Türklerin tarihinde Şamanizm" konusuyla Abdülkadir İnan, *Türklerin Tarihi, Pasifikten Akdeniz'e 2000 Yıl*, adlı çok güzel eseriyle Jean Paul Roux. Bunların yanı sıra, 'Manas Destanı'nı Türkiye Türkçesine çeviren Prof. Tuncer Gülensoy, *Kadın Şaman*'ın yazarı Prof. Fuzuli Bayat, *Bitki Mitosları*'nın yazarı Deniz Gezgin, *Kadın Şifacılar*'ın yazarı Jeanne Achterberg ve *Feminizm ve Doğaya Hükmetmek*'in yazarı Val Plumwood'u da anmadan geçemeyeceğim.

Romanın yazımı sırasında bana destek olan 'OCEANS Grubu' arkadaşlarım Gürkan, SevgiN, Sertan, Feyza, Ömürden, Özge E., Özge L., Aslı, Melis, Ayşe Nur ve Dano'ya, Türkmen köyündeki güzel ritüellerde bana rehberlik eden arkadaşım, yazar Ayşe Kilimci'ye, psikomitoloji konusunda yazdığı önemli kitabı *Deli Dumrul'un Bilinci* kadar, romanı okuyarak düşüncelerini de benimle paylaşan Prof. Bilgin Saydam'a, Orta Asya, Sibirya, Kafkaslar dâhil Türk dili ve kültürü üzerine yaptığı çalışmalarından ve *www.actaturcica.com* sitesinden yararlandığım Prof. Emine Gürsoy Naskali'ye, *Kutadgu Bilig* uzmanı Doç. Dr. Mesut Şen'e, Şamanizm uzmanı Dr. Göksel Öztürk'e konuya dair hep elimin altında tuttuğum *Şaman ve Türk Dünyası* adlı kitapları kadar 'Manas Anlatıcısı' konusundaki katkısı için Doç. Dr. Ali Faik Demir ve Doç. Dr. Nebahat Akgün Çomak'a, beni yunus konusunda sabırla bilgilendiren Türkiye'nin tek yunus Veteriner Hekimi Erdem Danyer'e, teknik konularda danıştığım Sahil Güvenlik Komutanlığı'ndan Teğmen Buluthan Yeşilay'a, '*Göklerin Bilgeliği*' katında SU'yun mânâ ve ehemmiyetini sık sık kulağıma küpe eden arkadaşım, Astrolog Hakan Kırkoğlu'na, yazma aşamasında bana misafirperverlikleriyle katkıda bulunan Cunda Edina Otel sahipleri Şaban ve Emina Erden'e, Kaş Phelles Seyahat'ten Osman Ayas'a, sınırsız kahve ikramıyla yazara kafein desteği sunan Moda Nero Kahve çalışanlarına, polislik mesleğiyle ilgili teknik yardım aldığım Kadıköy İlçe Emniyet Müdürlüğü'ne yazar Lawrence Block'un "Dedektif Matt Scudder" Dizisi romanlarını evime kadar yollamak inceliğini gösteren Oğlak Yayınları Genel Yayın Yönetmeni Senay Haznedaroğlu'na ve sabırlı, ciddi, samimi çalışmaları kadar günlerce süren yorucu ve uzun okumalarımızı, neredeyse 'izci pikniği' keyfine dönüştüren editör Sevengül Sönmez'e teşekkür ederim.

Romanda bahsi geçen Münir Nureddin Selçuk'un mâhur bestesi "Âşık'a Bağdat Sorulmaz"ın güftesi Vecdi Bingöl'e aittir. Romandaki *Kutadgu Bilig* göndermelerinde Kabalcı Yayınevi Eylül 2008 baskısı esas alınmıştır.

İÇİNDEKİLER

1. Kayıp Gazeteci Defne Kaman

Yaz, sevmeyenler için her yıl geçmesi beklenen bir hastalık gibidir.

İstanbul, bu temmuz şehre edepsizce zulmeden azgın bir yaza tamamen teslim olmuştu. Şiddetli nem şehri dev bir akvaryuma, İstanbulluları da bezginlikten kendi sivri dişlerinin gücünü unutan devasa bir lüfere dönüştürmüştü. Sıcak, o kadar şeytanca azapkârdı ki, şehri binlerce yıldır hiç terk etmeyen melekler, periler, azizler, ermişler, yatırlar, evliyâlar, hayaletler, gulyabânîler, öcüler, cinler, pagan tanrıçalar ve tanrılar, göze görünmez bütün ilâhi ve şerli varlıklar aksakallı dedeler, şifacı analar, ortalıktan çekilmiş masallara, efsane, menkıbe, destan, ninni, dua, sema, ilâhi, nefes, deyiş ve mânilere saklanmışlardı. Sıcağın etkisiyle bütün duyguların kıvamı bozulmuş, sünmüş, uzamış, kimsenin herhangi bir konuda başkasına sataşmaya hiç mecâli kalmamış; küstah, fanatik, kuralcı ve kavgacılar bile handiyse saygılı, edepli ve selim fânilere dönüşmeye başlamıştı. Sıcak, bütün diktatörlerden daha zâlimdir.

Bu sıcak yazın tam ortasında bir perşembe günü, öğle vaktinde yıllık iznine ayrılmaya saat sayan genç Komiser Ümit, Kadıköy Karakolu'nun giriş katında soldaki klimalı küçük odada üç kadını sorgulamaktaydı:

"Şimdi siz, kızınız kaybolduktan tam otuz dokuz saat sonra karakola kayıp şahıs müracaatı yaptığınızı kabul ediyorsunuz yani?" diye bir kez daha pek inanmamış bir sesle sordu. Masasının önündeki iki sandalye ve karşıdaki deri taklidi plastikle kaplı koltukta oturan, iyi giyimli, bakımlı ve güzel Türkçe konuşan üç kadının yüzünü, kayıp yakınları nedeniyle oluşmuş bir sıkıntı belirtisi arayarak, dikkatle yeniden süzdü. Ama bulamadı. Üç kuşaktan üç İstanbullu kadın, kayıp kızlarını aramak üzere bir karakolda bulunmaktan çok, bir akraba ziyaretine gelmiş kadar rahat, huzurlu ve sakin görünüyordu. İçlerinden en yaşlı olanı, kayıp şahsın anneannesi, kolundaki iri saate baktı ve sütliman bir gülümsemeyle onu yanıtladı: "Hayır, otuz dokuz değil, şu ân itibarıyla tam tamına kırk saat sonra Evlâdım: kırk!"

'Manyak bunlar be!' diye düşünen Komiser Ümit, hiç farkında olmadan kendi kol saatine baktı. Saat tam 12:45'ti. Yıllık izninin başlamasına az kalmıştı.

Yaşlı kadının kendi yaşıtlarına hiç benzemeyen bir hâli olduğu o daha odaya girerken dikkatini çekmişti. Kayıp kadının anneannesi, aklaşmış uzun saçlarını ne yaşıtları gibi boyayıp fönletmiş, ne yemeni veya eşarpla bağlamış, ne de üstüne türban takmıştı. Bunun yerine, ak saçlarını küçük kızlar gibi başının iki yanından sarkan iki saç örgüsü yapmış, uçlarını boncuklarla bağlamıştı. Yetmiş yaşlarında olmasına karşın, yaşından çok daha dinç ve sağlıklı görünen, orta boylu kadının, sırım gibi bedenine giydiği adaçayı renkli keten entarisinin eteğinden ve yarım kollarından Kızılderili giysilerindeki gibi uzun püsküller sarkıyordu. Kucağında beyaz hasır şapkası ve güneşe benzeyen turuncu yuvarlak hasır çantasını sımsıkı tutuyordu.

Kapıdaki polislerin söylediğine göre karakola bir taksiyle gelmişler ama 'Kalamış-Tatlı Huzur Taksi Durağı'na bağlı olan ticarî taksinin şoförü, bir özel şoför ilgisi ve iyi evlat saygısıyla bu yaşlı kadına karakolun kapısına kadar eşlik etmiş, abartılı sevgi gösterileri içinde onu çıkışta almak için beklemeye koyulmuştu. Onları karakola girişte dinleyip, Komiser Ümit'in odasına götüren polis memuru odadan çıkarken kulağına, "Şu genç ve güzel olan bayanı benim televizyonlarda görmüşlüğüm var Komserim, ama sanatçı mıydı, dizi oyuncusu muydu, çıkartamadım, gidip bi, araştıracağım. Sanırsam bu bayanlardan biri ya ünlü ya da önemli birinin karısı veya annesi, bilgi vereyim dedim, Komserim..." diye fısıldamıştı.

"Herhalde öyle olmalı?" diye ona hak verdi Ümit. Yoksa herhangi bir ev kadını ya da bir işçi kadın, kayıp kızını aramak için böyle rahatlıkla karakola gelemezdi.

Yaşlı kadın susunca, bu kez orta yaşlı kadın söze girdi: "Biliyorum, Komiser Bey, şimdi siz, kızım Defne Kaman'ın kayboluşunu karakola geç haber verdik diye bizim tuhaf olduğumuzu düşüneceksiniz ama aslında tuhaf olan biz değiliz, o!" dedi biraz sinirli bir sesle. Bu cehennem sıcağında ve kızı kayıpken saçlarını sapsarıya boyatıp, fönletip, ağır makyaj yapması, onun iddialı ve benbenci bir kişi olduğu duygusunu yarattı Ümit'te. Aynı zamanda, marka sahiplerinin gönüllü reklamcısı olan bütün tüketiciler gibi o da üstünde başında marka adları ve harfleri taşımayı, canlı bir reklam kuşağı gibi dolaşmayı kabullenmişti.

Sonunda, en fazla otuz beş yaşlarında gösteren en gençleri, şımartılmaya alışkın bir sesle en tutkulu konuşmayı yaptı: "Komiser Bey, Defne, çocukken de böyle uluorta kaybolur, ilgi çekmek için her türlü saçmalığı yapar, mânâsız soruları, oyunlarıyla bizi deli ederdi. Yani, sizin anlayacağınız, neden benimki herkesin kız kardeşi gibi normal değil diye çok bunaldığım olmuştur, inanın... Uyumsuzdur, hep uyumsuz oldu benim kardeşim maalesef! Bakın işte yine yaptı yapacağını, bu sıcakta döktü bizi yollara yani!" diye sanki Defne'den o sorumluymuşçasına biraz azarlar gibi bitirdi sözlerini. "Yok, Ayçöreği'ymiş de!" diye homurdanışı Komiser Ümit'in gözünden kaçmadı.

Kayıp Defne Kaman'ın ablası güzel bir kadındı. Son moda mini elbisesinin altında güneş yanığı güzel bacaklarını özgür bırakmış, sarıya boyalı uzun saçları ve sivri topuklu harem tarzı şık terliğiyle yarattığı seksi etki, o daha içeri girerken bütün karakolda hissedilmişti. Onun iki küçük çocuk annesi olduğuna inanmak güçtü ama zaten bunu henüz karakoldaki hiç kimse bilmiyordu. Ve eğer güneş gözlükleri 'çakma' değilse, komiserin en az bir maaşı ederdi.

Endişe ve korku ânlarında insanların öfkesini polisten çıkartmasına artık alışmış olan Komiser Ümit, kadının kendisine değil de kayıp kız kardeşine kızgın olduğunu ve bu öfkenin çocuklukta paylaşılmak istenmeyen ilgiye kadar uzanabileceğini düşündü. 'Eee, ne derler, polisler biraz da psikologdur!' diye içinden kendini sevdi, pohpohladı. Kadının homurdanarak bahsettiği 'ayçöreği'ni onun acıkmış olacağına bağladı, kendisinin de daha öğle yemeği yemediğini böylece hatırlayıp yutkundu.

"Tamam tamam, oralara hiç girmeyelim de, şimdi elimizde ne var ona bakalım biz!" dedi, önünde bilgisayar açık olmasına karşın kâğıtlara kalemle not alarak, "Eveeet, toparlıyorum: Kayıp şahıs: X gazetesi muhabiri Defne Kaman. Eşkal: yaş otuz altı. Orta boylu, uzun kızıl saçlı, çilli, yeşil gözlü, boşanmış, çocuksuz kadın. Salı gecesi Kadıköy İskelesi'nden saat 20:45'te bindiği Beşiktaş vapurundan inerken görülmemiştir. Arkadaşlar bunun Barış Manço Vapuru olduğunu öğrenmişler. Evet... Bu 20:45, Kadıköy'den son Beşiktaş vapuru değil mi? Neyse bunu da bir araştıralım... Eveet... Gazeteci Defne Kaman'ın ailesi: anneannesi Umay Otacı Bayülgen, annesi Ayten Bayülgen ve ablası Aysu

Ayten P. Kadıköy Karakolu'na bu olaydan tam kırk saat sonra kayıp başvurusunda bulunmuştur," diye yüksek sesle toparladı ama içinden, 'bunların soyadlarında da bir tuhaflık olduğu'nu düşünmeden edemedi.

"Yok!" dedi anneanne Umay, "Bir kere küçük torunum Defne henüz otuz beş yaşında bile yok, sonra gözleri yeşil değil çağla yeşilidir, kızıl saçları doğal ve dalgalıdır. Daha da önemlisi Defne, kadınlara 'boşanmış' denmesini hiç sevmez, zaten Medeni Kanun'da yapılan değişikliğe göre boşanmış kadınlara artık 'bekâr' denebiliyor Evlâdım."

"Ayrıca," diye araya giren annesi Ayten, "X gazetesi dediğiniz, öyle kıytırık bir şey değil! Türkiye'nin en büyük gazetesi ayol!" diye düzeltti.

"Aman cebime girsin!" diye alıngan bir sesle söylendi ablası Aysu: "Ya bu Defne benden dört yaş küçük değil mi, anneanne? Eee, nasıl oluyor da otuz dört diyorsun, anlamadım yani?"

"Hanımlar, hanımlar! Rica ederim konuyu dağıtmayın! Tamam, bir kere daha toparlıyoruz: Gazeteci Defne Kaman, otuz dört yaşında, doğal kızıl saçlı, çağla yeşili gözlü ve bekâr bir kadın, ama kayıp! Değil mi? Kayıp! Ka-yıp! Hımm? Önemli olan kayıp olması mı, değil mi?" diye artık sinirli bir sesle susturdu onları Komiser Ümit. Sonra ailesinin getirip masasının üzerine bıraktığı Defne Kaman'ın fotoğrafına alıcı gözle baktı. Gerçekten de anlatıldığı gibi, kızıl saçları iri dalgalarla omuzlarına akan, çilleri ve göz rengi tam olarak seçilmese de açık renk gözlü olduğu anlaşılan, orta boylu, narin, ince kemikli, otuzlarında bir kadın, bir büro masasında, büyük olasılıkla 21,5 inçlik bir bilgisayar monitörü önünde çalışırken kameraya âniden yakalanmış gibi afacan bir gülümsemeyle kendisine bakıyordu. Erkeklerin güzel kadından farklı olarak, 'hoş' diye tanımladıkları, yüzüne ve beden diline erkekler beğensin diye öne çıkan bir cinsellik yerine, zekânın ışıltısı, sadeliğin güzelliği ve hayatın enerjisi sinmiş kadınlardandı. Bu özelliklerin özgüven anlamına geldiğini sezen erkeklerin çekinerek kaçtığı bu tür kadınların çoğu gibi sade bir elbise giymişti. Mavi elbisesinin kollarından anneannesininki gibi püsküller sarkması belki de ailevî bir gelenekti?

"Evet, bu defa sahiden kayıp galiba..." diye kaygıyla mırıldanarak başını öne eğdi annesi: "Ayol bu kız, bu defa sahiden galiba anne?"

"Ne demek bu defa? Eğer bu Defne Hanım'ın sık sık şakadan kaybolma huyu varsa bunu bilmemiz gerekir, burası oyun bahçesi değil, hanımlar!"

Kadıköy İskelesi'nin hemen arkasında, ağaçlıklı bir bahçe içinde yeşillere saklanmış küçük karakolun giriş katında, solda yer alan küçük odada çalışan klimaya rağmen pencerenin dışında bütün şehri şiddetle sarsan sıcak hava serinlemeye fırsat bırakmayacak derecede otoriterdi. Hava o kadar nemli ve sıcaktı ki, klimanın serinlettiği bir mekânda bile pencerenin dışındaki cehennem, insanın huzurunu tamamen kaçırmaya yetiyordu. Bir yandan yıllık iznine çıkmaya saatleri sayan, öbür yandan daha öğle yemeği yemediği için sabırsızlanan Komiser Ümit, içini çekerek duvardaki Atatürk portresine baktı. Bunaldığında hep böyle yapar, onun içinde bulunduğu zor koşullara rağmen sonuna kadar dimdik mücadele ettiğini ve kazandığını anımsayınca ferahlar, enerji toplardı.

"Yok canımmm... Çocuksu şeylerdi onunkisi... Hani iyi niyetli, zeki her çocuğun yapacağı türden oyunlar severdi Defne! Küçüktü tabii o zamanlar..." dedi kızı ve torunları arasında en çok onu sevdiğini hiç saklamayan anneannesi.

"İyi niyetli her çocuk mu? E, pes yani anne! Ayol sen artık karıştırıyorsun galiba: senin akıllı, uslu, uyumlu olan çocuğun bendim. Hem sana hatırlatırım ki, Defne kızın değil, torunundu anne!"diye itiraz etti.

"Canım onlara kaybolma denmez Evlâdım, Defnemiz zaman zaman yer değiştirir, şekil değiştirir, gider, biraz dolaşır ama sonra gelir... Öyle bir hınzır kız işte... Zaten biz ona küçüklüğünden beri aile içinde 'Ayçöreği' deriz ya, o kadar sevimlidir yani!" diye araya girip mânâlı mânâlı gülümsedi anneanne Umay, Ümit'e bakarak. Sonra kızına döndü: "Hem nedir o torununDU, falan diye Dİ'li geçmiş anlatmalar Ayten? Sanki Defne geri dönmeyecekmiş gibi canım! Ben size hep ne derim? Çok ümitsiz kaldığınızda, bunalınca, içinizden sık sık, 'Nefes almaya devam et!' diyeceksiniz. Böyle dua edeceksiniz: Nefes almaya devam et! Bu dua sevdiklerinizi ve sizi hayatta tutar!" diye tatlı sert bir sesle uyardı kızını.

"Sen de hep onu korursun anneanne yaa!!!" diye mızıkçı bir çocuk sesiyle araya girdi Abla Aysu. "Yaa, kaç kere akşamın köründe, 'Ben şu ânda nereye gittiğini bilmediğim bir otobüse biniyorum, takip etmem gereken birine dair önemli bir işaret aldım. Beni merak etme, işim bitince döneceğim!' diye telefon açıp, zavallı kocası Dağhan'ın yüreğini ağzına getiren Defne değil miydi yani? Ayçöreği'ymiş haspam! Banaysa çatal çörek dediğini unutmadım ama..."

"Dağhan denen o hayta, kocası değil, eski kocası olacak, biir... İşi bitince, ne yazık ki, her defasında dönerdi o avareye, ikii. Değil mi Aysu?" diye torunun da ağzının payını yine tatlı-sert bir edayla verdi anneanne Umay.

"Hanımlar, hanımlar, size karakolda olduğunuzu hatırlatırım! Bakın burası aile içi anlaşmazlıklarınızı çözme yeri değil. Ortada bir kayıp şahıs var ve onun için burada rapor tutuyoruz, yani kendi şahsî meselelerinizi bırakıp bize doğru bilgi vermeniz kayıp şahıs açısından önemlidir!" diye yeniden araya girdi Komiser Ümit içini çekerek.

"Benim merak ettiğim, Defne Hanım'ın bir düşmanı var mıydı, işyerinde kendisine husumeti olan biri, bir meslektaşı falan? Sonra bu Dağhan dediğiniz eski kocası, intikam almak için onu kaçırmış olabilir mi meselâ? Eski kocaların karılarına yaptıklarını bir duysanız insanlığınızdan utanırsınız, inanın... Ayrıca yakın arkadaşları kimdir ve... Ve tabii bir de şu ânda gazetede hangi konu üzerinde çalıştığını bilmek bizim için yaşından, saçından ve başından daha önemlidir."

"Ay, o sünepe Dağhan iki yıl önce bir gün âniden çekip Himalayalar'a gitti ayol! Hayır, gitmişken Everest'e tırmansa iyi de, bizimki Budistlere karıştı! Gidiş o gidiş, o zamandan beri de haber yok kendisinden, çok şükür!" diye yüzünü buruşturdu Anne Ayten, eski damadından bahsederek.

"Aman onun ne arkadaşı olacak ki? Uyumsuz Defne'nin arkadaşları da tıpkı kendisi gibiydi, çocukluğundan beri nerde tuhaf, uçuk kaçık tip varsa eve toplardı! Nerdeyse bir çeşit 'Tutunamayanlar Galerisi!' Değil mi anne hıı? Hiçbirinden hazzetmedim hiç!.." diye bu kez ablası Aysu yüzünü buruşturdu. Bir top model gibi giyinip, bu sıcakta kim bilir kaç saat süslenmiş olduğunu düşündüren bu güzel kadın, konuşmaya başlayınca, taşıdığı seksi imgeye pek uymayan birine dönüşüyordu.

"Kaç kere 'Bahçeli Ev'e inip, biraz estetikle, modayla, 'trendy' işlerle uğraşsın diye konuştum onunla ama kızın ruhu uçrak... Acayip işte! Yok, ille kendisi gibi uyumsuz, sorunlu insanlarla ilgilenecek... Sokak hayvanlarını değil, sakat sokak hayvanlarını koruyacak meselâ! Sonra Allah'ın Japonya'sındaki Yunus katliamını protesto için yollara düşer, Japonya'da mitingde balıkçılar tarafından taşlanır, 'nükleersiz Türkiye' diye Sinoplara gider... Ya alla'sen, nükleer tesis Sinopluların umurunda değilken, sana ne be kızım! Bak şimdi yine, o kadın sığınma evleri, 'namus cinayetleri'ne iyice takmıştır kafayı Ayçöreğiniz, garanti..."

"Haa, bir de 'namus cinayetleri'ne 'erkek cinayetleri' adını vermiş*miş*! Ayol, sanki adını değiştirince adamlar tövbekâr olacaklar da!" diye onayladı onu annesi.

"Şimdi kadın sığınma evleri konusunda mı araştırma yapıyordu Defne Hanım?" diye birden kaşlarını çatarak çok önemli bir ipucu yakalamış gibi ortaya sordu Komiser Ümit, önündeki not kâğıdına iç içe daireler çizmeyi âniden keserek.

"Ya, sanki başka konu kalmadı da, bu kez hayvan keser gibi karılarını kesen o cellat heriflerin peşine düştü biricik kız kardeşim Defne Kaman! Hani yani insan kendi şiddete mâruz kalsa anlarım da... Ne annemizden bir fiske yedik ne anneannemizden tek tokat... E, baba deseniz, o zaten ortada yok, hâliyle!" Durup kendisine kötü kötü bakan annesini azarladı: "Yalan mı anne? Nedir bu Defne'nin kadına karşı şiddet konusundaki takıntısı, nedir bunun kadın sorunları saplantısı? Yani Defne'ye göre her şeyin ama her şeyin ortasından illâki cinsiyetçilik ve toplumsal cinsiyet sorunu geçer! Sanki töre cinayetleri merkezinde doğduk ve köyde büyüdük de!" diye sanki çoktandır birikmiş bir öfkeyle söylendi Aysu.

Onun kız kardeşine duyduğu açık kızgınlığı dikkatle gözlemleyen Komiser Ümit, böyle güzel bir kadının, fotoğrafta gördüğü çocuksu, sade, sevimli bir kız olan Defne Kaman'ı neden kıskanabileceğini düşündü, ama bulamadı. Ancak 'namus cinayetleri' konusunda çalıştığını öğrenince Defne Kaman'ı şimdi kendisi ciddiye almaya başlamıştı.

"Belki bu konu nedeniyle bir düşmanı vardı? Biliyorsunuz, ülkemizde boşandıkları karıları sığınma evinde kalan eski kocalar çok tehlikeli olabiliyorlar. Kadın cinayetlerinde dünya üçüncüsüyüz galiba..." dedi. Aslında bu konuyu daha çok Abla Aysu'dan şüphelendiğini saklamak için ortaya atmıştı.

"Babasız büyümek de bir çeşit şiddettir, ayol!" diye öfkeyle söylendi annesi.

"Hımmm... Kayıp gazeteci Defne Kaman'ın babası vefat etmiştir," diye özellikle yüksek sesle mırıldanarak önündeki kâğıda not aldı Komiser Ümit.

"Ne vefatı ayol, adam gemi kazığı gibi dimdik hayatta! O hepimizi gömer bu gidişle!" diye sertçe araya girdi Anne Ayten.

"Akın Kaman adlı o şahıs, Çorum'da genç karısı ve iki oğluyla gayet de mutlu bir aile babası. Yalnız kendi ailesine değil, başka birinin ailesine babalık ediyor!" diye yine öfkeyle bu kez babası hakkında konuştu Abla Aysu.

"Evet, o zaman biz önce babayla temasa geçelim, Defne Hanım belki babasının yanındadır ve bunu size haber vermeyi unutmuştur ya da dediğiniz gibi küçük bir oyun oynuyordur?"

"Bak Evlâdım," diye ortalığı toplamaya alışkın, sevecen ama otoriter bir tonla araya girdi Anneanne Umay. "Bak Evlâdım, küçük torunum Defne Kaman özel bir çocuktu, daha küçücükken idraki güçlü, kifayetli, cevval, dirayetli ve istidatlı, yani senin anlayacağın, leb demeden leblebiyi anlayan, çabuk harekete geçebilen, özel yetenekleri olan bir çocuktu. Nasıl diyeyim bilmem ki; hani o 'basiret gözü' açık doğmuş insanlardandı. Anlıyor musun beni? Daha beş yaşındayken başkalarına benzemediğinin herkes farkındaydı. Ama bir tek dâhiler kendi dehâlarının farkına varmazlar Evlâdım!" dedi, sonra çantasından çıkarttığı alüminyum kapaklı cam şişeden birkaç yudum su içti.

"Defne'nin altıncı hissi çok kuvvetlidir; yani gereken yerden gerektiği zaman haber almak gibi mârifet ve melekeleri, pek türlü hünerleri vardır. Eğer onun kalbine 'kadınlara karşı işlenen şiddet suçunun büyük günahı'yla ilgili doğru yolu bulmak görevi doğmuşsa yapabileceği tek şey bunu gerçekleştirmektir! Çünkü bazılarımızın kalbine meseleleri çözmek arzusu karşı konulamaz bir ışık gibi doğar. Onların başka çaresi yoktur. Hiçbir özel yetenek, bize karşılıksız verilmez, hiçbir dehâ kullanılmadan anlaşılmaz Evlâdım!"

Duyduklarından kafası iyice karışan Komiser Ümit'in canı sıkıldı. Bu sırada önündeki bilgisayarda açtığı Facebook sayfasına 'Bihter K.' adlı hesaptan yine mesaj gelmediğini görmek, sıcağın ve kayıp gazetecinin yarattığı kötü etkiden çok daha fazlasını yaptı: tepesi attı! Bir türlü evlilik için para biriktirmeye yetmeyen maaşına ve kendi özel hayatında iki yıldır kanayan o derin yaranın üstüne, bir de her Allah'ın günü, dünyanın her coğrafyasından göç alan, vahşi bir balinaya benzeyen 15 milyonluk bu şehirde birbirinden tuhaf, karanlık ve hattâ sapık insanlarla uğraşmaktan daha bu yaşta bıkmış, usanmıştı. Sonuçta o da bir insandı. Ne o öyle; özel yetenek, istidat, mârifet, dirayet, kifayet gibi eski ve süslü sözcüklerle ortam yapmak, konu saptırmak falan... Yok, artık Türkiye'de herkesin bu gösterişli sözlere karnı tok! Önündeki kâğıda not alıyormuş gibi yapıp, aslında iç içe daireler çizerken yan gözle de Facebook'u takip eden Komiser Ümit, karakol odasında oturan bu üç kadın ve kayıp kızları hakkında düşünmeyi sürdürdü. Şimdi neydi, nasıldı bu aile yani? O özel yetenek, 'kalbe doğan ışık', 'doğru yolu bulma ışığı' saçmaları? Neydi bunlar, bir 'sosyetik tarikat' üyesi falan mı? Türkiye'de 'örgüt' deyince artık akla ilk olarak 'komünistler' ve 'yazarlar-aydınlar' yerine tarikatlar gelmesine şaşırıyordu ama bu kadınlar 'terörist' ya da 'gerilla' da olmayacağına göre... Hem zaten kendisi sadece bir komiser, öyle büyük işlere de aklı ermezdi, bulaşmaya da hiç niyeti yoktu. Üstelik köyüne gidip, dere kenarında yeşillikler üzerine uzanıp, su sesi dinleyerek uyuyacağı yıllık izne çıkmaya sadece saatler kalmış ve hâlâ öğle yemeği yememişti. En iyisi bunlardan bir ân önce kurtulmaktı.

"Bakın Teyzeciğim!" dedi kendini toparlayıp, kibar bir sesle.

"Bayülgen!" dedi anneanne. 'Umay Bayülgen, Evlâdım."

Ninesi yaşında bir kadına karakolda kötü bir söz söylememek için kendini tutmaya çalışan Komiser Ümit, dudaklarını sıkıca bastırıp ya sabır çekti, ama kayıp gazeteci Define Kaman'ın anneannesi Umay Bayülgen, ancak masallarda torununa gülümseyen bir nine gibi insanın içine işleyen, şefkatli bir sesle devam etti.

"Senin soyadında da Kaman var ya, Ümit Haydar Kaman, Evlâdım..."

"E, Kamanlıyız biz?" diye birden boş bulunup, savunmacı bir sesle konuştu Ümit Kaman. "Gerçi ben doğma büyüme İstanbulluyum ama hem annem hem babam Kaman kökenlidir, hâlâ çok akrabamız var orada." diye geveledi.

"Kamanlısınız yani," diye sevecen bir sesle tekrarladı Umay Bayülgen.

Komiser Ümit derin derin içini çekip, "Evet Hanımefendi, Kamanlıyız!" dedi. İçinden, "Var bunlarda bir durum, kesin bir gariplik var bunlarda... Kızlarını kaybolduktan kırk saat sonra arıyorlar, benim soyadımı, doğum yerimi, ailemi araştırıp geliyorlar...

Yalnızca aile içinde ve resmi belgelerde kullanılan göbek adım Haydar'ı da biliyorlar! Aklınca korkutacak beni! Ayrıca geçimsizler. Özellikle şu 'ayolcu anne' ve 'seksi abla' kibirli ve şımarık... Yaşlı kadınsa bir baş belâsı! Parçalanmış aile işte... Baksana tek erkek yok ailede; ne dede, ne baba, ne de koca! Sonra o neydi o? 'Basiret gözü, kalbe doğan hisler' falan... Yok, yok aile parçalanınca hiçbir şeyde hayır kalmıyor, bak olmuyor işte..." diye geçirdi. Tam o sırada masada duran cep telefonu âniden "Sensiz dünya malı neylerim dostum dostum" türküsünü Âşık Mahsunî Şerif'in sesinden avaz avaz çağırıp, kımıl kımıl titreyerek, masa üzerinde gezinmeye başladı. Telefonun ekranında 'ANNEM' yazıyordu. Birden o günün mübarek perşembe olduğunu ve annesinin son iki yıldır kendisine evlenmesi için yeni bir 'helal süt emmiş kısmet' bulduğunda özellikle perşembe akşamları bu hayırlı gelin adayını istemeye gitmeleri için baskı yaptığını hatırladı. Yüzünü buruşturdu. Bir ân için erkeklerin çok sayıda olduğu kendi ailesinden tamamen kaçıp, nereye gideceğini bilmediği bir otobüse atlayıp, içinde yaşayanları hiç tanımadığı 'başka bir yer'e doğru uzaklaşmak arzusuyla yandı tutuştu. Ancak oturduğu yerde kaldı ve derin bir nefes aldı, telefonun açma tuşuna bastı, hiç dinlemeden doğruca, "Şu ânda meşgulüm, sizi daha sonra arayacağım!" dedi ve kapattı. Odada kısa bir sessizlik oldu.

"Ah, işte anneler böyledir Evlâdım!" diye sessizliği bozdu Umay Bayülgen camdan dışarıya bakıp hüzünle gülümseyerek. "Çocukları için hayırlı işler kurmak peşinde bir ömür koşar, onların mutlulukları konusunda asla umutlarını kaybetmezler. Zaten annelik, asla pes etmemektir! İnsan ancak kendi evlat sahibi olunca anlar bu çabayı..."

Dışarıda İstanbul cayır cayır yanıyor, buhar buhar eriyor, gökyüzüyse masmavi çatlıyordu.

2. Yaz

Kışın doğanlar yaz sevmez derler. Bütün klişeler gibi bunun da çok istisnâsı ve tersi vardır. Defne Kaman yazın doğmuştu ama yaz seven biri sayılmazdı, meselâ. Yazın doğmasına karşın, Defne Kaman da iyileşmek için geçmesi şiddetle arzulanan bir hastalık gibi bezginlikle her yıl, sıcağın ve yazın bitmesini bekleyenlerdendir.

Yaz daha başlamadan, bunun İstanbul'un en sıcak yazı olacağı söylentisi yayıldı şehre. Gerçi 21. yüzyıl henüz genç sayılır ama, insanlık daima büyük konuşmayı sever, sayılarla belirtmeyi duygu ve düşünceden daha fazla önemser. Böylece, 'yüzyılın en sıcak yazı', küresel ısınmanın bir sonucu olarak gündeme oturken, ne bu felakete yol açan insanlığın artan açgözlü tüketim hırsı, ne de aynı nedenden artan göç, kıtlık ve nüfus sorunlarına dair endişeler dile getiriliyordu.

Gazeteci Defne Kaman, işte yüzyılın bu en sıcak yazının ortasında çok sıcak bir salı akşamı, Kadıköy'den 20:45'te kalkan Barış Manço Vapuru'na binerken görüldü. Aslında iskeleye gelişi ile vapura binişi arasında yarım saatten fazla zaman olduğu MOBESE kameralarından tespit edildi, ancak o sürede ne yaptığı ve neden bir önceki 20:15 vapuruna binmediği konusu karanlıktı. 'Olay Yeri İnceleme Ekibi'nden polisler, onun iskeledeki bir gazete bayisinden *Penguen, Uykusuz* ve *Leman* dergileri ile yarım litre su satın aldığını öğrendiler. Türkiye'de siyasi mizah dergileri dışında pek siyasi muhalefetin olmadığı '21. yüzyılın en sıcak yazında bu dergileri alan herkes dikkat çekiyordu. İskeledeki gazete bayisi, Defne Kaman'ı hemen her gün vapurla karşıya geçerken gazete ve su satın alıp, gazete satışları hakkında sorular soran, kızıl saçlı, çilli, 'melek gibi' bir kadın olarak hatırlıyordu. Fakat kadının gazete muhabiri olduğunu hiç bilmiyordu. Kendisi günlük gazetelerin köşe yazarı bütün kadınları köşelerindeki güzel fotoğraflarından tanırdı, eğer Defne Kaman'ı gazetede görmüş olsaydı asla gözünden kaçmazdı!

Onu vapura binerken son görenler arasında, İstanbulluları teröristlerden korumak için bütün iskelelere konarak üretici ve dağıtıcı şirketleri zengin eden dedektör kapılarından birinin başında bekleyen güvenlik görevlisi de vardı. Asgari ücretle çalışan lise mezunu genç güvenlik görevlisi, Defne Kaman'ı dedektörün radyasyon yaydığına dair sorduğu can sıkıcı sorularla, mavi elbisesinden sarkan püsküller nedeniyle hatırladığını açıkladı ve elinde '*Penguen* türü' dergiler olduğunu doğruladı.

Defne Kaman'ın iki vapur seferi esnasında iskelede bulunmasına rağmen neden son Beşiktaş vapuruna bindiği ve arada geçen zamanda ne yaptığı gizemini korurken, kendisini bindiği vapurda teşhis edenlerin onu inerken hiç görmemiş olması da 'kayıp şahıs' konusundaki soru işaretlerini artırıyordu.

21. yüzyılın en sıcak yazının tam ortasında bir akşam Kadıköy İskelesi'nden bir şehir hatları vapuruna bindikten sonra sırra kadem basan gazeteci Defne Kaman'dan sonraki günlerde hiç haber alınamadı. Cinayet, intihar, kaçırılma ve boğulma olasılıklarını değerlendiren polisler çokyönlü ve kapsamlı arama yaptılar. Ancak ne dalgıçların Kadıköy ile Beşiktaş İskeleleri ve Marmara Denizi'nde yaptığı aramalar, ne de Asayiş Şube ve Deniz Limanı Şubesi'nin farklı amirliklerinin yürüttüğü çalışmalar bir sonuç verdi. Sanki yer yarılmış, gök delinmiş, deniz yırtılmış ve Defne Kaman içine girmişti.

3. *www.defnekamanyazilari.com*

Karakolun bahçe kapısı önünde bekleyen Kalamış Tatlı Huzur Taksi'nin şoförü tarafından bin bir sevgi ve saygı gösterisiyle karşılanan Umay Bayülgen ile süslü kızı ve seksi torunu, taksiyle Kadıköy İskelesi'nden uzaklaşırken, Komiser Ümit Kaman, internette Defne Kaman hakkında çoktan araştırmaya başlamıştı bile. Gerçekten de ablası Aysu'nun dediği gibi, magazinsel anlamda popüler olmayan toplumsal konular üzerine araştırma yaptığı anlaşılan Defne Kaman'ın birkaç yazısına arama motorlarından ulaşılsa da hakkında ne yeterli bilgi, ne de görsel vardı. Kadın, ya antisosyal, münzevî bir tipti ve bilerek kendini geri çekiyordu, ya da çalıştığı konular zaten hayat yükünden bıkmış millete ağır geliyordu. Ne iş yaptığı belli olmayanların çok meşhur olduğu 21. yüzyılda, gerçekten iyi bir iş yapıp da gölgede kalabilmek için artık hünerli olmak gerekiyordu. Özel hayatlarını bıktıracak detaylarıyla sergileyerek veya güç sahibi insanların himayesine girerek popüler olunabilen her dönemde, Defne Kaman'ın sadece o kibirli annesi ve sosyetik ablasını hayâl kırıklığına uğratmak için inatla ünlü olmaya direnmiş olabileceği düşüncesi, hiç beklemediği bir ânda gülümsetti komiseri. Öyle bir ablası ve annesi olsa kendisi de pekâlâ aynı şekilde davranabilirdi! O ânda kendini, hiç tanımadığı bu kayıp gazeteci kadınla, diğer ikisine karşı bir ittifak kurmuş gibi hissedip şaşırdı. Bu düşüncesini hiç profesyonel bulmadı.

Defne Kaman'ın anneannesi hakkındaysa henüz bir karara varamayacak kadar kafası karışıktı. Umay Bayülgen'in görgülü, iyi eğitim almış, güçlü bir kadın olduğu belliydi. Konuşmalar sırasında rahmetli eşinin doktor, kendisinin de eczacı olduğu, yakınlarda eczanesini devredip emekli olsa da otacılıkla hâlâ ilgilendiğini söylemişti. 'Otacı' kelimesini daha önce bir yerlerde duymuş, belki bir tabelada görmüş, ama tam olarak anlamını çıkartamamış, sormayı da kendine yedirememişti. Öte yandan, eğri oturup doğru konuşmak gerekirse, bizimki gibi toplumlarda, kırk beş yaşından sonra kadınların bir köşeye çekilip, gelinlerine cehennem, torunlarına dadı, eğer hâlâ yanındaysa kocalarına da fıkra olması beklendiğinden, bu yaşlı kadının kendine güveni, hayata bağlılığı ve zekâsı onu tedirgin etmişti. Yine aynı nedenle, eğer Umay Bayülgen, Kaman'ın bir köyünde yaşayan, kocakarı ilaçları konusunda tavsiyelerde bulunan, takma dişleri ağzına uymadığı için sık sık düşen, sessizce nakış işleyen ninelerden biri olsaydı, onu sevebileceğini düşündü. Bunların yerine, onun hayatın içinde neredeyse genç bir erkek gibi cesaret ve güvenle dolaşmasının kendisini huzursuz ettiğini anlayınca, bu durumlarda beyninde çalan alarmın etkisiyle konuyu ivedilikle uzaklaştırdı aklından. Bu, onun hiç bilmediği bir kadın rolüydü. Kendilerine öğretilen toplumsal cinsiyet rollerinin dışındaki örneklerle karşılaşmak, özellikle kendi cinsiyet ve iktidarlarından rol çalındığını düşünen insanlar için kaygı vericidir. Ancak Komiser Ümit için asıl tehlike, yaşlı kadının onu telefonda annesinin aradığını -hem de ne için aradığını- bilecek ya çok güçlü sağduyusu, ya sihirbazlığı ya da sağlam istihbaratı olmasıydı!

Umay Bayülgen'in büyüsünden kendini kurtarmak için handiyse fiziksel çaba harcayan komiser, herkesin ünlü olmaya çıldırmışçasına çabaladığı günümüzde, yaşamsal öneme sahip konular üzerine yıllardır çalıştığı anlaşılan Defne Kaman'ın bu kadar gölgede kalmış olmasının belki de tam da bu yüzden normal olduğuna karar verdi. Artık mahalle bakkalının bile adının bulunabildiği Google arama motorunda Defne Kaman hakkında elbette birkaç küçük haber bulmak olasıydı ama kadının yaptığı işin önemi düşünülünce, handiyse onun varlığından kuşkuya düşmek dahi olasıydı. Sosyal medya ağlarıyla New York'tan Kahire'ye kadar isyanların ve işgallerin örgütlendiği, internet 'haker'larının devletlerin karanlık yüzlerini ortaya döktüğü, 'koskoca' resmi istihbarat örgütlerinin Julian Assange'ın 'Wikileaks'iyle uğraştığı, ufak tefek 'Ejderha Dövmeli Kız'ın hem de kadın haliyle dimdik İsveç'in derin erkek devletini internetten elde ettiği bilgilerle çökerttiği romanların milyonlarca sattığı ve siber saldırıların artık ulusal güvenlik boyutu kazandığı bir çağda İstanbullu genç bir gazetecinin dijital ortamda izini sürememek anlaşılır gibi değildi. Komiser Ümit, artık onunla ilgili doyurucu bir bilgi bulmak konusunda internetten ümidini kesiyordu ki, uzun zamandır güncellenmemiş *www.defnekamanyazilari.com* diye bir site buldu. Attilâ Gültekin adında biri tarafından hazırlandığı dipnottan anlaşılan sitede onun bazı eski yazıları ve yaptığı röportajlardan bazı görseller bulunuyordu. Sitede yazı dizileri ve röportajlarla ilgili pek çok fotoğraf olmasına karşın, Defne Kaman'ın bir tek fotoğrafı vardı. Ağaçlıklı bir bahçede, fıskiyesinden su fışkıran küçük, yuvarlak bir havuz önünde avcundaki meyve çekirdeklerini sanki bir avuç elmas tutar gibi gururla kameraya gösterirken çekilmiş bu fotoğrafta Defne Kaman, mavi pantolon ve siyah ceket giymişti. Ceketinin kol ve omuzlarından püsküller sarkıyordu. Yüzündeki gururlu gülümsemeden fotoğrafı çeken kişiden hoşlandığı düşünülebilirdi. Gözlerinde ablasına ve annesine hiç benzemeyen saf bir samimiyet vardı. Sitenin ana sayfası koyu ve kalın karakterlerle yazılmış bir atasözüyle açılıyordu:

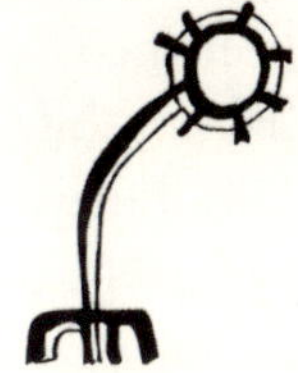

~~~"Son ağaç öldüğünde, son ırmak zehirlendiğinde ve son balık tutulduğunda parayı yiyemeyeceğimizi anlayacağız."~~~

(Cree) Kızılderili Atasözü

Sitenin sayfalarında insan, hayvan, ay, güneş, dere, deniz, ağaç figürlerinden oluşmuş vinyetler vardı. Bunlar daha çok okul öncesi çocukların çizdiği çöp adamlara ya da tarih öncesi dönemlerden kalan mağara resimlerine benziyordu. Defne Kaman'ın Türkiye'de giderek sayısı artan kadın cinayetleri, çocuk gelinler, sendikasız işçilerin sorunları gibi konuların yanı sıra, Türkiye'de türleri tehlikede olan balina, yunus, lüfer, kartal, kelaynak, yılkı atı, Akdeniz foku, telli turna, Anadolu parsı, susamurları, karçiçeği, orkide ve kardelen gibi canlıların korunması üzerine yoğunlaşan yazılarının başlıklarına hızla göz atan Ümit Kaman, bu vinyetlerin yazılarla bir ilişkisi olduğunu düşündü. Bu arada kendisinin ısrarla onun başka fotoğraflarını aradığını fark edince, bunun meslekî bir refleks olduğuna karar verdi. Tam burada durdu ve aylardır iple çektiği o 'yemyeşil dere kenarında bir hamakta su sesi dinleyerek uyuyacağı tatil' hayâlinin gerçekleşmesine artık çok az zaman kaldığını hatırlayarak derin bir 'oh!' çekti.

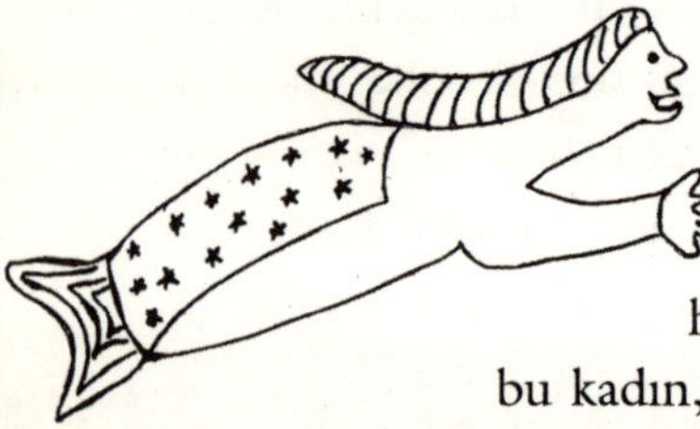

"Bana ne ya hu! Burada işinin ehli bir dolu polis var, onlar bulsunlar gazeteci kadını artık!" diye söylendi. Saatine baktı; tekrar Facebook'a girip 'Bihter K.'dan bir mesaj var mı diye kontrol etmeyeli şimdiden otuz dakika olmuş, üstelik daha öğle yemeği de yememişti. "Sayılı zaman yaklaştıkça daha ağır akar; ama az kaldı, kafa dinlemeye az kaldı!" diye kendini rahatlattı. Birden çok acıktığını fark etti, bir şeyler atıştırmak için ayağa kalktı, tam odadan çıkıyordu ki, *www.defnekamanyazilari.com* sayfasını kapatıp kapatmadığını kontrol etmek için geri döndü. Sayfa açık kalmıştı. Masa başında bilgisayar monitörüne bakarak kararsızca ayakta durdu. Defne Kaman'ın hiçbir kişisel menfaat beklemeden, sadece insanî ve vicdanî nedenlerle hayvan, bitki, insan hayatına, yani 'canlar'a kendini adadığını düşünmeye başladı. Böylece onun kendine bir masal perisi kadar gerçeküstü göründüğüne ve gerçekliğine inanabilmesi için ancak bir yazısını okumaya ihtiyacı olduğuna karar verdi. İnsanlığın karanlık bir dönemden geçtiğini hisseden hangi ölümlü, masal perilerinden ve/ya efsane kahramanlarından birini görmeyi hayâl etmez ki? Kayıp olduğu bildirilen bu kadın, yıllardır 'canlar'ı ilgilendiren konularda çalışıyordu, ama ne adı, ne kendisi televizyonlarda, reklamlarda ve/ya internette göze sokuluyor, ne peşinde özel şoförü, arabası, karakola doluşan tanınmış sanatçı ve yazar dostları, ne de telefonla emniyet müdürünü, valiyi arayan genel yayın müdürleri ve milletvekilleri vardı ortada. Çıt yoktu! Kimdi bu yapayalnız bırakılmış kadın ve neden kaybolmuştu? Derin bir nefes aldı ve biraz önce kalktığı koltuğa yavaşça oturdu. Komiser Ümit Kaman'ın bu çok sıcak perşembe öğle vakti, o odadan çekip gidecek ve yemeğini yiyecek yerde, oturup Defne Kaman'ın bir yazısını okuması için kendi özel nedenleri de vardı. İnsanların birbirlerini kolayca ve çabucak yargıladığı, kimsenin kimseye ayıracak vaktinin olmadığı, gözlerin sadece bayram etmek için baktığı, dünyanın bir 'körler ülkesi'ne dönüştüğü, acının ve sevginin pazarlandığı zamanlarda yaşadığını fark etmek, hangi yaşta olursa olsun, yaşlanmaya başlamaktır. Ümit Kaman iki yıl önce, daha otuzlu yaşlarının başında yaşlanmaya başlamıştı. Bu yüzden, yıllık iznine çıkmasına saatler kala, üstelik midesi zil çalarken, Defne Kaman'ın Türkiye'nin kuzeyinden güneyine girişilen büyük hidroelektrik santral (HES) seferberliğine karşı derelerini korumak için direnen köylülerle ilgili yazı dizisini seçti ve yazıya mıhlandı.

4. Hes Artık!

Karadeniz Köyleri'nde HES'lere Direnen Köylülerle Görüşen Defne Kaman'ın Röportajı

'Evvel zaman içinde, kalbur saman içinde, Dedem Korkut ile Ninem Umay beşiğimi tıngır mıngır sallar iken' diye başlayan eski Türk masallarında, uzak, çok uzak diyârlarda, ailesini soğuktan korumak için ağaç kesmek zorunda kalan eski Türk, önce o ağaçtan özür dilermiş. Ağaca, ihtiyacından daha fazlasını kesmeyeceğine, bundan böyle yediği her yemişin çekirdeğini, tohumunu aynı yerlerde toprağa gömeceğine söz vererek, ağacın canına ve onu yaratan güçlere dua edermiş. Yine aynı masal veya efsanelerde, hayatta kal-

mak için bir hayvan avlamak zorunda kalan eski Türk, hayvanı öldürmeden önce gözlerine bakarak ondan da özür diler, ihtiyacından fazlasını öldürmeyeceğine, yiyemediği eti diğer hayvanlara vereceğine söz verirmiş.

Isındıktan ve doyduktan sonra bu çocuklar, kadınlar ve erkekler, hep beraber, birbirlerinden kaçmadan, korkmadan, yan yana, ateş başında davul çalıp dans ederek göklere, aya, güneşe, suya, havaya, toprağa, ateşe, ağaca şükran duası ederlermiş. İşte eski Türklerin efsanevî şifacısı olarak bilinen Umay Ana, tabiatı korumakla görevli kabul edilen dişi cinsiyetin efsunlu ortak ninesiymiş. Bir adı da Ayzıt.

Diyeceksiniz ki, bunlar eski masallar ve efsaneler, geç bunları... Geç ve günümüzün gerçeklerine gel! Nüfusumuz artıyor, artık hem çok hızlanan yüksek teknolojik hayatımızı devam ettirebilmek hem de gelişmiş ülkeler seviyesinde tüketebilmek için daha çok enerjiye ihtiyacımız var. Masallara, efsanelere karnımız tok! Evet, işte ben de tam bunu söylemenizi bekliyordum, çünkü konumuz bu: Biz modern insanların karnı tok olsa da gözü hep aç! Bu yüzden ihtiyacımız olmayan her şeyi midemize ve cebimize dolduruyoruz. Midemiz ve cebimiz şiştikçe vicdanımız ve dünyamız fakirleşiyor.

Biliyorum böyle düşünenleri, romantik, tuzu kuru, saf, ekonomi ve mühendislik cahili, hattâ Batı kaynaklı uluslararası yıkıcı bir örgütün özel maaşlı müridi sanıyor veya sayıyorsunuz. Ben bunlardan hiçbiri değilim. Yazdıklarımı, çalışmalarımı ve mal varlığımı araştırın, göreceksiniz. Geriye bir tek delilik kalıyor ki, delilik hakkında tartışmayı felsefeci ve hekimlere bırakıyorum.

Masallar, efsaneler ve sembollere gelince, bunların toplumların kolektif bilinçaltı ve rüyaları olduğunu uzun zamandır konunun uzmanları da kabul ediyor. Bu yüzden hepsi birbirine benzese de bütün mitolojik hikâyeler ve kahramanlar kendi kültürlerinin *psikolojik temelinden derin izler taşıyor. İşte Pasifik'ten Akdeniz'e göçen eski Türklerin 2000 yıllık geçmişindeki izleri o zamandan günümüze Anadolu'da hayatın her alanında bütün sembolleriyle her ritüelde bütün halklar üzerinde hâlâ sürdüren kadim geleneğimiz Şamanlık tam burada yeniden ortaya çıkıyor ve bize soruyor: 'Tabiattaki bütün canlara eşitlikle saygı duyan, tokgözlü, vakur ve cesur o insanlardan, bugün Anadolu'nun yaşayan bütün halklarına karışan şimdiki 'Türk'iyeliler nasıl oldu da zekâyı kurnazlıkla, vicdanı cüzdanla, gururu açgözlülükle karıştıran insanlara dönüştüler? Nasıl oldu da alelacele kanunlarla orman sınırları dışına çıkarılan 2B ormanlık arazileri talana açılıp, halka refah vaat etmeyeceği belli varsıllar için satışa sunulabildi? Neden harıl harıl, toprak altıyla üstünde binlerce canlıya birbirine gıda zinciriyle bağlı hayatlar sunarak biz insanlara hizmet eden derelerin yerine, su enerjisi santralleri, HES'ler kuracak yasalar çıkartılıyor. Kuraklık ve sellere neden olan bu doğa talanının aslında kendi belâmızı bulmamız olduğunu çocuklar bile anlamadı mı? Halkı mutlu etmesi gereken, bir anlamı da MUTLULUK olan DEVLET neden halkına rağmen tabiat anasını boğuyor, kafasını kesiyor?*

Bu yazı dizisinde Karadeniz'de yapılacak HES'lere sadece deresini, suyunu, hayatını ve gelecek nesilleri korumak için karşı çıkan köylülerle, özellikle her biri Şaman geleneğimizin Umay Ninesi'nden izler taşıyan köylü teyzelerle yaptığım röportajları okuyacaksınız. Dizinin son bölümünde rüzgâr veya güneş enerjisine karşı çıkarak, HES'leri savunan siyasetçi ve mühendislerin görüşleri de yer alacak. Şimdi sözü onlara bırakıyorum. Benden HES artık!

Okuduklarından çok etkilenen Komiser Ümit Kaman, yazının bir yıl önce yayımlanmış olduğunu görünce, bunu nasıl kaçırmış olduğuna şaşırdı. Çünkü aylardır hayâlini kurduğu tatilini sesiyle büyüleyecek kendi köyünün yüzlerce yıllık hayat kaynağı derenin de HES kurbanı olma olasılığı vardı ve bu nedenle konuya dair yazıları elinden geldiğince takip etmeye çalışıyordu. Defne Kaman'ın yazısı bu konuda okuduğu en cesur ve net yazılardan biriydi. Bir kere yazının dili, ne teknik terminolojiyle kafasını karıştırmıştı, ne de mesafeli ve böbürtülüydü. Ayrıca İstanbul'da yaşasa bile kendi gibi Anadolu insanına geçmişini de hatırlatarak, silkinmesi için masallarla destek vermesi hoşuna gitmişti. Daha önce bu gazeteciyi neden fark etmediğine üzüldüğü sırada, Defne Kaman'ın tuhaf anneannesinin adının Umay olduğunu hatırlayarak irkildi. O sırada odaya bir polis memuru girerek ona birkaç kâğıt uzattı.

5. Komiser Ümit Kaman Defne Kaman'ı Arıyor

"Hepsi bu mu? İstanbul'un ortasında, hem de burnumuzun dibinde bir kadın, güpegündüz bir vapurda kayboluyor ve bizim elimizde hiçbir şey yok!" diye eline tutuşturulan 'GBT*arama kayıtları'na bakarak kaşlarını çattı Ümit Kaman. Karşısında ayakta bekleyen, sıcaktan bezmiş olduğu besbelli polis memuru; "Gündüz değil komiserim, akşam vapuruna binmiş kadın!" diye onu düzeltti. Sonra aceleyle, "Yani, Kaman soyadlı gazeteci Hanım, demek istedim,"diye telaşla ekledi. Bunun üzerine derin bir

* Genel Bilgi Taraması

'üfff!' çeken Ümit Kaman kaybolan Defne Kaman'la soyadı benzerliğinin bir tesadüf olduğunu daha şimdiden bilmem kaç kez açıklamak zorunda kalmaktan bıkmış ve sırf bu yüzden 'kayıp şahsın' bir ân önce bulunarak bu soyadı sıkıntısından kurtulmayı diler olmuştu.

Polislerin çoğu gibi, on iki saat çalışıp sonraki yirmi dört saat izin yapılan çalışma sistemine göre düzenlediği hayatı, Kadıköy İskele Karakolu ile annesi ve babasıyla yaşadığı Koşuyolu'ndaki bir site arasında geçen Komiser Ümit Kaman'ın, iki yıldır handiyse aldığı her nefesi zehreden büyük bir yarası vardı. Bu yaranın yüzüne yansıyan acısını işyerinde belli etmemek için sarf ettiği çaba, bazen onu hasta edecek kadar yoruyor, aynı acı yüzünden sabahları yataktan çıkmak için kendisiyle verdiği mücadele 'ağır işçilik' kadar enerjisini tüketiyordu. Acının insanı uyuşturan kimyası, zaten sabrı ve hoşgörüyü hayat felsefesi yapmış bir gelenek içinde büyümüş olan Ümit'in, son iki yıldır kendi hayatını bir başkasınınkiymiş gibi dışarıdan seyretmesine yol açıyordu. Seyrettiği hayat başkasının olunca, müdahale etmeden, bir gün kendiliğinden oluşacak bir mucizeyle derdi bitecekmiş gibi plastik bir duyguya kapılıyor, yabancılaşıyordu. Gerçekte hayat da, ruh da, beden de kendinindi ve galiba hepsini delik deşik ediyordu. Onun yarası: aşk, yaranın adı: Tasvir'di. Delikanlılığında sadece kızlara mahsus bir hastalık diye alay ettiği 'ilk görüşte aşk' hastalığına yakalanmasının nedeni olan 'memleketin en güzel esmer kızı' Tasvir ile evlenmeleri yasaklandığı günden beri Ümit'in hayatı zindan olmuştu. Hem kendi, hem de Tasvir'in ailesi gençlerin evlenmelerini dinî nedenlerle kabul etmemiş, üstelik tek bir ümit ışığı sızmasın diye bütün kapıları da sıkı sıkı kapatmışlardı. 'Evlenmeleri için önce ailelerinin cesetlerini çiğnemeleri gerektiği,' kendi cesetlerinden daha ağır bir engel olarak iki gencin önüne konmuştu.

Dinlerin insanlara iyilik getirmesi için dünyaya indiğine yürekten inanan Ümit, üstelik aynı dinin iki farklı inanışından gelen iki ailenin kendi öz çocuklarına yaptığı bu zulmü önceleri hiç anlamamış, hatta şaşırmış, ancak zamanla artan hasret ve öfkesi yüzünden daha önce sorgulamayı hiç düşünmediği her şeyi sorar, her şeyden kuşkulanır ve 'hoşgörü' sözcüğünü kullanan herkesten soğur olmuştu. Onun gözünde dinler, insanlar arasındaki farklılıkları azaltıp, tam tersine birleştirmeliydi. Askerliğini yaparken tanışıp arkadaşlık ettiği Yunus'un kız kardeşi Tasvir'e ilk görüşte âşık olup onunla evlenmek istediğinde Yunus'un da kız kardeşini, kendi öz ağbileri gibi, 'bir Sünni ile bir Alevi evlenemez!' noktasında sıkıştırması, Ümit'in hayatında yaşadığı en büyük kırılma noktası oldu. Alevi bir aile yerine Sünni bir ailede doğsaydı, şimdi Yunus'un kayınbiraderi olacak, 'memleketin en güzel esmer kızı' Tasvir'ine kavuşacaktı. Onu daha fazla üzen, hoşgörüsüyle övündüğü kendi can ailesinin de benzer bir tepki vermesi olmuştu. Evet, kendi ailesinde ve bildiği Alevi çevrelerinde kadınlar dinî nedenlerle örtünmez, Atatürk Devrimleri'nin özellikle kadınlara kazandırdığı eğitim ve diğer medeni haklara sonuna kadar sahip çıkardı. Bu yüzden ailesine, çok beğendiği ve 'niyetinin ciddi' olduğu Tasvir'den ilk kez bahsettiğinde daha sonra şok yaratmasın diye onları hazırlamak istemiş ve türbanlı olduğunu söylemişti. Tasvir, türbanlı ama modern bir kızdı. Zaten bir kadının türbanlı olması, onun ille de bağnazlığını göstermezdi ki... Tasvir, liseden sonra iki yıllık bir yüksekokula gidip kendine bir meslek edinmiş, çalışan, kendi parasını kazanacak kadar modern ve açık fikirli bir kızdı. Kendi aralarında da bu konuyu bir kez konuşmuşlar; Tasvir, türbanlı olmasının onu rahatsız edip etmediğini sormuş, o da bunun önemli olmadığını söylemişti. Sonra bu konuyu bir daha hiç konuşmamışlardı ama Ümit, ailesinin Tasvir'e zorla türban bağlattığını hiç sanmıyordu. Askerlik yaptıkları sırada Yunus'u ziyarete annesiyle birlikte geldikleri 'görüş günü'nde Tasvir'e ilk görüşte âşık olduğunda ve daha sonra Yunus'un kankası olarak evlerine birkaç kez gittiğinde anne ve kızın ev içinde bile türbanlı olduklarını görmüştü.

Bu yüzden, örtünmenin Tasvir için bir aile geleneği olduğunu düşünüyordu. Ailelerinden gizlice buluştuklarında kot pantolon, uzun kollu tişört ve sandalet giyen Tasvir, hafif makyaj yapıyor, türbanlarını da daima canlı, cıvıl cıvıl desenli eşarplardan seçiyordu. Kendisinin de sivil giyimli olduğu, izin günlerinde buluşunca bazen baş başa Moda veya Fenerbahçe'de deniz kenarına inip, el ele Adalar'ı seyredip, geleceğe dair hayâller kurarken Tasvir, uzun, simsiyah, gür saçlarını örten eşarbı açıp güzel saçlarını özgür bırakıyordu. Ümit, onun 'memleketin en güzel esmeri' olduğunu böylece anlamış, mis kokan saçlarını koklamaya doyamamıştı. O güzel günlerde, ikisi de çok sevdikleri ve modern sandıkları ailelerinin, birinin Alevi inancında, öbürünün Sünni olarak doğmuş olması nedeniyle onları ayırabileceğini hiç düşünemezlerdi.

Sonuç inanılmaz derecede bağnazdı. Bu muydu? Hayat bu kadar acımasızca sınırlı ve daracık bir alanda mı yaşanacaktı? İnsanın insana ettiği zulüm hiç bitmeyecek miydi? 'Âlemin en akıllı canlısı' diye övündükleri insana, hayâl etmek hâlâ yasak mıydı? "İnsanı yaratandan ötürü severiz," diye camii ve cemevlerinde böbürlenenler, iş Tasvir'le Ümit'e gelince onları sevemiyorlar mıydı yani? Dünyada yaşayan 6,5 milyar insan arasında bir tek birbirini seven bu iki genç mi batıyordu gözlere? Ve asıl önemlisi, kültürlerin, uygarlık ve geleneklerin binlerce yıldır mücadele ederek vardığı yer burası mıydı? Bu muydu? Böyle mi olmalıydı?

Tasvir'i her düşündüğünde içi yanıp burnu sızlayan Komiser Ümit, yine burnunu çekti. Tek yıldızlı mavi üniformasının sıcaktan buruşmuş kısa kollarını çekiştirip elleriyle ütüler gibi yaptı ve hiç farkında olmadan yine içini çekti. "Tamam, bakarız gelişmelere, sağ ol..." diye kayıp gazeteci kadını kendi akrabası sanan polise başıyla zoraki bir selam verdi ve bilgisayara uzanıp Facebook sayfasını tıkladı. Tasvir aklına geldiğinde, onu hiçbir şey teselli edemiyordu artık! Ayrılmalarına karar veren ailelerini protesto etmek için onların istediği kişilerle de evlenmeyi reddettikleri Tasvir'le iki yıldır artık yalnızca Facebook üzerinden onun

'Bihter K. ', Ümit'in 'Matt Kaman' takma adlarıyla açtıkları hesaptan haberleşebiliyorlardı. Zaten ailesi, Tasvir'i diş teknisyeni olarak çalıştığı işinden zorla çıkartıp, onca yıllık eğitimini de silip, alelacele Karadeniz'deki bir akrabalarının yanına sürgüne göndermişti.

İnsanlar, internetten önce ve sonra doğmuş olarak ikiye ayrılır. İnternetten önce doğmuş ailelerin çoğu, uzak mesafelerin gençleri tamamen ayıracağına hâlâ inanırlar. Ümit'ten birkaç yaş büyük olan Yunus ise internetin gücünün farkında olmasına karşın, kendi yarattığı korkunun internetten güçlü olduğunu 'sanmak' hatası yapmıştı. 'Güç' tutkusu böyle hatalar yaptırır insana. Ancak Türkiye'nin ev, işyeri, okul ve/ya internet-kahve aracılığıyla dünyaya elektronik bağlantısı olmayan hiçbir kasabası kalmış mıydı? Yaşadığı kasabadaki fırından ekmek alırken tanışıp arkadaş olduğu genç edebiyat öğretmeni kadını haftada bir kez ziyaret bahanesi, Tasvir'i iki yıldır sanal da olsa Ümit'e bağlayan tek yoldu.

Tasvir, Facebook kullanıcı adı olan Bihter'i çok sevdiği *Âşk-ı Memnû* dizisindeki Bihter karakterinden esinlenmiş, daha sonra 'memnû' sözcüğünün Arapça: yasak anlamına geldiğini öğrenince hüngür hüngür ağlamıştı. Diziden önce adını hiç duymadığı yazar Hâlit Ziya Uşaklıgil'in bu romanı 1900 yılında yazdığını öğrenince biraz mahcup olmuş ve Türkçesi 'Yasak Aşk' olan romanı İstanbul'dan akrabalarının yanına bir çeşit 'aşk sürgünü' olarak zorla gönderildiği o güzel Karadeniz kasabasında bulabilmek için çok uğraşmıştı. Ancak koskoca kasabada bir tek kitapçı yoktu, kırtasiyecilerde de yasak aşk romanları satılmıyordu. Tasvir, kitabı internetten kitap sitelerine girip ısmarlamayı düşündüyse de bunun yaratacağı bazı sakıncalardan çekindi. Ne de olsa ağbisi ve ailesi onu evinde kaldığı akrabalarına izletiyordu. Kitabı Ümit yolladı sanarak, ona bir kötülük edebilirlerdi. Komiser sevgilisini, onun askerlik arkadaşı olan ağbisinden kendisi korumak zorundaydı! Böylece *Aşk-ı Memnû* romanının postayla eve bırakılması olasılığından da vazgeçti. O zaman 22 yaşında, oy ve vergi vermeye, ehliyet almaya yetkin bir yetişkin birey olan Tasvir'e, evlenmek istediği erkeği seçme hakkı gibi, okumak istediği romanı bile özgürce seçme hakkı da verilmiyor ve o da milyonlarca kadın gibi bunun gelenekler yüzünden olduğuna inanarak isyan etmeyi aklına getirmiyordu. Sonunda hiç beklemediği bir ânda edebiyat öğretmeni genç kadının evindeki küçük kitaplıkta *Aşk-ı Memnû* romanını gördü. Romanı gördüğü an, aylardır hiç görmediği Ümit'e rastlamış gibi sevinçten bayılmak üzere olan Tasvir, kitaba sarılıp sevinçten ağladı. Romanı öğretmenden ödünç alan Tasvir, TV dizisine pek benzemeyen *Aşk-ı Memnû*'nun aslını, bu kez gözyaşları kitabın sayfalarına döküle döküle okudu. Takma adı Bihter'in sonundaki K ise, elbette Kaman'ın K'sıydı.

Komiser Ümit Kaman, Amerikalı yazar Lawrence Block'un çok sevdiği polisiye roman karakteri Dedektif Matt Scudder'ın adını Facebook hesabında kullanıcı adı olarak kullanmayı, bu 'nick' ile romanların tiryâkisi yapan sahaf dışında kimsenin kendisini tanımayacağını düşünerek seçmişti. Aslında kitap okumayı pek sevmeyen ve memleketin büyük çoğunluğu gibi, 'okumaya vakti olmadığı'na kendini inandıran Ümit, yalnızca elden düşme polisiye romanlara düşkündü. Bunun ilk nedeni sahaf kitaplarının yenilerden çok daha ucuz olmasıydı elbette. İkincisi mesleğiyle ilgili bir tercihti. Polislerin içinde yaşadıkları sert ve şaka götürmeyecek kadar acımasız dünyayı çok abartılı, müthiş alaycı ve her acıya, her soruna ve alkole gerçeküstü derecede dayanıklı, gözü pek, vurdumduymaz dedektifler aracılığıyla anlatan yabancı polisiye romanları okumayı seviyordu. Gerçekte olmayacak şeylere 'fantezi' dendiğini ve fantezilerin insan ruhuna iyi geldiğini, dinlendirip rahatlattığını bu romanlar sayesinde öğrenmişti zaten. Örneğin, hayâli Dedektif Mike Hammer'ın hiç sarhoş olmadan sürekli viski içip önüne çıkan bütün güzel sarışınları ânında elde etmesi ona çok saçma gelse de pervasızlığına ve içinden geldiği gibi küfrederek öfkesini boşaltmasına da gizliden hayrandı. Ayrıca kim daha bir bakışıyla beğendiği kişinin başını döndürmeyi hayâl etmezdi ki... Ancak onun gözde dedektifi –belki de ilk onu okuduğu içindir– daima Matt Scudder oldu. Aslında elden düşme kitap satanlara 'sahaf' dendiğini de üç yıl kadar önce Tasvir'le onu ayırmalarından evvel, Kadıköy Çarşısı'ndaki bir sahaf dükkânına birlikte gittiklerinde öğrenmişti. Güzelliğiyle içini ısıtan bir anı olarak daima hatırladığı o gün, Kadıköy Çarşısı'nda beraber İnegöl köfte yedikten, 'Fazıl Bey'de birer 'orta Türk kahvesi' içtikten sonra yürüyerek Moda'ya varmış, orada, el ele girdikleri karanlık, dar, gizemli sahaf dükkânında, kitaptan duvarlar arasında ağır bir sigara bulutu altında kedileriyle yaşayan Sahaf Semahat'le tanışmışlardı. Kadıköy Çarşısı içinden başlayıp Moda'ya kadar uzanan güzergâhta birbirinden güzel ve gizemli onlarca sahaf dükkânı varken neden Sahaf Semahat'e gitmişlerdi, neden şimdi haftada en az bir kere uğramazsa özlediği o dükkânı seçmişlerdi pek anımsayamıyordu. Tesadüf müydü, Semahat'in samimiyeti, dükkânın ve kedilerin albenisi miydi onları çeken? Sahafların çoğu gibi Sahaf Semahat de arkadaşları müşterisi, müşterileri de arkadaşı olan biriydi ve daha sonra kendisi de hem Tasvir'le beraber, hem de yalnız olarak gittiği, bütün duvarları tavana kadar içlerinden yüzlerce hayat hikâyesi fışkıran kitaplardan örülmüş, karmakarışık, aralarında zor yürünecek kadar tıka basa dolu, insanın üstüne devrilmeye pek az vakti kalmış 'Kitabistan' dükkânının tiryakisi olmuştu. Tasvir'le dükkâna ilk gittikleri gün, sivil giyinmiş olmasına rağmen ona bakıp, "Hoş geldiniz Komiserim, sizlere çay ikram edebilir miyim?" diye soran Sahaf Semahat, onu 'Devriye Yılları'ndan arabayla veya yaya olarak üniformasıyla aynı sokakta görüp hatırladığını söyleyince, bu ufak tefek, dağınık, kadından çok erkeğe benzeyen, çocuksu, yarı divane görünüşlü kadının dikkatini takdir etmişti. Sonraları daha fazla tanıdıkça, üzerinde üniforma gibi hep aynı siyah pantolon, siyah kazak, tişört ve lastik ayakkabıyla yaşayan Sahaf Semahat'in artık sayısı azalan sahaflara özgü sabırlı, derinlikli, çok kültürlü, 'kitap kurdu,' 'dini imanı para olan' dünyanın dışında kalan derviş kişiliği onları kendine bağlamış, ikisi de onunla arkadaş olmuştu. Ümit'i Lawrence Block'un polisiye romanlarıyla tanıştırıp Matt Scudder bağımlısı yapan da zaten Sahaf Semahat'in ta kendisiydi. Tasvir'in teknisyen olarak muayenehanesinde çalıştığı diş doktoruna doğum günü için denizcilik hobisine uygun eski bir kitap aramak için girdikleri ilk sahaf dükkânı, daha sonra Komiser Ümit Kaman'ın karakoldaki arkadaşlarının takılacağı kadar sıkı bir polisiye okuruna dönüşmesine vesile olacaktı. Bütün maceralarını ayrıntılarıyla bildiği Matt Scudder'ı okuduğu diğer alkolik derecesinde çok içen, öfkesini kontrol etmekte güçlük çeken roman dedektiflerden ayrı kılan, onun lisanssız bir özel dedektif olması kadar samimiyeti ve dizi boyunca yaşlanırken, olgunlaşması ve alkolü bırakması gibi devamlılık göstermesiydi. Komiser Ümit, daha sağlıklı bir hayata yönelen kurgu Dedektif Matt Scudder sayesinde öğrendiği Amerika'nın ilk zenci müzikal bestecisi Eubie Blake'in 100. doğum gününde, "Eğer bu kadar uzun yaşayacağımı bilseydim kendime daha iyi bakardım!" sözünü sık sık kullanmaya da bayılırdı. Matt Scudder gibi, aynı yazarın Bernie Rhodenbarr adlı hırsız karakteri ve ünlü İsveçli komiser Martin Beck'e de düşkün olan Ümit, okuduğu kitapları iade edip yerine yenilerini almasına hiç takılmayan Sahaf Semahat'i, yaşça kendinden çok büyük olmadığını tahmin etse de, bir abla gibi severdi.

"Kayıp gazeteci kadına ait bilgiler geldikçe sizi haberdar ederim Komserim!" diye onu selamlayıp odadan çıkan genç polisin arkasından başını sallayan Ümit, onun bir süredir odada olduğunu unutacak kadar dalgın oluşuna kızdı. 'Yok yok, benim gerçekten dinlenmeye ihtiyacım var, gerçekten!' diye düşününce önce içi daraldı. Bu düşüncenin üzerinde yarattığı baskı, yıllık izninin başlamasına az kaldığını hatırlayınca hafifledi. Bu kez ferahladı. 'Bana ne ya!' diye düşündü. 'Ben izne çıkıyorum, burada onlarca polis var, arkadaşlar arayıp bulsunlar kadını ya! Niye dert ediyorum ki? Allah Allah ya!' diye yeniden kendini yatıştırdı. Ama bu düşünce onu rahatlatacağına tam tersine gerdi. 'Kayıp gazeteci kadını ne annesi, ne ablası düşünüyor, babası da çekip gitmiş, bana ne ya! Tabii o yaşlı, tuhaf kadın... Anneannesi Umay Bayülgen. Nasıl bir kadın o öyle ya? Ürkütücü mü, çok mu şefkatli, yoksa sahiden ermiş mi nedir o kadın ya? Evliyâ desen, değil? Şıkır şıkır süslenmiş. Saçları güzel güzel kırlaşmış ama o çocuk gibi iki örgü de neyin nesi? Entarisindeki o püsküller falan...' Derin derin içini çekti. 'İşte ailenin önemi oğlum Ümit! Bak aile olmayınca...' diye düşünürken yine telefonu "Sensiz dünya malı neylerim dostum dostum..." diye çalmaya başladı. Bu defa telefonu yanıtladı ve annesiyle konuştu:

"Yok anne, bu akşam işim var, gelemem ben. Yok, nöbetim bitiyor da şey, önemli bir kadın gazeteci kaybolmuş, onun için arkadaşlar kalmamı istedi. Tabii önemli olmasa kalmazdım! Yapma ama anne ya! Karakoldayım, bu konuları şimdi konuşamam anne! Ben sana benim adıma bu işlere girişme demiyor muyum? Çocuk muyum ben anne? Evet, aynen öyle... Kapatmam lâzım... Kaçta geleceğimi nereden bileyim, çocuk oyuncağı mı polislik? Tamam, haydi... Hoşça kal anne!" Telefonu kapattıktan sonra kendisini duyan oldu mu diye etrafına baktı: "Ya Tasvir'le ya da hiç! Görün bakalım, ikimiz de bekâr olarak yaşlanınca nasıl pişman olacaksınız!" diye dişlerinin arasından fısıldadı.

Yıllık izni cuma sabahı başlayacak olan Komiser Ümit Kaman'ın, anne babasıyla memlekete gidip, dere kenarında su sesi dinlerken yeşilliklere uzanıp uyumayı hayâl ettiği o 'sade ve ucuz tatil fantezi'si, karakolda öyle büyük özlem yaratmıştı ki, çoktan dillere destan olmuştu. Birkaç haftadır iş arkadaşlarından, "Komiserim, benim için de su sesiyle yeşillere yatıp uyumayı unutma emi!" cümlesini her duyduğunda içi eriyordu. Beklentisi başkaydı. Sanki orada su sesiyle uykuya dalmak, Tasvir'in hasretiyle yanan yüreğine yanık kremi gibi iyi gelecekti, sanki su sesinden ve yeşil doğadan sihirli bir şifa fışkıracak ve aldığı nefesini zehreden bu aşk acısı dinecekti... Artık sardırmayacaktı. Su sesi ve yeşillik, tenhada tek başına uyku... Uyanınca yeniden içi acımadan nefes alabilme ümidi. Evet, buydu! O kadar.

Karakoldan çıkmadan önce arkadaşlarıyla vedâlaştı, onların 'köydeki su sesli, yeşil tatili'ne dair takılmalarını gülümseyerek göğüsledi. Cuma gecesi yola çıkacakları için İstanbul'da daha bir günü vardı ama bu arada karakola uğramayı düşünmüyordu. Sonunda, meslekî bir dürtüyle, eve gitmeden önce hemen yüz metre ötede, gazeteci kadının kaybolduğu Kadıköy İskelesi'ne bir bakmak üzere karakoldan çıktığında, kapağı açık kalmış bir fırına düşmüş gibi çarpıldı, iki adım atmadan buram buram terlemeye başlayınca, bu kez de dev bir akvaryumun içine düşmüş gibi bunaldı. 21. yüzyılın en sıcak yazını kendi içinde iki yıldır taşıdığı cehennem ateşi yüzünden unutmuştu. "Yazlar da bozuldu be!" diye homurdandı ve aynı ânda bu akşam eve erken giderse muhtemelen annesinin evlenmesi için bulduğu yeni bir kızla tanışmaya zorlanacağını düşündü ve dişlerini sıktı. Ağzını açsa Mike Hammer gibi eteği açılmamış küfürler edecekti ve bunu da çok istiyordu, ama açmadı. Matt Scudder gibi sakin takıldı. Bunaldığında kendini başka bir konuya odaklamaya çalışmak, ona daima iyi gelen kadim erkek savunma sistemlerinden biriydi, yine öyle yaptı.

'Türkiye'nin en büyük gazetesinde muhabirmiş! Hah, eğer Defne Kaman öyle popüler biri olsaydı bir medya ordusu çoktan karakolun önünü kapatır, akşam TV kanallarında bizim karakol rol keserdi! Bir de "büyük gazete" diyor o süslü annesi...' diye düşündü. Evet, Defne Kaman vakâsına odaklanacak, böylece hem akşamki angaryayı, hem de kendi kalp yarasını şimdilik unutacaktı. Böylece artık mesaide olmamasına rağmen kayıp gazeteci kadını aramaya başlamıştı. İskeledeki gazete bayileri, simitçi, sandviç büfesi ve vapur iskelesinde görevli İDO'cularla biraz takıldı, Defne Kaman'ın eşkalini anlattı ama pek bir şey elde edemedi. "Deniz yarılıp bu kadın içine girmedi ya, çıkacak bir yerden nasılsa, ölü ya da diri!" diye söylendi. Daha ağzından ölü sözcüğü çıkar çıkmaz, gazetedeki masası başında çekilmiş o fotoğrafta gördüğü Defne Kaman'ın masallardaki perilere benzeyen sade, narin, utangaç gülümseyen yüzü geldi gözünün önüne. Bir de anneannesi gibi bakarak insanın içini okuyormuş etkisi yapan gözleri. Hani yeşil mi, çağla yeşili mi diye ailesinin kavga ettiği gözleri. Çocukken de saklanırmış bu kız. Evliyken de birilerini takip için, "ben bilmediğim bir yere giden otobüse bindim," diye telefon edermiş kocasına... 'Kim ister böyle bir eş?' diye yüzünü buruşturdu. Onun Tasvir'i asla böyle tuhaflıklar yapmaz, o gerçekten 'evinin kadını' olurdu kuşkusuz. 'İyi de kimleri takip ediyor bu kadın böyle sık sık?'

Hem sıcağın acımasız saldırganlığı, hem de açlıktan ağrımaya başlayan başı, onu dar sokak araları nispeten gölgeli olan Kadıköy Çarşısı'na yönlendirmiş, kendini Tasvir'le sık sık yemek yedikleri İnegöl köftecisinin önünde bulmuştu. Komiser Ümit bu çarşıyı çocukluğunda babasıyla alışverişe geldikleri zamanlardan beri severdi. Çarşının daimi kalabalığı ve karmaşası içinde, o çok kendine özgü düzeni ve çeşitliliği, balıkçıların sarı çizmeleriyle handiyse zeybek oynar gibi balıklarını suladıkları ıslak taş sokakların bir ucunda kahve kokusuyla bütün çarşıyı baştan çıkartan Brezilya Kahvecisi, her biri tavana astıkları kurutulmuş sebzeleri, değişik otları, sarışın tünellerle dolu deniz süngerlerinden, oymaları mağaraya benzeyen ponza taşlarına, kokuları insanın içini gıdıklayan sabunları ve lezzetli kuru meyveleriyle bir büyükanne sandığına benzeyen baharatçı ve aktarlar, o zamanlar adına sahaf dendiğini bilmediği, küf kokan eski kitapçıları ve siyah-beyaz eski fotoğraflarıyla, 'başka hayatların hikâyeleri'ni kendimizinkine ekleyen sahaflar, taze sebze ve meyvelerini sergilerine mücevher gibi dizip parlatırken onları ninni söyler gibi seven manavlar, mis gibi pastırma hevenklerini kapının önüne asarak insanın merakını uyandıran, içeride çok lezzetli Rus salatası ve tarator ile midye dolması ve onlarca çeşit taze meze satan şarküteriler, Osmanlı tulumbasından Antep baklavasına, lohusa şekerinden rengârenk akide şekerlerine kadar onlarca çeşit şekeri altın yaldızlı cami kubbesine benzer dev kavanozlarında sergileyen tatlıcı ve şekerciler, 'Kumral Ada ile Mavi Tuna'nın müdavimi olduğu Baylan Pastanesi, bayramlarda hâlâ lokum kuyrukları caddeye taşan 230 yıllık Hacı Bekir lokumcusu, 300 yıllık Surp Takavor Ermeni Klisesi'nin karşısındaki limonata ve pastaları Kadıköylülerin damağında mutlaka bir iz bırakmış Beyaz Fırın, bir zamanlar yazarların söyleşiler yaptığı Gençlik Kitabevi'nin yeni sahibi Nezih, yeni açılan yabancı marka dükkânlara canla başla direnen yerli malı iç çamaşırı ve elbise dükkânlarının eski usul vitrinleri, dünyanın ve İstanbul'un her yerinde çoktan tarihe karışmış bir iki saat tamircisi, otacılar, çocukların aklını başından alan Çin malı rengârenk kalem, çanta ve kiloyla defter satan kırtasiyeciler, 'Avrupa Yakası'nı Kadıköy'e taşıyacak' kadar farklı lezzetleriyle ünlenen Çiya lokantaları, küçük balıkçı, kebapçı lokantaları, akşamları sokaklara masalarını yayan meyhaneler, birahaneler... Ucu bucağı olmayan Kadıköy Çarşısı bir şenliktir.

Esnafın çoğunun 'Komser Ümit' olarak tanıyıp sevdiği Ümit Kaman, İnegöl köftecisinde piyaz ile köftenin yanında içtiği buz gibi ayranla biraz kendine gelince, hazır yakınındayken Sahaf Semahat'e uğrayıp, hem onun internetinden Defne Kaman'ın yazıları hakkında bilgi edinip hem de eve erken gitmekten kurtulacağını düşünerek rahatladı. Tabii, en önce Facebook'ta Bihter K.'nın profilini kontrol etmek, artık düşünmeden yapılan refleksleri arasına katılmıştı. Hesabı öderken, kasada oturan işyeri sahibiyle biraz sohbet edip, birlikte sıcaklardan şikâyet ettiler. Klimalı lokantadan çıkar çıkmaz yine önce dev bir fırının içine, sonra da akvaryuma yuvarlanıp yazdan nefret etti. Aşırı sıcak hava, Kadıköy Çarşısı'nın keyfine varmasına engeldi ve o da hemen herkes gibi serin bir yere sığınabilmek için hızlı adımlarla yürüdü.

Sahaf Semahat'in dükkânına giden yolda, şimdi yıkılmak üzere terk edilmiş eski bir Rum evinin daracık girişinde bir kadının kendisine el salladığını gördü. Önce kadının başkasına el sallamış olabileceğini düşünüp arkasına döndü ama kadın kendisini göstererek eliyle gelmesini işaret ediyordu. Temkinli adımlarla kapıya doğru yaklaşınca kadın kapının loş boşluğunda gözden kayboldu. Yavaşça kapıya doğru eğildi, sonra orada bir karartı görünce, eli tabancasına gitti ve zınk diye durdu. O zaman kapı aralığına saklanmış kadını gördü. Kadınların da intihar bombacısı olarak kullanıldığı bu yüzyılda, aklına çarşıda patlayacak bir bombanın kaç kişinin hayatını söndüreceği ihtimali geldi, kalbi yerinden fırlayacak gibi çarpmaya başladı. Biraz geri çekilip, geniş açı yaparak karşı taraftan evin kapısına yaklaştı. Orada kızıl saçları ve eteklerinden kısa püsküller sarkan mavi askılı elbisesi dâhil, tamamen sırılsıklam bir kadın, çevresini korkmuş yeşil gözlerle kolaçan edip dudaklarını ısırarak, endişe içinde ona bakıyordu. Ama bu oydu! Bu sırılsıklam ve çok kaygılı kadın birkaç saat önce karakolda kendisine gösterilen fotoğraftaki Defne Kaman'dı. Ona yardım etmek için hiç düşünmeden kolunu uzatan Komiser Ümit Kaman, onun ellerini teslim olmuş gibi kaldırdığını görünce tekrar geri çekildi. Defne Kaman diplerine kadar tasalı yeşil gözleriyle ona yalvarır gibi baktı ve ıslak elinde sakladığı nemli bir kâğıt parçası uzattı, sonra çabucak kalabalığa karıştı, gözden kayboldu. Sanki buhar olup uçmuş, masallardaki gibi kaybolmuştu. Elinde bir kâğıt parçasıyla orada kalakalan Ümit, bu olayı kendisinden başka gören oldu mu diye etrafa bakınca, Kadıköy Çarşısı'nın her zamanki kendine özgü tatlı keşmekeşinde Defne Kaman'ı fark eden olmadığını anladı. Ancak elindeki kâğıdı açtığında şaşkınlığı arttı, çünkü kâğıtta sadece bazı harfler ve sayılar vardı. Bu şaşkınlıkla Sahaf Semahat'in dükkânına nasıl ulaştığını hiç hatırlamıyordu. Adeta kitapları tarafından korunan loş ve serin 'kulesi'nde kedilerinin arasında oturup, elinde kim bilir kaçıncı sigara ve kırtlama içtiği demli çayıyla bilgisayar ekranının içine düşmüşçesine dalgın görünen kadına bir 'merhaba' demeden, "Semahat Abla, şu harflerin ve sayıların mânâsını belki sen bilirsin, bir bak Allah aşkına, burada bir kadının hayatı söz konusudur!" diye elindeki kâğıdı uzatan Komiser Ümit Kaman, her zamanki sandalyesine çöküp kaldı.

Kâğıtta **"C:386-6515, B:28-211, B:28-212"** yazıyordu ve bu her şey olabilirdi.

6. Bu Romanın Değerli Okurunu Saygıyla Uyarırım!

Ey bu kitabın pek değerli okuru! İzniniz olursa, okumanızı bölerek bir dakikanızı alacağım. Biliyorum, münasebetsizce bir şey yapıyor, romanın heyecanlı yerinde araya giriyorum ama söylemek istediğim şey, eğer kitaba devam etmeyi düşünüyorsanız bundan sonra işinize yarayacak kadar önemlidir. Efendim, şunu söyleyeceğim: Dünyanın herhangi bir yerinde ve herhangi bir yüzyılında yirmi beş yıl kadar yaşamış biri, cehennemin bu dünyada olduğunu artık öğrenmiş, insanlık tarihi boyunca insanın en büyük düşmanının yalnızca insan olduğunu da çoktan fark etmiş olmalıdır. Hepsi bu kadar!

Şimdi eğer bu görüşüme katılmıyorsan Ey Okur, sen ya yirmi beş yaşından daha genç ya da hayatını sürekli ergen olarak yaşayıp bitirmek isteyenlerden birisin. Gençsen, yapılacak bir şey yok, var yaşa gençliğin hayâllerle dolu güzel engebeli yolculuğunu, çünkü uzun yaşayacak kadar şanslı şanssızlardan biriysen, nasılsa çağın gelince bu kitabı eline alma ihtimalin olacak ve yeniden karşılaşacağız o zaman. Ancak 'sürekli ergenlik' yaşamakta direnenlerdensen, mümkünü yok buluşmasının hayatının herhangi bir yerinde ikimizin. Aman, hâşâ seni eleştirmek gibi cüretkâr bir hayâlim yok, zaten bendeniz dünya nimetlerinden elini eteğini çekmiş, başkalarıyla uğraşmaktan çoktan vazgeçmiş biriyim. Hem ne de olsa bu senin hayatın ve onu dilediğin gibi yaşamakta veya savurganca harcamakta özgürsün. Naçizane bendenizin bu konuda, "hayatı boyunca ergen kalmaya çabalamak" tıpkı, "sürekli tatil gibi cehennemin ta kendisidir"* hatırlatmasından başka söyleyecek sözüm kalmamıştır. Esasen, ne kendilerini ve çevresindekileri devamlı korlu bir ateşte yanmaya mahkûm eden 'ömür boyu ergen'ler bu kitapla ilgilenecek, ne de bu kitap onlara hitap eden bir cümle barındıracaktır. O hâlde benimkisi beyhude bir konuşmadır!

Ben bunları nereden mi biliyorum? Ah Sevgili Okur, hâlâ anlamadın mı; ben bu romanın anlatıcısıyım ve bildiklerimin bir kısmını seninle paylaşmak üzere buradayım. Yalnız önemle hatırlatmak isterim ki, şimdiye kadar olup bitenlerle benim hiçbir ilgim ve ilişkim yok. Ben yalnızca kendi hâlinde bir anlatıcıyım, o kadar. Burada olanlar ve olacaklardan sorumlu da değilim, ancak zaman zaman kendimi tutamaz, düşüncemi belirtir, yorum yapar, hattâ bakarsın zaman zaman affına sığınarak bayramlık ağzımı açıp yumarım gözümü... Artık beni hoş görecek, biraz idare edeceksin işte... Ya da, daha iyisi, benim konuştuğum birkaç masumâne ve kısacık bölümü atlar, okumazsın ancak, o zaman da içinden hep bilirsin ki, ben yine burada, bu romanın içindeyim. Bu biraz da yaşadığın ülkenin coğrafi ve kültürel iklimini

* George Bernard Shaw

sevip sevmemen gibi bir şeydir, yani elinden çok fazla bir şey gelmez. Ya o ülkeyi terk edersin ya da iklime göre önlemler alır, hayatını sürdürür, hattâ çok tuhaf ama, bazen mutlu olarak bile orada yaşayabilirsin. Tabii farkında olmanın lüksü ve azabıyla...

Ah, okumak eyleminin biricik işçisi, ah sürat, para ve ün düşkünü 21. yüzyılın en çileli ve güzel insanı olan Ey Okur! Elbette çoktan farkındasın ki, bu kendi değerinden her zaman kuşkulu ve mütevâzı kulun, elinde tutmakta olduğun kitabın iyi niyetli ve cömert anlatıcısıdır. Hattâ yüce gönlün çekerse, bana 'Uyumsuz Bayan Defne Kaman'ın büyükannesi veya büyükbabası diyebilirsin de... Bütün romanların anlatıcısı gibi ben de o roman ülkesinin atası veya ninesiyim nasılsa. Ve sen, Türkçenin mucizelerinden biri olarak bana yalnızca, 'O,' diye hitap edecek ve böylece 'O'nun güzel tarafsızlığı sayesinde değerli zamanını, bana hep saçma gelen o 'aklın ve zekânın cinsiyeti' gibi bağnazlıklara harcamamış olacaksın.

Bütün bu gevezeliklerimden sonra sadık ve içi temiz bendenizin, Cervantes, Sterne ve Rabelais veya Yusuf Has Hacib ve Mevlâna, Manasçı Sayakbay Karalayev ya da Homeros ve Evliya Çelebi'nin akrabası olduğumu anlamışsındır Ey Okur –ki, son ikisiyle aynı topraklarda doğmuş olduğumu da bilirsin. Ancak seni baştan uyarmama izin ver Ey; hâlâ zamanını ve parasını okumaya ayırmakta direnen başımın tacı; iyi, onurlu, özgür ve eşitlikçi bir geleceğe dair hayâlleri ve umutları olan biricik Okur! Bu kitabı eline aldığın ândan itibaren hem artık onun hikâyesinin içine girmiş bulunacak, hem de bittiğinde artık eskisi gibi olmayacaksın! Dahası, bendenizin kırık kalbini onarmış ve üç vakte kadar içinde hep bir ukde kalmış çok büyük bir muradına ereceksin!

Değeri dünyanın hiçbir kültür bakanı veya yayıncısı tarafından anlaşılmamış Ey Saygıdeğer Okur, şimdi ancak roman anlatıcılarının sana verdiği kıymetin bir belirtisi olarak yüksek saygılarımı kabul buyurmanı diliyor, gönlünden buse ediyorum.

7. Sahaf Semahat'in Dükkânı

Öyle herkesin anlattığı gibi dağınık, duvarlardan ve yerlerden insanın üstüne kitaplar devrilecekmiş kaygısı veren, kasvetli, loş bir yer değildi. Bin bir emek ve güçlükle, tek başına kurduğu güzel sahaf dükkânı. "Ne münasebet canım, abartıyorlar işte. Bu dükkânda her şeyin kendi içinde mükemmel bir düzeni var!" diye sitemli gülümserdi Semahat, insanlar kendi dükkânı hakkında böyle şeyler söylediklerinde. Onun sadece 'dükkân' diye andığı yer bir kitapçıydı, ama öyle herhangi bir kitapçı değil, artık pek kimsenin umurunda olmasa da bir sahaf dükkânıydı. Eskiliği; bir zamanlar en az bir kişinin okuduğu, gözlerinden zihnine düşünce ve duygular aktarmış oluşundan değerli, kim bilir hangi hayatlara kaç kere eşlik etmiş, görmüş geçirmiş kitaplardan meydana gelen on binlerce 'söz dünyasının' ev sahibiydi. Bu yüzden yıllardır gurur duyarak işlettiği kitapçı dükkânı için 'elden düşme kitapçı' deyimini hiç kullanmaz ve sevmezdi. Onun için, her birinin kendi hayatı ve anıları olan kitapları şimdi yeni hayatlara hem de uygun fiyatla uğurlayan bir çeşit 'büyükler için oyuncakçı' ya da 'hayâl dükkânı' sahibi olmak demekti. Sahaf Semahat kendini böyle görür, böyle mutlu olurdu. Dükkânındaki 25.000'den fazla kitabı çocuğuymuş gibi sever ve tek tek tanırdı. Çoğu arkadaşı olan müşterilerine ve komşu esnafa sık sık, "Kitap ve hayvan sevmeyen insana güvenmem!" derdi gülümseyerek. Gülümserdi, en sitemli ve üzgün zamanlarda bile hep gülümserdi Sahaf Semahat. Bu yüzden gülümsemesine artık hüzün bulaşmıştı. Kalplerini gülümseme maskesi arkasına saklayarak daha fazla kırılmaktan korumaya çalışanlar, bir gün artık sahiden gülümseyemediklerini fark ederler. Çünkü artık gülüşün gerçek dürtüsünü ve rengini unutmuş, böylece yitirmişlerdir. Unuttuklarımızı yitiririz! Ancak daha önce incinmiş olanlar, hüzünlü bir gülüşün arkasına saklanarak güvende olmayı unutma acısına tercih ederler çoğunlukla...

Nevşehirli tüccar bir ailenin büyük kızı olarak orada doğan Semahat, ilkokula giderken, çok sevdiği sınıf arkadaşı Ayşen'in köy enstitüsü mezunu dedesi sayesinde ilk kez elli kitabı yan yana görmüş, ilk kez 'sahaf' sözcüğünü orada duymuş ve yine ilk kez Orhan Kemal, Nâzım Hikmet, Adalet Ağaoğlu, Osman Şahin, Aziz Nesin ve Fakir Baykurt'un kitaplarıyla o evde tanışmış, o yaşta okuduklarını pek anlamasa da sadece sözcüklerle yaratılan büyülü bir atmosfere girip orada kaybolmayı çok sevmişti. Başka bir deyişle, ilk kez arkadaşının dedesinin kitaplığında 'kitap tozu yutmuş' ve bu 'mübarek tozu' yutanların hepsi gibi artık okumadan yaşayamaz olmuştu. Nevşehir'de geçen çocukluğu sırasında, büyüdüğünde bir gün İstanbullu olacağını, hayatını kitaplar arasında geçirip onlardan kazanacağını hiç düşünemezdi. O okula başladığı yıllardan beri hâlâ Türkiye'nin *hemen* her yerinde ilkokula gönderilecek kadar şanslı küçük kızların ister okuryazar, ister üniversite mezunu olsun, eninde sonunda 'hayırlı' bir kısmetle ve 'hayırlısıyla' evlenip kendini sadece ailesine ve kocasına adaması beklenmektedir. Memleketin yedi bölgesindeki bütün kızlar; ister kendini muhafazakâr, ister modern kabul eden, ister insanın dişisine 'bayan' ister 'kadın' diyen, ister gıyabında örtünmesine veya açık gezmesine karar verilen ailelerde büyüsünler, sonuçta kızların hepsinin vardığı yer aynıydı: kadının diploması sadece ve sadece bir çeyiz olarak kabul görmekteydi. Bir kadının kendine ait mesleği, parası ve hayatı olabileceği, hayatını sevdiği bir mesleğe, felsefeye, matematiğe ya da şiire adayabileceği düşüncesi, Türkiye'de Kaf Dağı'nın gerçekte var olmasından çok daha ütopikti. Geçen yüzyılda önemli bir Türk şairinin "Türkiye'de en çok kolejde okumuş kızlar acı çeker!" sözü bu yüzden büyük olay yaratmış, yaraya tuz basmıştı.

Sahaf Semahat'in ancak İstanbul'a göçüp kirasını her ay zor denkleştirdiği, alt katta uyuyup üst katta iki kedisi ve kitaplarıyla yaşadığı bu sahaf dükkânında büyük mücadeleyle kendine kurabildiği hayatın bedeli, kadın olduğu için başkalarınınkinden çok daha ağır olmuştu. Bu yüzden, onun yakın bir bakkaldan yiyecek, kedi maması, çay, kahve ve sigara alışverişi dışında handiyse dışarıya hiç çıkmadan, müşteriden arkadaşa dönüşen ziyaretçileri ve internet vasıtasıyla dış dünyaya bağlanan münzevî hayatına acıyanlar, aslında ona İstanbul'da bile bağımsız bir kadın olarak hayatta kalmak şansının ancak bu sınırlar içinde verileceğini anlamayan şuursuzlardır.

Ufak tefek, 'sigara sıskası' denecek kadar zayıf, taramaya vakit bulamadığını sık sık neşeli bir sesle tekrarladığı, yer yer beyazlaşmasına rağmen boyamadan doğal hâlinde bıraktığı, siyah, ince telli, omuz hizasındaki saçlarını gevşek bir topuzla kafasının arkasına toplayan Sahaf Semahat yıllardır otuz beş yaşlarında görünürdü. Bazı insanlar gençken yaşından büyük gösterir, orta yaşa geldiklerinde de uzun süre orada sabitlenirler. Bunların giyim tarzları, saç biçimleri ve zevkleri de hep aynı kalır. Sahaf Semahat onlardandı, onu asıl tanımlayan özelliği, çocuksu masumiyetini henüz kaybetmemiş, çıtır çıtır bir genç kız sesiydi. İnsanın içini ısıtan, samimi, biraz şımarık, oyunbaz ve taze ses tonuyla Sahaf Semahat'i on binlerce kişi arasında teşhis etmek olasıydı.

Henüz devriye görevinde olduğu yıllarda sık sık dükkânının önünden geçip ama içeri adım atmayan, orta boylu, esmer, iyi aile çocuğu suratlı, ela gözlü, gülünce gözbebeklerinin dibine kadar gülen Komiser Ümit Kaman, bir gün esmer güzeli bir kızla el ele gelip denizcilikle ilgili kitaplara bakmak isteyince, sivil olmasına rağmen, "Hoş geldin Komserim!" diye gülümsemişti. Sonrası mâlum, Ümit ve Tasvir de dükkânın devamlı müşterileri ve Sahaf Semahat'in arkadaşları oluvermişti. Denizcilik tarihiyle ilgilenen diş doktoru patronuna bir armağan kitap almak için rasgele girdikleri dükkânı daha sonra onların evliliklerine karşı çıkan aileleri yüzünden dertleşmek ve el ele ağlamak için saklandıkları bir aşk sığınağına dönüşmüştü. Birbirini sevenleri ayıran düşünce, inanç veya kanunlara artık hiç saygısı kalmayan Sahaf Semahat, özündeki hoşgörüyü kaybetmiş insanlar yüzünden bu dünyanın yakında kendi kendini yok edeceğine inanıyordu. Milyonlarca insan hayatının sadece bağnazlık ve iktidar hırsı yüzünden söndüğünü ve dünya nüfusunun giderek 'yaşayan cesetler', bir çeşit zombiler topluluğuna dönüştüğünü anlatan kitapları artık bu yüzden seviyor, hayatı darmadağınık, başarısız Dedektif Matt Scudder'ı nihilizmin en hafif roman karakteri olsa da tam bu yüzden kendine yakın hissediyordu.

"Sahaf sözcüğü, Arapçada 'sayfalar' anlamına gelen 'suhuf'tan türemiştir. Biliyorsunuz, matbaanın icadına kadar Avrupa'da ve Osmanlı'da kitaplar elle yazılıyordu, bu yüzden o zamanlar, kitap nadir ve çok değerli, belki de dönemin tek yazılı kültür kaynağıydı," diye başlayan konuşmasına kırtlama çay eşliğinde tatlı tatlı devam etti.

Ümit ve Tasvir'le tanıştığı gün sahaflık ve kitap konusunda konuşmuş ama onları sıktığını düşünerek, biraz tiyatral bir sesle, "Ah sahaflar, ah her biri insan sarrafı olan sahaflar!" diyerek, kendisini sevenlerin, 'hiç yaşlanmayan, gevrek, çokbilmiş bir kız çocuğu sesi' diye tanımladıkları o yaramaz, çıtır çıtır sesiyle eklemişti. Onlar da gülmüştü. Polis Ümit ile diş teknisyeni Tasvir. Onları daha ilk görüşte seven Semahat, "Hani eski filmlerde 'bohçacı' falan diye takıldıkları tipler var ya, onlar aslında konak ve evleri dolaşıp bohçaları içinde kitap satarlarmış, ilk elektronik alışveriş, hah ha! 1980'den sonra işlerinden solcu diye atılan profesörler de ansiklopedi satıp çocuklarına bakabilmek için benzer işler yapmışlar, nasıl memleket ama, hı?" diye gülümsemişti. Gülümsemesi hep hüzünle boyanmış Sahaf Semahat, 'bu güzel âşıklara nazar değmez inşallah!' diye geçirmişti içinden.

Onlara değen nazar mı yoksa bağnazlık mıydı, bu tartışılır, ama bir şey değmiş, gençleri ayırmıştı. Ve o günden sonra Semahat, Ümit'in dert ortağı, biraz da ablası oluvermiş, önce onu avutmak için eline hafif polisiye romanlar tutuşturmuş, sonra onun okumayı sevdiğini görünce polisiyeyi, suç ve fantezi edebiyata doğru genişletmişti. Okumak, Ümit'e de iyi gelmiş, kelime hazinesi genişledikçe kendini daha iyi ifade eder olmuş, açılmıştı. Okuduğu farklı polisiye romanlara rağmen ilk başladığı Lawrence Block'un alkolik, mutsuz, kendi içinde tutarlı, gençken başına gelen bir talihsizlik yüzünden emekliye ayrılmış polis karakteri Matt Scudder hâlâ en favori kahramanıydı. Aslında Sahaf Semahat de Matt Scudder'in onulmaz nihilizmine çocuksu bir zıtlıkla ters düşen inişli çıkışlı umutlarını severdi.

İşte, daha şimdiden '21. yüzyılın en sıcak yazı' olarak ilan edilen cehennem sıcağı bir perşembe günü, öğleden hemen sonra tedirgin ve telaşlı bir ifadeyle dükkânına girip, "Semahat Abla, şu harflerin ve sayıların mânâsını bilsen bilsen sen bilirsin, bir bak Allah aşkına! Burada bir kadının hayatı söz konusu!" diye ıslak bir kâğıt parçası uzatan Komiser Ümit Kaman, her zamanki sandalyesine çöküp kalınca, ürktü Sahaf Semahat. Ümit öyle huzursuzdu ki, insan ruhunun kimyasını kokular yoluyla algılayabilen kediler, derin uykularından uyanıp homurtulu seslerle dükkânın başka köşelerine çekildiler. Kedi dilini iyi bilen Semahat, bu işareti de görünce Tasvir'e kötü bir şey oldu sanarak korktu. Korkunca da gülümsedi. Gülümsemesi bu kez hüzünlü değil, endişeliydi.

"Aman dur, ağzını hayra aç! Yoksa Tasvir'e bir şey mi oldu Komserim?" diye sordu.

"Yok, Tasvir iyidir, çok şükür," dedi, kulağını çekip ahşap masaya işaret parmağının eklem yerini üç kez vurarak. "Bu, Defne Kaman. Kayıp gazeteci kadın."

"Aaa, Defne Kaman mı kaybolmuş? Ah canım, çok beğenirim ben onun yazılarını!"

"Sen Defne Kaman'ı tanıyor musun, Semahat Abla?

"Kişisel olarak değil ama yani, hani 'o ne yazsa okurum' diyecek kadar beğenirim yazılarını. Çok sağlam kadındır. Artık sayısı çok azalan, sahici, vicdanlı, muhabir gazetecilerdendir. Çevre katliamları, sağlık ticareti, kaçakçılık, çocuk ve kadın tacizleri, namus cinayetleri gibi çok önemli konuları didik didik araştırıp yazar. Ah canım, inşallah başına kötü bir şey gelmez!" diye elini üzüntüyle yanağını döver gibi hafifçe yüzüne vurdu.

"Kadın, salı akşamından beri kayıp Semahat Abla, hem de burnumuzun dibinde, Kadıköy İskelesi'nden vapura binip, sırra kadem basmış. Ancak o 'evlere şenlik' ailesi var ya, kızlarının kaybolduğunu daha bugün öğlen karakola bildirdi! Sonra vır vır vır, öyle çok konuştular ki, insanın bu sıcakta sinirleri zaten yay gibi gerilmiş... Yok, Defne Kaman aklına esince hep böyle kaçar, yok şöyle saklanır falan, kafamı karıştırdılar. Zaten ben şu ânda resmen izinliyim, onu arkadaşlar arıyor, hayırlısıyla bulurlar inşallah, bana ne ya!" diye çok bunalmış olduğunu belli eden derin bir 'uffff'la nefesini vererek kendini rahatlatmaya çalıştı Ümit Kaman.

"Dur bi dakka! Bu hafta yeni bir yazı dizisine başlamıştı..." diye dalgın bir sesle mırıldanarak, üzeri tıklım tıklım dolu masasının başına dikildi Sahaf Semahat. "Dünkü gazeteyi ne yaptım ben acaba? Allah Allah... Haaa, kedilerin kum kutusunun altına serdimdi... Dur ama internetten bakalım hemen," diyerek, zaten açık olan monitörden birkaç tıkla Defne Kaman'ın son yazı dizisini aramaya başladı.

"İyi de Semahat Abla, bu kadın eğer böyle ünlü bir gazeteciyse neden basında henüz çıt yok? Haberlerde falan bir şey olsa, sen duyardın, senin internetin yirmi dört saat devamlı haber sitelerine açıktır ya?"

Gözleri bilgisayar ekranına kilitlenmiş Sahaf Semahat, acı bir kahkaha attı: "İlâhî Komserim ya, Defne Kaman iyi gazeteci ama öyle sadece kendini ve kendi takımından insanları anlatan köşe yazarlarından değil! Yani, senin anlayacağın, artiz olmak isteyip yanlışlıkla gazeteci, yazar olanlardan değil ki... Hahh ha! Ben onun daha hiç kendini boydan boya sergilediği bir fotoğrafını görmedim, ama ne kadar zeki ve âdil bir insan olduğunu biliyorum. Öfff, neden bulamıyorum bu yazı dizisini ama?"

"Araştırmacı gazeteci bu Defne Kaman, diyorsun yani?"

"Aynen öyle ama çakması değil! Defne Kaman, oturduğu yerden ahkâm kesmez, olay yerine gider. Biraz polislik, az dedektiflik gibi yani... Ama bu tür gazetecileri dünyanın hiçbir yerinde ne polisler ne de büyük patronlar sever! Bak alınmaca yok Komserim! Aaa bak, işte buldum. 'Namus Cinayetleri' yazı dizisi: 5 bölüm sürecek, diyor... Yalnız, dur yaa... Ben, pazartesi ve salı günküleri okudum da... Yok işte!"

"Ne yok işte?"

"Ya, dünkü gazetede yoktu galiba? Bir dakka, dün neydi günlerden? Çarşamba! Evet, dünkü gazetede yazının üçüncü bölümü yoktu, bulamamıştım da sonra müşteri gelince aramayı unutmuştum... Evet, ama bak bugün de dördüncü bölüm yok!"

"İlâhî Semahat Abla, kadın kayboldu diyorum ya! Ee, kadın yok, yazı yok işte! Kadın olmayınca yazı nasıl olacak ki?"

"Amaaan Komserim ya, bu dizi yazılar öyle televizyon dizileri gibi parça parça reytinge bakarak yazılmaz ki! Yazı bir bütün olarak yazılıp, dizi olarak yayımlanır. Eskiler 'tefrika' yazı derlermiş ya hani? Sanırım, Arapça 'tefrik' ayırma, parça parça kökünden geliyor."

Sahaf Semahat meslektaşlarının çoğu gibi Osmanlıca dersleri alıyor ve eski dille yeni dil arasında köprü kurmayı önemsiyordu. Ancak tefrika sözcüğünün kökeni hakkında değil de, yazının toptan gazeteye teslim edildiği konusunda verdiği bilgi bilinçlerine ulaşınca göz göze geldiler. Yüzlerine endişe doldu. Gözlerini birbirinden kaçırıp sustular. İnsanlar susunca kediler hemen anlar. Mışıl mışıl uyuyormuş gibi görünen iki kedi hiç kımıldamadan birer gözlerini açarak onları inceledi. Öbür gözleri hâlâ uykudaydı. Sahibelerinin telaşlandığını hisseden kediler biraz daha bekleyip duruma göre tavır almaya karar vererek, tostoparlak uyku pozisyonlarını bozmadan, kitaplar arasına yerleştirilmiş eski püskü sepetlerinde yatmaya devam ettiler.

Sahaf Semahat, handiyse otomatik hareketlerle Defne Kaman'ın 'Namus Cinayetleri' konulu yazı dizisinin yayımlanan iki bölümünü yazıcıdan almak için bilgisayarın yazıcısını açtı. "Ekrandan okumak başka, kâğıttan okumak başka. Şunu bir yazdırıp kâğıt üzerinde adam gibi okuyalım bakalım, ne yazmış ki kadını kaçırmışlar!" diye mırıldandı. Onun sesindeki endişe tonu, kedilerin tek gözlerini açarak etrafı tekrar kolaçan etmesine neden oldu.

"Sen bu kadını yolda görsen tanır mısın, Semahat Abla?" diye âniden sordu Ümit.

"Bilmem ki... Tanırım herhalde," dedi Sahaf Semahat, şimdi elindeki yazıları okurken dalgın bir sesle. "Defne Kaman öyle medyatik gazetecilerden değildir ama hani bir kere görsen unutamayacağın kadar farklı bir tiptir. Meselâ kızıl saçlı, çilli, hafif çekik gözleri var. Çekingen, utangaç, biraz çocuk-kadın tipi denir ya, öyle..." Yazıyı bırakıp Ümit'e döndü:

"Bir kere televizyonda bir tartışma programına konuk olmuştu; yazılarındaki o cesur ve yılmaz kadını öyle sakin ve doğal, saçları fönsüz falan görünce şaşırmıştım. Ha, ama bak, benim gibi bakımsız da değil ha, hah hah ha! Defne Kaman, nasıl desem, sanki masallardaki peri kızının büyümüş hâliydi diye tarif etsem yalandan başım ağrımaz! Yok, öyle bakma, abartmıyorum ha! Bak biraz efsanevî olacak ama hani sigaraya, içkiye gerek duymayan 'cool' tipler vardır ya, gerçekten vardır böyle dingin, sakin, hafif çekingen gibi görünen ama çocukluktan beri acayip özgüvenli, belki çok sevilerek, pohpohlanarak büyümüşlerdir de çöplükte bile sultan gibi gezinirler hani... İnsan gıcık olur bunlara... Biz burada sakinleşmek için neler yapıyoruz, tipe bak, doğuştan zeki, güvenilir, karizmatik falan... Fakat Defne Kaman çok istisna bir karakter, o artık ne yaparsa yapsın gıcık olamam ben ona; çünkü bu kadın bir kere kibirli değil ve bencileyin o da gariban insanların ve sokak hayvanlarının yanında seçmiş tarafını. Velhasıl Komserim, onu ilk kez kaşı gözü, eli ayağıyla televizyon programında gördüğümde, az konuşmuş, öne çıkmak için bağırıp çağırmamış, ama benim gibileri samimiyetiyle yine etkilemişti."

"Ben ona biraz önce rastladım, Semahat Abla!"

"Hıı?"

"Evet, biraz önce ben Defne Kaman'a rastladım!"

"Nasıl yani? Hani kayıptı bu kadın, Komserim?"

"İşte zaten kafamı 'iyi eden' de bu ya! Kadın resmen kayıp ama çarşıda karşıma çıktı ve bu kâğıdı verdi bana."

"Bizim Kadıköy Çarşısı'nda mı? Şimdi mi?" diye şaşıran Semahat, sonra bir hamlede üzerinde harfler ve sayılar yazan, artık kurumuş kâğıdı sehpanın üzerinden kaptı ve alıcı gözüyle tekrar baktı:

"C:386-6515, B:28-211, B:28-212"

"Ama bu her şey olabilir..." diye kendi kendine endişeli mırıldandı önce. "Galiba sana bir şifre vermiş Defne Kaman, Komserim?" diye şaşırdı sonra. "Biraz ipucu olsaydı bari..." diye kara kara düşünmeye başladı en sonunda. Kediler sepetlerinde kımıldadı, artık başlarını kaldırmış, iki gözlerini de açarak sahibelerine bakıyorlardı.

"Parmak izi falan aldırabiliriz de... O zaman kadının kayıp bildirimi düşer, çünkü kadın ortaya çıkıyorsa artık resmen kayıp değildir! Tuhaf bir durum gerçekten... Zaten bu kadınla ilgili her şey bir tuhaf Semahat Abla ya! Ama var ya, çok korktuğu besbelliydi ve bana bakıp öyle bir, 'beni ancak siz kurtarabilirsiniz,' dedi ki... Samimi olduğuna inanmamak için zâlim olmak lâzım... Bir de sırılsıklamdı..."

"Sırılsıklamdı, ne demek? Kadının elbiseleri de mi ıslaktı? Nasıl yani? Dur bir dakka! Allahaşkına sen her şeyi bana başından bir anlatsana Komserim! Hey Allahım Yarabbim! Ya Komserim, farkında mısın bilmem ama, şu ânda başı cidden dertte olan sadece Defne Kaman değil artık!" diye inler gibi bağırdı Semahat. Yıllardır onun ilk kez bu kadar heyecanlandığını gören Komiser Ümit Kaman şimdi daha fazla endişeleniyordu.

Kedilerden sarman olanı, artık rahat sepetinden çıkma vaktinin geldiğine karar verip önce yavaş yavaş sepetinde doğruldu. Dört ayak üzerinde dikilip, deve gibi sırtını yukarı dikti, sonra ön ayaklarını sepetten çıkartıp, kafasını patilerine doğru uzatıp öne doğru gerindi. Sonra aynı hareketi arka ayakları üzerinde geriye doğru tekrarlayarak gerindi. Yogada 'kedi gerinmesi' denen bu muhteşem estetik gösteriden sonra gidip Sahaf Semahat'in bacaklarına süründü. Kedi böyle yaparak sahibesini yatıştırmaya çalışıyordu. Onu açık tek gözüyle izleyen öbür kedi de, biraz gönülsüzce, sepetinden çıkıp, arkadaşını taklit etti. Kedilerden tekir olanının adı 'Kutlu', sarmanınsa 'Bilgi' idi.

8. Şaman Dünyanın İlk Çevrecisi ve Organik Şifacısıdır

Sahaf Semahat'in dükkânının bulunduğu daracık Kadıköy sokağındaki tüm esnafa servis yapan çay ocağı, Kadıköy Çarşısı'nın en köpüklü Türk kahvesi ve en 'tavşankanı' çayını yapmakta iddialıydı. Ama Semahat çayını ve kahvesini kendi dükkânında semaver biçimindeki emektar elektrikli bir çaydanlıkta ve isten kararmış bir cezvede yapmayı tercih ederdi. Her şeyden önce Semahat ne içtiğini bilmeyi severdi. Sonra, bırak her gün onlarcası başka hiçbir sahafa gitmeden ilk önce kendisine uğrayan sadık müşteriden birer arkadaşa dönüşmüş kitapseverleri, kendi içtiği çay, kahveye bile para yetiştiremezdi. Ancak 21. yüzyılın en sıcak yazının tam ortasında bir perşembe öğleden hemen sonra kan ter içinde dükkâna gelip, Defne Kaman'ın verdiği birtakım harf ve sayılardan oluşmuş şifreyle koltuğa çöken komiser dostuna çay ocağından soğuk bir limonata ısmarladı. Kendisi de minibar diye bilinen küçük buzdolabından bir Kızılay madensuyu çıkardı. Gazoz kapaklarıyla oynamaya bayılan kediler, madensuyu şişesinin açılırken çıkardığı sesle uyarılıp sahibelerinin kapağı kendilerine atmasını boşuna beklediler. Çünkü Sahaf Semahat'in şu ânda onlarla ilgilenecek hâli yoktu, kapağı kedilere oynasınlar diye atacağına, dalgınlıkla masasının üzerine bıraktı. Kutlu ve Bilgi, buna bozuldular ve sahibelerinin gerçekten huzursuz olduğuna karar vererek, kedice bir önseziyle ayakaltından çekilip, dükkânın kuytularında, burunları ve tek gözleri açık 'kedi uykusu'na daldılar.

Defne Kaman adına karakola gelip kayıp başvurusunda bulunan ailesinden başlayıp, onun 'kayıp şahıs olarak kayda geçiş'i ve biraz önce de Kadıköy Çarşısı'nda karşısına çıkıp eline şifreli bir kâğıt vermesine kadar sadece iki buçuk saatte olanları uzun uzun Sahaf Semahat'e anlatan Komiser Ümit Kaman, çay ocağından gelen buz gibi limonatayı bir dikişte bitirdi.

"Ha bir de, Defne Kaman'ın o tuhaf anneannesi var; aklaşmış saçlarını okullu küçük kızlar gibi iki saç örgüyle bağlamış, her yanından püsküller sarkan, hani eski Amerikan filmlerindeki Kızılderili kadınlar var ya, biraz onlar gibi giyinmiş bir nine. Başına bir tüy dikmediği kalmış hani! Üstelik şu kendisine 'teyze' denmesini sevmeyen o eski gıcık İstanbullulardan! Bir de bana demez mi, 'Evlâdım, senin de soyadın Kaman, onun için sana geldik!' falan diye... Ne olmuş yani? Türkiye'de Kaman soyadı olan belki milyonlarca insan vardır? Ne demek öyle, Kaman'a esrarengiz mânâlar yüklemek falan... Yok, en başından beri vardı onlarda bir tuhaflık Semahat Abla!"

Onu büyük bir dikkatle dinleyen Sahaf Semahat, bu arada zaman zaman dükkâna girip kitap soran gençlere, "Maalesef, bestseller listelerindeki yeni kitaplar bizde bulunmaz", "Hayır, o yazarın kitabı bizde yok, ama *www.nadirkitap.com* adresinden bir bakın, belki bulursunuz" gibi yanıtlar veriyordu.

Yeniden yalnız kaldıklarında:

"Şimdi sen sahiden soyadının mânâsını bilmediğini mi söylüyorsun bana Komserim?" diye endişeli bir ifadeyle sordu.

"Ya hu bilmez olur muyum hiç! İnsanın dedeleri meselâ Tirebolu'da doğmuştur ve soyunun adı da Tirebolulu olur. Bizimkiler hem anne hem baba tarafından Kamanlı, ee biz de Kaman'ız işte!" diye hırçın bir sesle yanıtladı onu Ümit Kaman. "Zaten bu konuları fazla büyütmemek lâzım Semahat Abla. Hem sanki sen kendi..." diye daha yumuşatarak ekliyordu ki, Sahaf Semahat'in soyadını bilmediğini fark etti ve sustu. Sahaf dükkânının kapısında asılı: 'Sahaf Kutlu Bilgi' tabelasına rağmen herkesin sadece 'Sahaf Semahat'in Dükkânı' olarak andığı bu mekânda daha önce hiçbir yerde Semahat'in soyadına rastlamamış olan Komiser Ümit Kaman, meslekî avantajını kullanarak dostları hakkında araştırma yapmayacak kadar namuslu bir insandı.

"İlâhî Komserim ya!" diye içini çekti Sahaf Semahat,"Türklerin Şaman'a Kaman ya da Kam adını verdiklerini hiç duymadan mı taşırsın bu güzel soy ismini şimdi sen yani?"

"Şaman mı?" diye irkilen Ümit Kaman, "Tövbe de Semahat Abla, bizim soyumuzun öyle büyücülerle, şeytanla falan ne ilgisi olacak ki ya!" diye ellerini iğne batmış gibi havaya savurdu. Sesinde, savunma mekanizmasının sirenleri çalıyordu. "Ya hu neden her soyadının bir mânâsı olsun ki zaten? Hem bilirsin, nüfus memurları da bazen inci dizdirirler bizde mâlum! Bazen Kaman ilçesinin adını 'saman', 'çaman', 'tamam' yazarken, dili sürçer gibi kalemi sürçer, bir bakarsın olmuş sana 'Şaman'..." diye söylenerek ayağa kalktı. Sonra abartmış olabileceğini düşünerek, üniformasının sıcaktan buruşmuş lacivert pantolonunu eliyle ütüler gibi düzeltip yeniden koltuğa oturdu.

"Yok, estağfurullah Komserim, hiç öyle bir şey demek ister miyim? Hem nereden çıkarttın bunları böyle sen?" diye onu yatıştırmaya çalıştı Sahaf Semahat. Durumu yumuşatmak için aklına Dedektif Matt Scudder'ın ikisinin de en sevdiği macerası olan *Babaların Günahları* romanında meşhur 'burbon'unu içerken söylediği bir cümle geldi. 'İnsanların bazı şeyleri yapmaya ne kadar hakkı olduğunu bilmek zordur. Sanırım polis teşkilatında çok uzun bir süre kaldım. Belki hiç ayrılmamalıydım...' İşte ben polis teşkilatında hiç çalışmadığım için Komserim, şimdi Kamanlık konusunda ne kadar konuşmam gerektiğini de pek bilemiyorum... Ve şu ânda bu benim en büyük sorunum..." diye gülümsedi.

"Öyle deme Semahat Abla, senin haberin yok mu, küçücük çocukların bilgisayar oyunlarında bile yeraltı cinleri, şeytan tiplemelerin adı Şaman ya hu! Ben ne olduğunu bilmeyebilirim ama kötü karakterlere Şaman diyorlar..."

Hiç beklemediği bu sert tepki karşısında ne yapacağını bilemeyen Semahat yine gülümsedi ama Ümit'in gerçekten alınmış olduğunu anlayınca, konunun hassasiyetini kavradı. Gitti, dükkânının ön tarafındaki raflardan Şamanizm'le ilgili birkaç kitap seçti, zaman kazanmak için ağır ağır yürüyerek dükkânın loş ve serin arka kısmına döndü, kitapları çalışma masanın üzerine bıraktı. Sık sık yaptığı gibi dağınık saçlarını eliyle toplayıp, toka yerine kullandığı bir kurşunkalemle ensesinde gevşek topuz yaptı, boğazını temizledi, tavanda bir noktaya bakarak konuşmaya başladı:

"Komserim, bak sen beni tanırsın. Kalp kırmayı, hak yemeyi sevmem. Nedenini hiç sorma, bunları yapanlara iki dünyada hakkımı helal etmem. Sildim öylelerini hayatımdan çoktan! Hem zaten tek bir nefes hakkımdan başka da bir şeyim yok bu yalan dünyada!" diyerek kollarını açtı, dükkândaki kitapları göstererek, bütün varını yoğunu işaret etti. O sırada Kutlu ile Bilgi'den biri sanki konuşulanları anlamış gibi, çekildiği kuytudan miyavlayarak kendisini hatırlattı. "Haa, bir de bu canlarım var tabii, daha ne olsun!" dedi. Sesinde hüzün veya acıma yoktu. Sanki, 'iki çarpı iki dört eder,' der gibiydi; ses tonu, ne konuşursa konuşsun, küçük bir kızınki gibi çıtır pıtırdı.

Tanıştıklarından beri ilk kez kendisiyle ilgili konuşan Sahaf Semahat'in bu tavrı, Ümit'i iyice gerdi. Neden bir cehenneme dönmüştü bu sıcak yaz günü böyle? Üstelik Alevi âleminin mübarek perşembe gününde neler geliyordu bu çileli başına...

Sakinleşmenin bir yolu olarak sık sık çay tüketen Sahaf Semahat, alışkanlıkla semaver benzeri elektrikli çaydanlığının yanına gitti ve iki 'ince belli'ye 'tavşankanı' doldurup masasının önündeki antika sehpaya koydu. Bu kez her zamanki gibi dağınık masasındaki koltuk yerine misafirinin karşısındaki sandalyeye oturdu. "Ben seni önce şaka yapıyor sandım ama galiba sen ciddisin Komserim," dedi sakin ve dostça bir sesle. "Benim, naçizane bildiğim kadarıyla, Türkler kadim gelenekleri olan Şamanlığa, Asya'da kullandığımız Ön-Türkçede, Kamanlık, Şaman'a da Kam veya Kaman derlermiş. Kamlar ya da Kamanlar, her şeyden önce birer şifacı, yani 'otacı' denen, bitkilerle ilaç yapan, nasıl desem, sanki o zamanın eczacılarıymış. 'Kocakarı ilaçları' denir ya, işte kocakarılar birer Şaman, Kaman, şifacı yani... Yok, sakın yanlış anlama, ben modern tıp, hijyen gibi bilimsel yöntemlere güvenirim, sadece kendi geleneğimizin tabiata saygılı, önemli figürü olan Kamanların bugün hor görülmesi canımı sıkıyor. Folklorik öge olarak bile sahip çıkmıyoruz Kamlara... Üstelik yalnızca şifacı değil, aynı zamanda ozanmış bunlar. İstersen, al şu kitaplara kendin bak. Özellikle daha önce okuyanların altlarını çizdiği bölümlere bir göz at, bak Kaman öyle fena bir şey değil, göreceksin..." dedi.

Sırf Semahat'i daha fazla üzmemek için gönülsüzce masadaki kitaplara uzanan Ümit, kitapların adlarına şöyle bir göz attı. *Şamanizm*, *Sibirya: Türklük ve Şamanlık*, *Türklerin Tarihi*, *Pa-*

sifikten Akdeniz'e 2000 Yıl, kitaplarını eline aldı, ilgisizce evirdi çevirdi. Sonra başını uzatıp masadaki diğer kitapların sırtlarından adlarını okudu: *Anadolu İnançları, Türk Destanlarında Kaman Unsurlar, Kadın Şaman, Hayvan ve Bitki Mitosları, Şaman ve Türk Dünyası, Alevi Mitolojisi*... İçlerinden birinin arka kapağını çevirdi, okudu:

"Şamanlık, Orta Asya'da yaşayan eski Türklerin, Moğolların ve başka birçok kavmin inancıdır. Zamanla bir geleneğe dönüşen Şamanlıkta evren gök, yeryüzü ve yeraltı olmak üzere üç bölümdür."* Kitabın içinden elyazısıyla yazılmış bir not çıktı: "Tektanrılı dinlerden önce Şamanizm'i benimseyen insanlar, bazı doğa güçlerine inanmış, su, hava, ateş, toprak, ağaç gibi ögeleri kutsal saymışlardır. İyi ve kötü güçlerle insanların ilişkilerini Şaman denen saygın bilgeler düzenlerdi."

"Fransız Türkolog J. Paul Roux, sizi 2000 yıllık tarih içinde bir yolculuğa, bildiğinizi sandığınız ya da hiçbir fikriniz olmayan olaylara, insanlara, inançlara tanıklığa davet ediyor."** Bu kitabın içinde de belli ki, eski bir okurunun arka sayfaya kendi elyazısıyla aldığı bir not vardı: "Türkler farklı ad verdikleri Şaman'a daha çok Kaman, Kam derlerdi. Kaman öncelikle kadındır, aydır, dişildir, daha sonra erkekler de Kam olmuştur. Kamanlar söz sanatında yetenekli, feylesof insanlardır. Ozan, has halk şairleridir.

Kam/anlarda atalarından geldiğine inanılan bir özel güç vardır. Bunlar, zeki, sağduyusu ve algılaması doğuştan güçlü çocuklar arasından seçilir. Bazı araştırmacılar pek çok dâhi gibi Kamanların da epilepsisi olduğunu düşünürler."

"Gerçekliğin kutsallaşma süreci hep aynıdır. Sadece kutsallaşmanın insan bilincinde aldığı biçim değişir."***

---

* Wilhelm Radloff, *Türklük ve Şamanlık*, (çev. A. Temir), Örgün Yayınları, İstanbul 2008.

** Jean Paul Roux, *Türklerin Tarihi, Pasifikten Akdeniz'e 2000 Yıl*, (çev. Aykut Kazancıgil, Lale Arslan Özcan), Kabalcı Yayınları.

*** Mircea Eliade, *Şamanizm*, (çev. İsmet Birkan), İmge Kitabevi, Ankara 2000.

"Bunları okudukça kafam iyice karışıyor benim ya hu! Hepsi tuhaf tuhaf şeyler söylüyor. Bak meselâ bu kitap, 'Şamanlar, epilepsi hastasıdır,' diyor, demin bir tanesi de 'melankolik' olurlar, diyordu. Bak, sağlam değiller, demiştim ben sana!" diye kendisiyle güya ilgilenmiyormuş gibi yapan Sahaf Semahat'e eline aldığı kitapları göstererek seslendi.

"Yok, aslında karışık değil, meselâ bana Kaman nedir diye soran bir gence, günümüzün zekâ küpü bir filozofu, radikal bir çevre gönüllüsü, bir rüya tâbircisi, otlarla konuşan bir ziraat mühendisi, araştırmaya meraklı bir organik kimyacı, aya ip merdiven atıp tırmanmaya kalkacak göklerin bilgesi, sınır tanımaz bir grafiti sanatçısı, Nobelli yazarların tümünün hikâyeci pîri ve atonal şarkılar söyleyerek dans eden bir modern dansçının çok eski zamanlarda yaşamış ilk ata ve ninelerinden bahsederim. Sonra derim ki, bütün bu özelliklere sahip tek bir insan düşün, işte ona Kaman ya da Şaman denir-*miş*. Aslında düşününce bu saydığım özelliklerin birbirine uzak düşmediği de anlaşılıyor. Bak bana gülmeyeceğine söz ver Komserim, ben de sana, 'bugün hâlâ aramızda yaşayan gizli Şamanlar var ve dünya onların hatırına batmıyor!' diye düşündüğümü itiraf edeyim? Meselâ, benim sevdiğim Björk adında İzlandalı bir şarkıcı var, o kadın konserlerinde resmen Şaman dansı yapıyor! Ben Youtube'dan izledim tabii... Sonra araştırdım, bu İzlandalılar da Hıristiyanlıktan önce Şamanmış meğer... Diyeceksin ki, tektanrılı dinlerden önce bütün insanlık paganmış, o da doğru ya..."

Onu pek dinlemez görünen Ümit, elindeki kitapların sayfalarını çevirip hoşnutsuzca inceliyor, onun her sözünü bir bir kafasına yazıyordu.

"Sara hastalığına gelince; ee zaten birçok yazarda, sanatçıda ve peygamberde bu hastalığın olduğu söyleniyor... Meselâ benim romanlarını çok sevdiğim Dostoyevski adında bir yazar var, hatta ben onun yüzünden bu hastalığı merak etmiş ve vakti zamanında biraz araştırmıştım. Eğer yanlış hatırlamıyorsam, sara hastalığı, beyin hücrelerinde geçici olarak anormal elektrik yayılması sonucu ortaya çıkıyormuş... Neyse, ama önemli olan, bunlara sara krizi geldiğinde halüsinasyon görmeleri, vecd olup, kafalarında yükselip, uçmaları..."

O konuştukça rahatlayacağı yerde, içi daralan Ümit, içini çektiğinin farkında değildi.

"Melankoliye gelince... Ah, hangimizin içinde gri bulutlar gezinmiyor ki, Komserim?" diye farkında olmadan içini çeken Semahat, o sırada dükkâna giren bir müşterinin aradığı kitabı bulmak için onun yanına gitti. O gidince masadaki Jeanne Achterberg'in *Kadın Şifacılar* adlı başka bir kitabının arka kapağına göz attı Ümit:

"Antik kültürlerin saygı duydukları 'bilge' kadınlardan, ortaçağda avlanarak yakılan 'cadılar'a, 19. yüzyılda profesyonelleşen 'hemşireler'den eski âdetleri sürdüren 'ebeler'e kadar kadın şifacıların Batı sağaltım geleneklerindeki rollerini kapsamlı biçimde inceleyen bu kitap, dişil değerlerin tıp biliminin bir parçası olmasını savunmaktadır."

Bu sırada müşterisine aradığı kitapla beraber kapağında Belgin Doruk olan 1960'ların bir *SES* mecmuasını da satan Semahat geri dönüp karşısına oturdu ve sanki hiç yerinden kalkmamış gibi kaldığı yerden sürdürdü konuşmasını.

"Ha, bak Komserim, şunu mutlaka hatırlatmam gerekir ki, Kam/anların güçlü olduğu çağ, tektanrılı dinlerden önce, insanlığın büyük bölümünün pagan olduğu zamanlarmış. Tarihçiler, antropologlar günümüzde sadece Orta Asya'da, Sibirya'da, Avustralya'da, Latin Amerika'da ve İzlanda'da az sayıda Şaman kaldığını söylüyor."

O sırada her derdine deva gördüğü çayını hatırladı, ama çayı soğumuştu ve bu onun için bir felaketti. Çayına hiç dokunmamış olan Ümit'in bardağını da alıp çayları yeniledi. Kendi çayına eşlik etsin diye önce bir sigara yaktı.

Sonra elindeki çay bardağına bakıp âniden aklına bir şey gelmiş gibi kaşlarını çattı: "Ya ben sık sık sana 'tavşan kanı' çay ikram ediyorum Komserim, ama acaba pot mu kırıyorum, ha?"

Birden konunun nasıl 'tavşan kanı çay'a geldiğini anlayamayan Ümit, derin bir nefes alıp acı acı gülümsedi:

"Hoppala paşam, delikli tavşan!" dedi başını sallayarak "Ah Semahat Abla, Alevilerle ilgili öyle fazla yanlış bilgi var ki toplumda... Tavşan da onlardan biri işte... yok biz tavşan sevmezmişiz, tavşan –söylemesi ayıp– aybaşı geçirirmiş de... Yok böyle bir şey, 'mum söndü' gibi bir iftira işte!"

"Hah ha aybaşı mı? Komiserim bütün memeli hayvanların dişisi aybaşı olur, yoksa doğuramazlar ki... O zaman inek de koyun da yemeyelim bari..."

"Bak işte, gördün mü? Ama kırıcı oluyor bu ifriralar, yaralıyor insanları... Neyse haydi içelim şu tavşan kanı çaylarımızı!"

"Bu arada, kadınların da Kam/an olabildiği tek Şamanlık, Türklerdeymiş!"

Sanki bir masal dünyasından yeni dönmüş de şimdi oturup seyahat anılarını anlatır gibi sevgiyle ve çıtır çıtır sesiyle Kamanlık hakkında bilgi veren Sahaf Semahat, sigarasını küllüğe asıp, önce cam çay tabağındaki kesmeşekerden bir 'kırt' aldı sonra çayından bir yudum içti. Onun yeniden ve çabucak Kamanlık konusuna geri dönmesine şaşıran Ümit, suratını astı ve gönülsüzce dinledi.

"Türklerin büyük bir kısmı Müslümanlığı ve bazıları da diğer tektanrılı dinleri kabul edince, İslamiyet'le karşılaşan Kaman geleneğinden Alevilik doğmuş, derler. Bu yüzden Aleviler, Kam/anlar gibi kadın ve erkek yan yana semah eder, döne döne dua ederler-*miş*," dedi tane tane ve usul usul...

"Sonuçta biz Şaman mıyız yani?" diye yüzünü buruşturdu Ümit Kaman, midesi bulanmış gibi.

"Büyük destan kahramanı Dede Korkut da bir Kam'dı, Kaman'dı: o bir ozandı. Bakma sen, okullarda onun Kamlığı geçiştirilir ama orada bile kitaplarda yazar bu gerçek. Yani bize belletikleri gibi Kamanlar, büyücü, yarı deli, divane insanlar değil, onlar kültürümüzün özüne temel taşı olmuş, sandığımızdan daha yerleşik ve sağlam bir geleneğin temsilcileriymiş. Zaten Kamanlık,

Türklerin Akdeniz'e göçmesinden sonra 1000 yıldır Anadolu'da yaşayan bütün halkların kültürüne iyice karışmış, farkında olmasak da artık hepimizin kadim geleneğimiz hâline gelmiş, Komserim. Tabiat sevgimizin en dibinde, kökünde Kamlık geleneğimiz yatar. Kurşun dökmekten nazar boncuğuna, derviş semahından Alevi semahına, içinde 'Ay' geçen bütün kız adlarımızdan, 'Su'yla ilgili bütün inançlarımıza, kırk sayısından Hıdırellez ve Nevruz'a kadar..."

Günün ortasında Sahaf Semahat'in dükkânına daha çok gençler gelirdi, ancak şimdi hem sıcak, hem de tatil nedeniyle biraz tenhâlaşan İstanbul'da pek kitap meraklısı dolaşmıyordu Kadıköy Çarşısı'nda. Bu sıcakta, soyadı Kaman olan bir yetişkine 'Kamanlık'la ilgili bilgi aktarmak da akıl işi değildi ama Semahat zaten akıl işi sayılacak şeyler yapmayı çoktan bırakmış insanlardandı. Ümit tazelenmiş çayına yine dokunmadan, oturduğu koltukta bazen birkaç kelime konuşmak dışında külçe gibi hareketsizce durmayı sürdürüyordu. Arkadan bakan biri onu uyuyor, önden bakansa, ölümcül bir hastalığı olduğunu şimdi duymuş ve şok geçiriyor sanabilirdi. Şok ânlarında bir süre susmanın en iyisi olduğunu kendi hayatındaki o büyük şoktan ötürü iyi bilen ve sadece 'kalben iyi, temiz bir insan' olduğu için Ümit'i seven Sahaf Semahat sabırla bekledi. Bekledi. Bekledi. Bu sürede sessizlik uzadı ve sündü. Öyle ki, sessizliği çok seven kediler bile havada sünen sessizliği görüp rahatsız oldu ve bunu sorgulayan bir tonda miyavladılar.

"Defne Kaman, o gazeteci kadın yani... Onun adı da aslında Defne Şaman mı yani?" diye neden sonra sordu Komiser Ümit Kaman, kendi sesine benzemeyen donuk bir sesle.

"Şaman sözcüğü eğer yanlış hatırlamıyorsam, Hintçeden geliyor. Batı dillerine de oradan geçiyor diye biliyorum ben. Henüz dünyada İslamiyet yokken, 2000 yıl önce Asya'da ve Güney Sibirya'da yaşayan Türkler kendi Şamanlarına hiçbir zaman Şaman dememişler zaten. Başta Hunlar olmak üzere Altaylar,

Saha Türkleri Şamanlarına 'Kaman' diyorlarmış. Kadın Kamana 'Udagan' diyenler olduğu gibi Özbekler 'Baksi', Kazaklarsa 'Bahşi', Yakutlar 'Oyun', Moğollar 'Böğü', Karluk Türkleri 'Sagun' derlermiş."

Durdu, kesmeşekerinden bir kırt daha aldı, bir yudum da çay içti. Onun bu konuya ilgisini daha önce hiç bilmeyen Ümit Kaman, duyduklarının bir kısmını anlamadan, kafası iyice karışmış olarak öylece oturuyordu.

"Asya'da konuşulan Ön-Türkçede 'tengri' dedikleri Gök Tanrılar 'Bay Ülgen' ve tabiat anaları 'Umay' ile aralarında bir çeşit tercüman olan Kamlar, toplulukların bilgesi, eczacısı, şifacısı, şairi, yani kıymetlisiymiş. Yani, bugün para pul almadan kurşun döken bir nine ile üşüttüğünde nane limon kaynatan büyükanne aslında o Kamanlığın mirasçıları bence... Tabii öngörüsü ve hoşgörüsüyle bizi uyaran mahallenin dedesi, meclisin delisi ya da Mevlâna'dan Nasreddin Hoca'ya akan şiirsel Anadolu bilgeliği, toleransı ve sabrı... Hepsinde o Kamlık geleneğinin derin kültürel mirası var, derim ben..." diyerek sandalyesinden kalktı, 'fare düşse kafasını yaracak' kadar dağınık masasının üzerine eğilip bir şeyler aramaya başladı.

"U-may- Bay- Ül-Gen," diye yüksek sesle heceledi Ümit Kaman şaşkınlıkla. "Kadının adı Defne Şaman, anneannesi de Umay Bayülgen!"

"Aaa, Defne Kaman'ın ninesi Umay Bayülgen miymiş? Harikaymış ya! İyi de ben ne arıyordum burada acaba? Bunadım mı ne, kafa kalmadı bende ha!" diye gülümseyen Sahaf Semahat, başını kaldırıp komiserin yüzünü görünce, onun hastalandığını düşünerek korktu.

"Komserim, iyi misin sen? Dur sana soğuk su vereyim! Hay Allah, acaba anlatmasa mıydım? Ne bileyim ben... Senin zaten bunları bildiğini sanıyordum, hay dilim tutulsaydı da..." diyerek küçük buzdolabına sığacak kadar küçük bir sürahi çıkartıp, bir bardağa su koydu.

"Bu kayıp şahıs, bizim bildiğimiz kayıplardan değil Semahat Abla! Daha karakola girdiklerinde anlamıştım bunlarda bir tuhaflık olduğunu, vallahi de billahi de anlamıştım ben ya hu!" diye mırıldanarak, zihni uzak bir yerdeymiş gibi orada bulunan bedeniyle soğuk suyu içti Ümit.

Onu Tasvir'den ayırdıkları o zor zamanlarında bile böylesine çarpılmış görmediği için iyice huzursuzlaşan Sahaf Semahat, masada duran şifreli kâğıdı kaptı: "Şu kâğıda bir daha bakalım Komserim ya!" diye geveledi. Ve şimdi kafası tam Ön-Türklere odaklanmışken, kâğıda bakar bakmaz, "Aaa, dur be, sakın bu sayılar *Kutadgu Bilig*'den olmasın ya?" diye haykırdı.

9. *Kutadgu Bilig* Şifresi

Sigara paketi, kedi şeklindeki çakmağı, içi boşalınca sanki kendiliğinden yeniden dolarmış gibi her daim 'tavşankanlı' ince belli bardağı, kendi deyimiyle, 'akılsız, ucuz cep telefonu' ve düz ekran bilgisayar monitörü, Sahaf Semahat'in alt kattaki bir bölmeyi yatak odası olarak kullandığı dükkânında kraliçe tahtı gibi ortaya kurulmuş çalışma masasının demirbaşlarıydı. Dağınık masasında kitaplar dâhil, her şey değişir ama bunlar olmazsa olmazdı. Masanın üzerinde duran onlarca kitapsa sık sık değişir; kimileri satılır, kimileri okunup konulara göre düzenlenmiş raflara taşınır, yerlerine yeni kitaplar gelir ve böylece bir kitap devridaimi sürer dururdu. Aslında Sahaf Semahat'in masası müşteri-dostları için gündemin aynası gibiydi. Dükkâna girip hâl hatır sorduktan sonra, çay içmeye oturduklarında ya da aradıkları kitabı sorarken yan gözle masanın üzerindeki okunmuş, eski baskı yeni kitapları merakla inceler, çoğu kez de bir tanesini satın alırlardı. Bu aslında bir kültür merkezi gibi çalışan görgülü ve bilgili sahafların yıllardır yaptığı bir çeşit kültür hizmetidir. Ancak bir kitap hariç! 6.645 beyit, 13.290 mısradan oluşan 1.089 sayfalık *Kutadgu Bilig*. O satılık değildi.

Tesadüfen okuyup büyülendiği güzel bir sözün, aslında *Kutadgu Bilig*'den sadece bir beyit olduğunu öğrendiğinde kendi cehaletinden utanarak peşine düştüğü ve artık başucu kitabı yaptığı bu 'Mutluluk Bilgisi Kitabı', Sahaf Semahat'in kıymetlisiydi. Henüz sahafa düşmeyen *Kutadgu Bilig*'in tam metni özenli bir baskıyla yayımlanınca Sahaf Semahat, istisnaî bir hareketle, dükkânından çıkıp yeni kitap satan bir kitapçıdan kendine bir tane almıştı. İlk nüshası Uygur alfabesiyle Türkçe yazılmış, Türk edebiyatının ilk yazılı eserlerinden biri olan, okullarda üstünkörü okutulup çoğunlukla dalga geçilen bu eserin birçok beyiti, her okuyuşta Semahat'in ya içini ferahlatır ya da saflık ve iyiliğiyle onu hüzünlendirirdi. Ancak ister ferahlatsın, ister hüzünlendirsin, özellikle geceleri dükkânında tek başına *Kutadgu Bilig* okurken, sanki mutluluk bilgisinin yazarı Yusuf Has Hacib'le karşılıklı çay içerlermiş gibi bardağını onun şerefine kaldırıp havada hayâlen tokuşturur, onu gülümseyerek başıyla selamlardı. Yusuf Has Hacib de Semahat'e karşılık verir, bazen dertli, bazen bilge, bazen de çapkınca gülümserdi. Onlarınki, kitap kurtlarının yalnızken sık sık sevdikleri yazarlarla yaşadıkları çok özel bir dostlukla aşk karışımıydı.

Sahaf Semahat, memleket ve/ya dünya hâllerine üzüldüğü bir gün, Has Hacib ona, "Bilgili insan bu kaygı içinde nasıl kahkaha atar/ Ey bilgisiz, sen dağ keçisi gibi debelen dolaş" der, geçmişinde sır olarak sakladığı o uğursuz olayı hatırlayıp içi yandığı başka bir günse, "Bu dünya itimada şayan; vefâsız ve dönek huyludur/ Ey akıllı insan ondan uzak dur, uzaklaş," derdi. Para ve iktidar hırsıyla halklarına eziyet eden yöneticilere kızdığı bir sonraki gün de, "Binlerce sene yaşasan bile, sonunda nihayet öleceksin/ Dünyayı ne kadar toplasan da bir gün çekip gideceksin," derdi. Kuşkusuz bunun gibi bilgece sözleri farklı biçimlerde söylemiş pek çok güzel insan gelip geçmişti dünyadan, ancak hiçbiri bu sözlerini topladığı kitabına 'Mutluluk Bilgisi' adını vermemişti. Daha sonra 'devlet' sözcüğünün 'mutluluk' ve 'kut' anlamı da taşıdığını öğrenince, Osmanlı İmparatorluğu'nun başkenti olduğu yıllarda İstanbul'a verilen 'Der-i Saadet' adının, 'Mutluluk Kapısı'ndan çok, 'Devlet Kapısı' olarak kullanıldığını anlamıştı. Zaten Kanuni Sultan Süleyman'ın ünlü sözü "Olmaya devlet cihanda bir nefes sıhhat gibi"de geçen devlet de mutluluktu. 1070'te yazdığı bu müthiş kitapla Yusuf Has Hacib, unutulduğu köşesinde devleti yönetenlerin en başta halkın mutluluğunu sağlamakla yükümlü olduğunu, iktidara ve halka bin yıldır hatırlatmayı sürdürüyordu. Halkını mutlu, kutlu, devletli ederek iktidarını korumanın yollarını tadına doyulmaz bir dille anlatan kitabını lafı hiç dolaştırmadan 'Mutlu Olmanın Bilgisi' olarak adlandıran Yusuf Has Hacib, bu yüzden Sahaf Semahat'in gözdesiydi. Çünkü o da mutlu olmayı dolaylı yollardan arayan milyonlarca insan gibi bazı yol kazalarına uğramıştı. Kedilerine de bu yüzden, Kutlu ve Bilgi adlarını vermişti. Kediler bunu bilmese de adları böyleydi.

"Komserim şu ilk şifreyi sen de oku, bakayım doğru mu görüyorum? **C:386-6515.**"

Ağır bir gripten yeni kalkmış gibi görünen Komiser Ümit Kaman, loş ve serin sahaf dükkânında olduğunu yeni hatırlamış gibi başını kaldırıp, Semahat'in kendisine uzattığı o küçük kâğıt parçasına baktı. Kâğıdı eline aldıktan birkaç saniye sonra, derin bir şekilde içini çekerek oradaki ilk şifreyi okudu: "Evet, C, iki nokta üst üste, 386 tire 65, 15."

Kutadgu Bilig'in okumaktan yıpranmış sayfalarını hızla tarayan Sahaf Semahat 1071. sayfayı açtı: "Eveet, **C:386-6515**. beyit: 'Umınçım sen ök sen manga ay umınç/ Umınç kesmegey men sanga ay umınç," diye okudu.

"Ne bu ya hu?" diye yüzünü buruşturdu Ümit.

"Dur dur Komserim, *Kutadgu Bilig*'in orijinali, şimdi de günümüz Türkçesiyle mânâsını okuyorum..." diyerek ekledi.* Diyor ki; "Ey ümidim; bana ümit bizzat sensin;/ Ey ümidim, senden ümidi kesmeyeceğim." Sonra ağzı açık bakakaldı Ümit'in yüzüne.

"Nasıl yani?" diye kendisi de şaşkın kalakalan Ümit kalktı, masaya doğru eğildi ve aynı beyiti yüksek sesle heceleyerek Kutadgu Bilig'den kendi gözleriyle okudu. Olmadı, okuduklarını iyice kavramak için bir kez de yüksek sesle tekrarladı. Sonra kaşlarını çattı ve birden sanki radyo frekansı değiştirmiş gibi kendi normal sesiyle, "Eğer benim adım ile bin yıllık bu kitaptaki bu dizenin karşılaşması sadece bir tesadüf değilse... Büyük bir tesadüf değilse... O zaman... Biz doğru yoldayız Semahat Abla," dedi. Şimdi sesi serinkanlı, kontrollüydü. O sırada resmen izinli olduğunu unutsa da işinin hayat kurtarmak olduğunu hatırlayan Komiser Ümit Kaman, "Şimdi öbür şifreleri çözelim, haydi Semahat Abla!" dedi.

---

* (Yazarın Notu): *Kutadgu Bilig*'in Herat, Fergana ve Mısır olarak adlandırılan üç nüshası vardır. Tarihçi Hammer tarafından 19. yüzyılda İstanbul'da satın alınan Herat nüshası Viyana'da bulunmaktadır. Araştırmacı ve çevirmen Reşid Rahmeti Arat bu üç nüshayı kodlayarak çalışmıştır. Yusuf Has Hacib'in kendi elyazısıyla Uygur alfabesi kullanarak Ön-Türkçeyle yazdığı nüsha henüz bulunamamış ancak hem mantık, hem de gönül onu çoktan bulmuştur.

10. "Sensiz Dünya Malı Neylerim Dostum Dostum"

Ümit Kaman Kadıköy Çarşısı'nın ünü tüm İstanbul'a yayılmış elli yıllık kokoreççisi Mercan'da akşam yemeğini de yedikten sonra saat sekizi çeyrek geçe artık annesiyle babasının bu perşembe için yeni bir gelin adayına yapılacak ziyaret zorlamasını atlattığını düşündü. Her ihtimale karşı, yine de yavaş yürümeye özen göstererek Rıhtım Caddesi'ne indi ve durakta bekleyen mavi Koşuyolu minibüslerinden birine bindi. Toplu ulaşım taşıtlarına üniformalıyken bindiğinde artık ne eskisi gibi polisten korkuyla çekinenlerin gözlerini kaçırmaları, ne hemen arkadaş olup sonunda bir çıkar elde etmeye çalışanların yılışık tavırları, ne de devletin bu topraklarda yüzlerce yıllık baskı düzenini temsil ettiği için nefretle yüzüne tükürür gibi bakanların zehir havası kalmıştı. Dolmuş şoförleri bile, polis üniformalı bir yolcu ücretini bir lira eksik verse hesabını sorabiliyordu artık. Buna demokrasi adına sevinse de içinden bazen, 'o eski günlerde polis olmak nasıl bir statüydü kim bilir?' diye geçiyordu.

Aylardır, yemyeşil ormanın içinde dere kenarına kuracağı bir hamakta, su sesi dinleyerek, Tasvir dâhil hiçbir şey düşünmeden yatıp uyuyacağı Kaman'ın köyündeki tatilin hayâlini kuran Komiser Ümit Kaman'ın, artık; üstelik resmen başlamış olan yıllık iznine dair pek hevesi kalmamıştı. Bunun nedeni yalnızca bugün kaybolan bir gazeteci kadın olamazdı. "Yok olamazdı!" İstanbul gibi 15 milyonluk, sürekli göç alan bir metropolün en büyük ilçelerinden Kadıköy'de, yıllık 'kayıp şahıs' vakalarının sayısını hatırlamak bile olanaksızdı. On bir yıllık polislik hayatında şahit olduğu kayıp vakaları arasında, bir daha canlısı, ne canlısı hattâ ölüsü bile bulunamayanlara kadar birçok cehennemî insan hikâyesi hatırlıyordu. İnsanın insana yapabileceği kötülüğün sınırı yoktu. Ama insan alışıyordu. Çok tuhaf ama insan alışıyordu. Düşünmesi bile ürpertiyor ama öyleydi işte... İnsan nelere alışmıyordu ki zaten? Bir zamanların en korkunç olasılıkları bir gün hayatın bir parçası olabiliyorsa... Tasvir'le hiç ayrılamam derken... Yine de bu gazeteci kadının kayboluşundaki gizem, daha önce hiç bilmediği biçimde derinden, garip bir şekilde huzursuz ediyordu Ümit Kaman'ı. 'Soyadı benzerliği mi?' diye düşünmekse onu hiç kesmiyordu. 'Türkiye'de Kam' ya da 'Kaman' soyadında kim bilir kaç bin insan vardı... Yok, yok başka bir şeydi bu! Kadın hem kayıptı, hem değildi. Kadın, salı akşamı bindiği o vapurdan hiç inmemişti ve muhtemelen polis arkadaşları, denizde ve karada fellik fellik onu arıyordu ama o sırılsıklam vaziyette Kadıköy Çarşısı'nda geziniyordu. Kadın korkmuştu, konuşmuyordu ama *Kutadgu Bilig* şifreleriyle bir şeyler anlatıyordu. Ve asıl can alıcı soru: aynı karakolda kendisinden çok daha kıdemli, deneyimli ve daha cesur komiserler varken neden kendisini seçmişti?"

Dolmuştan indiğinde aklı fikri hâlâ Defne Kaman'daydı, bu yüzden Koşuyolu'nun simgesi, yemyeşil bahçeli evleri ve çocuk parklarını yıkıp yerlerine kupkuru otoparklarla çevrilmiş çirkin beton bloklarla dolduran zevksiz ve açgözlü zihniyete kızmayı unuttu bu defa. Zaten kendisi de anne ve babasıyla bu sitelerden birinde yaşıyordu. Ümit Kaman, kendi yetişkin hayatına müdahale eden ailesini protesto için pasif bir direniş yöntemini seçmiş ve kendi istediği kızla evlenemediği için gözlerinin önünde yapayalnız 'müzmin bekâr' bir erkek olarak yaşlanmak yoluyla onları cezalandırdığına şimdilik inanmıştı. İnanmış gibiydi. Korkaklıklarımıza farklı bahaneler bularak başkalarını suçlamak bizi bir süre rahatlatır. Ancak çoğu zaman artık geç de olsa, ölmeden önce mutlaka gerçeği fark ederiz.

Minibüsten inip, anne babasıyla yaşadığı siteye doğru yürürken geceleri tenhalaşan çevreyi bütün duyularıyla dikkatle tarayan Ümit, sitenin girişinde süs olarak duran beyaz plastikten içi boş güvenlik kulübesini geçip apartmanın kapısını anahtarıyla açtı ve asansöre bindi. Kafasının içi istediği kadar bambaşka konulara dalsa da polislik mesleğinin kazandırdığı refleksle güvenlik kulübesinin neden boş olduğunu kafasına taktı. Bunu uygun bir zamanda yöneticiyle konuşması gerektiğine karar verdi. Daha asansörden inmişti ki, ânında kendi evlerinin kapısı açıldı, tuhaf bir telaş içinde annesi göründü: "Hah, ben de seni bekliyordum Can Ümit'im, hoş geldin oğlum!"

"Hayrola anne, siz bir ziyarete gitmeyecek miydiniz? Neden erken döndünüz?"

"Canım sen olmayınca ne diye gideceğiz ki kızın evine? Neyse, sen boş ver onu da, bugün kim kayboldu ondan haber ver önce!"

Henüz ayakkabılarını çıkarmamıştı ki, babası da heyecanlı bir şekilde holde göründü:

"Kamanlardan biri kaybolmuş oğlum, kimdir çıkartamadık? Nedir aslı bu işin Aslanım?"

"Hoppala paşam, delikli tavşan!" diye kaşlarını çattı Ümit. Küçük bir çocukken anne ve babası işteyken ona ve iki ağbisine bakan babaannesi, onlarla başa çıkamadığında, zaman kazanmak için bu tekerlemeyi söylerdi. 'Hoppala paşam, delikli tavşan!' Ayakkabılarını yavaş yavaş çıkarıp deri terliklerini giydi, aslında tek istediği soğuk bir duş yapıp yatmaktı. Ertesi gün anne ve babasıyla Kaman'ın köyüne yapacakları otobüs yolculuğu ve orada su sesi eşliğinde yeşilliklerde çatacağı hamak keyfi artık tamamen aklından çıkmıştı.

"Durun ya hu, bir nefes alayım, bir bardak su içeyim hele! Nedir bu telaşınız?" derken birden anne ve babasının soyadı Kaman olan birinin kaybolduğu bilgisini nereden edindiğini düşünüp, kaskatı kesildi.

"Siz nerden biliyorsunuz ya hu?" diye sertçe sordu.

"Nerden olacak Can Ümit'im, karakoldan bir genç polis geldi akşama doğru, 'Teyzecim, bugün kaybolan gazetecinin akrabanız olduğunu bilmiyorduk. Çok üzüldük. İnşallah kendisini en kısa zamanda ve sağ sâlim buluruz,' demez mi? Aaa, bir fena oldum ki... Değil mi Bey?"

"Bunu söylemek için bizim eve karakoldan bir polis mi geldi ya hu?"

"Yok yok, kızma Can Ümit'im, öyle değil. Çocuk, buraya sana vermemiz için bir defter getirmeye geldi. Kocaman, ciltli, içinden tüyler, telekler sarkan, tuhaf, kalın bir defter. Biz sana sormadan açmayalım dedik, babanla. Değil mi bey? İşte o bizim kimlerden olduğunu çıkartamadığımız kayıp akrabamızın annesi mi, ninesi mi, tam anlamadım, ama sen tanırmışsın kendisini. O hanım, bu defteri akşamüstü karakola sana bırakmış ama sen çıkmışsın o vakit... Yarın da tatile çıkıyorsun diye eve bırakmak istemiş..."

"Hoppala paşam, delikli tavşan!" diye dişlerini gıcırdattı yeniden Ümit Kaman.

"Annen seni bütün akşam defalarca aradı oğlum ama telefonun mu çekmiyordu, sessizde miydi, hiç açmadın. Meraktan çatladık be aslanım!"

"Hey Allahım, yani Umay Bayülgen karakola gidip adıma bir defter mi bırakmış? Hem de Defne Kaman'la akraba olduğumuzu söyleyerek? Kendini ne sanıyor o kadın ya hu!" diye sertçe söylendi Ümit Kaman.

"Yani sahiden akraba değil miyiz? Defne Kaman, Defne Kaman... Hımmm, kimlerden acaba?" diye eliyle çenesini kaşıyan babası düşünceli bir sesle sordu.

"Yok canım, yok öyle bir şey Baba! Her soyadı benzeyen akraba olsa var ya..."

"Ama Kaman soyadı da öyle herkeste bulunmaz ki... İnsanın soyadı Kaman'sa koca veya baba soyundan Kamanlı olması gerekmez mi? Ve eğer Kamanlıysa mutlaka tanırız oğlum..." diye gözlerini açarak sordu annesi. "Kaman soyadlılar akraba olmasa da hemşeri çıkar, değil mi Bey?"

Öğretmen emeklisi olan babası ile ev kadını annesi, sık sık birbirlerinin alışkanlıklarını eleştirmekten, sağlık, din ve siyaset bilgilerini kıyasıya yarıştırıp çocuk gibi hırsla didişmekten hiç vazgeçmeseler de kırk yıldır yaz geceleri bahçede veya balkonda karpuz yiyerek, kışın salonda çay içerek birlikte bilmece çözmeye, tavla oynamaya bayılan, kısa boylu, tombul, üç çocuklu, dört torunlu ve 'her şeye rağmen' mutlu bir karıkocaydı. Ümit, kendilerini 'kimseye zararı dokunmayan, yurtsever, haram yemeyen, iyi insanlar' olarak tanımlayan ve artık emekli maaşlarıyla kıt kanaat geçinen eskinin 'orta sınıf' anne ve babasıyla hep gurur duymuştu. Ancak iki yıl önce küçük oğullarının mutluluğuna sadece gelenekler yüzünden inanılmaz bir bağnazlıkla engel olduklarından beri anne ve babasından soğumuştu. Gerçekten insan kendi anne ve babasından bile soğuyabiliyormuş, demek! Öz anne ve babasından hem de... Buz gibi soğuyabiliyor insan! Artık 'sadece gelenekler'den değil, adı her ne olursa olsun, kimseye zararı olmayan insanlar adına kendinde karar verme hakkı bulan herkesten soğumuştu. Son iki yıldır gözlerinin önünde, kendini handiyse 'bitkisel bir hayat'a mahkûm ederek anne ve babasını cezalandırdığı hâlde onların bunun farkında bile olmadıklarını gördükçe daha da soğuyordu. Hem onlardan hem de dünyadaki bütün önyargı, katı gelenek veya törelerden... Artık emindi ki, şimdi kardeş gibi didişen bu iki insan, biyolojik anne ve babası, hayatlarında hiç âşık olmamış, hasretten yanan bedenlerini saran alevler kulaklarından hiç fışkırmamış, bir insanı bütün inançların üzerinde ve içinde hiç sevmemişlerdi!

"Yok, baba, bir yanlış anlama olmuş herhalde, hem öyle olsa ben size sormaz mıydım? Şu defter nerede anne?"

"SU Kitabı!" diye düzeltti annesi, kalın, deri kaplı bir defteri uzatırken, "Defter ama üzerinde *SU Kitabı* yazıyor, bak!"

"Hey maşallah, ne kalın bir defter bu?" diyerek *SU Kitabı*'nı eline alıp tartan Ümit, odasına girdi ve kapıyı tam eşikte yan yana duran anne babasının yüzlerine kapattı ve içeriden kilitledi. Yaptığının ayıp olduğunu bilenlerin vicdan azabıyla dikilip kaldı kapının kendi tarafında bir süre. Kapının öbür tarafında onların gözlerini yuvarlayıp hiç konuşmadan, 'Oğlumuz o uğursuz Tasvir yüzünden bize düşman oldu!' diye bakıştıklarını görür gibi oldu. Uğursuzluk hep başkalarından ve onların davranışlarından kaynaklanıyor sananlar, hayatlarını aslında hiç tanımadıkları bir beden içinde geçirenlerdir. Kapıyı anne ve babasının yüzüne kapatan Ümit'in içindeyse, oğullarının her gece bu odaya kapanıp çürümesine dayanamayıp inatlarından vazgeçeceklerine dair hâlâ bir ümit vardı. Bu açıdan onunkisi bir çeşit açlık greviydi... Ancak kendinden özenle sakladığı gerçeğin bir de öteki tarafı vardı: bir gün kendi ailesi vicdanlarının sesini duysa bile, bu kez de Tasvir'in ailesinin vicdanı kayıptı!

Ümit ne zaman bunları düşünüp geleceği için ümit ışığı kalmadığı noktasına varsa, önünde handiyse fiziksel biçimde kocaman, davetkâr bir kara delik beliriyor ve onu içine doğru çekmeye başlıyordu. Aslında kendini salıvermesine bile gerek yoktu, gönüllü olarak o kara deliğin içinde simsiyah bir boşluğa yuvarlanıyor ve artık günlerce ne yataktan çıkmak, ne kolunu kımıldatmak, hattâ ne de yaşamak istiyordu. Böyle zamanlarda kendini ateşi çıkmış gibi hâlsiz, hasta hissediyor, herkesin kolaylıkla yaptığı, meselâ kahkaha atmak, selamlaşmak, yemek yemek veya maç seyretmek ona çok büyük bir beceriymiş gibi görünüyordu. Kendisi bu kadar ümitsiz ve mutsuzken anne ve babası dâhil bütün dünyanın nasıl mutlu olabildiğine önceleri çok hayret etse de, artık kimsenin umurunda olmadığını anlamış, kabullenmişti. Tasvir ile kendisini zorla koparttıkları ilk yıl, önünde sık sık beliren bu davetkâr kapkara deliğe her defasında handiyse zevkle düşüyor, sonra içinden çıkamıyor, hep yatmak, uyumak istiyor, devamlı grip oluyor, işe gidemiyordu. Bu dönemde kendisine 'majör depresyon' teşhisi koyan doktora, "Bunun adı 'Kara Sevda' sendromu, Doktor!" diye acı acı gülmüş, birkaç ay sonra da, "benim ilacım vuslat!" diyerek antidepresan ilaçları bırakmıştı. Sevenin sevdiğine kavuşması anlamına gelen 'vuslat' sözcüğünü yeni öğrenmiş ve çok sevmişti. Demek ki, Arapça da olsa bu memlekette 'vuslat' diye özel bir sözcüğe ihtiyaç duyulacak kadar çok insan sevdiğinden ayrılmak zorunda bırakılıyordu...

Ümit Kaman geçen yıla oranla bu yıl daha iyi görünüyordu, kendi deyimiyle, 'bu ümitsiz hâli'ne alışmıştı. Ancak işin sırrı, zorla başka şehre gönderilen Tasvir'in de başkasıyla evlenmediğini bilmesi ve onu Facebook'ta 'Bihter K.' adlı profilinden takip etmesindeydi. Böylece, bu yıl yataktan çıkıp Sahaf Semahat'e daha sık gider ve ona açılır, daha fazla polisiye roman okur ve küstüğü sazını duvardan indirir olmuştu. Yine de o kara delik zaman zaman önünde açılıp onu davete devam ediyordu. O kapkara boşlukta çaresiz ve rahatsız düşüp yuvarlanmak varken, hayata tutunmaya çalışmak her zaman kolay olmuyordu... İşte belki de 'yaraya tuz basmak' için seçtiği Âşık Mahsunî Şerif'in sesinden "Dostum Dostum" türküsü telefonunda her çaldığında, günde en az on kere onu öyle damardan vuruyordu ki, gözleri acıdan yanıyor, hasretten içi parçalanıyor, kalbi taş gibi sertleşiyordu. Pîr Sultan'ın 500 yıl önce ilâhî ve/ya dünyevî, her türlü sevgiliden ayrılığın insan ruhunu nasıl zehirlediğini o büyük dehâsıyla birkaç satıra mükemmelce sığdırdığı meşhur şiiri aslında her şeyi anlatıyordu. Bir liseli delikanlının odasına benzeyen yarı boş odasının duvarında bir saz ve Pîr Sultan'ın o şiiri asılı dururdu. O şiir 'memleketin en güzel esmeri' Tasvir'in en güzel portresiydi Ümit için.

Elinde tuttuğu kalın *SU Kitabı*'nı masasının üzerine bıraktı ve sık sık yaptığı gibi duvara yaklaşıp yatağının başucundaki şiiri tekrar, yüksek sesle okudu ve bu sefer gözyaşlarını tutmadı:

Bin cefalar etsen almam üstüme/ Gayet şirin geldi dillerin dostum/ Varıp yadellere meyil verirsen / Gış ola bağlana yolların dostum dostum ...

İlâhî onmaya yardan ayıran/ Bahçede bülbüller ötüyor uyan/ Kula gölge ise Allah'a ayan/ Senden ayrılalı gülmedim dostum dostum...

Pîr Sultan Abdalım gülüm dermişler/ Bu şirin canıma nasıl kıymışlar/ İster isem dünya malın vermişler/ Sensiz dünya malı neylerim dostum dostum...

Kana kana ağlamak insana bazen çok iyi gelir, işte şimdi; bu 'bazen'di. Bugün öğleden beri yaşadıkları nedenini bilmediği şekilde onu etkilemiş, iyice hassaslaştırmıştı. "Senden ayrılalı gülmedim Tasvir, Tasvir!" diye burnunu çekti, bir eliyle yüzünü sildi. Ancak tam o sırada, "Oğlum sana sandviç yaptım, soğuk ayran da var, getireyim mi? Can oğlum, iyi misin, bak ben senin annenim!" diye kapısını tıklatan annesinin sesiyle kendine geldi. Bu sahneyi, tam bu ânı daha önce aynen yaşamıştı. Yatağının başucunda, duvarına asılı bu şiiri okurken aynı cümleyi söyleyerek annesi kapısını çalmıştı. Ümit Kaman öylece kaldı. Sanki aynı şeyi tamı tamına yeniden yaşıyordu. İçi çekildi, çünkü bunu ilk kez yaşadığı zaman küçüktü, küçük bir çocuktu. Hâlbuki artık otuz üç yaşında, yetişkin bir erkekti.

Yerinden hiç kıpırdamadan, "Sağ ol anne, aç değilim!" dedi. Bu kez sesinde o çocuksu öfkeden eser yoktu hattâ hem kendini hem de annesini şaşırtacak kadar çok kararlı ve sakindi. Zaten annesi de belki hayatında ilk kez yemek kabul etmeyen oğluna ne yalvardı ne de ısrar etti. Oğlunun gerçekten bir şey yemeyeceğini anlamıştı ve onu rahat bıraktı. Karar verdiğimizde en önce sesimiz değişir, karar alan gücümüz sesimize ve sırtımıza yerleşir. Böylece Pîr Sultan'ın şiiri önünde bir süre dikilen Ümit, önce gidip soğuk bir duş yapmaya, sonra sadece bir şort donla yatağa uzanıp, 'neyin nesiyse' şu *SU Kitabı*'na bakmaya karar verdi. Üniformasının lacivert apoletli, uzun kollu mavi gömleğini çıkarırken, Sahaf Semahat'in *Kutadgu Bilig*'den bulduğu öbür iki şifreye denk düşen beyitleri, içlerinde saklı bilgiyi anlayabilmek için yüksek sesle kim bilir kaçıncı kez tekrarlamaya başladı:

B:28-211: "Kişinin gönlü dipsiz bir deniz gibidir/ Bilgi onun dibinde yatan inciye benzer."

B:28-212: "Kişi inciyi denizden çıkarmadıkça/ O, ister inci olsun ister çakıl taşı, fark etmez."

11. ∞Başlangıçta Yalnız Su Vardı∞

SU.

SU vardı. Başlangıçta sadece SU vardı.

Evvelce gök, ay, güneş, hava, ateş, toprak ve ağaç yoktu: Sadece SU vardı.

SU ebedî başlangıçtı ve ondan önce hiçbir canlı olmadı.

SU, abıhayattır.

Ve SUdan sonra da hiçbir canlı olmayacaktır.

SU anne rahmidir, SU doğurgandır.

SU zamandır. SU'dan önce zaman yoktur.

Ve SU'dan sonra da zaman olmayacaktır.

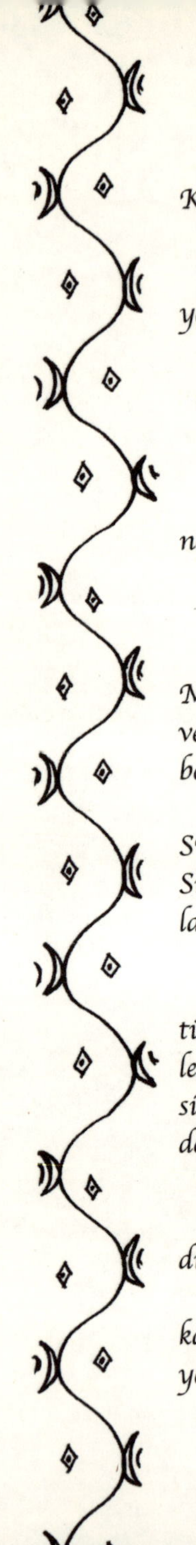

Bu yüzden akarSU zamanın mecâzı olmuştur.

"SU, Tanrı'nın yüzünü görmüştür," dedi Dedem Korkut.

SU ayna oldu.

SU saflıktır, SU berekettir. SUdan önce bereket yoktu.

Ve SU'dan sonra da bereket olmayacaktır.

SU, iyiyi kötüden ayıran en şeffaf sınırdır.

"SU'ya ecel gelmez!" dedi Dedem Korkut.

SU kötülüğü yıkar, temizler.

"İnsanın ve dünyanın her on zerresinden yedi tanesi SU'dur." dedi Ninem Umay.

SU'dan yaratıldı aslımız, SU'dur özümüz.

Biz SU'yu Göktürk Yazıtları ve Altay Efsanesi'nden, Manas Destanı ve Kutadgu Bilig'den, Dede Korkut ve Umay Nine'den böyle böyle duyduk, gördük, böyle böyle anladık, binlerce yıldır tıpkısını belledik.

Ve böylece SU'yu mübarek bildik, SU'yu sevdik, SU'yu saydık ve SU'yu koruduk. Bu yüzden 'Dirilik Suyu' bütün efsanelerimizin canevinden akarak onları ebedî kıldı.

Dedem Kaman ile Ninem Kaman, "SU'daki kötülüğü bir tek bıçak keser," dedi. Bu yüzden kemgözleri kovmak için kurşun döken, kalbi temiz, içi iyi, basiret gözü açık o güzel kişi SU'yu bıçakla ortasından dörde kesti.

Bütün akanlar arasında sadece SU'dur; insanın dışını yıkarken içini de temizleyen.

Dünyanın bütün yeni doğan bebekleri SU ile yıkanır, SU ile kutsanır. Her gelenek, her çağda her yeni hayatı hep SU ile karşılar ve SU ile kutlar.

SU kuttur, saadettir, SU devlettir.

SU ile kuruldu medeniyetler. SUsuz şehir yoktur dünyada.

Bütün şehirler SU kenarına kuruldu bu âlemde.

SU şifadır. Kaplıcanın şifası ve denizin gücü SU'yundan gelir. Ruhu yorulanın şifası SU sesidir.

SU'yun makamı neşe veren Rast'tır, rahatlatan Hüseyni'dir, sevindiren Uşşak ve tevazuya çağıran Hicaz'dır.

SU kaybolmaz. SU döner. SU dolaşır. SU akar. SU gezer. SU uçar. SU yağar. SU uyur.

Ve SU bilir.

Ve işte Dedem Korkut ve Ninem Umay'ın bütün torunları ve onlarla bin yıldır akraba olmuş Anadolu'nun bütün halkları böylece biliriz ki, SU dolu dünyanın sonu SU yüzünden gelecektir.

SU vardı. Başlangıçta sadece SU vardı.

Ey bu kitabı elinde tutan Âdemoğlu, ey Havvakızı! Şunu iyi bilesin ki, SU Kitabı'nı okuyan göz artık eskisi gibi bakmaz, eskisi gibi görmez, bir daha da eskisi gibi hiç olmaz. Eğer sen gözündeki perdeyle yaşamaktan memnun bir insansan SU Kitabı'na hiç dokunma, onu hiç açma ve sakın ola okuma! Çünkü SU Kitabı insanın gözünü doğarken kapatan göz perdesini kaldırır. O göz perdesi ki, 'basiret gözü'nü kör eder. Sular şahidimiz, çok az insan 'basiret gözü' açık doğdu bu dünyaya ve onlar iyilikte önder oldu. Göz insanın özüdür. Ve gözün perdesi bir kere açıldı mı, AŞK dışında başka hiçbir güç onu ölüme kadar kapatamaz. AŞKın karşısındaysa SU bile büyüsünü yitirir, SU bile SUsar. Bu uyarı samimi ve gerçektir!"

SU Kitabı'nın bundan sonraki sayfaları yırtılmıştı. Komiser Ümit Kaman'ın tahminine göre en az on, en fazla yirmi sayfa buradan kopartılmıştı. Sonraki sayfalardaki elyazısı ve anlatım tarzı da değişiyor, çocuksulaşıyor ama içinde tanıdık isimler geçiyordu.

Umay Ninem bana SU'yun sırrını ilk anlattığında bizim bahçede küçük fıskiyeli havuzun başındaydık. Ben o zaman beş yaşındaydım ve Umay Ninem bana okuma ve yazma, toplama ve çıkartma, kuşların, toprağın, rüzgârın ve karıncaların seslerini duyma, duyduklarımı da anlamayı öğreteli çok olmuştu. Bana herkesten önce ve kolaycacık her şeyi öğreten Umay Ninem, öğrendiklerimi başka çocuklara, hele Ablam Aysu ve anneme söylersem, hepsini o gece rüyamda unutup, sonra diğer çocuklar gibi bunların bazılarını yıllarca okullarda öğrenmek zorunda kalacağımı anlattı. "İnsanlar kendilerinden farklı, hızlı ve yetenekli olanlardan korkar, korkunca da bağırır ve çağırırlar; bu sözüm kulağına küpedir, hiç çıkarma!" diye ekledi. Ben o zamandan biliyordum ki, çabucak anladığım şeyleri uzun uzun dinlemeye ve okullarda tekrar aynı şeyleri öğrenmeye dayanamazdım. Çünkü ben çok çabuk sıkılıyorum. Sıkılınca hayâllere dalıyorum. Benim çabuk sıkılmam ve hayâllere dalmam herkesi kızdırıyor. Annem ve Ablam Aysu beni çabuk sıkıldığım için hep azarlıyor. Babamsa hiç azarlamıyor, çünkü onu pek görmüyorum. O eve geldiğinde bizim uyku saatimiz başlamış oluyor, işe gittiğinde de uyanma saatimiz. Annem ve Ablam Aysu onları sevmem için bana şans vermiyor. Ben de babamı sevmek istiyorum ama onu bulamıyorum. Kendisine rastlayınca da gözlerini bulamıyorum. Umay Ninem, "babanın da basiret gözü kapalı," diyor. Anlamış gibi yapıyorum.

İşte ben de böylece sustum. Bildiklerimi bir tek Korkut Dedeme, Timur'a ve Dört'e anlatıyorum. Bir de yazıyorum. Çünkü yazmasam çıldırırım.

Umay Ninem bana diğerleri arasında ilk önce SUyu anlattı. Toprak, Hava ve Ateş, sonra sırayla geldi.

"Sen bir SU zerresisin Defne!" dedi Umay Ninem. Zerre nedir bilmiyordum, anlamış gibi yaptım. "SU olmadan ne sen, ne ben, ne Deden Korkut, ne Timur, ne bal, ne ceviz, ne de Dört olur. SU hayattır. Ziyan ettiğin her SU damlası hayatından kaybolur!" Bütün sevdiklerimin SU olduğunu anladığımda beş yaşındaydım. Ve SU'yu gerçekten anlamıştım. Ben böylece SU'yu sevdim, SU'yu saydım, SU'yu korudum, ziyan etmedim. Sonra Umay Ninem bana, bahçemizdeki küçük yuvarlak havuzun fıskiyesinden fışkıran SU'yun, havuzun dibinde toplanıp bir boruyla yeniden havuza fışkırdığını anlattı. Böylece fıskiyeden fışkıranın eski ve aynı SU olduğunu anladım. Bunu anlamak, daha sonra başka birçok şeyi anlamama sebep oldu. Böylece daha önce anlamadıklarımı da anlamaya başladım. Umay Ninem, bütün bunları anlamış gibi güldü. O zaman bahçemiz kocamandı, annem ve ablam bahçemizi yarısından bölüp kendilerine kocaman ve upuzun bir beton apartman yaptırmamış, ceviz ağaçlarını kesmemiş, çeşmeyi söküp çiçekli toprakları betonla örtmemişti henüz. Ben SU'yu öğrendiğimde beş yaşımdaydım, SU beni çoktan tanıyormuş.

Komiser Ümit Kaman, defteri okumayı burada kesip âniden masadan kalktı ve bugün Kadıköy Çarşısı'nda karşısına çıkan kayıp gazeteci Defne Kaman'ın kendine verdiği şifreli kâğıdı aceleyle aramaya başladı. Onu pantolonunun cebinde bulunca açtı ve defterdeki ikinci yazıyla karşılaştırdı ama kâğıtta sayılar arasında sadece üç harf vardı. *SU Kitabı*'ndaki yazının aynı kişiye ait olduğunu anlaması için Defne Kaman'ın elyazısına ihtiyacı vardı. Bunu gazeteden ya da anneannesinden isteyebileceğini düşününce sevindi, ancak neyle uğraştığının farkına varınca canı sıkıldı, gülüşünün yüzündeki kıvrımları katılaşıp düzleşti. Bir kere o artık resmen izinliydi ve şimdi uykuya ihtiyacı vardı. Sonra bu 'Şamanlar'ın işine bulaşmak istemiyordu. Kendisiyle aynı soyadı taşıyan birini Şaman diye anışına takıldıysa da hiç didiklemedi, 'aman ha!' içinden çıkamayabilirdi... Hazır ayağa kalkmışken gidip pencereyi açtı ama korkunç sıcak geceleri hafiflemiyor, İstanbul yüzyılın en sıcak yazını geceleri de yaşamaya devam ediyordu. Odası, pencereyi açınca serinlemek yerine, sıcak bir fırın kapağı içeriye açılmış gibi daha da ısındı. Gidip, pek işe yaramayacağını bile bile, yatağının yanında duran küçük vantilatörü çalıştırdı. Saat daha on bile değildi ama o günlerdir uyumamış gibi yorgundu. Uzun uzun esnedi. Duşa girmek fikri şimdi eskisi kadar cazip gelmiyor, kafasını yastığa koysa uyuyacağını biliyordu ama *SU Kitabı* da onu çağırıyordu. "Birkaç satır daha okuyup yatarım, gün ola, hayrola!" diye düşünerek masanın rahatsız sandalyesine tekrar oturdu, okumaya devam etti. Ancak aradan kısa bir zaman geçmişti ki, ayaklarının ıslandığını hissedip âni bir hareketle ayaklarını karnına doğru çekti. Yere bakınca odasının zemininin 10-12 cm. kadar suyla dolduğunu şaşırarak gördü. Önce, 'Annem musluğu açık bırakmış ya hu!' diye geçti aklından ama kapının altından içeriye dolan su büyük bir hızla yükselmeye başlayınca telaşla anne ve babasına seslendi. Yanıt gelmeyince endişelendi. Onları kurtarmak için kapıya atıldı ama kapı kilitliydi. Biraz önce kendisinin kapıyı içeriden kilitlediğini unutmuştu, "Hay şaşkın Ümit ya hu!" diye tısladı. Bu sırada su, felaket filmlerinde batan gemilerdeki akla ziyan bir hızla yükselmeye devam ediyordu. Pencereye koştu. Aşağıda annesi ve babasının ona üzüntüyle çırpınarak seslendiğini o zaman duydu. "Aslan oğlum, atla aşağıya!" diye bağırıyordu babası. "Biz seni her şeye rağmen hâlâ seviyoruz Can Ümit'im, değil mi Bey!" diye ağlıyordu annesi. "Bak be, beni bırakıp kaçmışlar!" diye inledi Ümit, "Evin küçüğü olmayı sanki ben seçtim. Alevi olmayan bir kız seveyim diye plan yaptım sanki..."

Sular büyük hızla dizlerine kadar yükselmişti ve bir karar vermesi gerekiyordu. Seçeneği yoktu, zaten aşağı atlamak zorundaydı ama dördüncü kattan atlamak hiç de kolay görünmüyordu. Tam o sırada biri ona seslendi: "*SU Kitabı*'nı sular içinde mi bırakacaksınız yoksa?" Arkasını dönünce tıpkı Kadıköy Çarşısı'ndaki gibi mavi elbisesi içinde sırılsıklam, kızıl saçları ve çilli burnu karakolda kendine gösterilen fotoğrafına benzeyen Defne Kaman'ı gördü. O da dizlerine kadar suyun içindeydi ama onun saçları da ıslaktı. Bu kez elinde kalın *SU Kitabı* vardı ve onu koruması için uzatıyordu kendisine.

"Nasıl geldiniz buraya siz? Yoksa devamlı beni takip mi ediyorsunuz Defne Hanım? Hem içeri nasıl girdiniz?" diye sordu. "Gerçi *SU Kitabı* nasıl evime girdiyse... Maşallah anneanneniz gibi mârifetli olmanıza artık şaşmamam lâzım ama..."

"Elbette sizi takip ediyorum Ümit Kaman..." diye nazik bir sesle yanıtladı onu Defne Kaman. Okul ve askerlik dışında adının soyadıyla birlikte anılmasına alışık olmayan Ümit, bundan ötürü irkildi ama gazeteci kadının sesinde yoklama yapan bir öğretmen veya komutan edası yoktu. Aksine, ses tonu için utangaç, acemi ve samimi bile denilebilirdi. Daha önce karşılaşmış olmalarına karşılık sesini ilk kez duyuyordu. Yine omuzları hizasındaki hafif dalgalı kızıl saçlarından su damlıyordu, etekleri püsküllü mavi elbisesi de ıslaktı. Belki de bu cehennem yazı ıslak geçirmek en akıllıcasıydı ama onun bunu tercihen yapmadığı anlaşılıyordu.

Bu kez ayakları suyun içinde olmasına rağmen onun parmak arası terlikler giydiğine ve yaşından daha küçük gösterdiğine de dikkat eden Komiser Ümit, Defne Kaman'ın tuhaflıklarından birinin de yaşından genç değil, daha küçük göstermesi olduğunu düşündü. Bu ikisi arasındaki farkı tam olarak bilmiyor ama hissediyordu. Belki yaşından genç göstermekle, küçük göstermek arasında sadece 'masumiyetin içtenliği' vardı? Kadın, ilk karşılaşmalarına göre biraz daha rahatlamış görünüyordu ama gözlerinde hâlâ endişe vardı.

"Önce buradan kurtulmamız lâzım, sonra bakarız o konuya... Ben pencereden alt katın balkonuna inmeye çalışacağım, siz pencereye yaklaşın, ben oradan sizi de almayı deneyeceğim..." dedi hızla yükselen suya bakarak. O sırada masasının üzerinde yüzlerce siyah küçük kırıntı gördü. Önce fare pisliği sanıp tiksindi, ama onlar çörekotuydu. Çörekotlarının masasında ne işi olduğundan çok, onların çörekotu olduğunu nasıl anladığına şaşırdı.

"Kurtuluş pencereden kaçmakta değil!"

O sırada artık çörekotlarını bırakıp pencereden atlayacağı alt katın balkon mesafesini incelerken sitenin bahçesinden vicdan azabı içinde kendisine kaçması için seslenen anne ve babasını gizleyemediği bir hazla izleyen Ümit, "Efendim?" diye sordu.

"Anlayamadım?"

"Kurtuluş kaçmakta değil. Kurtulmak için sizin bizzat SU'yun nereden kaynaklandığını bulmanız gerekiyor. Bunu da ancak siz bulabilirsiniz! SU kaynağını bulunca boşuna akmasını önleyeceksiniz. O zaman hem kendinizi, hem beni kurtaracaksınız. SUyu ziyan etmek günahtır. Şamanlığımızdan Anadolu'ya yadigâr kadim geleneğimizde bu böyledir: SU kutsaldır... SU... SU... SU..."

Ümit kan ter içinde uyandığında, Defne Kaman gibi sudan çıkmış kadar ıslaktı. Gün ağarıyor, sabah ezanı okunuyordu. Belki de yırtıcı sıcakların en az kudurgan olduğu tek saat, bu saatti. Ümit, üzerinde üniformasının pantolonuyla masa başında

SU Kitabı'nı okurken başı kitabın üzerine düşüp uyuyakalmıştı. Üstü çıplak olmasına rağmen terden saçlarına kadar sırılsıklam ıslanmış, açık bıraktığı vantilatör yüzünden de boynu tutulmuştu. Boynunun her hareketinde duyduğu büyük sıkıntıyla sandalyede yavaş yavaş doğrulurken, hâlâ gördüğü rüyanın etkisindeydi. Uzun zamandır rüyasına ilk kez Tasvir'den başka bir kadın girdiği için suçluluk duyuyor, öte yandan anne babasının onu rüyada bile olsa evi sel basınca kurtarmadan kaçıp gitmelerine içerliyordu. Güçlükle ayağa kalkınca, boynunu hiç kımıldatmamaya çalışarak kollarını açıp gerindi. O sırada bir kuş sesi duydu. Köydeki yaşıtları kuşların cinslerini seslerine göre bir çırpıda tanırken, o daha herhangi bir kuş sesini duymaya hasretti. Koşuyolu'ndaki binlerce ağacın kesilip yerine beton bloklar dikilmesine karşın, hâlâ birkaç kuş, belki eski alışkanlıkla buralara gelmiş ve ötüyordu. Bazen bir kuş sesi bile hayatın yaşamaya değer, alınan her nefesin ümit dolu olduğunu hatırlatmaya yeter. Bazen hiç beklenmedik bir zamanda bir kuş sesi yeter... Öyle oldu. İşe gitmeden önce soğuk bir duş yapıp bir Kadıköy Pastanesi'nde taze ayçöreğiyle mis gibi bir çay içerek toparlanacağını düşünen Ümit gülümsedi. Ancak daha kapıya doğru attığı ilk adımda hiç kımıldatamadığı boynunun ağrısıyla canı yandı, yüzü gerildi. Ama onun asıl canını sıkan, bugün izinli olduğunu unutması ve ayçöreğini sevmezken neden ayçöreği hayâl ettiğini anlayamaması oldu.

12. Ayçöreği Yalnızca Bir Çörek Değildir

Ayçöreği yemedi, tatlıyla pek arası yoktu. Ancak resmen izinli olduğu bir cuma sabahı erkenden sivil kıyafetiyle Kadıköy'e inmiş, iskeleye yakın bir pastanenin daha şimdiden çalışmak zorunda kalan klimasının serinliğine sığınarak fırından yeni çıkmış, sıcacık peynirli poğaça ile taze çay içiyor, bir eliyle de gece tutulan boynunu ovuyordu. Pastane daha yeni açıldığı için yerleri paspaslayan, tezgâh ve masaları silen garsonlarla, içleri taze çöreklerle dolu fırın tepsilerini vitrin raflarına taşıyan aşçı çırakları arı gibi dolaşıp duruyordu. Onu tanıyan güler yüzlü pastane sahibi, "Günaydın Komserim, hayrola hem çok erkenci hem de sivilsin bu sabah? Yoksa şu yunus yüzünden mi?" diye sordu.

"Hangi yunus?"

"Kadıköy İskelesi'ne bu sabah bir yunus gelmiş, oradan ayrılmıyormuş kerata! Millet şimdiden toplanmış başına. Şimdi bizim çocuklar işe gelirken görmüş de... Dediler ki, 'sahile hiç bu kadar yaklaşan yunus görmedik patron!' Allah'ın işi işte, umarım bir zarar gelmez hayvana..."

"Gelmez gelmez..." diye onu geçiştirdi Ümit, bu erken saatte Sahaf Semahat'in henüz dükkânı açmamış olacağını hesaplayarak.

"Sende ayçöreği var mı Usta?" diye sordu âniden. Hani hiç niyetlenmezken ağzımızdan dökülen harflerin canımıza okuduğu mükemmel bir lapsus örneği olsun diye!

"Olmaz mı Komserim, hiç ayçöreksiz pastane olur mu bu memlekette? Bak bir Fransız müşterim var, Moda'daki Fransız Lisesi'nde öğretmen, hemen bizim şurada, Yeldeğirmeni'nde oturuyor, az da Türkçe bilir kendisi. O bana her uğradığında, 'Şu sizin ayçöreği, meğer bizim kruvasan çöreğinin babasıymış, Usta. Fransızlar milli kruvasan çöreğini Türkler Viyana'da yenilince bunu kutlamak için onların hilâlinden esinlenerek icat etmişler. Hilâl ayçöreği, sizin bayrağınızdan miras kalmış bizim mutfağa!' diye anlatıyor. 'Croissant', Fransızca hilâl ay demekmiş zaten. Bizim çocuklar da, 'Patron, Fransızcan ilerledi!' diye takılıyor bana ha ha ha!"

Onu ilgisizce dinleyen Ümit, çay ve peynirli poğaçanın parasını ödeyip pastaneden çıkarken, pastanenin sahibi, elinde sıcacık, tombul, üzeri yumurta sarışını, mis gibi kokan bir ayçöreğiyle ona yaklaştı:

"Buyur Komserim, bu da benden olsun. Daha şimdi çıktı fırından, hey maşşallah, misss gibi mübarek!"

Elindeki ayçöreğiyle Rıhtım Caddesi'ndeki pastanenin önünde kalakalan Ümit, uzun zaman düzenli bir işte çalışıp sakin ve rutin hayat sürdürenlerin kaybettikleri yaramazlık yapma cesareti ve becerisinin yerini alan şaşkınlığa düştü. Yıllık izni başlamıştı ve onu rüyasında ölüme terk edip kendilerini kurtaran, onu gerçek hayattaysa sevdiğinden ayırıp kendi istedikleri bir kızla hayat kurmaya zorlayan anne ve babasıyla bu akşam Kaman'daki köyüne tatile gidecekti. Orada dere kenarında akarsu sesini ruhuna ilaç yaparak, yemyeşil ormana kuracağı hamakta yatıp uyuyacaktı... Of ki of, ne uyuyacaktı! Aylardır handiyse bütün karakolun kolektif hayâline dönüşen o su sesi, o yeşillik, o orman, o hamak, o uyku ve o huzur... 'İçinde insanın olmadığı bir doğa parçasında bir parça huzur' resmi aslında şehrin bağırsaklarını temizlemek gibi çok zor ve pis bir işte çalışan hemen her polisin hayâllerinden biridir. Ancak Ümit'in özelinde bu hayâl, Tasvir'i başka etkilerden uzak, tamamen kendine ait olarak düşlemek gibi bir zenginliğe sahipti. İşte şimdi elinde sıcacık bir ayçöreğiyle, işe gitmek zorunda olmadığı hâlde, cuma sabahının köründe Kadıköy'de anlamsızca dikilirken, aslında akarsu sesindeki huzur ve hamakta uyumak konusu artık ona pek albenili gelmiyor ve avunmak için yarattığı bu pastoral hayâlin gerçekleşmeye yaklaşmasıyla eriyip gittiğini hissediyordu. Acaba insana ilaç gibi iyi gelen hayâller, gerçekleşmesi yaklaştığı için mi etkisini kaybeder? Yoksa 'suya düşen hayâller' mi daha etkilidir? Ya da... "Yok canım, Defne Kaman'ın kaybolmasıyla ne ilgisi var bütün bunların ya hu!" diye söylendi Ümit.

O, Rıhtım Caddesi'nde bir süre nereye gideceğine karar veremeden, can sıkıntısından ısırdığı ayçöreğini çiğneyerek Kadıköy İskelesi'ne doğru yürürken, yeni açılmaya başlayan dükkân, büfe, pastane, çay ocağı ve piyangocu esnafi telaşla güne hazırlanıyor, kapı önleri gecenin kirlerinden temizlenip paspaslanıyor, onlara yeni mal teslim edecek kamyonlar teslimat adresine yakın park edebilmek için bütün trafik ve insanlık kurallarını çiğniyor, işlerine yetişmek için koşturanlar birbirlerine özür dilemeden çarpıp geçiyor, bu arada ayakta kahvaltı edenlerden yere dökülen poğaça kırıntılarını kapmak için canlarını tehlikeye atan bazı cesur serçeler de bu keşmekeşe katılıyordu. Herkesin ekmek derdinde acımasızca koşturduğu bu erken saatlerde gece çalışanlar ve hiç çalışmak zorunda olmayanlarsa uyuyordu. Kendi içindeki bu karmaşa, İstanbul'un her sabahki muhteşem kaosundan daha büyük olan Ümit, bir ân için kalabalıkta adının çağrıldığını sandı. Ama gece gördüğü rüyanın etkisiyle hâlâ uykulu olduğunu düşünerek bunu ciddiye almadı. Adını tekrar duyunca, boynunu güçlükle sesin geldiği soldaki sokağa çevirdi ve orada onu gördü. Bu defa suda fazla durmaktan cildi buruşmaya başlamış, rengi solmuştu. Önce etrafına bakındı, en iyi olasılık, onu kendinden başka hiç değilse bir kişinin daha görmüş olmasıydı. Başka olasılık, hâlâ rüya görüyor olmasıydı. Ya da 'kara sevda' yüzünden aklını kaçırmıştı. Ancak, ya bunlardan hiçbiri değilse ve gördüğü gerçek idiyse? Etrafına baktı ama o yoğun koşuşturmada, değil ıslak bir kadını fark etmek, biri yere düşüp çığlık atsa bile insanların bakacağı yoktu. Aklını kaçırma olasılığına gelince, rüyasında kendini odada kilitli bırakıp canlarını kurtaran anne ve babasına uyanıkken hâlâ bozulduğuna göre zaten o olmuştu!

"Defne Hanım? Siz Defne Kaman'sınız değil mi?" diye yaklaştı yine bir apartman kapı aralığına saklanmış ve endişeli gözlerle etrafı kolaçan eden kadına.

"Neden karakola gelmiyorsunuz benimle? Bakın hasta olacaksınız böyle! Size yardım etmem için önce 'kayıp şahıs' durumundan çıkartılmanız lâzım. Çünkü resmen 'kayıp şahıs' görünüyorsunuz ama kayıp değilsiniz. Haydi, lütfen gelin benimle..." diyerek ona elini uzattı. Ancak o sanki kendisine dokunulursa ölecekmiş gibi büyük endişeyle kendini geri çekti. Gözlerinde derin bir çaresizlik vardı. Sanki konuşmak istiyor ama konuşamıyordu. Onun dokunulmaktan böyle irkilmesinin, üniformasız da olsa polisin birini tutunca zorla karakola götürebileceği endişesinden kaynaklandığını düşünerek geri çekilen Komiser Ümit Kaman, bu kez onun gözlerinin tıpkı anneannesi Umay Bayülgen'in tarif ettiği gibi çağla yeşili olduğuna karar verdi. Boynunun elverdiğince başını ona doğru uzatıp iyilik dolu bir sesle konuştu:

"Size yardım etmem için bana o vapurdan nasıl ve neden kaçtığınızı anlatmalısınız. Yoksa sizi kaçırdılar mı? Bana anlatabilirsiniz. Sizi biri tehdit ediyor ve siz ondan kaçıyorsunuz, değil mi?"

Yanıt vermek yerine endişeyle kalabalık sokakta sanki birini arar gibi bakınan Defne Kaman, bir ara onun elindeki ayçöreğine baktı ve sanki kısacık bir ışık geçti yüzünden. Sonra yine avucunun içinde sakladığı bir kâğıt uzattı ve çok aceleyle kalabalığa karışıp sırra kadem bastı.

"Hey Allahım, ya sabır ya hu!" diye elinde yine bir kâğıtla kalakalan Ümit Kaman, nemli kâğıdı açmadan, içinde sayılar ve harfler olduğunu tahmin edebiliyordu. Bu sabah evden çıktığından beri kim bilir kaçıncı kez saatine baktı. "Daha Sahaf Semahat hayatta uyanmamıştır!" diye homurdandı. Şu ânda en çok ona ihtiyacı vardı ama o büyük olasılıkla dükkânın bodrum katında, kendisi dâhil pek kimsenin görmediği bir odada kedileriyle uyumaktaydı. "Ben insomniyak bir insanım Komserim, bende uykusuzluk hastalığı var!" diye cıvıl cıvıl sesiyle bir kez yeri geldiği için açıklamış, sanki neşeli bir şeyden söz edermiş gibi gülümsemişti. Zaten kendine dair fazla bir şey anlatmaz, arada ağzından kaçan olursa da hüzünle gülümserdi. Sahaf müşterileri de çoğunlukla ekâbir olduğundan sabahın köründe açılan pek sahaf bulunmaz. Semahat'in Kutlu Bilgi dükkânını açmasına daha en az iki saat vardı ama Komiser Ümit Kaman'ın elindeki şifreleri çözmek için bu kadar beklemeye sabrı yoktu. Bir ân için, bu durumda Dedektif Matt Scudder'ın ne yapacağını hayâl etmeye başladı. Bütün bu olanlar İstanbul'da bir komiser yerine New York'ta bir özel dedektifin başına gelseydi, neler olurdu diye düşündü. Âniden yüzünde hiç hesapta olmayan bir gülümseme belirdi ve Matt Scudder'ı hemen ilk köşede bulduğu bara girip, 'birkaç kadeh burbon' içip, birbirinden karanlık düşüncelere dalarken görür gibi oldu. Onu, ücretinin kalanını torununu bulunca ödemek üzere avansla kiralayan kayıp gazeteci kadının anneannesi, New York'lu dedektifi telefonları ve çörekotlu ayçörekleriyle bu işe bulaştığına çoktan bin pişman etmişti. "Umay Bayülgen'den ne müthiş roman karakteri olur!" diye sırıttı. "Tam bir baş belâsı o Umay Bayülgen ha!" diye hâlâ sırıtarak mırıldanırken, aslında ondan sandığı gibi nefret etmediğinin farkına vardı. Ardından, "Matt Scudder olsaydı, Defne Kaman'ın iş arkadaşlarını, eski kocası ve babasını çoktan sorgulamıştı, oğlum!" diye kendini azarladı. Ama o izinliydi ve bu akşam tatil için yola çıkacaktı. Anne ve babasıyla köye gidecekti...

Elinde şifrelerin bulunduğu kâğıtla ara sokaktan çıkıp kalabalık caddeye dönen Komiser, her gün önünden geçtiği, bazen uğrayıp kitaplara göz attığı dükkânının açılmış olduğunu bu sırada sevinerek fark etti. Düğün salonu kadar geniş bir alana yayılmış kitapçıda hem kırtasiye, hem de konser, tiyatro ve maç biletleri satan BİLETİKS bayisi bulunduğundan, buranın müşteri yelpazesi hayli genişti. Şimdi, daha sabahın köründe haftalar sonrası yapılacak Björk konserinin peşine düşen bazı gençler, bilet kuyruğu oluşturmuşlardı. Önce kendi başına aradığı kitabı daha çabuk bulacağını sanarak kitap raflarının arasında dolaştı. Ancak bunu başaramayınca kasadaki genç satıcı kıza yaklaşıp ayıp ya da yasaklı bir şeymiş gibi fısıldayarak:

"Günaydın, *Kutadgu Bilig* arıyordum ben."

"*Kutadgu Bilig* mi?" diye bağırarak tekrarladı genç kız, "Hımm, bir bakalım. Eveetttt... Yusuf Has Hacib adlı bir yazar yazmış kitabı," diye dükkânın en arkasındaki Björk'cü gençlerin bile duyacağı kadar yüksek sesle düşünerek, önündeki bilgisayar ekranında kitabın yerini aramaya başladı. Beden dili dâhil bütün tavrı, kitapçıda çalışıyor olmasına rağmen *Kutadgu Bilig*'i ilk kez duyduğu hissini veriyordu.

"Hah buldum!" diye çok sevindi sonra: "Türk Edebiyatı Klasikleri bölümünde iki adet varmış. Şimdi siz şöyle devam edin, soldaki rafların birinin üzerinde Türk Edebiyatı yazdığını göreceksiniz. O bölümdeki en üst raflarda kitabınızı bulacaksınız."

Kutadgu Bilig'i kitap satıcısının tarif ettiği kadar kolay bulamayan Ümit, tutulan boynunun ağrısı canına okurken on dakikadan fazla kitabı aradı. Bu sırada, dükkânındaki 20.000'den fazla kitabı tek tek tanıyan Sahaf Semahat'in her müşterisinin aradığını bir çırpıda bulup kendi eliyle sunduğunu hatırlayarak, işini sevmeden yapanların başkalarının para, zaman ve emeğini nasıl harcadıklarına bir kez daha kızdı, küfretti. Hizmet ve servis konusuna yeterince önem verilmediği için pek çok iddialı yatırımın gösterişli havası kısa sürede sönüyor, insan kalitesine yatırım yapmaktan kaçınan büyük yatırımcılar sonunda pahalı makineleriyle baş başa kalıyordu.

"Yusuf Has Hacib, şair bir filozoftu, ama sen ne anlarsın ki..." diye söylendi onu çoktan unutmuş olan satıcı kıza, kendisinin de daha dün farkına vardığı gerçeği tekrarlayarak.

Sonunda, dizin bölümüyle beraber 1.285 sayfa olan tombul 'Mutlu Olma Bilgisi' kitabını bulduğunda, daha düne kadar sadece adını bildiği bu eseri, handiyse eski bir dostu gibi kucakladı. Tek elle tutmak için hayli ağır olan kitabı alıp kitap sergilerinin olduğu bir masaya bıraktı, cebinden 'Defne Kaman'ın biraz önce verdiği kâğıdı çıkardı. O kâğıtta tahmin ettiği gibi yine harfler ve sayılardan oluşan şifreler vardı ve eğer Sahaf Semahat olmasa belki aylarca bu şifrelerin *Kutadgu Bilig*'e ait olduğunu bulmak için uğraşacağını düşünerek gülümsedi. O sırada boynunun tutulduğunu unutarak, meslekî bir refleksle kitapçıyı kolaçan etmek için dönünce çok şiddetli bir ağrıyla katılıp kaldı. Kitapçıya gireceğine bir eczaneden ağrı kesici krem almadığı için kendine sövdü, ama merakı galip geldi ve çıkıp ilaç almak yerine elindeki kâğıttan yeni *Kutadgu Bilig* şifrelerini çözmeye koyuldu.

"B:56-630: Bu sefer kabahat bende oldu; nasıl oldu da/ Başkasına sırrımı açıverdim."

"B:56-631: Dinle bak, bilgili insan ne der;/ Aceleyle yapılan işin pişmanlığı yıllarca sürer."

"B:69-810: Elimde tuttuğum bu bıçak,/ Biçen ve kesen bir âlettir, ey becerikli."

"C:320-5366: Uçan, yürüyen ve suda yüzen mahlukların hiçbiri/ Senin elinden kurtulamaz ey çetin huylu."

Hepsi buydu. Bu kadar. Bu kadardı da peki ne demekti şimdi bunlar? Dünkü şifrelerle yan yana koyunca bunların tümü mutlaka bir anlam ifade etmeliydi? Yoksa neden Defne Kaman besbelli güçlükle kendisine ulaşarak, bu şifreleri vermek için didinsindi ki? Öte yandan, neden ve kimden kaçıyorsa, bu kadın neden her seferinde daha da ıslak, bitkin ve korkmuş olarak karşısına çıkıyor, eline *Kutadgu Bilig* şifreleri bırakmak yerine ağzını açıp, olup biteni anlatmıyor, konuşmuyordu? Neden, neden, neden? Bir elini tutulan boynuna koyup öbür elini Kutadgu Bilig'in 221. sayfasının arasında tutan Ümit, hızla akan düşüncelerini kontrol etmek için önce derin bir nefes aldı, sonra kendince seçtiği üç anahtar kelimeyi tekrarladı: "Kaçıyor, konuşmuyor ve ıslak!" Parmak izi için gerekebilir diye elindeki şifreli kâğıdı özenle cebine yerleştirirken, "Kaçıyor, konuşmuyor ve ıslak. Tehdit, tehlike ve su! Yok, artık, suyun içinde saklanıyor herhalde bu kadın? *SU Kitabı*, mu kitabı derken kafayı yemeye başladım herhalde... Birinden kaçtığı kesin ve konuşamıyor? Belki sakatlandı? Dili tutuldu? Belki bir şey oldu, kadın istese de konuşamıyor ve bu yüzden şifreler veriyor!" diye sevinerek sol elinin parmaklarını şaklattı. Bu önemli bir buluştu ve Sahaf Semahat'le bunu hemen paylaşmalıydı, çünkü bu anlatacaklarını ciddiye alacak hiçbir polis tanımıyordu ve zaten resmen izinliydi.

Dükkândan çıkmadan önce *Kutadgu Bilig*'i satın almak istedi ama fiyatını çok pahalı bulduğu için vazgeçti, aklı onda kalarak, gönülsüzce götürüp aldığı rafa geri yerleştirdi.

Kapıdan çıkmak üzere kasanın yanından geçerken aynı satıcı kızın, bu kez çok sempatik ve cilveli bir edayla yakışıklı iki gençle konuştuğunu fark etti.

"Yunusu siz gördünüz mü? Gerçekten tam iskeleye kadar gelmiş mi? Hiç korkmuyor muymuş? Ah canıımm, çok merak ettim yaaa... Bak, öğle tatilinde ben de gidip göreceğim şekeri..."

Komiser Ümit, kendi karakolunun birkaç yüz metre ötesini ziyaret eden bu yunusun ününün hızla yayıldığını anladı. Böylece Sahaf Semahat dükkânı açıncaya kadar oyalanmak amacıyla, aslında hiç niyeti yokken, gidip şu yunusu görmeye karar verdi ve iskeleye doğru yöneldi. Resmen izninin başladığı cuma sabahı, her sabah işine gittiği yoldan Kadıköy İskelesi'ne doğru yürüyor ve sanki kendi istemi dışında, handiyse büyülenmiş gibi sadece kayıp gazeteci kadını düşünüyordu: 'Defne Kaman kaçıyor, konuşamıyor ve ıslak!' Bu düşünceden kaçmak istedikçe benzer kelimeler daralan bir çember gibi göğsünü sıkıştırıyor, düşünceleri hızlandıkça hiç farkında olmadan adımları da hızlanıyordu. 'Defne Kaman tehlikede, konuşamıyor ve ıslak. Islak. Kadın ıslak. O belki de suyun içinde bir yerde saklanıyor? Kadın suyun içinde saklanıyor! Ya hu, kadın suda be!' Birden zınk diye durdu. 'Oğlum Ümit, bu Defne Kaman sakın suyun içinde bir yerde saklanıyor olmasın?' O durunca, Haldun Taner Tiyatrosu'nun tam önündeki caddede pahalı bir 4x4 cip de ciyak ciyak fren sesiyle eksiksiz bütün Kadıköy'ü inleterek durdu. Olasılıkla tiyatronun üst katındaki konservatuarda arya çalışan şan öğrencileri, önünde mânilerle çiçek satan Çingeneler, balık ekmek satmak için büfelerini temizleyen esnaf, vapurlara yetişmeye çalışan insanlar, herkes sustu. Kesin bir trafik kazası daha olmuştu! Ancak cip, Ümit'e çarpmaya bir avuç içi mesafe kala mucizevî biçimde durmayı başardı ve son ânda ona çarpmaktan kurtuldu. Korkudan gözleri patlamış erkek sürücü, cipin penceresinden başını uzatıp, şimdiden zulme başlayan sıcağın da etkisiyle bağırmaya başladı: "Önüne baksana lan! Ayakta uyuyorsun eşşolueşşek! Katil edecektin lan beni! Ben şimdi götürmez miyim seni polise lan! Ama şükret, şükret ki hâlâ hayattasın! Hadi çekil git belân olmayayım senin, git, git ananı da al git! İşe gecikecek olmasam gösterirdim ben sana pis herif!"

Ümit, ne olduğunu tam anlamadan başını kaldırıp baktığında, önce şehir içinde ciple gezen görgüsüzleri polislerin pek sevmediğini düşündü, sonra ölüme bir avuç içi kadar yaklaşmış olduğunu kavradı. Sürücü, trafik açısından haklıydı ama hakaret etme hakkına sahip değildi. Onu karakola götürüp polise hakaretten canını sıkabilir, geç kaldığı işine bugün hiç gitmemesini sağlardı. Hele anaya hakareti yutulur gibi değildi... Ancak, yapmadı. Bugün bir de onunla uğraşamazdı. Önce Defne Kaman'ı bulacaktı, sonra sırada başka bir kadın vardı...

13. Yunus Bir Balık Değildir

Kadıköy İskele Meydanı, sabah klasiklerinden birini daha yaşıyordu. Vapur ve motorlara vaktinde yetişebilmek için her yaştan, cinsiyetten ve sınıftan İstanbullu her günkü gibi Kadıköy'den Avrupa Yakası'na geçmek için iskelelere doğru kısa mesafe koşusuna çıkmıştı. Onlara taze simit, çatal ve ayçöreği, günlük gazete ve soğuk su satmaya çalışan esnaf kendi bestesi olan cıngılları, mendil satan çocuklar da kutulara vurarak tuttukları ritimlerle eşlik ediyordu. Bir İstanbullu için günlük hayatın en doğal parçası olan bu deniz yolculuğu dünyadaki bütün başka kültürler için Asya kıtasından Avrupa'ya yapılan sihirli bir yolculuğun adıydı. Yoğun trafik saatlerinde vapur veya motorda oturacak yer bulabilenler için bu yolculuk, bir yandan cam bardakta çay, simit kovalayan martılar ve seyyar satıcıların müzikal gösterileriyle şenlenirken, bir yandan da Bizans ve Osmanlı tarihi içinden geçilen bir İstanbul mucizesidir. Öte yandan, hafta içi her sabah Kadıköy Meydanı'ndaki iskeleleri helikopterden izleyen biri, koşarak vapurlara giden İstanbulluları, sokak dansı yapan bir sanat grubu sanacak kadar canlı ve gürültülü, renkli ve coşkulu bulabilirdi. Dansın uyumsuzluğuysa, pekâlâ bir Türkiye kültür klasiği olarak hoş bile kabul edilebilir, adına da 'Kadıköy Cümbüşü' denebilirdi. 21. yüzyılın en sıcak yazının ortasında bir cuma sabahı, bütün bu şenliğe bir de iskeleye kadar yaklaşıp oraya yerleşen güzeller güzeli bir yunusun albenisi eklenmiş, meraklılar da onun başında çoktan büyük bir kalabalık oluşturmuştu.

Kadıköy Karakolu'nun, insanların bir araya geldiği çeşitli etkinliğin, gösterinin, biber gazlı, coplu, taşlı, molotof kokteylli siyasi mitinglerin yapıldığı Kadıköy Meydanı'na olan yakınlığı düşünülürse, burada oluşan her kalabalık polislerin hemen ilgisini çeker. Bu yüzden Komiser Ümit Kaman, vapura ve motora koşan İstanbulluların arasından yunusun başına toplanan kalabalığın yanına güçlükle ulaşabildiğinde, biri kendisi gibi komiser rütbesinde iki meslektaşına rastladı.

"Ooooo, hayırlı sabahlar Komserim! Bakıyorum, özlemimize dayanamamış, izninin ilk sabahı kalkıp gelmişsin buralara? Yoksa balık sevgisi mi? Yunus eti lezzetli midir sence ha?" diye gülerek göz kırpan bir polis arkadaşı takıldı ona. Sonra ciddileşti:

"Ya bu bizim millet, bırak yunusu, sebepsiz toplanmış herhangi bir kalabalık gördü müydü dayanamıyor billahi! Ya toplanmayın kardeşim, çekin gidin işinize dedikçe inadına toplanıyor. Toplanınca bir mazarrat çıkacak, biliyorum ben, vardır aralarında birkaç çürük tip bunların ha! İlla bir hır çıkarıp öyle rahatlar onlar, hasta herifler! Bak demedi deme ha!"

"Yunusun durumu iyi mi? Bu, yoksa şu adı Badem miydi ne, insancıl bir hayvan vardı da, hani bir işadamı masraflarını üstlenip tedavi ettirmişti? Sahilden ayrılmıyor, çocuklarla oynuyordu, o olmasın?" diye konuyu kendi üzerinden kurtarmak için sordu Ümit.

"Yok, Komserim, Badem fokbalığıydı, buysa yunus balığı. Badem, Foça'da rehabilitasyon merkezinde bakılmış, Gökova'ya salınmıştı. Bu gariban dün akşamdan beri buradaymış ve gitmiyormuş. Veteriner istedik, koskoca Türkiye'de bir tane yunus veterineri varmış, o da yurtdışında bir yunus koruma etkinliğine gitmiş, yarın dönecekmiş! Denizleri yunus kaynayan memlekette tek yunus veterineri yetiştir, o da aktivist çıksın ha, pes yani!"

"Sen de başımıza yunus uzmanı kesilmişsin, maşallah arkadaşım!" diye takdirle polis memurunun sırtını sıvazlayan Ümit, yunusu görmeyi umut ederek kalabalığın toplandığı yere doğru başını uzattı ama tutulan boynu bıçak saplanmış gibi bir ağrıyla canını yaktı. Bunu fark etmeyen polis memuru, yunus konusunda aldığı beğeniyle coşarak devam etti:

"Yok canım, ne uzmanlığı Komserim! Karakoldan çıkmadan biraz Google'dan araştırdım da ondan biliyorum... Meselâ bizim Marmara'daki yunus türüne 'şişe burunlu yunus' diyorlarmış. Bir de yunus akciğeriyle soluk alan ve doğuran balık olduğu için ona 'memeli' deniyormuş, balık denmezmiş. Fakat bana göre balina da balık, hamsi de... N'apayım Komserim, ben denizden babam çıksa yerim hah hah ha! Hele yanında bir de rakı olursa, şöyle buz gibi, gel keyfim gel, oohh!" diye gülerken öbür komiserin gözlerini yuvarlayarak bozulduğunu görünce, "İlla da içki şart değil tabii, roka balık da yeter insana..." diye sansürledi kendi cümlesini. Ümit, sansürün her türlüsünü en önce ve fazla azınlıklar deneyimlediği için son yıllarda rakı gibi geleneksel içki dâhil, alkole karşı gelişen aşırı muhafazakârlığın çoktan farkındaydı.

Konuşurken artık herkes birbirinden çekindiği için telâşla ekledi: "Komserim, benim oğlan diyor ki, 'Baba artık arananları

Facebook'taki arkadaşlarını sorgulayarak iki saatte bulabilirsiniz! Bak yakında karakollar kalkacak, sen kendine başka bir iş arasan iyi olur!' Valla çocuk haklıysa yandın yani!"

Polis memurunu geveze bulduğunu belli eden öbür komiser, ona ters ters bakıp sırtını döndü, "Haa, bak Ümit Komserim, yunus uzmanı arkadaşımızın verdiği bu derin bilgiler yüzünden az daha unutuyordum!" dedi ve sözlerini tartarak devam etti. "Şu kayıp gazeteci kadının büyükannesi var ya, hani beyaz örgülü saçlı, -kusura bakma ama söylemeden edemeyeceğim, o ukalâ bayan, adı Umay Bayülgen var ya, o, biraz önce karakola bir tepsi taze ayçöreği getirdi. Normalde biz böyle ikramları kabul etmeyiz bilirsin, ama senin uzaktan akrabanmış diye bir söylenti çıktı ya, o yüzden aldık, karakola dağıttık ayçöreklerini... Sana sormak istiyordum da... Yani senden duymak istedim... Sahi bu kayıp gazeteci Defne Kaman'la var mı bir akrabalığın senin?"

"Katiyyen!" diye yanıt verecekken durup yutkunan Ümit Kaman, eğer Defne Kaman'ın yalnızca kendine göründüğü doğruysa ve resmen izinli bulunduğu bu hafta ona yardım edecekse, ancak bu akrabalık söylentisine dayanarak çalışmasının dikkat çekmeyeceğini düşündü. New York'lu Matt Scudder da olsa aynını yapar, birine yardımcı olmak için rahatlıkla beyaz yalan söylerdi. Gerçi Matt Scudder bunun için para alıyordu, ama 'Bizim burada insanlık daha ölmedi!' diye kendine yonttu biraz. Alttan cılızca gelen 'ölmedi mi?' sorusunuysa Facebook diliyle sevmedi ve 'unlike' etti. Biraz zaman kazanmak için bir şey söylemeye hazırlanırken, rakı-balık seven polis memuru atladı:

"Ya ben hayatımda hiç böyle lezzetli ayçöreği yememiştim, Komserim billahi! Bir kere ayçöreklerinin üstü simsiyah çörekotluydu, önce anlamadım, susamlar yanmış sandım. Benim bildiğim ayçöreğinin üzerine çörekotu konmaz değil mi? Bizim kayınpeder fırıncı da oradan biliyorum. Tuzlulara susam ve çörekotu, tatlılara fındık rendesi konur diye anlatır da... Fakat, kayınpeder duymasın, çok da güzel olmuştu, ben sevdim yani... Zaten Umay Teyze, 'çörekotu kan şekerini düşürür, damar hastalıklarını önler, hazmı kolaylaştırır, vücuttaki zehirleri atar, mikropları öldürür, alerjiyi önler, sonra neydi Komserim? Haa, idrar söktürür, basura iyi gelir, kolesterolü düşürür diye uzun uzun anlattı hepimize... Ben şahsen akşam eve giderken 100 gr. çörekotu alacağım billahi! Her sabah bir çay kaşığı yutacağım. Tabii önce bu pis sıcaktan erimezsem!" diye eliyle yüzündeki teri sildi.

"Umay Bayülgen eczacıdır!" dedi Ümit, dünkü kayıp şahıs kayıtlarını tutarken öğrendiği bu bilginin nasıl aklında kalmış olduğuna hayret ederek. Sonra, iki yıldır kendini bir aşk mağduru olarak görmesiyle üzerine biçtiği 'kurban' rolüne uygun, kırık, yorgun, kronik hasta ses tonunu bir kenara bırakarak, kararlı bir sesle, "Komserim, evet varmış uzaktan bir akrabalık... Bilmem kaçıncı kuşak kuzenleriz işte..." dedi. Sesi kararlı ve inandırıcıydı. Bunu Sahaf Semahat sevecekti. Hattâ Tasvir, duyunca Tasvir de... Saatine baktı, bir saat daha buralarda takılıp Sahaf Semahat'e gidebilirdi. "İşte bu yüzden, izinli olmama rağmen bir karakola uğrayıp bir gelişme var mı diye bakayım istedim Komserim," dedi.

Birkaç dakika sonra iki komiser, polis memurunu iskelede yunusun yanında bırakıp daha sabahın bu erken saatinde ter içinde karakola doğru yürürlerken, meraklı kalabalık ve onlara satış yapmak isteyen seyyar yiyecek satıcılarının sayısı artmakta, sıcak sanki onları etkilememekteydi.

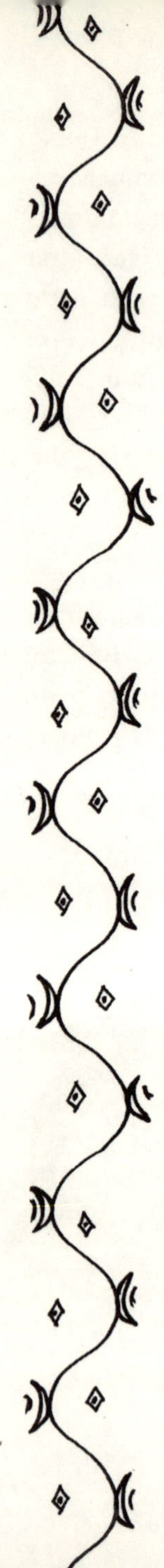

14. Bir Meziyet ya da Eziyet Meselesi Olarak: Uyum

Zekâyı uyum yeteneğinin bir göstergesi olarak tanımlayan Doktor Freud muydu? Değişen çevre ve iklim koşullarına en hızlı ve iyi uyum sağlayan canlıların mutasyona uğrasa da türlerinin devamını sağladıklarını ileri süren Biyolog Darwin miydi? Göçebe milletlerin göç yollarında karşılaştıkları uygarlıklara uyum sağlamadıkları için yeni uygarlıkların oluşmasına sebep oldukları tezi Antropolog Margaret Mead'e mi aitti? Söylemem. Yok, söyleyemem, çünkü

güzel bulduğum fikirleri karıştırmayı ve karıştırdıklarımdan ortaya çıkan yeni düşünceyi ve yüzü daha çok seviyorum. Aslında ben uyumsuzların uyumunu tercih eden biriyim.

Zeki insanların sözleriyle oynamanın, bir yetişkine, legoyla oynayan çocuğun ya da gün ışığıyla oynayan kedinin keyfini verdiğini iyi bilirim. Ancak bir sözü ve/ya konuyu açıklamayı, insanları aptal yerine koymayı hiç sevmem. Söylemem, söyleyemem. Dünya, aradığını çok isteyenin bulmak, az isteyenin şikâyet etmek, hiç istemeyeninse seyretmek için zaman harcadığı bir gezegen değil mi? Aslında bunu söyleyeni biliyorum ama onu da söylemem. Buna karşılık, dünyanın bütün çocuklarından çok daha önce, 'uyum' ve 'uyumsuzluk' kavramlarına kafa yormak zorunda kaldığımı söyleyebilirim. Evet, bunu söyleyebilirim. Zira bana adımdan önce 'uyumsuz' diye seslenen Annem Ayten ve onun sesinin bir yankısı olmayı önce bilinçsizce kabul edip, sonra tamamen tercih eden Ablam Aysu ile aynı evde büyüdüm. Aslında annem ve ablam bana o kadar uzun zamandan beri 'uyumsuz' diyorlar ki, ben artık bu lakabımın adım Defne Kaman ile yaşıt olduğuna inanıyorum. Bu yüzden, onların hiç arzu etmeyeceği şekilde 'uyumsuz' sözcüğü, tıpkı Defne ve Kaman kadar doğuştan bana ait bir ses güzelliği taşıyor. İnsanın dünyada en çok sevdiği müziğin kendi adının ünlenişindeki melodi olduğunu söylerler. Sadece bu nedenle, bazen birini ya da bir grubu aşağılamak için kullanılan sözler, zamanla on(lar)a adı kadar yakın, melodik ve sempatik gelme riskini taşır. Kibirlilerin hiç anlayamadıkları gerçeklerden biri daha...

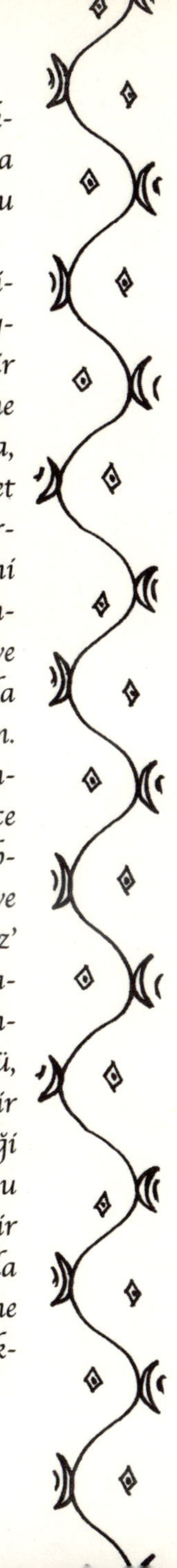

İşte evde bana yıllarca 'Uyumsuz Defne' diye seslendikleri için, insan beyninin bir paradoksu veya mucizesi olarak, ben de o kelimenin melodisini sevmeye başladım. Hiç fena değildir aslında. Dinleyin: U-yum-suz! Duyuyor musunuz? Ayrıca annemle ablamın kimseyi beğenmeyen, başkalarını hor gören, son derece sıkıcı insanlar olduğunu ayrımsayacak kadar büyüyünce 'uyumsuzluk' onlarda bulunmayan bir özellik olarak ayrıca bana değerli görünmeye başladı. Ancak, 'sevimsiz', 'cansız', 'renksiz', 'ruhsuz' veya 'vicdansız' gibi olguların farkına varacak yaşa gelince, keyfim kaçmaya başladı. Çünkü sonuna 'sız/suz' alan bazı sözlerin itici, fena, olumSUZ anlamlara dönüştüklerini anladığımda artık on yaşındaydım: bu yüzden ciddi bir bunalıma girdim. Bende 'sevim', 'ruh', 'can', 'vicdan', 'renk' vardı ama ne demekse o, 'uyum' denen şey yoktu. 'Uyum'un anlamını öğrenmek için uzun bir yolculuğa çıkışım böylece başladı.

Bunalıp evden çıkmadığım, ölümcül 'uyumsuzluk' hastalığına yakalandığım için utandığım, kendimi değersiz hissettiğim zamanlarda, hep olduğu gibi yanımda sadece Korkut Dedemle, Umay Ninem vardı. Zor zamanlarda farklı bakış açısıyla yeni ufuklar açarak nice hayatı kurtaran Umay Ninem, bana mutsuzluk getiren bu bilginin tersinin de bir mutluluk bilgisi olduğunu gösterdi. Kısacası, Umay Ninem, benim bildiklerimin tam tersine bazı olumsuz sözcüklerin de 'sız/siz' ekiyle olumlu hâle dönüştüğünü öğretti. Yalan, acı, dayak, şiddet, ölüm, işkence, savaş gibi fenalıklara 'siz/sız' eklediğinizde hepsi iyileşiyor ve güzelleşiyordu. Demek ki, 'UYUM' denen o ne olduğu belirsiz şeye 'suz' eki ekleyince ortaya çıkan

'UYUMSUZ'un iyi ya da kötü bir anlama dönüşmesi tamamen kişinin kendisine kalıyordu. Yaşasın, uyumsuzun iyi veya kötü olması için mutlak bir kural yoktu! Annem ve ablama göre uyum iyi bir şeydi ve bu yüzden onlar 'Uyumsuz Defne'yi sevmiyorlardı. Besbelli, sorun bende değil, 'uyum' meselesindeydi. Ben de böylece iyileştim. Artık uyumsuz olduğumu söyleyerek kimse benim kendimi kötü hissetmeme neden olamazdı. Bir kere size göre neyin doğru olduğuna karar verdiğinizde sizi üzemezler! Bir şeye karar verene kadar bütün yanlışlardan geçip ayakta kalabilmek işin en zor yanıdır.

Uyum ile uyumsuzluk, gezegenimizin üzerinde durduğu tahterevallinin iki ucundaki ağırlığın adıdır. Yoksa, hayvanın uyumsuzuna 'vahşi', bitkininkine 'yabanî', ırkların uyumsuzuna 'barbar', insanın uyumsuzuna -eğer zeki bir erkekse- 'dâhi', sıradansa 'belâ' ya da 'ıssız adam', kadının uyumsuzunaysa zaten zeki ve cesur olacağı için toptan 'cadı' dendiğini hepimiz biliriz. Uyum, yalnızca evcilleştirme, düzen ve sistem kurma gibi anlamlar taşımaz, aynı zamanda sistemin parçası olarak bireyseli de yok eder. Erkeğin ve iktidarın uyumlusu olmaz, çünkü uyum onun ta kendisidir. Uyumlu olmak için uyulacak bir düzene ve düzeneğe gerek vardır. Bu nedenle şimdiki düzen ve düzenekte, kadının sadece uyumlusu makbul, erkeğin uyumlusuysa madaradır.

Annemin ikinci çocuğunu oğlan bebek hayâl ederken, benim doğmamla yaşadığı hayâl kırıklığını, tam da 'uyumsuz' kavramını bir taç gibi taşımaya çalışırken öğrenmem, işimi hiç de kolaylaştırmadı. Öte yandan, bir tesadüf eseri, doğduğum gün Kalamış'taki

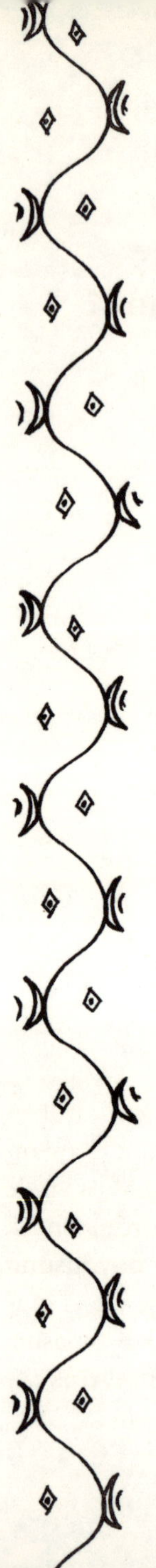

evimizin bahçesindeki kayın ağacına yıldırım düşmesi, anneme göre 'uğursuz', kayın ağacını kutsal sayan Umay Nineme göreyse 'uğurlu işaret'ti. Böylece babamın evi terk etmesini bir oğlan evlâdı olmamasına bağlayarak, kendini her zamanki gibi temize çıkaran annem için en baştan uğursuz ve uyumsuz günah keçisi bulunmuştu: "Defne Kaman!" Babamınsa ne düşündüğünü bilmem olanaksız, onu pek tanıdığım söylenemez...

Kuşaklar boyu her yeni Kaman'ın devraldığı kadim SU Kitabı'na kendi payıma eklediğim kimi komik, sevinçli, kimi trajik, yalnız zamanları ekleyebilmem için hayatımın ilk otuz yılını yaşamam gerekti. Otuz yaşıma gelince tam orada durdum. Ve işte: Su, toprak, hava, ateş ile hayat ağacı kayın şahittir ki, artık yaşadığım sürece hep orada kalmaya o gün karar verdim.

Belki de şimdi elimde tuttuğum bu, SU Kitabı uyumsuzların mutluluk bilgisi kitabıdır.

15. Basiret Nedir ve Nasıl Bağlanır?

Yaz, sevmeyenler için her yıl geçmesi beklenen bir hastalık gibidir.

Hayatında hiçbir zaman ve hiçbir koşulda ne okul tatilken okula, ne de izinliyken işe gitmiş olan Komiser Ümit Kaman, 21. yüzyılın en sıcak yazının tam ortasındaki cuma sabahı sivil de olsa çalıştığı Kadıköy Karakolu'na gittiğine inanamıyordu. Ancak son on sekiz saattir başına gelenler zaten gerçeklik duygusunu oldukça sarsmıştı; inanmasa da olurdu. Onlarca meşe ağacı arasına saklanmış, geniş yeşil bahçe içindeki küçük karakol binasına girerken karşılaştığı bütün polislerin kendisine gülümseyerek selam verdiğini görüp, bir komiserin "çok lezzetliydi, çok!" diye seslendiğini görünce de iyice huylandı.

"Bu senin uzaktan akraban Umay Bayülgen..." diye hiç inanmamış bir sesle açıkladı Kadıköy İskelesi'nden karakola beraber yürüdükleri komiser arkadaşı: "Bütün karakol, Umay Teyze'nin ayçöreklerine bayıldı. Hani sanırsın, hayatlarında hiç çörek görmemişler! Kıtlıktan çıkmış gibi saldırdılar ha! O da hiç üşenmemiş, koca iki tepsi ayçöreği pişirmiş, üstleri simsiyah çörekotlu... Yanında yaşlı bir adamla getirdi tepsileri karakola. Ben kocası sandım adamı, sen belki tanırsın, bahçıvanıymış! Ya, benim bildiğim son bahçıvan bir Zeki Müren filmiydi..." Sabahın erken saatinde sıcaktan terleyen alnını eliyle sildi, alaycı ve külyutmaz sesle devam etti:

"Neyse... Sadece ayçöreklerine değil, bizimkiler Umay Teyze'ye de bir hayran oldular ki, sanırsın büyülendiler... İşi gücü bırakıp etrafında toplandılar... Onda da bir çene ki, teyze ayaklı bir kütüphane ha! Bak tamam, bu kadında şeytan tüyü olduğu kesin, ama hiç kusura bakma, Komserim, ben hangi yaşta olursa olsun kadının bilmişini sevmem! Kendi anam da olsa, karım da olsa, kadın dediğin az bilecek, susacak, geride duracak. Karizma erkek işidir, kadını bozar! Çok biliyor, çok... Bak kızmadın di mi? Ha?"

Karakolda kendisine gösterilen bu âni ilginin Umay Bayülgen'in ayçörekleri yüzünden olduğunu anlayınca rahatlayan Ümit, birinci katın merdivenlerini çıkarken kendisinin de hoşlanmadığı bu yaşlı kadına meslektaşı laf edince, nedenini bilmeden ve elinde olmadan ikinci kez onu korumaya başladı:

"Canım öyle çokbilmiş göründüğüne bakma sen, tanısan çok sevecendir Umay Nine," dedi kendi ağzından dökülenlere şaşırarak. "Tabii onun zamanında okuyan, meslek sahibi kadın azdı. Kendisi gerçekten de görgülü, bilgili bir hanımdır... Hem kaçımızın büyükannesi üniversite mezunu? Sonra... Defne Kaman'a çok emeği geçmiştir, çocukken yok 'uyumsuz', yok 'uğursuz' diye ona takanlara karşı hep o korumuştur torununu..." diye geveledi, dün gece kâbus görmeden önce *SU Kitabı*'nda okuduklarını şimdi hatırladığını fark ederek. Onu dinlemeyi çoktan bırakan meslektaşıysa, cep telefonundan arayan karısıyla çocukların yaz okulunu tartışmaya başlamıştı. Çoğumuz kendi söylemek istediklerimizi söylemek için diyaloğa girer, karşımızdakini dinlemeyiz. Onu karısıyla tartışırken bırakan Ümit, kendi odasına yöneldi.

İçinde kendi masasının da olduğu 25 metrekarelik odaya girince, resmen izinli olduğu için masasına başka bir komiserin oturduğunu görüp başıyla onu selamlayan Ümit, arkadaşlarının önce ayçöreği için teşekkür etmesi, ardından izinli olduğu hâlde neden hâlâ karakolda bulunduğuna şaşırması ve en sonunda kayıp gazeteci kadınla uzaktan akrabalığı nedeniyle iş takibinde olduğunu düşünerek kendisine destek vermesi safhalarından birkaç kez geçti. Karakolda kaldığı birkaç saat içinde, kayıp gazeteci kadın için yapılan araştırmanın o an itibarıyla, "Defne Kaman, salı akşamı Kadıköy İskelesi'nden kalkan 20:45 Barış Manço Vapuru'na bindikten sonra varış noktası Beşiktaş'ta vapurdan inmemiştir. Ölüsü veya dirisi bulunamamış. Arama devam etmektedir," aşamasında olduğunu öğrendi. Bugün dalgıçlar her iki iskele çevresinde ceset arayacaklardı. Görgü tanıkları ve gazetedeki iş arkadaşları hâlen sorgulanmaktaydı. Defne Kaman'ın ailesine gelince, anneannesi Umay Bayülgen zaten daha bir saat önce karakoldaydı.

Komiser Ümit Kaman'ın gazeteci bir akrabası olduğunu daha önce hiç duymadıklarına şaşıran bazı polis arkadaşları, bunu Defne Kaman'la arasının iyi olmadığına yorarak üzerine gitmiyor, ancak aylardır hayâlini kurduğu hamakta su sesi dinleyerek uyuyacağı tatiline gidecek yerde karakolda olmasına bakınca da onun kayıp kadın için sahiden üzüldüğünü düşünerek yardımcı olmaya çalışıyordu.

"Allah'tan ümit kesilmez, Komserim. İnşallah sağ sâlim bulacağız Defne Hanım'ı!" "Gazetecilik bırak bayanları, erkek için bile zor iş bizim memlekette Komserim. Her mânâda tehlikeli yazmak, çizmek falan... Bayanlar daha kolay işlerde çalışmalı.

Bana kalsa, bayanlar evinin kadını olsun, çocuklarına baksın, en doğrusu ama..."

"Olur mu canım? Hayat müşterek, hem de çok pahalı. Kadınlar da çalışmalı günümüzde, yoksa ay sonu gelmiyor tek maaşla... Tabii masabaşı işler, kadınlara daha uygun. Bu Defne Kaman muhabirmiş, değil mi Komserim?"

"Defne Kaman'ın yaşadığına dair içimde güçlü bir his var, arkadaşlar. Aslında çocukken de böyle kaybolurdu o yaramaz kız!" diye âniden onların sözünü kesti Ümit. Bu sırada telefonu "Sensiz dünya malı neylerim, dostum dostum..." türküsüyle çalmaya başlayınca, sabah evden erken çıkarken anne ve babasının henüz uyuduğunu hatırladı. Rüyasındaki selde onu kurtarmadan kaçan anne ve babasına bozulmayı bir kenara bırakıp telefonu yanıtladı.

"Günaydın anne. Evet, öyle oldu. Ettim ettim, ayçöreği ve çayla kahvaltı ettim, meraklanma. Efendim? Bileti mi? Ne bileti? Haa, otobüs bileti, yarın geceye mi değiştirdiniz? E, iyi yapmışsınız. Acelesi yok zaten... Tabii tabii, yarın rahat rahat gideriz... Uçakla daha hızlı giderdik ama otobüs diye tutturdun işte. Evet, karakoldayım. Yok, kendisi henüz bulunamadı. Tamam, bir gelişme olursa haber veririm. Sağ ol. Efendim? Basiret mi? Benim mi basiretim bağlandı? Nerden çıkartıyorsun bunları anne? Yok böyle bir şey ya hu! Tamam, tamam. Konuşuruz akşama. Hoşça kal."

Kendisine şaşkın bakan polis memuruna, "Onlar da Defne Kaman'ı merak ediyor tabii!" diye açıkladı. Polis memuru onun bu sıcakta serin bir dere kenarında yapacağı efsanevî tatil biletini unutabilmesine şimdi iyice şaşarak bakıyordu. Bütün iş arkadaşları gibi onun Defne Kaman'ın akrabası olduğuna inanmıştı.

"Yok, basiretim bağlanmış da, bir türlü İstanbul'dan ayrılamıyormuşum da... Kim nasıl bağlamışsa bu basiret denen şeyi, sanırsın boynunda bir tasma! Hey yarabbim ya hu!" diye söylendi kendi kendine. "Basiret de ne demekse artık?"

Cuma öğle vakti yaklaştığı için karakolda bir hareketlilik başlamış, handiyse bütün polisler cuma namazına gitmek için adeta birbirleriyle yarışır olmuşlardı. Son yıllarda karakolda göze çarpacak kadar büyüyen toplu cuma namazı katılımı, Alevi bir polis olarak namaza gitmeyen Ümit'i huzursuz eden şakalara mâruz bırakıyordu. Karakoldaki hareketlilikten cuma namazı saatinin yaklaştığını fark edince, hiç değilse bugün, "Eh artık, cuma öğleleri boşalan karakol sizlere emanet Komserim!" diye başlayan şakalardan incinmemek için sessizce ayrıldı oradan.

Karakoldan çıktığında bu sıcakta iskeledeki yunusu görmeye gelen meraklıların ve buna bağlı olarak polislerin de sayısının arttığını gördü. "Milletin işi gücü yok ya hu!" diye söylendi. Bu sıcakta bir yunusu görebilmek için o kalabalığa girmek içinden gelmedi. Kendini isteksiz, keyifsiz ve çok yalnız hissetti. Tasvir ile onu zorla birbirlerinden koparttıklarından beri zaten iyi değildi ama bu sabah sanki onu gerçekliğe ve hayata bağlayan pamuk iplikleri de kopmuştu. Gaddar sıcak, birden tadı kaçan tatilinin yarattığı hayâl kırıklığı, Tasvir'in bir süredir 'Bihter K.' adlı Facebook hesabına hiç girmemesi, dün geceki kâbus, uykusuzluk ve bir de ikide bir karşısına çıkıp ona *Kutadgu Bilig* şifreleri veren sürekli ıslak bir gazeteci kadınla onun ayçörekçi ninesi! Acaba bunları hak etmek için birine bilmeden ve istemeden bir kötülük mü yapmıştı? Bilerek ve isteyerek birine kötülük yapmak onun inançlarına karşıydı.

Kadıköy Çarşısı'ndaki Beyaz Fırın'dan poğaça ve ayçöreği aldıktan sonra, çarşı içinden geçtiği bütün ara sokak ve kapı girişlerini bu defa dikkatle inceleyerek Moda'ya doğru çıkan yolun üzerindeki Sahaf Semahat'in Kutlu Bilgi dükkânına vardı. Semahat, kitapçı dükkânının önünü sulamış, sokak kedileri için kapısının önüne koyduğu yoğurt kutularına kuru mama ve bol su doldurmuştu. İçerisi her zamanki gibi eski kitap, çay, kedi ve dostluk kokuyordu. Sabah, kâbustan uyandığından beri ilk kez huzurlu bir nefes alarak dükkâna girdi Ümit.

16. Destanlar Toplumun Ortak Rüyalarıdır

“Hayırdır inşallah Komserim, rüyanı önce suya anlat, der büyüklerimiz!”

“Su o kadar hızla yükseliyordu ki Semahat Abla, Titanik halt etmiş ya hu! Ama bak, rüyamda bile annemle babam beni hemen terk etmiş, kaçmışlar be! Yanımda bir tek Defne Kaman kalmış, onu da tanımam etmem!”

Bir yandan her zamanki hüzünlü gülümsemesiyle Ümit’i dinlerken, bir yandan da onun getirdiği çörek ve poğaçaların yanına taze çay dolu ‘ince belli’leri servis eden Sahaf Semahat, saat onda uyandığından beri kim bilir kaçıncı sigarasını içiyordu. Hâlbuki henüz hayâlleri olan bir genç kızken, Nevşehir'de sabahları erkenden kalkar, cıvıl cıvıl bir sevinçle güne başlardı. Her gün yeni bir umut, her sabah yeni bir güneşti o zamanlar...

"Birde baktım ki, masamın üzeri, affedersin fare pisliği gibi siyah taneciklerle dolu. Sonra anlıyorum ki, bunlar çörekotuymuş! Ben çörekotu nedir bilmem etmem, ama rüyamda bir bakışta tanıyıveriyorum! Ne iştir bu Semahat Abla ya hu?"

"Rüyalar böyledir, onların hikmetinden sual olmaz, derler. Rüyalar hâlâ gizemli kara kutu! Bana sorarsan bütün sırlarımızı ortaya dökerler Komserim! Bak, getirdiğin ayçöreklerinin üzerinde de çörekotu var!" diye hınzır sesiyle güldü Semahat. Sonra, aklına âniden bir şey gelmiş gibi masasından fırladı, tıklım tıklım rafların birinden sanki biraz önce koymuşçasına rahatlıkla bulduğu bir kitabı çekip aldı. Masaya bıraktığı deri ciltli eskimiş kalın kitabın kapağında *Büyük Rüya Tâbirleri* yazıyordu.

"Arap rüya tâbircileri, İslamiyet nedeniyle bizde de makbul sayılmış, bak bu Nablûsi'nin kitabı meselâ, meraklıları iyi bilir onun adını, rüya yorumu deyince bir numara yani. Ama rüya tâbirinin şahı bizim Şaman köklerimizde saklıdır tabii... Bak, Araplar da rüya sembollerini, işaretlerini falan bizden öğrenmişse hiç şaşmam ha!"

Her duyduğunda artık iğne batmış gibi irkildiği Şaman sözcüğünün, eskiden hiç böyle sık ortada dolaşmadığını düşünen Ümit, bunun algıda seçicilik denen şey olduğuna inanmaya karar verdi. Bir eliyle sık sık tutulmuş boynuna masaj yapmaya çalışırken, dikkatini bu hiç inanmadığı rüya yorumuna toplamaya çalışıyordu.

"Hımm, bakalım çörekotu görmek neye işaretmiş? Eveet, ne diyor Nablûsi bakalım, rüyada çörekotu görmek, keder ve sıkıntıya işarettir. Çörekotu yiyenin elindeki malı çıkarmış, falan... Aman tövbe ya, bunu geçelim biz... Zaten sıkıntıda olmayan mı var bu zamanda?"

"Boş ver böyle tâbir mâbir işlerini Semahat Abla, ben inanmam bunlara!" diye onun sözünü kesti Ümit. Ancak onu dinlemeye hiç niyetli olmadığı anlaşılan Semahat, çoktan rüyada sel görmenin yorumuna geçmişti bile.

"Sele kapılmak belâ ve dert anlamına gelirmiş, ama hah, bak işte aradığımı buldum: 'Rüyasında sele kapılıp kurtulduğunu gören kişi feraha erecektir. Sele kapılan kişi, sevdiğinden ayrılır, geç buraları falan falan... Bak bak, Komserim, selle boğuşup mücadele eden ve sonunda ıslakken kurtulduğunu gören sevdiğine kavuşur, yazıyor! Gördün mü ha?"

İçinde, 'sevdiğinden ayrılır' ve 'sevdiğine kavuşur' sözcükleri geçtiği âna kadar rüya tâbirlerini önemsemeyen Ümit, şimdi Sahaf Semahat'i bütün kulaklarıyla dinliyordu.

"Tüh ya hu, ben rüyamdaki selden nasıl kurtuldum, bunu göremeden uyandım Semahat Abla, bu duruma bir yorum var mı orada?"

"Var ya işte, kurtulmuşsun Komserim! Sele kapılıp, boğulacakken, Defne Kaman ve *SU Kitabı* bir şekilde sana vesile olmuş, kurtulmuşsun işte! Sevdiğine kavuşacaksın inşallah, ama bir daha rüya görünce suya anlat, su kötülüklerden temizler, der eskiler... Herhalde bir bildikleri vardır?"

Çaylarını içip biri erken öğle yemeği, öbürü geç kahvaltı niyetine ayçöreği ve poğaçalarını yerken, Kutlu ile Bilgi gerine gerine sahaf dükkânının içinde gezinip kokusunu en sevdikleri kitapların köşelerine burunlarını sürterek, oraya daha önce bıraktıkları kedi raporlarını hazla kontrol ettiler. Sonra biraz sosyalleşmek için artık kokusuna alıştıkları Ümit'e yaklaşıp kot pantolonunun paçalarına sürtündüler. Ancak o, kedi-insanı olmayanlara özgü hafif tiksinmeyle bacaklarını kasınca, kediler sevilmediklerini hissedip, hızla ondan uzaklaşarak kapının önüne çıktılar. Bu sırada birkaç genç müşteri gelmiş, dükkânın önündeki sergide 'Ne alırsan 1 TL'lik kitaplara bakıyor, bir yandan da sevinç çığlıkları atarak kedileri seviyordu. Kediler şimdi sahici kedi-insanlarına kavuşmanın keyfiyle, cilveli gösterilerine başlamıştı.

"Bugünlerde neye elimi atsam bir sudur aldı başını gidiyor, nedir bu su konusu anlayamadım ki Semahat Abla? Âniden bütün hayatım su oldu, desem günaha girmem! Bizim eve Umay Nine'nin yollattığı, Defne Kaman'ın *SU Kitabı*'na bakılırsa zaten her şey, hepimiz sanki sadece sudan yapılmışız. Yani utanmasam, Defne Kaman'ın suda saklandığını düşünmeye başlayacağım neredeyse... İçimden bir ses, o kadının başı belâda ve o suda saklanıyor, diyor."

Elindeki rüya yorumları kitabının rasgele sayfalarını çevire çevire okuyarak oyun oynayan bir çocuk kadar eğlenen Semahat, onun son cümlesini ya duymadı ya da ciddiye almadı. O şimdi de SU maddesini bulmuş, kıkır kıkır gülerek okuyordu: "Rüyada herhangi bir şekilde su görmek, geçim, ferahlık, temizlik, nimet, sefa, ganimet, adalet ile tâbir olunur. Akan su ise nikâh mânâsına gelir."

Semahat'in neşesi kendisine de bulaşsın isteyen Ümit de gevşedi: "Bak sen, hakikaten su deyince, yok yokmuş ya hu!" diye güldü. Sonra hazır keyfi yerine gelmişken boş bulunup devam etti: "Hah bak, rüyamdan çok net hatırladığım bir şey de: mavi rengi. Bu Defne Kaman ona her rastladığımda, hattâ rüyamda bile etekleri Umay Ninesi gibi püsküllü o mavi entarisini giyiyor. Kadının elbisesini bu kadar net hatırlamam tuhaf değil mi sence? Bir de... Ya hu, ben yıllardır ilk defa rüyamda Tasvir'den başka kadın gördüm, bu aldatma sayılmaz, di mi Semahat Abla?"

Bu defa onun ne dediğini duyan Sahaf Semahat irkilerek sordu: "Dur, dur hele, sen rüyan dışında kaç kere gördün bu Defne Kaman'ı, Komserim?"

"Söyledim ya, dün buraya gelmeden bir, rüyamda iki, bir de bu sabah üç!"

"Sen bu sabah yine gazeteci Defne Kaman'ı mı gördün Komserim?"

"A, sana söylemedim mi? Bu sabah yine bir sokakta önüme çıktı, yine sırılsıklamdı, yine korku içindeydi! Biliyor musun, hiç konuşmuyor, daha doğrusu konuşamıyor, sanki dilsiz? Suda kalmaktan eli buruşur ya insanın, cildi öyle buruş buruş olmuş artık. Bu kadının durumu içimi burkuyor benim! Dur bak, şuradaydı, cebime koydum, al işte, bu sabah verdiği yeni *Kutadgu Bilig* şifreleri var bu kâğıtta. Sen daha uyanmamışsındır diye yolda bir kitapçıya uğrayıp çözdüm yeni şifreleri. Dört yeni şifrenin karşılarına ilgili beyitleri yazdım ama anlamlarını çözemedim... Hattâ kafam daha da karıştı..."

"Pes vallahi, şimdi mi söylüyorsun Komserim? Yani bu unutulacak şey mi ama?" diye homurdandı Sahaf Semahat.

"Haklısın da, akıl mı kaldı bende, Semahat Abla? Önce o rüya, üstüne o yunus, bir de karakoldaki iki tepsi ayçöreği derken, basiretim bağlandı ya hu!"

Onun bu son sözlerini duymadan, uzattığı kâğıdı panter gibi kapan Sahaf Semahat, Ümit'in bu sabahki karşılaşmayı kendisine anlatmayı unutuşuna bozulmuş görünüyordu. Onun gerginliğini, yeni kitaplar satan bir kitapçıda *Kutadgu Bilig* aradığını söylemesine yoran Ümit, sahaf arkadaşını yeni kitap satan bir kitapçıyla aldatmış gibi utandı. Bir yandan da basiretinin bağlandığını söylemesine şaşırdı. Şimdiye kadar hiç kullanmadığı bir deyimdi bu.

"Eveet, bakalım şunlara önce... Evet, ilginç mesajlar yollamış Defne Kaman sana Komserim... Şimdi bütün şifreleri alt alta yazıp bütün olarak okumamız ve anlamaya çalışmamız lâzım," diye mırıldanarak koltuğundan fırlayan Sahaf Semahat, bir A4 kâğıdı baskı makinesinden alıp kalın uçlu kırmızı bir kalemle ellerindeki bütün *Kutadgu Bilig* şifrelerini oraya yazmaya başladı. Onun elyazısının bu kadar güzel olduğunun ilk kez farkına varan Ümit, bir yandan boynunu ovarken, yine de kendisine Facebook'tan önce elyazması aşk mektupları yazan Tasvir'in inci gibi yazısını kimseye değişmeyeceğini düşündü.

Bir saat sonra Kutlu Bilgi sahaf dükkânındaki masanın başında Komiser Ümit Kaman ile Sahaf Semahat, birlikte aynı kâğıda bakarak kara kara düşünüyorlardı.

"C:386-6515: Ey ümidim; bana ümit bizzat sensin/ Ey ümidim, senden ümidi kesmeyeceğim."

"B:28-211: Kişinin gönlü dipsiz bir deniz gibidir/ Bilgi onun dibinde yatan inciye benzer."

"B:28-212: Kişi inciyi denizden çıkarmadıkça/ O, ister inci olsun ister çakıl taşı, fark etmez."

"B:56-630: Bu sefer kabahat bende oldu; nasıl oldu da/ Başkasına sırrımı açıverdim."

"B:56-631: Dinle bak, bilgili insan ne der;/ Aceleyle yapılan işin pişmanlığı yıllarca sürer."

"B:69-810: Elimde tuttuğum bu bıçak,/ Biçen ve kesen bir âlettir, ey becerikli."

"C:320-5366: Uçan, yürüyen ve suda yüzen mahlukların hiçbiri/ Senin elinden kurtulamaz ey çetin huylu."

Bir eliyle çenesini, uçları görünmeye başlayan sakallarını kaşıyarak ovuşturan Ümit, çocukluğundan beri bir sonuca varmadan düşüncesini açıklamayı sevmediğinden susuyor, onun tam tersine, hayâl gücü kuvvetli insanlara özgü bir uçarılıkla Defne Kaman'ın durumu hakkında çoktan birkaç hikâye kurmuş olan Semahat ise bıcır bıcır çocuksu ses tonuyla hiç durmadan konuşuyordu.

"Semahat Abla!" diye birden onun sözünü kesti Ümit, yine bir eliyle boynuna masaj yaparak: "Tasvir, tam on gün, on iki saattir Face'e girmiyor! Acaba hasta mı diye çok merak ediyorum ya hu... Bugün hiç fırsatım olmadı, hazır senin bilgisayar açıkken bir Face'e bakayım mı?"

Onun herhangi bir konu üzerinde düşünürken birden Tasvir hakkında konuşmaya başlamasına artık hiç şaşırmayan Semahat, ailelerinin iki sevgiliyi ayırdıklarından beri bu duruma yüreği yanarak alışmıştı. Hiç konuşmadan bir eliyle açık duran bilgisayarını gösterdi ve sandalyesinden kalkıp yerini ona bıraktı. Kendisi gidip masanın önündeki sandalyelerden birine oturdu ve gözlerini yeniden elindeki kâğıda gömdü. O sırada dükkâna giren bir müşteri uzaktan seslenerek bir kitap sordu. Onun hangi kitabı sorduğunu duymayan Sahaf Semahat, başını 'yok' anlamına iki yana salladı. Ve yine *Kutadgu Bilig* mısralarına gömüldü. Ne kadar böyle kaldığını hatırlamıyordu, ama Ümit başına dikilip, Tasvir'in bugün de Face'e girmediğini ve 'Bihter K.' hesabını on gün, on iki saat, on beş dakikadır kullanmadığını anlatırken kulakları açıldı. Dalgın dalgın baktı, onun yüzündeki yorgunluğu, iki yıldır çabucak yaşlandığını düşündü.

"Ben çıkıyorum Semahat Abla!" dedi Ümit, üzgün bir sesle.

"Çıkıyor musun? Dur bir vedâlaşalım o zaman. Sen bu akşam Kaman'a gitmiyor musun, Komserim?"

"Yok, biletleri yarın akşama değiştirmiş bizimkiler, bu gece de İstanbul'dayım yani..."

"Aa, sen de bütün önemli haberleri unutuyorsun bugün ama! Dur, o zaman sana vereyim bu kâğıdı, belki şifreleri çalışırsın biraz?"

"Akıl mı kaldı bende? Zaten dertli başıma bir de durup dururken Defne Kaman eklendi işte. Bak, sana şu kadarını söyleyeyim Semahat Abla: bu Defne Kaman konusu sandığımızdan daha tehlikeli boyutta olabilir! Eğer bu kadın hâlâ hayattaysa, başı gerçekten belâda bence. Şimdi gidip, onun gazetedeki iş arkadaşlarıyla görüşen polisleri bir dinleyeceğim. Bana sanki bugünkü şifreler biraz orayı işaret ediyor gibi geldi de..."

"Alsana bu kâğıdı, şifreler yanında bulunsun işte!"

"Gerek yok, sende kalsın. Ben çoktan ezberledim hepsini. Hadi, uğrarım ben sana yarın yine, şimdilik hoşça kal Semahat Abla."

O bir eliyle boynunu ovuşturarak çıkınca, büyüdüğüne şahitlik edemediği küçük erkek kardeşi yerine koyarak sevdiği, biraz da orta zekâlı bulduğu Ümit Kaman'ın Facebook'ta Tasvir'i ararken, kendi elindeki on dört mısrayı ezberleyip çoktan bir yorum yapmış olmasına şaşıran Semahat mahcup oldu. Zekâsı ve/ya erdemiyle bizi şaşırtan insanların yarattığı mahcubiyet, kendi önyargılarımızla hâlâ yüzleşebildiğimizin de sevindirici bir işaretidir.

Çayını tazeleyip kırtlama içmek için iki küp şekerle masasına koyan Semahat, bu kez raftan *Türk Destanları ve Şamanlıkta Renkler* adlı kitabı aldı ve masasına oturdu. Mavi rengi rüyasında Define Kaman'ın elbisesi olarak çok net hatırladığını söyleyen Ümit'e yorumlamak için okudu: "Gök ile özdeş tutulduğu için saygı duyulan ve çok sevilen mavi, Türkler için doğu yönünün simgesidir. Mavi renk, dünya mitolojilerinde sık sık rastlandığı gibi, Türklerde de akıl, idrak, sağduyu, basiret, barışı sembolize eder. Eski Türkçe metinlerde 'gök sakallı', 'kök temur' (gök demir) gibi ifadeler maviye göndermedir." Kendisi de çocukken maviye pek düşkün olan Semahat, İstanbul'a göçmesine neden olan olaylardan sonra hiç farkında olmadan koyu renklere bürünmüştü. Ancak bunları düşündükten birkaç dakika sonra kendini, dükkâna girip tarihî bir roman arayan orta yaşlı bir erkek müşteriyle tarihî romanlar üzerine bir sohbete koyuluvermişken buldu. Sahaflığın en sevdiği yanlarından biri de dertlenmeye zaman bırakmayan bu işin, hiç beklenmedik bir zamanda, kapıdan giren hiç tanımadığı ama kitaplar sayesinde yüzyıllardır tanıdığı biriyle ilginç bir konuda sohbete açık olan aralığıydı. Kısa sohbetin ardından aradığı kitabı inceleyen orta yaşlı erkek müşteri, bu sırada Semahat'in biraz önce masanın üzerine bıraktığı *Türk Destanları ve Şamanlıkta Renkler* kitabını gördü ve kitapseverlere özgü hiç dinmeyen güzelim bir iştahla onunla da ilgilendi. *Kutadgu Bilig* dışında sevdiği kitapları kendisine saklamayı hiç beceremeyen Sahaf Semahat, *Türk Destanları ve Şamanlıkta Renkler* adlı kitap müşterinin torbasında çıkıp giderken üzüldü. Üzülünce hep yaptığı gibi gülümsedi.

"Maviyi de gönderdik işte..." diye kendi kendine konuştu. Sonra dükkânın kapısında asılı iri nazar boncuğundan, kahve fincanından kül tablasına kadar birçok nesnenin üzerine işlenmiş mavi göz sembolüne baktı. Bu sırada dükkâna dönen kedileri onun kendilerini aradığını sanarak cilveli cilveli miyavladılar.

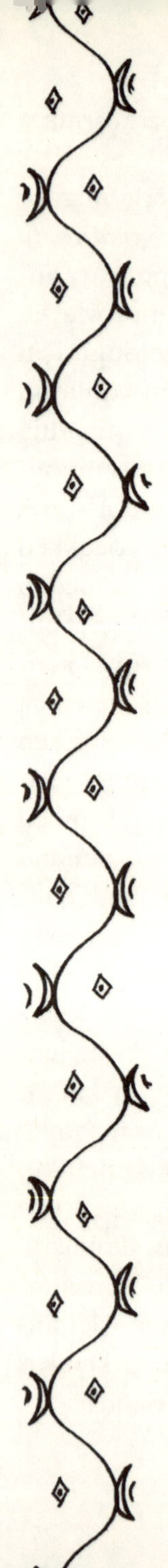

17. Hayattaki Tek Mucize Gençken İyi Bir Öğretmene Rastlamaktır

"Defne'nin hayâl gücü fazla çalışıyor, çok meraklı ve asla yorulmuyor!"

Kendisine hakkımda bu bilgiler verilmek üzere daha yeni başladığım okula sık sık çağrılan annem, bu muhteşem özelliklerim için bana pek de hayran değildi. Zira bu cümle ona her defasında şöyle söyleniyordu: "Ayten Hanım, kızınız Defne'nin hayâl gücü maalesef fazla çalışıyor, bu yüzden gerçek dünyayla ilişkisi kopuk. Gereksiz şeylere çok meraklı olduğundan kafasında gerekli bilgilere yer kalmıyor. Beğenmediği şeyleri öğrenmeyi reddediyor. Neyle besliyorsunuz onu bilmiyorum, ama kızınız asla yorulmuyor, derste başka çocukların dikkatini dağıtacak oyunlar oynuyor, tuhaf masallar uydurup sınıf düzenini bozuyor!"

Annem okuldan her dönüşünde sinir krizleri geçirip, elinde mendille kanepeye oturup ağlıyor, Umay Nineme beni şikâyet ediyordu:

"Ah bu uyumsuz Defne beni öldürecek anne! Biliyorsun doğduğu gün bahçedeki kayın ağacına yıldırım düşmüştü, ayol hiç şehrin ortasına hem de temmuz ortasında yıldırım düşer mi anne? Bak, demiştim sana uğursuzluk var bu çocukta diye! Altı yılda beni yedi bitirdi, şimdi de öğretmenini deli etmiş! Aysu'yu kendi evlâdı gibi severek okutan o tatlı kadını bile çıldırtmış ayol! Ah ben ne yapacağım bu uyumsuzla anne!"

"Çocuktur, geçer Aytenciğim. Sağlıklı çocuk hareketli olur, merak etme kızım. Hem, sus bakayım, ne biçim laf o öyle! Kaç kere söylemedim mi sana, kayın ağacına yıldırım düşmesi bizim kadim geleneklerimizde uğurludur, büyük şans işaretidir!"

"Ne uğurlusu anne? Bu uyumsuz Defne uçrak! Var bu kızda bir tuhaflık diyorum ben sana! N'apıyormuş biliyor musun? Oturup yüzlerce küçük kâğıt kesmiş, hani okuma fişi diye verilir ya, tıpatıp onlardan. Bunların üzerine tek tek, 'Dünyanın merkezi tabiattır ve o da kadındır! Bunu bilmeyenler ahmaktır!' diye yazıp çiçek resimleriyle süslemiş, sonra bütün okula dağıtmış! Çocuklar da bunu öğretmenleri yollattı sanıp ödev olarak defterlerine kaydetmişler. Ertesi gün okuldaki öğretmenler, yüzlerce defterde Defne'nin uydurduğu o eksantrik cümleleri bulup çıl-

dırmışlar. Ayol, okul açılalı kaç hafta oldu, bu kız ne zaman okuma yazma öğrendi anne? Ah anne, ah hep senin yüzünden! Anlatma diyorum, anlatma o korkunç destanlarını, masallarını şuna! Anlatma, 'Hayat Ağacı'nı, 'Suya Düşen Dolunay'ı, 'Hakan Olan Kartal'ı, 'Kuğu Olan Prenses'i, 'Yeraltı Ejderi Erlik Bey'i 'On Bin Bacaklı Arı Kraliçesi'ni falan... Ay hele o korkunç Şahmeran'ı!.. İnanıyor, bak gerçek sanıyor bu şapşal onları! Baksana zaten doğuştan uyumsuz, hayâlperest ayol! Ah neden Aysu'ya çekmedi de senin hık diye burnundan düştü anne!!!"

Daha okula başlamadan okuyup yazıyor ve dört işlem matematikte pek güçlük çekmiyordum. Yine de Ablam Aysu'yu üzmemek, onu tek çocuğu zanneden annemi de kızdırmamak için okuyup yazdığımı, hele; çarpım tablosunu sular seller gibi bildiğimi onlara hiç belli etmiyorduk. Bu bir oyundu ve aramızdaki şifresiyle BMK olan adı: 'Bilgini Mutluluk için Kullan'dı. Çok eğlenceli olan BMK oyununun tek bir kuralı vardı: bildiğin şeyi onu öğrenince mutsuz olacak insanlardan bir sır olarak saklamak. O kadar! Oyunun en eğlenceli yanı, bittiğinde takımla beraber toplanıp yorumlar yapmaktı. Bu oyunu sadece üçümüz biliyorduk: Umay Ninem, Korkut Dedem ve ben: dünyanın en harika takımıydık! Umay Ninem BMK oyununu kendi annesi Vesile Ninemden, o da büyük ninesinden öğrenmişti. İleride bir gün belki ben de bu oyunu hayâl kurmayı hiç bırakmayacak bir başka çocuğa öğretecektim. Umay Ninem, gözlerini kocaman açarak, kulağıma, "Bilgini mutluluk için kullanmak, sana bırakılmış bir emanettir ve dünyanın devamlılığı bu oyunu anlayabilen insan sayısına bağlıdır," demişti. O, böylece bir çocuk birey olarak kendimi hayatın sürdürülebilirliği için önemli hissetmemi sağlamıştı. Şimdi dünyanın bütün çocuklarını bu bilinçle yetiştiren bir düzende saygının ve yaratıcılığın nasıl gelişeceğini sık sık düşünürüm. O zamanlar küçüktüm, anlamıyordum ama BMK oyunu aslında toplumdaki 'farklı', 'özürlü' veya 'özel yetenekli' bir çocuğu kuralcı, otoriter gözlerden koruyarak, kendi yolunda gelişmesinin yolunu açmak için kurgulanmış mükemmel bir oyundur ve Kamlık için gereklidir. 'BMK' oyunu, bir çeşit özünü savunma, ruh bağışıklığını koruma sporu da sayılabilir.

Evde annem ve ablama karşı oynadığımız 'Bilgini Mutluluk için Kullan' oyunu ilkokula başlayıp, oyuncuların sayısı artınca çetinleşti ve eski tadını yitirdi. Üstelik hayatımın daha sonraki dönemlerinde tanışacağım birkaç kişi hariç öğretmenlerim, arkadaşlarım ve kocam dâhil insanların çoğundan özel yetenek ve hünerlerimin bazılarını saklamak, başkalarından hızlı kavrayışımı yavaşlatmak, bazen de aptal rolü yapmak zorunda kalacağımı henüz bilmiyordum. İnsanlardan iyi ve kötü yanlarımla farklı olduğumu saklayarak, ancak 'ideal vatandaş ve kız tipi'ni oynayarak iletişim kurabileceğimi öğrendiğimde, kendimi engellenmiş hissedip onlara kızardım. Henüz insanların, öz kardeşlerinin bile kendilerinden farklı, daha zeki veya güzel, daha melankolik veya dalgın, daha hızlı veya hevesli, daha yavaş veya derin, daha hayâlperest veya coşkulu, daha tutkulu veya hırslı, daha cömert veya hazcı, daha meraklı veya eğlenceli olmasını kıskandıklarını bilmediğim yıllardı. Umay Ninem bana Habil ve Kabil'i daha anlatmamıştı.

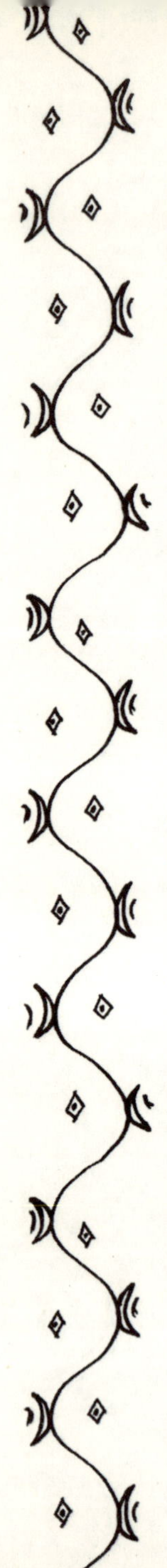

İlkokul öğretmenim beni 'düzen bozan, uyumsuz bir hayâlperest!' diye bütün okula ve aileme şikâyet etmesine karşın, daha önce öğrencisi olan Ablam Aysu'nun bir fotoğrafını'memleketin en ideal kız çocuğu' posterinin yüzü olması talebiyle Milli Eğitim Bakanlığı'na göndermişti. Güzel, uslu, uyumlu, çalışkan, prezantabl, piyano çalan, folklor oynayan, sarışın, yani ideal Türk kızıydı Aysu Kaman. Bakanlık, 'ideal Türk kızı' posteri için bütçe bulamadığından ya da bir bakanın kızına ayıp olur diye o proje kaldı. Yine de annem gerekli gereksiz her yerde bir fırsat yaratarak, sanki öyle bir afiş İstanbul'un bütün ağaçlarına yapıştırılmış, onun kızı Aysu bütün İstanbul, hattâ mümkünse bütün Türkiye'de ünlenmiş gibi büyük gururla anlatır bu olayı hâlâ.

Yok, güzel ve hırslı olan ben değildim. Ablam Aysu güzel kız, ben hoş, sevimli ve şirin olandım. O daha güzel ve hırslıydı. Daha çocukken büyüdüğünde yakışıklı erkek ya da güzel kadın olacağı belli olanlar vardır. Aysu o çocuklardandı. Aysu'nun bendeki ilk görsel anısı, kendisine sık sık, 'Ne güzel kızsın sen!' diyenlere biraz lütfetmiş pozuyla teşekkür ederken yüzüne konmuş gururlu gülümsemedir. Giderek bu poz onun üzerine yapışmış, evde kendisine herhangi bir şey söylendiğinde de aynı pozla yanıtlar olmuştu. Aysu, çocukluğundan beri girdiği her ortamda bütün dikkatleri üzerine toplamaya bayılırdı. O her seferinde, küçük veya büyük her ortamın yıldızı olmak zorundaydı ve yıldızlık, rutin bir işe dönüştüğünde zor, yıpratıcı bir hayat biçimiydi. Daima dikkat çekmeye çalışmanın, her ne pahasına olursa olsun hep gündemde kalmaya didinmenin bir 'özgüven eksikliği hastalığı' olduğunu ve bu hastaları besleyen birileri olmadan hastalığın kendi başına başlayıp devam etmediğini yıllar sonra öğrendim. Aysu'yu çocukluğumuzdan beri günde üç öğün, 'benim muhteşem kızım!', 'her ortamın yıldızıdır kızım!' diye alkışlayan annem, sonra da 'karım Aysu oradaysa gerisi teferruattır!' diye böbürlenen kocası Kudret Peker dolduruşa getiriyordu. Evet, Aysu çocukken annemin ilk bakışta kızını yücelterek özgüvenini artırıyormuş görünen ama aslında tehlikeli, 'daima önde olmalısın!' baskısına karşı koyamazdı. Ancak kendi kusurları için hâlâ anne ve babasını suçlayarak kendilerini temize çeken yetişkinler, bana hiç inandırıcı gelmiyor. Kolaycılık ve kurnazlıktan bıktığımdandır, belki? Olayın aslı şuydu: Aysu, bedeli ne olursa olsun, her ortamın yıldızı olmayı seviyor ve bunu bir yetişkin olarak kendi rızasıyla tercih ediyordu. Hâlâ öyledir!

Bense, 'Ablan çok güzel ama sen de şirin ve akıllısın Defneciğim!' denen kardeştim. Aslında arada o 'ama' olmasa bu cümle bir iltifat olabilirdi ancak 'ama' doğrudan zehirli bir ok olarak insanın kalbine saplanan bir sözcüktür. Benimse çocuk kalbime!

İnsanlar beni biraz tanıdıktan sonra sırada mutlaka hayretle, 'sen ne kadar zekisin böyle, kaç yaşındasın bakiim?' sorusu olurdu ki, bu beni mahcup ederdi. Zekâ, sanılanın aksine güzellikten daha fazla kıskançlık yaratır. Zekâ geçici değildir, üstelik köreltilmezse, yıllar içinde tecrübeyle serpilir, parlar, iktidar için güzellikten daha fazla işe yarar. Ancak bir kadın bedenindeki zekâ hiç de aranan bir şey değildir, zeki kadınlar kadar erkekleri korkutan iki şey daha vardır güzel erkekler ve çok iri zenci erkekler. Çünkü

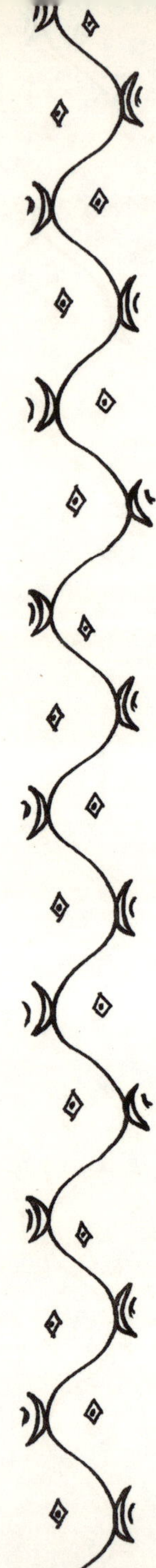

dünya tarihinde son 5000 yıllık düzen, kadının güzel ve hizmetkâr, erkeğin akıllı ve/ya zeki ve güçlü olması üzerine kurulmuştur. Bu düzeni bozan her kadın veya erkek düzen için tehlikelidir. Tek bir fikir bile, bu düzenin insan icadı olduğu gerçeğini yayabilecek güçtedir! Kanımca, insanlık tarihinde en fazla hem güzel hem de zeki olan kadınlara eziyet edilmesinin altında yatan şiddet dürtüsü bundandır.

Zekâma yapılan iltifatlara hep Aysu gibi lütfetmiş bir poz takınarak teşekkür etmeyi hayâl eder, ancak her seferinde mahcup olup konuyu geçiştirirdim. Güzel ve hırslı olan ablamdı; meraklı, hızlı ve eğlenerek öğrenen, öğrenmeye doyamayan bendim. Umay Ninem ile Korkut Dedem, öğrenmeyi benim için öyle eğlenceli bir oyuna çevirmişlerdi ki, benim yerimde kim olsa aynısını yapabilirdi. Çünkü dünya merak edilecek binlerce mucizeyle doluydu ve eğer acele etmezsem öğrenmek istediklerimin çok az kısmı hayatıma sığacaktı.

"Ne annen, ne de ablan, çocukken onlara da öğrettiğim bu oyunları sevdi. İkisi de pek meraksız şeylerdi. Merak, zekâ belirtisidir. Artık tam umudumu yitiriyordum, 'Kaman eli'miz kuruyor diyordum ki, sen doğdun Defnem, kırmızı saçlı Ayçöreğim benim!"

İlk öğretmenim ve annem benimle başa çıkamayınca beni hasta diye doktora yolladılar. Doktorun koyduğu 'hiperaktif' teşhisiyle öğretmenim, annem ve ablam tarafından 'özürlü', dedem ve ninem tarafından 'dâhi' ilan edildiğimde, yedi yaşımda ikinci sınıf öğrencisiydim. Evet, fazla enerjik ve fazla neşeliydim, çok sorar, çok merak ederdim. Enerjim azalsın, uslu oturayım, merak etmeyip soru sormayayım diye kahvaltıda Umay Ninemin özellikle yedirdiği Kars balı, Trabzon tereyağı, bahçemizdeki ağaçtan toplayıp kuruttuğu cevizi, okulda atıştırayım diye beslenme çantama koyduğu Malatya kayısısı, Hatay iğdesi, Manisa keçiboynuzu, İzmir kuru üzümü, akşamları tahin pekmez ve Erzincan tulum peyniriyle yaptığı 'Kuşburnu' atıştırmalıkları gibi çok sevdiğim yiyecekleri kestiklerinde de bir şey değişmedi: yorulmuyordum! Geceleri bir türlü uykum gelmez, beni uyutmaya çalışanı uyuttuktan sonra Aysu'nun geceleri çıkmaya korktuğu havuzlu bahçeye kaçar, orada kendime cinler, periler, devler, ejderhâlar, melekler, prenses ve prenslerle gizli bir hayat kurardım. Evet, benim dostlarımın hiçbiri tıpatıp insan değildi ama insanlardan daha güvenilir ve sevecenlerdi. Gerçek dostlarım yarı insan, yarı hayvan olduğundan onlara ayıp olmasın diye resim derslerinde sınıf arkadaşlarımı ve tanıdığım herkesi de öyle çizer, nedense bu yüzden öğretmenimi kızdırırdım. Bu resimleri öğretmenimi ya da annemi kızdırmak için yapmadığımı, dünyanın kimilerine böyle göründüğünü anlayamadıkları için onlara acır, ama utanmasınlar diye yüzlerine vurmazdım.

Hâlbuki babamı martı gibi uçarken, annemi ipek böceği gibi koltuğuna yapışmış, ablamı arı kraliçe gibi kibirli poz verirken, kendimi yedi denizin, binlerce dere ve gölün içinde yüzen bir denizkızı gibi özgür, dedemi aslan kral gibi güçlü, Umay Ninemi bütün yılanların şahı, iyilik ve güzellik sembolü Şahmeran olarak çizmemin kime zararı olacaktı ki? Ha, öğretmenimi de şipşirin bir deve olarak çizdiğimi de unutmadan...

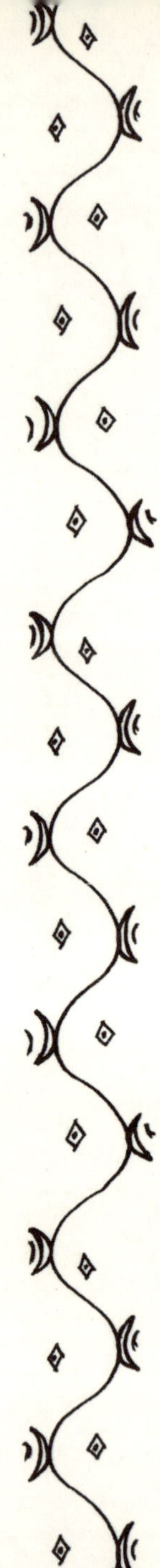

Hep neşeli değildim. Uzun süren neşeli günlerden sonra âniden üzgünleşirdim. Güneşli havanın birden bozması ve gökyüzünün kararması gibi içimde nedenini bilmediğim bir üzüntü başlar, aklıma birden bir arabanın ezdiği kedimiz gelir ve kana kana ağlamaya başlardım. Ya da bahçedeki ağaçların birine yuva yapan kumrunun yumurtalarını çalan karakarga... Böyle ağlama krizine tutulduğum zamanlarda eğer sınıftaysam, öğretmenim büyük bir telaşla anneme ve müdüre kendisinin bana kötü bir şey yapmadığını anlatmak için didinirdi. Onu şikâyet etmezdim, ama o bana karşı biriken suçluluk duygusuyla kendini parçalardı. "Birden ağlama nöbetine tutuldu, vallahi ben hiçbir şey yapmadım, bak sınıf da şahit, değil mi çocuklar?" Onun bu çırpınışları esnasında bana haksızlık ettiğinin farkında olduğunu anlamıştım. Hiç kimsenin bilerek yaptığı kötülüklerin acısından kurtulamayacağını o zaman algılamamış olmalıyım. Belki de ilk öğretmenimin bana öğrettiği en esaslı şey buydu!

Üzüntülü dönemim bitince yağmurdan sonraki güneşte beliren kocaman bir gökkuşağı açardı içimde. Kış uykusundan uyanan bir ayı yavrusu kadar güzel ve zinde olduğumu söyleyerek saçlarımı okşayan Umay Ninem, nane yağıyla alnımı ovar, ballı zencefille beni besler, tıpkı tabiattaki farklı mevsimler gibi içimden geçen bütün mevsimleri kabullenmemi, şikâyet etmek yerine onların farklı güzelliklerini keşfedip, zorluklarına göre kendimi hazırlamamı öğütlerdi. Her insanın kendi mevsimlerinin olduğunu küçükken öğrenmek hayatı kolaylaştırır. Umay Ninemin bu konudaki en eğlenceli önerisi, insanın kendi mevsimlerinin renkli resmini yapmasıydı. "Kırmızı saçlı Ayçöreğim, 'mâlihülya' özel insanlara mahsustur, resimle, müzikle, hikâye ve dansla şifa bulur, daha önemlisi, mâlihülya başkalarına da şifa yayar," diyerek kıvançla alnımdan öperdi.

Öğretmenimin ve annemin onları yarı hayvan olarak resmettiğim için bana kızdıklarına hiç inanmadım. Küçük bir çocuğa karşı böyle keskin cephe almak için yetişkinlerin daha önemli nedenleri olmalıdır. Sezgilerim bana, gururuma yenilip BMK oyununun kuralını bozduğum için cezalandırıldığımı söylüyordu, çünkü bildiklerimle başkalarını mutsuz etmiştim! "Gurur kontrol edilmezse insanın en büyük günahı kibre döner Ayçöreğim!" diyen ninemi dinlememiştim!

Olay aynen şöyle olmuştu: Umay Ninemle bazı bölümlerini zaman tünelinde gezer gibi okuyup bitirdiğimiz Evliya Çelebi Seyahatnâmesi, tekerlemeler hâlinde ezberlediğimiz Kutadgu Bilig, komşunun hikâyesi gibi yakın bir duygudaşlıkla satır satır peşinden gittiğimiz Victor Hugo'nun Sefiller'i ve kahkahalarla yere serilerek sanki naklen izlediğimiz Cervantes'in Don Kişot'u, Prenses Ayçöreği ile nehirde kuğu olup yüzdüğümüz Manas Destanı'nı, gururuma yenilerek ve BMK oyunu kuralını bozarak ortaya dökmüştüm. Derste tekrar tekrar aynı şeylerin koro hâlinde hecelenerek okunmasından sıkıldığım bir gün, sınıfın ortasında hava atmaya kalkışıp öğrendiklerimi sergileyerek, bunların hepsini henüz okumamış olan öğretmenimi küçük düşürmüştüm. Yedi yaşında bir çocuğun bu kitapları okumasının imkânsız olduğu konusunda sinir krizine tutulan öğretmenim,

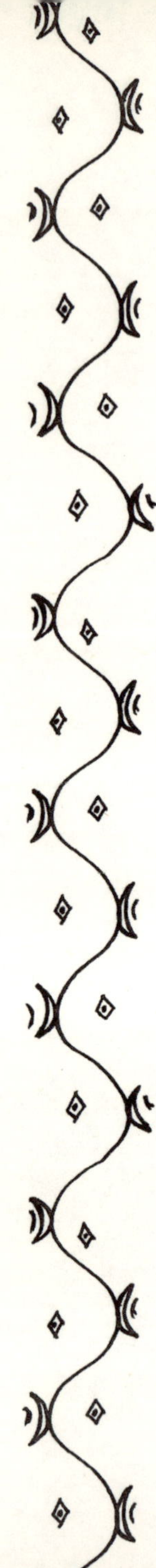

onları okuyup üstelik yaşıma uygun kadarını anladığımı da görünce çok bozulmuş, aynı sınıfta okuyan kendi kızıyla yaşıt bir çocuk olmama rağmen beni kendi akranıymışım gibi rakip görmeye, cezalandırmaya başlamıştı. Sonunda bana 'hasta' teşhisi kondu, o da rahatladı: hiperaktifmişim!

Bilmiş bir çocuk olduğum doğruydu ama çocuktum. Öğretmenimin unuttuğu buydu ve üç yıl boyunca, beni her fırsatta diğer çocuklardan ayırıp kenarda bıraktı ve her konuda 'öteki'leştirerek yabancılaştırdı; hep cezalandırdı. Onun beni sevmesini çok isterdim ama bana her bakışında, benim Hugo, Çelebi, Yusuf Has Hacib ve diğerlerini okumuş olmamdan çok, onun bunları okumadığını bilmeme kızdığını anladım. Sınıfta hırsızlık yapan, kopya çeken, tuvalette ruj süren, sigara içen bütün öbür 'yaramaz' çocukları affeden öğretmenim beni asla affedemedi. Yıllar sonra bir gün sokakta karşılaştığımızda daha 'merhaba' demeden, "Hâlâ Hugo ve Evliya Çelebi okuyor musun Defne Kaman?" diye sert ve iğneli bir sesle sordu, acı acı güldü ve yanıtlamamı beklemeden çekip gitti. Sanki sokağa her çıkışında bana rastlamayı ve bu soruyu bu sesle bana sormayı yıllardır beklemişti. İlkokul öğretmenim, çocuğu yaşındaki benim, çocukken onda açtığım yarayı iyileştirememişti. Karşılaştığımızda o yara kanadı. Bunu gözlerimle gördüm. Ruh yaralarından akan kanları görmek gibi bir yeteneğim olduğunu söylemiş miydim? Oxytocin hormonu fazla salgılananlarda empati duygusunun yüksek olduğunu nörobilimciler artık keşfettiler. Umay Ninemse 'duygudaşlık yeteneğine' binlerce yıldır 'Kaman yeteneği' dendiğini anlatır.

Empati, sahibi için kötü bir yetenektir, sadece Kamanlarda değil, romancılar, şair, besteci ve felsefecilerde de bulunur. Bu gibiler, ne kadar saklasalar da düşmanları dâhil başkalarının acı çektiğini ânlar, karşısındakinin kanayan yarasını apaçık görür ve çoğu zaman kayıtsız kalamaz. İtiraf etmeliyim ki, bu dünyada başkaları için de acı çekmek hiç hafif bir yük değildir. Belki de 'hiçbir yetenek ve hünerin cezasız kalamayacağı' ironisi doğrudur? Kim bilir?

"Biliyor musunuz öğretmenim, Manas Destanı'ndaki Prenses Ayçöreği, kötü adamlardan kaçmak için birden kuğu oluveriyordu. Keşke ben de canım sıkıldığında bir kuğu olsam ve göllerde, derelerde yüzsem!"

"Haydi Defneciğim, bırak yine hayâller kurmayı da önündeki çarpım tablosunu ezberle kızım!"

"Ama ben galiba bir denizkızına dönüşmeyi daha çok isterdim öğretmenim. Düşünsenize kocaman bir balık olup denizlerde doya doya yüzmek ne güzel olurdu. Hem yarı insan, yarı hayvan olmak çok heyecanlı olmalı? Ya da kocaman bir kuş olup uçmak, at olup koşmak... Tabii her sabah okula gelmek yerine kedi olup uyumak... Düşünsenize öğretmenim, biz hepimiz kedi olsak, sabah ders boş kalır, siz de evinizde kalırdınız! Bunu siz de istemez miydiniz öğretmenim?"

"Sen önce ezberini yap, sonra uçarsın, yüzersin; her ne şeyse! Bak sınıfın da dikkatini dağıtıyorsun, susun bakayım! Sen ne yaramaz şeysin be! Şimdi de senin yüzünden herkes hayvan olmak istiyor! Susun diyorum, şimdi hepinizi müdüre yollarım ha!"

"Yok, öğretmenim, hayvan olmuyorsunuz ki, sadece kısa süre seçtiğiniz bir hayvana dönüşüyorsunuz. Tehlike geçince yine kendi eski hâlinize döneceksiniz!"

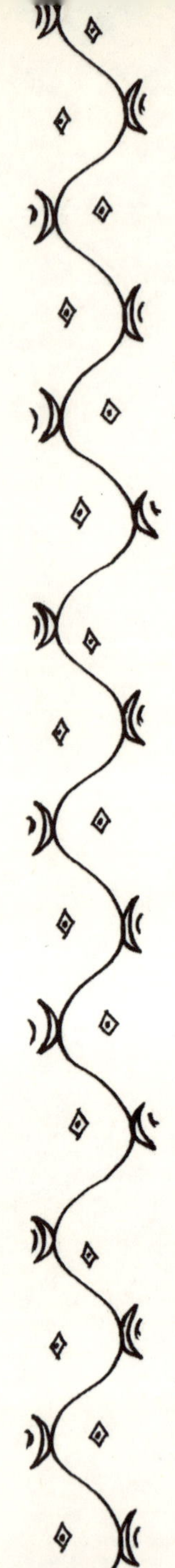

"Çarpım tablosu, Defne! Bak yine canımı sıkmaya başladın sen, anneni çağırırım okula ha!"

"Ama ben zaten çarpım tablosunu biliyorum, öğretmenim!"

İlk öğretmenime yıllar sonra rastladığımda artık genç bir kadındım, ama beni hâlâ sevmediğini ve affetmediğini apaçık belli etmesi, onun çocukken beni yaraladığı yeri yeniden kanatmıştı. Sevilmek, insan için bu kadar güçlü bir ihtiyaçtı ama aşağılanmak da o denli güçlü bir nefret. Kocaman kadının, hâlâ bir çocuktan yaralanacak kadar küçük; genç kadınınsa, hâlâ onun sevgisine muhtaç olacak kadar çocuk kalması hayâl kırıklığıydı!

Hayatımın daha sonraki yıllarında da kendi eksiklerini bende görerek, benden nefret edenler tarafından sevilmek, kabul görmek için masumâne bir coşkuyla çabaladım. İlkokul öğretmenimin ve annemin çok sevdiği 'örnek Türk kızı Aysu'ya benzemek için uğraşmayı bile denedim. Fakat hep ölçülü, planlı olmak, devamlı süslenmek, oturmak gibi eylemleri birer iş olarak kabul etmek, sık sık alışverişe çıkmak, uzun uzun televizyon seyretmek, hiçbir şey yapmadan camdan dışarı bakmak çok ama çok sıkıcıydı. O zaman Umay Ninem, bana "Tavşanla Kuşun Hikâyesi"ni anlattı.

Göklerde özgürce uçan kuşlara özenen tavşanın biri, kuş gibi uçayım derken uçurumdan düşmüş, tavşanın çıtır çıtır kemirerek yediği havuca özenen bir kuşsa tavşan olmaya çalışırken havucu parçalayacak dişi olmadığından boğulmuş, ikisi de ölmüştü. "Bu yüzden herkes kendi kalmalı," dedi ninem bana. "Hayatta en iyisi, başkaları gibi olmaya çabalamak yerine kendin gibi kalmak, kendine ve başkalarına hayırlı kılmaktır. Kendine hayrı dokunan kutludur, başkalarına da hayrı dokunur ki, daha da mutlu olur." Ben Defne Kaman olarak doğmuştum ve kendimi korumam, kendi dünyamın devamı için çok gerekliydi. Ben Aysu olamazdım, Aysu da Defne. Herkes tek yaratılmıştı, herkes farklıydı, ama kimse kimseden üstün değildi. Bir ağaç, bir tavşan, bir kuş, bir elma, bir damla su, bir avuç toprak, bir nefes hava ve her canlı farklı ama eşit derecede önemliydi. "Bütün canlar candır!" İşte öğretmenim ve annemin bilmediği şey buydu. Ben mücadele ederek hep Defne Kaman kalmaya o zaman karar verdim!

"Hayatta tek bir mucize vardır, o da çok genç yaşta iyi bir öğretmene rastlamaktır!" diyen o yazar doğru söylemiştir. Çocukken karşımıza çıkan hoşgörüsüz, katı, mutsuz rol modellerinin hayatımızı ne fena kararttığını çoğumuz iyi bilir. Çünkü bizler, hayâl kurmanın aşağılandığı ve/ya tehlikeli sayıldığı bir kültürün çocuklarıyız. Benim mucizem okulda ya da mahallede, bir kitapta ya da bir akraba toplantısında çıkmamıştı. Benimki evdeydi ve adı Umay Bayülgen'di. O benim anneannemdi. Kam'dı, otacıydı, bilgeydi, ozandı, şifacıydı, masalcıydı, sağduyuydu, tabiat anaydı, o basiret gözüydü ve beni kurtardı.

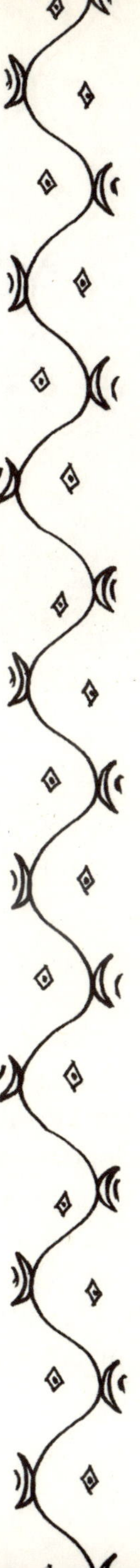

18. Nereye Gitsen O Kafa, O Omuzlar Üzerinde Gider

Sahaf Semahat'in dükkânından çıkınca dev bir fırının içine düşmüş gibi irkilen Komiser Ümit Kaman, hızlı yürürse bu fırından kurtulacağına dair bir refleksle koşar adım Kadıköy Çarşısı'na doğru inmeye başladı. Ancak yazın öğle saatlerinde İstanbul sokaklarında hızlı yürümek hiç de akıllıca bir hareket değildi ve küresel ısınma nedeniyle belki İspanyolların bir Akdeniz klasiği olan 'siesta'nın artık Türkiye'de de kabul görme zamanı gelmişti. Zâlimlerin efendisi sıcağın işkencesi, son olayların yarattığı huzursuzluk, üstüne uykusuzluk ve günlerdir Tasvir'den haber alamamak Ümit'i fena etkilemişti. Ancak onun en büyük sorunu şimdi hayâlsiz kalmış olmasıydı! Daha düne kadar şıkır şıkır su sesi dinleyerek hamakta uyuyacağı bir tatilin hayâliyle –geçici olarak– korunan akıl sağlığı, hiç tanımadığı kayıp bir gazeteci kadının dolaylı yoldan hayâlini yıkmasıyla birden dayanaksız, boşlukta kalakalmıştı. Kim bilir, belki de Sahaf Semahat'in dediği gibi, "Büyük hayâl kırıklıklarının bağışıklığı zayıflattığını kavrayan doktorlar, bu hastaların reçetelerine bol bol hayâl kurma egzersizi yazmalı"ydı.

Kadıköy Çarşısı'nın dar ve nispeten serin sokaklarına indiğinde kalp atışlarının sesi kendisini rahatsız edecek kadar hızlanan ve nefesi daralan Ümit, bir ân için bu geceki otobüsle Kaman'a gidip, yarın köyünün yeşillikleri içinde su sesi dinleyerek derenin kenarında yatmak varken, tatili bir gün erteleyen ailesine ne diye karşı çıkmadığını düşünüp kendine kızdı. "Bok var sanki İstanbul'da, baksana nereye başını çevirsen keşmekeş, dalavere, üst üste yığılmış sırlar, birbirine karışmış efsaneler, işaretler, şifreler falan... Çözdükçe daha fazla dolaşıyor!" İnsan kendini nereye kadar aldatabilir ki? Ümit'in içinden bir ses, ta en başından beri şu tatil hayâlinin aslında yalnızca bir hayâl olarak güzel olduğunu fısıldayıp duruyordu ona. Evet, çocukken Kaman'da her yaz ailesiyle yaptığı köy tatilleri çok güzeldi; tertemiz hava, şeker gibi su, şimdi adına organik denen, mutlu tavukların sarısı güneş renginde yumurtaları, mis kokulu meyve ve sebzeler, yoğurdun en kaymaklısı, cacığın en sarımsaklısı, akrabaların sıcak dostluğu, iki abisi ve köylü çocuklarla ormanda oynanan oyunlar, sesi güzel derede serinlemeler... Ah, elbette çocukluğun doğasındaki saflık ve ailenin getirdiği güvenle insanın içinin pır pır edişinde saklı o gizemli ümit! Ancak o artık yetişkin bir adamdı ama hâlâ kendine ait özel bir hayatı yoktu! Bu yaz için kurduğu o hayâl, aslında kendi gerçeğinden bir kaçıştı, ama artık kaçacak yerin bittiği noktaya gelmişti. Kendi hayatını kendine ait olmayan nedenler yüzünden yaşayamadığı gerçeğinden artık gerçekten bıkmış, çok sıkılmıştı. Bir gün bu noktaya varacağını biliyor, ama bilmiyormuş gibi davranarak saklanıyor, kendi hayatının akışını dışarıdan film izler gibi seyrederek içine girmiyordu. Girmiyordu ama nereye kadar? Kaman'a gitse, mutsuzluğunu oraya taşımayacak mıydı? Kafası, onu omuzları üzerinde taşıdığı her yere beraber gidecek, Ümit mutsuzluğunu köye de taşıyacaktı. Üstelik kendisini hâlâ bir çocuk gibi görmekte ısrar eden anne ve babasının da bu filmin içinde olduğunu, evlatlarına hiçbir şey olmamış gibi davranmalarını izlemekten bunalmıştı. Her şeyden ama en çok kendisinden soğumuştu. Tabii insan en çok kendisinden soğuduğunda yalnız kalıyordu.

"Defne Kaman'ın ne suçu var? Aksine, daha fazla saklanmak için köye gitmemi engellediği için ona teşekkür borçluyum! Saklanmak iyi gelmedi, hiç iyi gelmedi bana. Hem zaten resmen izinliyim ve onu bulmaktan sorumlu falan da değilim... Ama sanki o ısrarla benim onu bulmamı istiyor, sadece bana görünüyor. Bilmiyorum, belki de onu bulmak benim birine karşı –kime?– gönül borcumdur?" Sıcak tam anlamıyla başına vurmuştu, kalbi yerinden fırlayacak gibi hızla atıyordu. Can havliyle, çarşıda yolu üzerindeki kuruyemişçilerden birine girdi. Dükkânın ortasında duran cam kapılı buzdolabından yarım litrelik pet şişe su aldı, buz gibi suyu bir nefeste başına dikip içti, kalanını avucuna döküp yüzünü yıkadı, derin bir "oh!" çekti. Su, onu âniden cennete götürmüştü. Cennet, o ânda serin bir nefes almaktı. Suya gelince, su dün geceden beri hayatında bambaşka anlam kazanmıştı.

"Su iyi geldi, di mi Komserim?" diye gülümseyerek sordu kuruyemişçinin sahibi. Bugün izinli ve sivil olmasına rağmen kendisini tanıyan dükkân sahibine kuşkuyla bakınca, antepfıstıklarını beğendiği için Tasvir'le arada bir uğradıkları kuruyemişçide olduğunu fark etti. Bir iki 'hâl hatır ve havalar' sohbetinden sonra ona bir kesekâğıdında 150 gr. kadar antepfıstığı ikram eden dükkân sahibi, suyun ve fıstığın parasını almayı reddetti. Polislerin esnafın küçük armağanlarını reddetmesinin hoşa gitmeyen bir davranış olduğunu artık öğrenmiş olan Ümit, teşekkür ederek fıstığı aldı. Devriye polisi olduğu dönemlerde, polisin halkla iyi ilişki ağı içinde olması konusunda pek çok meslek içi seminere katılmıştı.

"Ee, yenge nerde, ne kadar uzun zaman oldu, hiç getirmiyorsun Komserim? Yoksa bizim antepfıstıklarını artık beğenmiyor mu? Bak bu çarşının en iyisi bizdedir, bilesin yani..." diye sitem eden esnafı, kısa kesmek için, "Yenge, Karadeniz'e akrabalarını ziyarete gitti, herhalde artık fındık yiyordur orada!" diye yanıtlayan Ümit, neşeli bir sesle ağzından fırlayan bu cümleyi duyunca, handiyse kendisi bile Tasvir'in yakında geri döneceğine ve kavuşacaklarına inanarak gülümsedi. "Fındık başka, fıstık başka! Bizim antepfıstığının üzerine dünyada fıstık tanımam!" diye keyfini çıkartarak kalın bir kahkaha attı kuruyemişçi. Onların bu tutkulu fıstık muhabbetini duyan dükkândaki müşteriler, hemen alışveriş listelerine fıstık eklemeye başladılar.

Dükkânda biraz daha oyalanan Ümit, oradan çıktığında kendini daha iyi hissediyordu. Sonra daha yavaş adımlarla, Define Kaman'ın kendisine *Kutadgu Bilig*'den bıraktığı şifreleri ezberinden tekrarlayıp yorumlayarak karakola doğru yürümeye koyuldu.

"C:386-6515: Ey ümidim; bana ümit bizzat sensin;/ Ey ümidim, senden ümidi kesmeyeceğim."

Onu benim bulmamı istiyor.

"B:28-211: Kişinin gönlü dipsiz bir deniz gibidir/ Bilgi onun dibinde yatan inciye benzer."

Kendisiyle ilgili sır suda saklı. *SU Kitabı*'nı bu yüzden yollattı. Defteri karakola Umay Ninesi bıraktığı için o da bu sırrın içinde olabilir. Define Kaman burada, Marmara Denizi'nde, bir adada, belki Kınalı, Burgaz, Heybeli veya Büyükada'da ve suya yakın bir yerde saklanıyor. "Dipsiz deniz gibi gönül", bunun mânâsını anlayamıyorum, Semahat Abla'ya sormalıyım. Ama en önemli soru hâlâ ortada: o kimden ve neden saklanıyor?

"B:28-212: Kişi inciyi denizden çıkarmadıkça/ O, ister inci olsun ister çakıl taşı, fark etmez."

Arkasında bıraktığı izlerin en küçüğü bile önemli ipucu olabilir. İpucu suda saklı. Denizde bir suç âleti mi var?

"B:56-630: Bu sefer kabahat bende oldu; nasıl oldu da/ Başkasına sırrımı açıverdim."

Defne Kaman bildiği ve sır olarak kalması gereken bir şeyi anlatmaması gereken birine anlattı.

"B:56-631: Dinle bak, bilgili insan ne der;/ Aceleyle yapılan işin pişmanlığı yıllarca sürer."

Bu bilgiyi paylaştığı kişi veya kişiler onu pişman edecek bir şey yaptılar.

"B:69-810: Elimde tuttuğum bu bıçak,/ Biçen ve kesen bir âlettir, ey becerikli."

Bir silahla tehdit ediliyor olabilir. Ya da bir cinayette kullanılan bir silahın yerini biliyor? Ama acaba becerikli olan kişi onun saklanmasına neden olan, onu tehdit eden bir katil, bir terörist mi, yoksa kendisi mi?

"C:320-5366: Uçan, yürüyen ve suda yüzen mahlukların hiçbiri/ Senin elinden kurtulamaz ey çetin huylu."

Eğer buradaki çetin huylu bensem, onun kaçtığı mahluku bulmam için hava, kara ve suyu işaret ediyor? Eğer zanlıya çetin huylu diyorsa, adamın elinden kendisinin kurtulamayacağını mı imâ ediyor? Kurban kendisiyse onu kurtaracak olan çetin huylu kim?

Kadıköy İskele Meydanı'na vardığında, öğle sonrası sıcağına rağmen iskeleye sığınan yunusu görmeye gelenlerle ortalık tıklım tıklım dolmuştu. İnsanların ya işleri güçleri yoktu ya da dünyanın en hayvansever halkı İstanbullulardı! Bu yunus neden buraya gelmişti şimdi? Bir kez daha yunusu görmeye niyetlenen Ümit, o kalabalığın arasına bu sıcakta hem şimdi sivil kıyafetliyken girmeyi göze alamadı, doğru karakola yöneldi.

"Ya hakikaten sen bu kuzenini çok seviyormuşsun Komserim! Bak, senin dere kenarında su sesi dinleyerek hamakta uyuyacağın yerde buralarda dolaşman içimi yakıyor vallahi!" diye ona takılan meslektaşı gerçekten hâline acımış olmalı ki, resmen izinli sayılmasına rağmen onu yukarıya çıkartıp artık Asayiş Büro'yla eşgüdümlü olarak Deniz Liman Şube Müdürlüğü'ne intikâl eden 'Defne Kaman vakası' hakkında bilgi verdi.

"Gazeteci bayan neredeyse üç gündür kayıp. Ya bak, kusura bakma, kuzenine 'kayıp gazeteci bayan' diye hitap ediyorum ama böylesi daha profesyonel olur, bizi duygusallıktan uzak tutar diye ha! Eğer istemiyorsan Defne Kaman diyeyim, kuzenin, akraban diyeyim ha?"

"Nasıl istersen Komserim, önemli değil, sen esas bana ne biliyorsan onu anlat..."

"Okey, ne diyordum, biliyorsun aslında 'kayıp yetişkin şahıs', 'Asayiş Şube'nin işi ancak kendisi en son Kadıköy İskelesi'nden Barış Manço Vapuru'na binerken görüldüğünden, olay denizi de kapsıyor. Bu bakımdan, kayıp denize düşmüş, ya da –inşallah değildir ama– ceset olabilir diye 'Deniz Limanı Şubesi'nin 'Adli Hizmetler Bürosu' da işe bulaştı. Ayriyetten, denizde meydana gelen ve karayla bağlantısı olan olayları takip ederek suç delillerini araştıran 'Araştırma Büro Amirliği', bir de denizde boğulma, intihara bakan 'Sualtı Grup Amirliği' derken, şimdi bu üçü koordineli çalışıyorlar."

"Ben, Defne Kaman'ın yaşadığını düşünüyorum, Komserim!" diye kestirip attı Ümit Kaman. Onun bu cümlesini, akrabalık bağları yüzünden oluşan bir duygusallık diye hoş gören meslektaşı, şimdi sesini daha yumuşatarak ona doğru eğildi ve bu kez başkaları duymasın diye fısıldayarak konuştu:

"Bu senin kuzenin, gazeteci bayan, hem biraz sivri dilliymiş, hem de biraz hükümetin dikine gidiyormuş diye duydum. İmar affi, 2B orman arazisi satışları, HES'ler, namus cinayetleri, çocuk gelinler, Cumartesi Anaları, hapisteki gazeteciler falan... Allah ne verdiyse... Yani düşmanı çokmuş bunun. –İnşallah doğru değildir ama– Korkutmak için falan kaçırmış olmasınlar bayanı? Ne dersin? Ha bu arada, bu bayan, üstelik Alevi değil mi?"

"Defne Kaman mı? Şey... O mu? Aslında biz aslında uzak kuzenleriz... Öyle pek bir arada büyümedik. Onlar İstanbullu anne tarafından tabii... Bilirsin işte Komserim... Aile içinde küslükler falan olur ya, yani pek görüşmezdik. Ne yalan söyleyeyim, kendisini çok yakından tanımam, ama iyi kızdır. Çok zekidir, daha ilkokula başlamadan çarpım tablosunu ezberlemiş, okuma yazmayı sökmüştü. Tam bir kitap kurdudur kendisi... Ninesinin gözbebeğidir..." diye dün gece *SU Kitabı*'ndan okuduklarını hatırladığına yine şaşarak geveledi.

Onun Alevilik konusuna açıklık getirmek yerine üzerini kapatmasını ve baba tarafından akraba olduklarını söylemesini sözlerini onayladığı şeklinde kabul eden meslektaşı, "Ninesi, hani örgülü saçlı, karakola ayçörekleri getiren o teyze mi? Evet, onlar İstanbullu belli... Bak, biraz tuhaf falan ama onu sevdim ben... İnsanın içini rahatlatıyor, hâlâ ayağımızın toprağa bastığını hatırlatıyor senin tuhaf ninen. Hımmm, demek baba tarafından Kamanlılar..."

Durumu şimdilik kurtaran Ümit, derin bir nefes aldı ve bundan sonra onun hakkında daha rahat bilgi edinebilmesi için 'sözde kuzeni'nden ismiyle bahsetmesi gerektiğine karar verdi.

"Peki, Defne'nin gazetedeki son yazı dizisiyle ilgili bir şeyler bulmuşlar mı? İş arkadaşlarıyla kim görüşmüş?"

"Yazıişleri müdürü, şu meşhur gazeteci, gevşeğin teki, arpalıkta arkası var, alkolik herif! Bilirsin işte, başına ne gelirse gelsin daima işi, maaşı ve çevresi olanlardan... Ondan bir şey çıkmaz, ama çalışma arkadaşlarından biri, Attilâ filanca, Defne Kaman'ın namus cinayetleri yazı dizisine başladığında gazeteyi telefonla arayan bir kadınla konuştuğunu ve onu görmeye gittiğini anlatmış. Ama henüz o kadının kimliğini bulamadık. Oradan bir şey çıkar mı, bu önemli bir yol mu bilmiyorum? Bakacağız. Bak, moral bozmak yok Komserim ha! Allah'tan umut kesilmez. Biz ne boktan kayıp vakaları çözdük, bulacağız senin İstanbullu kuzenini inşallah!"

"Sağ ol Komserim, insanın sevdiğini kaybetmesi büyük ıstırap. Kayıp, zaten kendi başına çileli bir söz, Allah bütün kayıp ailelerine sabır versin!" diye Tasvir'e doğru kayan aklını topladı. "Şey, acaba dalgıçlar bizim Kadıköy veya karşı iskelede bir eşya, ne bileyim bir silah, bıçak falan bulmuşlar mı? Var mı böyle bir duyumun?"

"Benim bildiğim, dalgıçlar hiçbir şey bulamadılar. Bulsalar haberim olurdu. Senin akraban diye bu vakayla bizzat ilgileniyorum. Ee, sen niye bıçak sordun ki? Var mı bir bildiğin Ümit Komserim?"

Meslektaşını bıçak konusunda zar zor yatıştıran Ümit, kendini biraz BMK oyununda bozum olmuş küçük Defne gibi hissetti. Bilgisini kullanmaması gereken yerde açık etmişti ve bu da tavlada 'kırmak' ya da 'kapı almak' arasında kalınca, yanlış hamle yaparak oyunu bozmak demekti. Birden, 'Bilgini Mutluluk için Kullan' oyununu sevmeye başladığını ve kendisi için de kullanabileceğini düşünerek gülümsedi. Onun üzgün olması gerekirken kendi kendine gülümsemesi, meslektaşını endişelendirdi. Gidip dinlenmesini salık verdi. Aslında meslektaşı haklıydı. Kafasını toplayıp biraz dinlenmek ve elindeki verileri beraber yorumlamak için Sahaf Semahat'in dükkânına gitmeyi düşündü. Defne Kaman'ın gazete yazıişleri müdürü ve servis arkadaşlarının ad ve telefonlarını not ettikten sonra karakoldan çıktı.

Yaz akşamının hâlâ sıcak buharı yüzüne vurduğunda Kadıköy İskelesi yunusu görmeye gelenlerle artık tam bir şenlik alanına dönmüştü. Kalabalığın içinde birden Defne Kaman'ı gördüğünü sandı ama her kızıl saçlıyı ona benzettiğini fark edip kendine kızdı. İskeleye gidip yunusu görme arzusunu yine erteleyip, Haldun Taner Tiyatrosu'nun yanından karşıya geçerken bu kez de kalabalığın içinde Tasvir'i gördüğünü sandı. Başı dönünce, bütün gün birkaç poğaça ve ayçöreğinden başka bir şey yemediğini hatırladı. Kadıköy Çarşısı'nda durup Türkiye'nin en müthiş 'fast food'larından iki lahmacun ve bir bardak soğuk ayranla kendine geldi. Bu esnada, Sahaf Semahat'te bir saat kaldıktan sonra eve dönüp gece iyi bir uyku çekince yarın da Defne'yi bulacağını bile hayâl etti. Her şey yolunda gitse, hayat romanlardaki gibi gelişse ne güzel olurdu... New York'lu Dedektif Matt Scudder hep böyle yapmıyor muydu? "Bir Matthew Scudder Polisiyesi' dizisinin her romanında, Dedektif Matt, katil veya kayıp şahısla ilgili ipuçlarını toplarken, New York sokaklarındaki barlara uğrayıp bol bol 'burbon' içerek elindeki bilgileri değerlendiriyor, bazı polis ve sanatçı dostlarıyla konuşarak konuyu demliyor, sonra ev olarak kullandığı otele dönüp televizyonda maç seyrederek, terk ettiği karısı ve iki oğlunu pek pişmanlık duymadan düşünüyor ve çoğunlukla sızarak uyuyordu. Ertesi sabah birkaç aspirin, soğuk bir duş ve sert bir kahve ile hemen kendine gelip her daim dinç ve dinamik olarak yeniden New York sokaklarına fırlıyor ve sayısız burbonlu kahve molaları arasında mutlaka güzel ve akıllı kadınlarla sevişerek elindeki olayı çözüyordu. Komiser Ümit Kaman, New York'lu Dedektif Matt Scudder'ın aksine İstanbul'da çalışan bir polisti, alkolik değildi, sade kahveden nefret eder, sık sık grip olurdu ve hâlâ anne babasıyla yaşıyordu! Ümit, Dedektif Matt'ten farklı kendi özelliklerini düşünürken en önemlisini unuttuğunu ancak akşamüzeri hatırlayacaktı. Evet, kendine ait bir evi ve hayatı yoktu ama o âşıktı!

"Hey Allahım, ey Canlar, hiç mi hayâlim kalmamış benim!"

19. Hamamın Kubbesinden Suya Yansıyan Işık

"Su göründüğünden daha fazlasıdır!" dedi Umay Ninem. "İnsan, 'hayat-beden-su' ilişkisini en iyi bir hamamda yıkanırken ve suda yüzerken öğrenebilir. Yüzmeyi öğrendi. Defne'nin artık hamamda su ile tanışma zamanı geldi."

Ben daha adına hamam denen o buharlı bilmeceyi hayâl etmeye fırsat bulamadan, annemin hamamdan mikrop kapıp hastalanabileceğim endişesiyle koparttığı figan öyle büyüdü ki, az daha artık

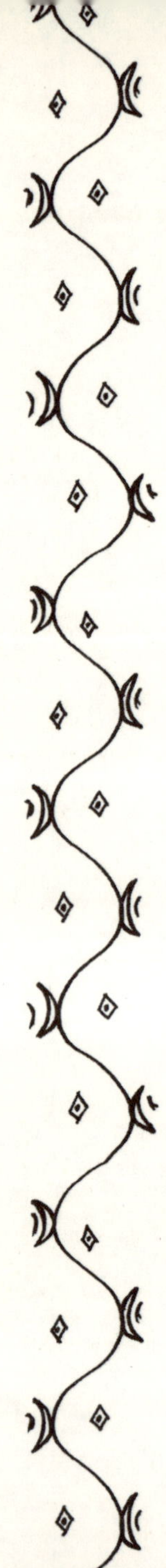

beni sevmeye başladığını sanacaktım. Neyse ki, asıl kaygısının, hamamdan eve taşıyacağım bir mikrop kolonisini Aysu'ya bulaştırma ihtimalim olduğunu açıklayınca, sevilme konusunda bir hayâle kapılmama gerek kalmadı. Zaten annemin beni sevme ihtimalinin, beni ikinci bir Aysu yapacağını, Umay Ninem o kuş-tavşan kıssasıyla kafama iyice soktuğundan beri kendim olmaktan asla vazgeçemeyeceğimi anlamıştım.

Evde hararetli biçimde hamam konusunun konuşulmaya başlamasıyla, annemin beni olduğum gibi sevme ihtimali bulunmadığı cascavlak ortaya çıkmış, yine dımdızlak ortada kalmıştım. 'Anne-evlat' dâhil, sevilmeyeceğinizi kesinlikle kavradığınız bir ilişkide zaman geçtikçe artık sevilme ihtiyacınız da tavsamaya başlıyor. Sevilme talebi sürekli reddedilince sevgisizlik de bir alışkanlığa dönüşüyor. İnsana en yaramayan hâl ise alışkanlık hâli! Daha sonraki yıllarda, Amerika'da suç oranının en fazla 'istenmeden doğan çocuklar' arasında görüldüğü saptamasıyla annemi tehdit etmeyi deneyecek, ama bunun da hiçbir işe yaramayacağını görecektim. Amerika'daki bağnaz Cumhuriyetçilerin bir kısmı bile sırf bu yüzden kürtaj yasasını telaffuz etmiş, ama annem beni sevmeyi telaffuz edememişti. Tabii nankörlük edemem, her istenmeyen çocuk benim kadar şanslı olamaz, anne sevgisinin çok daha ballısıyla Umay Ninemden ve dünyanın en güvenilir, sağlam baba figürü olan Korkut Dedem'den beslendim ben.

Sonunda temizliği ve titizliğiyle ünlü, tarihî bir

İstanbul hamamına gittiğimizde, ilkin 'camekân' denen kabinlerde soyunup 'ılıklık'tan geçerek, Denizli peştamallarına bürünüp ayağımızda deniz terliklerimiz, elimizde Umay Ninemin kendi büyük ninesinden kalma gümüş hamam tası, tasın içinde Bursa kesesi, ahşap tarak ve kükürtlü sabunla uzun mermer bir koridorda bornoz giymiş kadınların arasından geçerek, içinden tuhaf fısıltılar ve yüksek kubbesinde yankılanan ürkünç kahkahaların geldiği, havada yılan gibi kıvrılan buharların süzüldüğü hamam salonuna girdiğimde, yüreğim gümbür gümbür atıyordu. Sanki hep çok merak ettiğim bir gizemi nihayet çözeceğim Kaf Dağı'nın arkasına varmak üzereydim ve meğer orası bir hamammış! Sevinçli bir heyecanla titreyerek ninemin beni gerçek bir masal ülkesine getirdiğini artık anlamıştım.

İçerisi tam anlamıyla büyüleyiciydi. Kocaman ve çok yüksek tavanlı hamam salonu, daha önce gezmeye gittiğimiz Ayasofya'nınkine benzeyen dev bir kubbeye sahipti ama halı yerine mermer kaplı zemini ıslaktı. İçeride göz gözü görmüyor, o zaman sülfürlü olduğunu bilmediğim ağır buhar nefes almayı zorlaştırıyor, bu masalsı atmosferin içinde birer hayalet gibi görünen farklı yaşta, farklı beden ölçülerinde ve renkteki yarı çıplak kadın siluetleri sanki havada uçuşuyorlardı. Bir çocuk için devâsâ yükseklikteki kubbede yankılanan sesler, melodisini tanıdığım ama anlamını bilmediğim yepyeni bir dil gibi kubbeden yere dökülüyor, fısıltı ve kahkahalar, içimi açan su sesiyle karışarak, daha önce hiç duymadığım bir ma-

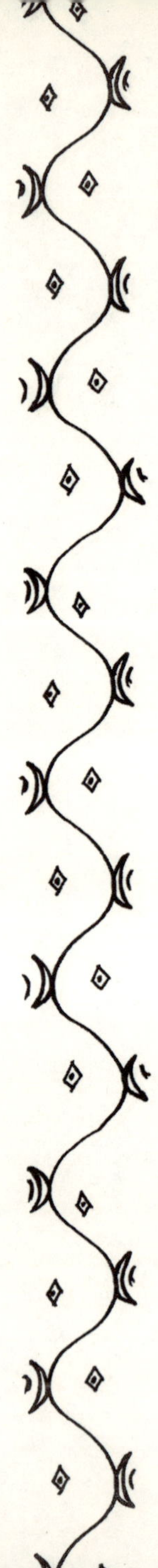

kam yaratıyordu. Türk müziği makamlarının bazı hastalıklara iyi geldiğini, örneğin Rast ve Uşak makamının neşe, Saba'nın cesaret ve kuvvet verdiği için melankoli ve depresyon tedavisinde kullanıldığını o zaman bilmiyordum. Eğer bilseydim, bana 'hamamdaki insan uğultusu' makamının iyi geldiğini söyleyebilirdim.

Hamama hâkim olan su sesi, buhar kokusu kadar bir de köpük denen, her yaşta insanı mutlu eden beyaz balonlar vardı ki, ister bedenin üstünde, ister suda veya havada uçuşsun, hafifliği, kayganlığı, uçuculuğu ve dokununca yok olacağının bilinciyle yarattığı elde edilemez albenisi eşsizdi. Hamamın bedeni kubbe, mermer zemin ve kurna, kanı su, buhar ve köpüktü.

Başımı kaldırıp yukarıya bakmaya cesaret edebildiğimde, kubbenin üzerindeki deliklerden hamama akan güneş ışınlarının su buharında kırılarak yedi renge ayrışıp onlarca gökkuşağı demeti yarattığını gördüm. Sevdiğim bütün renkler orada, kubbeden aşağıya doğru akıyordu. Bu muhteşem renk ve ses gösterisinin ortasında âniden gördüğüm şey öyle inanılmazdı ki, sevinçten çığlık attım. Nasıl bir çığlık ama! Küçük bir kızın bedeninden öyle tiz ve yüksek çığlık çıkabilir mi? Çıktı işte, çıktı ve kendi çığlığımın yankısının gücü ve güzelliğine ben bile hayran oldum. Hamamdaki kadınlar bana şaşkınlıkla baktılar, Umay Ninem başımdan aşağıya buz gibi bir tas su döktü. Ben, içine hamam tasını koyduğumuz sıcak su dolu kurnadan yükselen buharda kıvrıla kıvrıla dans eden Alâddin'in Cini'ni görmüştüm ve Cin parmağını dudaklarının üstüne bastırıp bana 'sus' işareti yapmıştı. Cin'in Arap bir İstanbullu olup olmadığını hatırlamıyordum, ancak Umay Ninem masal karakterlerinin milliyeti ve dini olmadığını söylemişti. O hâlde Alâddin'in Cini pekâlâ bir İstanbul hamamında yaşıyor olabilirdi? Yine de onu gördüğümü Umay Nineme alıştıra alıştıra anlatmam gerektiğini düşünerek BMK oyunu oynayıp sustum. Kim derdi ki, bir gün Alâddin'in Cini'ni dinleyecektim? Ama 'Bildiğini Mutluluk için Kullan' oyunu sadece karşınızdakini değil, sizi de korur. Fakat o Umay Ninemdi; Kam'dı, otacı, şifacı, basiret gözü açık ve hoş görendi. Benim sırtımı keselerken kulağıma "Su arıtır, su şifadır, yalnızca dışımızdaki değil, içimizde ve aklımızdaki kirleri de arıtır, yıkar yunar!" dedi. Herkesin kendi zihninde kendi cini, şeytanı, belâlısı vardır ve siz onu kontrol etmezseniz, o sizi eder. Belki de kendi cinimle tanışmam su sayesinde o hamamda olmuştu? Onunla daha sonraları sık sık karşılaşacak ve farklı adları dâhil onun hakkında, dolayısıyla kendi hakkımda ilginç şeyler öğrenecektim. İnsanın kendi Eros'u, meleği ve şeytanı gibi, kendi ciniyle ilk karşılaşma ânı da önemlidir. O zaman vereceği karar, bütün hayatını etkiler.

Hamamın gizemlerinden biri de çıkışta insanın hem bedeninde, hem de canında hissettiği hafiflik ve zindeliğin tasviri olanaksız güzelliğidir. Benzerini biraz Fin saunasında hissettiğim şifalı kut için hâlâ gittiğim geleneksel ve sıhhî hamamların listesi telefo-

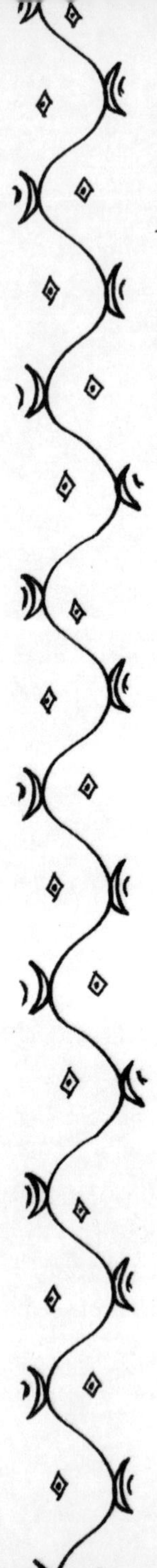

numumun H harfi altında sıralıdır. Kendimi şımartmak istediğimde 'su, buhar ve köpüğün sihirli ve şifalı diyârı hamam' gitmek istediğim ilk yerlerdendir.

Ben altı yaşımda ilk kez hamama gittim. Hayâl gücü masal ve destanlarla beslenmiş bir çocuk için hamam, uyanıkken rüyalar ülkesine girebilmek kadar büyülü ve heyecanlıydı ve bu ayıkken âşık olmak gibi nefes kesiciydi!

20. Tasvir Nereye?

"Yaşam, demişti biri, düşünenler için bir komedi, hissedenler için bir tragedyadır. Bana ikisi birdenmiş gibi geliyordu, hattâ aramızdaki ne fazla düşünen, ne de fazla hissedenler için bile."

New York'lu Dedektif Matt Scudder, *Tahtalıköye Bir Bilet* adlı serüveninde böyle diyordu. Sahaf Semahat, Ümit'in, Matt Scudder'dan bahsederken, en yakın arkadaşını anlatıyor gibi keyifli hâline bakınca, gerçek hayatta hepimizin uğradığı hayâl kırıklığına bazen bir roman kahramanının nasıl da merhem olduğunu yeniden düşündü. Semahat'in iyi bir okur olarak daha derinlikli, ölümsüz roman karakterlerinden dostları vardı. Raskolnikof, Anna Karenina, Don Kişot, Malina, ölmeye yatan Aysel, Yenişehir'de bir öğle vakti gezinen Olcay ve tabii, nihayet kadınları insan olarak da sevebilmeyi başaran ve cinselliğe aşkı da ekleyebilen Kumral Ada'nın Mavi Tuna'sı... Roman kahramanlarının veya yazarların yüzeysel veya derin olması aslında sonucu değiştirmiyordu; insanın insana ettiği kötülüğün, kabalığın, ikiyüzlülüğün ve zorbalığın açtığı yaralara şifayı yine insanların yarattığı kurmaca karakterlerde arayan milyonlarca okur gibi Semahat ve Ümit de ideal dostluğu kitaplarda buluyordu. Gerçeklerinden kaçmak zorunda kalarak hayâli insanlara sığınmak, eşek şakası olamayacak kadar kara bir muziplik veya bir ironi şahikası gibi görünse de maalesef gerçek buydu!

"Eh, hem 'yaşasın edebiyat ölüyor!' diye zil takıp oynayanlara, hem de hâlâ hayatının gerçek dostunu ve aşkını arayanlara kötü haber!" diye hüzünle gülümseyerek masasından kalktı Semahat. "İşte, Ümit'le aramızdaki en önemli ortak yan bir kurmaca roman karakteri, bir de Tasvir..." Gerçi, onu Matt Scudder kadar iyi tanıma fırsatı bulamamış olsa da Tasvir'in yine bir roman karakterinden ödünç aldığı Facebook'taki 'profil adı'nın sahibi Bihter de bir roman karakteriydi ve ortak dostları sayılırdı.

Hiç saklamadan, arsızca keyif alarak düşündüğü roman karakterlerini bir kenara itip, "Tabii, Defne Kaman'ı da unutmamak lâzım!" diye düşününce yüzünü hiç farkında olmadan buruşturdu. Bir cuma akşamı için pek bereketsiz, ancak çok sıcak bir İstanbul günü için doğal sayılacak kadar boş sahaf dükkânına bakıp, kedilerinin mamasını plastik kabına boşaltırken, Defne Kaman sık sık aklına geliyordu.

"İnşallah, Defne'nin başına korktuğum gibi bir fenalık gelmemiştir! İnşallah, kadınlara yapılan zulüm karşısında benim gibi, sinip saklanmayan bu kadının sesi de boğulmaz! İnşallah, herkesten daha ilerici, liberal, demokrat her ne püsürse mangalda kül bırakmayan erkekler, yine sadece kadın olduğu için ona arkasını dönmez! Ah bu inşallahlar..." diye kendi kendine konuşarak Kutlu ve Bilgi'nin başlarını okşadı. O sırada o kadar umutsuzdu ki, kediler her zaman kıtlıktan çıkmış gibi yemeğe koyuldukları mamalarını bırakıp bacaklarına sürtünerek, onu teselli etmeye çalıştılar. Tam o sırada sıcaktan bezmiş bir hâlde Ümit dükkâna girdi. Sahaf Semahat başını kaldırıp, ona baktı, teatral bir sesle, **"Ey ümidim; bana ümit bizzat sensin;/ Ey ümidim, senden ümidi kesmeyeceğim,"** dedi. O da, **"C: 386-6515"** diye yanıtladı. Birbirlerine bakıp sahiden gülümsediler. Bu ân, onların gerçekten sıkı dost olduklarını anladıkları ânlardan biri oldu. Eğer bir kadınla bir erkek de 'ahretlik kardeş' denecek kadar yakın arkadaş olabilirse, işte bu ân öyleydi.

"Dur ben söyleyeyim; Defne Kaman ıslak elbisesiyle yoluna çıktı ve sana yeni şifreler verdi, değil mi Komserim?" diye gizleyemediği bir heyecanla sordu.

İstanbul'u her metrekaresine kadar esir almış berbat yaz sıcağına nispeten daha serin ve loş sahaf dükkânına girince derin bir 'oh!' çeken Ümit, doğruca dükkânın en dibindeki masaya yöneldi ve kendini oradaki sandalyelerden birine külçe gibi bıraktı. "Bir soğuk su versen, kırk yıl duacın olurum Semahat Abla!" dedi. Sonra, iki gündür her 'su' kelimesi duyuşunda olduğu gibi irkildi.

"Yani buraya gelirken bu kez Defne Kaman'a rastlamadın mı?" diye hayâl kırıklığını gizlemeyen bir sesle soran Semahat, ona mini buzdolabından doldurduğu bir bardak suyu uzattı. O da sanki çölden şimdi dönmüş gibi ağır bir susuzlukla bardağı bir solukta dikti kafasına.

"Yok, be Can Semahat Ablam, yok!" diyerek buz gibi suyun verdiği rahatlamayla derin bir nefes aldı Ümit. "Ben artık bu kadının suya yakın bir yerde, çok tehlikeli birinden saklandığını düşünmeye başladım. Bugün defalarca, bana verdiği şifreleri yan yana dizip anlamlarını çözmeye çalıştım. Ne dersin, sence de böyle bir sonuç çıkmıyor mu?"

"Bana da öyle geldi ama polis olan sensin, ben şunun şurasında zavallı bir sahafım, Komserim!" diye o küçük kız cıvıltısındaki sesiyle kendini acındırmayı denedi Semahat.

Onun bu oyununa bu kez hiç takılmaya niyeti olmayan Ümit, "Ve eğer acele etmezsek, korkarım bu kadının başına çok kötü bir şeyler gelecek..." dedi. Onun yüzündeki endişeyi ve hiç âdeti olmadığı hâlde aynı gün iki kez dükkânına gelmesini hayra yormayan Semahat, zorda kaldığında hep yaptığı gibi semaver şeklindeki elektrikli çaydanlığa yöneldi. Kendi çayını tazeledi, Ümit'e çay koydu.

"Sana bir şey danışacağım Semahat Abla. Ben bir şey yaptım ama iyi mi ettim, kötü mü bilemiyorum ya hu!"

"Hayırdır Komserim?"

"Sen diyeceksin, hayır mı, şer mi? Şimdi, bizim karakoldakiler Defne Kaman'ı benim uzaktan baba tarafından kuzenim sanıyor ya, baktım ben reddettikçe, onlar ısrarla saklıyorum zannediyorlar. Öbür taraftan, Umay Nine denen o teyze var ya, o da gidip, yok 'Su Defteri' midir, neyse onu eve yollatmak için, yok çörekotlu ayçörekleri dağıtmak için karakola evi gibi girip çıkmaya başlıyor! Akraba olup olmadığımızı soranlara da, 'Sonuçta hepimiz insan olarak akrabayız Evlâdım!' gibi yuvarlak sözler ederek ortamı sıcak tutuyor. Sonunda eğer bu kadını bulmama yardım edecekse, ben de uzaktan akrabalığı kabul ettim ya!"

"Aaa, sen şimdi Defne Kaman'la kuzen mi oldun Komserim? E, bence güzel olmuş, da... Yoksa şimdi bu akrabalık başına bir iş açar diye mi endişeleniyorsun?"

"E, herhalde, yani! Zaten Alevi olmak bu memlekette malesef doğuştan damgalanmak demek! Çocukluğumuzdan beri sanki suçluymuşuz gibi hep kenarda kalma refleksiyle büyürüz... Şimdi bir de Defne Kaman gibi muhalif bir gazeteciyle akrabalık..."

"Amaan be Komserim, hâlâ anlamadın mı, bu memlekette Alevi olmak değil, farklı olmak suçtur! Farklılığı savunduklarını söyleyenlerin azıcık güçlendikçe güç merkezine sırtlarını dayayarak sistemin parçası oldukları bu diyârda bizim gibiler hep azınlık, hep yalnızız!"

İkisi de sustu, acı bir sessizlik oldu.

"Hani bizi boş versen, baksana en muhalif ve en demokrat gazetecilerin düştüğü hâllere! Arzulanan vatandaş tipi, çoğunluğun düşünce ve inancına bağlı olmaya indirgendi! Ah çoğunluk!"

Bu konu her açıldığında konuşmasının tonu sertleşen Semahat durdu, kendisine kaşlarını çatarak endişeyle bakan Ümit'e güldü:

"Demem o ki, zaten birine taktıklarında mutlaka başına iş getiriyorlar, bu bakımdan hiç merak etme sen! Bak ama bu senin Defne Kaman'la akrabalığınız konusu var ya, hah hah ha! İlâhi Komserim, vallahi bunu çok sevdim. Ne âlem adamsın ha!"

"Gülme Semahat Abla, gülme! Ne yapsaydım yani? Resmen 'kayıp yetişkin şahıs' Kadıköy Çarşısı'nın ara sokaklarında sırılsıklam elbisesiyle sudan çıkıp bana *Kutadgu Bilig* şifreleri vererek kendisine yardım etmemi istiyor mu, deseydim? Bırak rezil rüsva olmayı, meslekten men edilir, akıl hastanesine atılırım, Allah korusun Abla!"

"Yok yok, sen benim kusuruma bakma, aslında ben galiba artık Defne Kaman'dan başka şey düşünemez oldum. Ne yapayım, bu tuhaf olayın içinde, hem sevdiğim bir gazeteci hem de senin gibi iyi bir arkadaşım var... Tabii bir de sıcak başıma vurmuş olmalı..."

"Ben Defne Kaman'ın, yazılarıyla ilgili olarak başına belâ açıldığını düşünüyorum ama bunun su ile ilişkisini, aslına bakarsan hiçbir ilişkisini çözemiyorum! İnternette bazı yazılarını okuyunca bu kadının gerçekten namuslu bir gazeteci olduğunu düşünmeye, öyle düşününce de korkmaya başladım. Hem namuslu insan hem de yazar oldun mu başına iyi şeyler gelmiyor maalesef..."

"Hem de kadın!" diye ekledi Sahaf Semahat, mırıldanarak. Onun bu son sözlerini duymayan Ümit devam etti:

"Bak, meselâ bizim Kaman'daki köyde taa büyük büyük ninelerim zamanından beri şırıl şırıl akan iki dere vardır. Onların üzerine de HES kurulacak diye bir söylenti çıktığından beri köyde huzur içinde uyuyan kalmadı. Şimdi bu Defne Kaman geçen yıl HES'lerin zararları hakkında bir yazı yazmış, var ya, dini imanı para olanlar okuyunca utanır; inan olsun, o kadar okkalı, şerefli ve dokunaklı!"

"Aaa sen şu, 'HES Artık!' yazısını mı diyorsun? O yazı geçen yıl neredeyse bir ekoloji manifestosu olmuş, binlerce kişi birbirine e-postalamıştı Komserim. Nasıl ama, sıkı yazı değil mi?"

Bu yazıyı daha önce okuyup beğendiği hâlde kendisine okutmadığı için biraz bozulsa da onların arasında daha çok polisiye roman muhabbeti olduğunu düşünerek bunu Semahat'e belli etmemeye karar veren Ümit, çayını bir dikişte bitirdi:

"İşte ben de bu yüzden, Defne Kaman'ın başına gelen her ne ise, yazıları yüzünden olduğunu düşünmeye başladım. O zaman şu soruyu sordum: Peki, kaybolmadan önce yayımlanan son yazı dizisi ne üzerineydi?"

"Adına 'Namus cinayetleri' denen namussuz katiller üzerine!" diye uçurumdan atlar gibi atladı aslında bir soru olmayan bu cümlenin üzerine Semahat. Onun bu konudaki öfkesini, yazılarını çok sevdiği gazeteci Defne Kaman'ın kayboluşuna veren Ümit, bu tavrının üzerinde durmadı.

"Ve, yazı dizisinin son iki bölümü de yayımlanmamış olarak kalıyor ortada... Ama!"

"Ama ne?"

"Ama ya Defne Kaman bu yazı dizisini tamamladıysa ve birisi dizinin son iki bölümünü yayımlamadıysa?"

"Aa? Yoksa böyle bir bilgi mi geçti eline Komserim?"

"Henüz resmen yok, ama 'kayıp yetişkin şahıs' uzaktan baba tarafından kuzenim olduğundan... Anlıyorsun ya... Bazı duyumlar kulağıma geliyor işte!"

"Ah bu çok iyi! Yani, ammaaan Komserim ya, saçmalıyorum ben de artık bu saatten sonra! Yani haber ulaşması iyi de neden kadının yazısının sonunu kesiyorlar? Aksine, kadın kayboldu diye gazetenin satışı bile artar! Mâlum, insanlar trajedilere bayılır ya!"

"Evet, şimdi durup bakalım. Bu durumda dostumuz Dedektif Matt olsa ne yapardı? Hı?"

"Dedektif Matthew Scudder mı? Ya, onun kültüründe 'namus' sadece kadınların bedeninde değil ki, Komserim! Oradaki erkekler namusun insanın vicdanında olduğunu anlamışlar! Zavallı Dedektif Matt, eğer burada şimdi yanımızda olsa, şaşırıp kalırdı herhalde... Ona, dövüp sövdükleri için kendilerinden boşanmak isteyen karılarını, bu kez de boşanmasınlar diye öldüren erkek bozuntularının cinayetlerini nasıl açıklayacaktık ki? Bunu anlayamadan, bu konuda çalışan bir kadın gazetecinin kaybolma vakasını bir Amerikalı polisin çözmesi zor olurdu herhalde!"

"Tamam, tamam. Bunlar doğru da ama eğer New York'lu Dedektif Matt, Kadıköylü bir komiser olsaydı ne yapardı? Hımm?"

Gülmemek için kendini tutan Semahat, hiç yanıt vermedi. Onun sessizliğini söyleyecek sözü olmamasına yoran Ümit, biraz da gururlu bir sesle devam etti:

"Kayıp gazetecinin yayımlanmayan yazısının son iki bölümünü incelerdi, değil mi? İşte kardeşin Ümit Kaman da böyle yapacak, hemen bu akşam, yaklaşık iki saat sonra gazetenin Yazıişleri Müdürü Cemal Dokuzoğlu ile buluşacak. Yani, buraya gelirken yolda adamı aradım, randevu aldım, bunlar mâlum çok dolu insanlardır, kapılarda sürünmeyeyim, dedim... Zaten resmen izinli olduğum için sivil giyiniyorum, orada sorun çıksın istemedim, ama tabii müdürün bundan haberi yok!"

"Valla bravo Komserim, bizim Kadıköylü Komiser Ümit Kaman, New York'lu dedektifi 1-0 yenmiş şimdiden ha!"

"Yok, Matt Scudder'ın bileğini bükmem imkânsız Semahat Abla! Bak, biliyorsun adam fıçı gibi içiyor, dayağın Allah'ını yiyor, günlerce uyumuyor, aşksız da kalmıyor ama üstüne iki aspirin, bir soğuk duş, litrelerce kahve ve burbon içip neredeyse Süpermen gibi ortada ya hu!" diye güldü. O gülünce Semahat de güldü. İkisi de gevşediler. Semahat, kadınlara özgü o incelikli, aynı ânda birçok açıyı gören göz ve problem çözen pratik dişi içgüdüsüyle yemek yemelerinin kan şekerlerini yükseltip iyi geleceğini düşündü.

"Daha vaktin varsa, ben dükkâna döner ısmarlayacağım, istersen beraber yeriz, öyle gidersin Komserim? Benim dönerci İstanbul'un en iyisi değildir, ama idare eder. Burbon da yok ama dolapta bir yetmişlik rakı var, Tekirdağ hem de..."

Saatine bakıp henüz Türkiye'nin 'en büyük gazetesi'nin Yazıişleri Müdürü Cemal Dokuzoğlu ile buluşmasına iki saatten fazla olduğunu hesaplayan Ümit, şimdi eve gitmeye değmeyeceğini, zaten orada anne ve babasını her gördüğünde olduğu gibi Tasvir'in acısıyla kavrulacağını düşündü. Kadıköy Çarşısı'nda bir şeyler atıştırsa, artık bundan da bıktığını göz önüne alınca Sahaf Semahat'in teklifini kabul etti. Yalnız kendisi ısmarlaması şartıyla.

Yıllardır onun dükkânında tek başına yemek yemesine alışkın olan kebapçı ve kebapları motosikletle getiren yemek servisçisi genç, Semahat'in genç bir adamla baş başa yemek yemesine hiç şaşırmamıştı. Semahat içindeki Eros'u o kadar bastırmış ve saklamıştı ki, kadınlığını kendi dâhil çevresindeki herkese unutturmayı başarmıştı. Artık Semahat'i bir erkekle öpüşürken gören olsa bile bu, onlara Semahat'in bir kadın olduğu duygusunu veremezdi. Kendi dişiliğini en önce kendisi görmekten vazgeçen her kadın gibi o da cinsiyetsiz bir varlığa dönüşmüş ve yine hemen hepsi gibi bu duruma kendi dışındaki nedenlerle zorlanmış ama direnmemiş, hattâ kendine bir ceza verir gibi bunu kabullenmişti.

Yarım saat sonra, sahaf kedilerinin et kokusuyla mest olup, dükkânın içinde bir lokma döner için pervane oldukları sırada, onlar kebaplarını yiyor, biri rakı öbürü ayran içiyor ve Defne Kaman'ın şu ânda nerede olabileceği üzerine fikir yürütmeye devam ediyorlardı.

"Şimdi şu 'B:28-211: Kişinin gönlü dipsiz bir deniz gibidir/ Bilgi onun dibinde yatan inciye benzer' şifresi var ya Semahat

Abla. Ben bundan, Defne Kaman'ın kendisiyle ilgili sırrın suda saklı olduğunu çıkartıyorum. Bizim eve *SU Kitabı*'nı yollatan o tuhaf Umay Ninesi'nin de bu yüzden başından beri bu işin içinde olduğuna kesinlikle inanıyorum."

"Lafını unutma ama sen Defne Kaman'ın anneannesine neden devamlı 'Umay Nine' diyorsun Allah aşkına Komserim?"

"Öyle mi diyorum? Şey... Herhalde *SU Kitabı*'nda kendisi anneannesinden hep 'ninem' diye bahsettiği içindir?"

"Sen bu *SU Kitabı*'nı ne zaman okuyup bitirdin ya? Helal olsun sana be Komserim! Neredeyse senin Defne Kaman'la akraba olduğuna ben bile inanacağım ha!"

"Sorma Semahat Abla, ben o kitabı okurken gece uyuyakaldım da sonra evi sel basan o kâbusu gördüydüm ya... İşte bugün ne zaman yalnız kalsam, o kitaptan, yani elyazması defterden okuduklarım satır satır aklıma düşüyor... Dehşete kapılıyorum. Ben bunları okuduğumu hatırlamıyorum da nasıl şimdi hepsi tek tek hafizamdan akıp dökülüyor ya hu? Hayır, hafizam iyidir, gördüm mü unutmam ama okuduklarımı böyle tek tek hatırladığım hiç olmadı daha önce. Olsaydı, hukuk okur, avukat olurdum meselâ!"

"Senden iyi avukat olurdu ha! Peki ne yazıyor o defterde Komserim, tabii eğer gizli değilse?"

"Yok canım, gizli değil de... Ne bileyim, özel belki? İlk başlarda SU ile ilgili bazı bilgiler var ama bilimsel değil, destan gibi... Yani hitabet türünde yazılmış gibi, belki kutsal bir kaynaktan alınmadır, bilmiyorum, biraz... nasıl söylesem? Biraz ağır bir dili var, ama son sayfaları kopartılmış onun. O kayıp sayfaların bizim kayıp şahısla ilgisi var mı, bilmem? Devamında da Defne Kaman'ın çocukluk anıları var. Özellikle Manas Destanı'ndan sık sık bahsediyor. Orada bir prenses varmış, başı belâya girince hemen kuğuya dönüşürmüş. Galiba çocukken bu efsaneyi çok severmiş? Efsane mi denir buna, sen bilirsin işte. Aslında okuması eğlenceli bile sayılabilir..."

"Ayy, keşke ben de okuyabilsem... İnsanın beğendiği bir gazetecinin anılarını okuyabilmesi ne büyük şans olurdu... Ama tabii... Yani *SU Kitabı*'nı sana yollamışsa..."

"Öyle de, Semahat Abla şu ânda normal şartlar altında değiliz ki... Yani bu kadın kayıp ve sen benden daha çok okumuş yazmış, akıllı birisin. Demem o ki, bu *SU Kitabı*'nı belki sen okusan benim göremediğim, anlayamadığım bir ipucu falan bulursun? Sonuçta eğer sen olmasaydın, koca polis teşkilatında tek Allah'ın kulu o şifrelerin *Kutadgu Bilig*'den olduğunu taş çatlasa çıkartamazdı, emin ol!"

"Yok canım, abartma Komserim! Tamam, *Kutadgu Bilig*'i maalesef küçümser, alaya bile alırız ama belki bir tarihçi, bir halk kültürü uzmanı veya bir romancı bunu mutlaka bulurdu sonunda... Gerçi *Kutadgu Bilig*'e o numaralar çok sonradan verilmiştir, orijinal değildir de..."

"Sonunda değil, başında bulmak mârifet, Ablam! Neyse, istersen yarın *SU Kitabı*'nı getirir ve sana emanet ederim."

"İyi de sen yarın akşam Kaman'a gitmiyor musun Komserim? Ne oldu o senin fantastik 3D, su sesi bol, yemyeşil yaz tatili hayâline?"

"Haa o mu? Ne desem, nasıl anlatsam, kendim de bilmiyorum ki... Bu arada, bu döner güzelmiş be Abla, ben de artık buradan yiyeyim, bana bu kebapçının telefonunu ver, kaydedeyim telefonuma, unutturma emi. Karakola da istetirim ben buradan."

"Tamam, veririm telefonunu. Azıcık buzlu rakı istemediğinden emin misin?"

"Şimdi şu gazeteciyle buluşacağım ya... Gerçi adam alkolikmiş ama ben içki kokmayayım bir de! Ya neden bu gazeteciler, yazarlar falan hep alkoliktir, Semahat Abla?"

Elinde çoktan yarılanmış 'duble rakı' bardağına bakıp hüzünle gülümseyen Sahaf Semahat, bardağını görmediği bazı insanların şerefine kaldırarak: "Boş ver, bu konuyu başka zaman konuşuruz, sen asıl şu tatili anlatıyordun ya?" diye konuyu değiştirdi.

"Haa o mu?" dedi ikinci kez tatili için. "Ben aslında o tatili hayâl etmeyi seviyordum galiba Abla. Bilmem sana da olur mu böyle şeyler? Sonra, günah mı bilmem ama ben annemle babama artık eskisi kadar sevgi de besleyemez oldum," diye daha önce pek yapmadığı gibi çözülüverdi. Belli ki Tasvir'in acısından sonra Defne Kaman'ın kaybı için bir takım gibi çalışmaları onun güvenini perçinlemişti.

"Yani annemle babamın, benim mutluluğuma kendilerince haklı olduklarını düşünseler bile, tamamen bilerek ve isteyerek engel oldukları hâlde şimdi hiçbir şey olmamış gibi onlarla eskisi gibi mutlu olmamı beklemeleri normal mi sence? Bazen uyanınca her şey düzelecek sanıyorum ama bu sadece uyuyunca mümkün oluyor galiba... Anlaması zor, insan başına gelmeden anne ve babasından soğuyabileceğini hiç düşünemiyor..."

Şimdi rakısını tazelemiş ve yanına bir de sigara yakmış olan Semahat, gözlerini dikkatle ondan kaçırarak "İnsan başına gelmeden öz anne ve babasının gelenekler uğruna kendi evlâdının hayatını hiçe sayacağını nereden bilsin ki..." diye mırıldandı. Sesi kurşun gibi ağır, zehir gibi acıydı.

'Her din, her töre, herkes hep insan sevgisi diye başlıyor da... Herkes kendisinin inancının, töresinin en üstün ve en iyisi olduğuna ölümüne iddialı! Nasıl bir sevgidir ki bu böyle, en üstün olmak uğruna kendi çocuklarını yok eder!' diye düşündü ama bunun Ümit'e şimdi ağır gelebileceğini tartarak kendine sakladı.

"Yarın geceye Kaman'a otobüs biletlerimiz var ama Allah biliyor ya, şöyle iyi bir bahane bulsam da göğsümü gere gere, 'ben sizlerle gelmiyorum anne ve baba!' demek, istiyorum yüzlerine, ha!"

"Gitmek istemiyorsan, gitme Komserim! Sen kocaman adamsın, kendi ekmeğini kazanıyorsun, tatilini nerede geçireceğine kendin karar verebilmelisin!" dedi Semahat, ama der demez, alkolün verdiği cesaretle kendini daha fazla tutamayıp baltayı taşa vurduğunu da anladı... Balta taşa vurulunca kırılır. Bir sessizlik oldu. Sessizlik, bildik sessizliklerden değildi. Berbat, içi küflü, ağır ve çok tatsız bir sessizlikti. İnsanın kendi korkaklığı, zayıflığı veya ikiyüzlülüğüyle karşılaştığı zor zamanların sessizliğiydi. Uzadıkça insanı tokatlayan, içini yakan ve ağırlığı artan yüzleşme sessizliği...

Semahat önce kendi patavatsızlığına, Ümit ise kendi korkaklığına kızıyordu. Biraz sonra ikisi de kendi hayatlarındaki ikiyüzlülere kızıyor, kendilerine acıyor ama gözlerini birbirlerinden kaçırıp ellerindeki bardaklara saklanıyorlardı. İlk toparlanan Semahat oldu.

"Sen de kuzenin Defne Kaman'ı arayabilmek bahanesiyle annenlerle köye gitmeyebilirsin, meselâ Komserim."

Onun bu kurtarma cümlesine minnet duyarak boğazını temizleyen Ümit, yorgun bir sesle konuştu:

"Zaten onlar da, 'Bu kız hangi Kaman'lardan?' diye sordulardı... *SU Kitabı*'nı eve getiren bizim devriyeden bir polis boşboğazlık etmiş de..."

Yine sustular.

"Aslında var ya, Semahat Abla, şeytan diyor ki, belki de bu Defne Kaman ve ninesi Şaman'dır ve kadın sadece bana bir iyilik etmek için kaybolmuştur. Benim taş kafam da, böylece, törelerin de, ailenin, geleneğin de aslen insan mutluluğuna hizmet etmek için var olduğunu sorgulama cesaretine kavuşmuş olacaktır? Madem hem sen, hem de Defne Kaman diyorsunuz ki, Anadolu'nun kadim geleneğinde en önce insan sevgisi ve sevinci vardır, kut, devlet, saadet hep birdir; bak belki de bir hayırlı iş gelmiştir başıma... Vardır bir hayır bunda, falan..."

"Şeytan mı diyor, bunu sana?"

"Lafın gelişi be Semahat Abla! Kim bilir belki de Kaman'ın kendisi, Kam diyordur? Hem sözde kuzenim, hem onun ninesidir, hem de yüzlerce yıldır lakabımızın, soyadı kanunundan sonra adımızın içindeki Kaman'dır." Plastik tabaktaki pideyi yemeden bıraktı, paketten çıkan ıslak mendille ellerini sildi, kendi çöpünü toplayıp plastik torbaya koydu, ağzını bağladı.

"Fakat şimdi benim kendimi bırakıp önce bu kadını bulmam lâzım Semahat Abla. Baksana, o bulunmadan bana rahat nefes almak haram! Eğer onun bu kadar SUyu işaret etmesi ve karşıma rüyam dâhil hep ıslak çıkması eğer bir tesadüf değilse, Defne Kaman burada, Marmara Denizi'nde, bir adada, belki Kınalı, Burgaz, Heybeli veya Büyükada'da ve suya yakın bir yerde saklanıyor, diyorum ben. Ha, bunda anlaşıyoruz değil mi? Dur ama, bir şifre var ki onun içinden hiç çıkamadım ve sana sormak için kafama yazdım. Neydi o bakayım? Ha, şöyle: 'Dipsiz deniz gibi gönül.' Acaba sence bu cümle bize onun kimden ve neden saklandığını açıklar mı?"

"'Kişinin gönlü dipsiz bir deniz gibidir/ Bilgi onun dibinde yatan inciye benzer' beyitindekini 'dipsiz denizi' soruyorsun değil mi? Hımmm, eğlence için olsa uzun uzun konuşur insan da... Şimdi böyle hayat memat meselesi olunca sorumluluk duygusu ket vuruyor dile... Dur bakalım... Tabii önce bunun önündeki beyitleri bir okumak, hangi bağlamda kullanılmış olduğunu anlamak lâzım... Vallahi öyle mânâ içinde mânâ gibi görünüyor ki, bunu bir uzmanına sormak lâzım... Osmanlıca hocama mı sorsam acaba?"

"Bırak uzmanı Abla, sen ilk bakışta ne anlıyorsun bundan?"

"Bilgiyi gönle koyduğuna göre burada aşktan bahsetmiyor. Gönlün gözüne, bilmeye, yani akla gönderme yapıyor olabilir? Belki de insanın bildiğini sandığından daha fazlasını bildiğini söylüyor? Hani bazen, eski bilgilerle yeni bir şeyi bağlayınca önümüzdeki karanlık yol aydınlanır ya... Belki onu diyor ama ben amatör bir yorumcuyum ha..."

"Başka ne olabilir? Hadi gözünü seveyim Semahat Ablam, sen bu söz sanatından anlarsın, binlerce kitap okumuşsun, her gün bu kitapların tozunu yutuyorsun, konuştun mu bal damlıyor ağzından, röntgen cihazı gibi insanın ruhunu görüyorsun daha kapıdan içeri girerken, sen... Haydi, bir daha düşün şu cümleyi be sevabına Ablam ha?"

"Bilgi, insan ruhunun en değerli varlığıdır. Bilgi içimizde saklıdır. Bilgiyi uzakta aramamalıyız. Her insan kendi cevabını içinde taşır. Ancak içimiz öyle derin ve engindir ki, bilgiye ulaşmak için denize dalmamız gerekebilir... Amaaan Komserim yaa, bilmiyorum, öyle sallıyorum işte..."

"Hah işte ben de aynen böyle düşünmüştüm! Defne Kaman, bilmemesi gereken bir şey öğrendi ve bunu güvendiği birine söyledi. Fakat o şahıs boşboğazın biriydi, sır tutamayan bir salak... Veya şöyle de olmuş olabilir: bu öğrendiği şeyi yazı dizisinde kullandı? Belki yazı dizisinin son iki bölümü bu yüzden yayımlanmadı? Peki, kimin gücü yeter buna? Patronun veya o düzeyde birinin? Ha? Doğru gidiyor muyum? Öyleyse eğer, belki bu yüzden başına bir belâ geldi! Bence bu işi biz gazetede çözeceğiz Semahat Abla, bak demedi deme!" Saatine baktı, sandalyeden kalktı, yavaş yavaş akşam çökmeye başlamıştı.

"Neyse, benim artık gitmem gerek. Bakalım bu gazete müdüründen ne öğrenebileceğiz? Haa, bak bir de gazetede genç bir muhabir varmış, Attilâ bi'şey soyadı? Attilâ Gültekin galiba? Tanıyor musun?"

"Yok, hiç duymadım adını."

"Neyse, işte bu Attilâ Gültekin, Defne Kaman'la çalışıyormuş, fotoğrafçı mı, asistan mı henüz öğrenemedim. Bundan iki hafta önce bir kadının telefonla Defne Kaman'ı aradığından bahsetmiş polislere. O telefonun bu konuyla bir ilgisi var mı bilmiyorum, ama her detaya bakmak gerekir. Biliyorsun, bizim Matt Scudder olsaydı..."

"Matt Scudder, bizim burada yaşasaydı, çoktan kafayı yerdi Komserim!" diye güldü Semahat.

"Polislik, dünyanın her yerinde insana kafayı yedirtir, Semahat Abla! Ya düşünsene, işin insanın en sefil, en kötü, en zâlim taraflarını temizlemek! Ha, üstüne bir de namuslu polissen... Daha ne diyeyim: dünyanın en zor işi bence... Ama var ya, bir de vatandaşa, hiç tanımadığın birine yardım ettiğinde, o şükran bakışı var ya... O da dünyaya bedel ha!

"Eh, inşallah tez elden Defne Kaman'ın gözlerinde de o bakışı görürsün Komserim! İnan bunu ben de çok istiyorum."

"Hayırlısıyla... İşte durmak yok, ben şimdi tam Defne Kaman'ın bindiği saatteki vapurla karşıya geçeceğim. Bakarsın, şansıma bir de Barış Manço Vapuru denk düşer? Güvertede otururum. Belli mi olur, bu kadın sadece bana görünüyorsa?"

Onu kapıya kadar geçirmek ve dükkânının önündeki 'Ne alırsan 1 TL'lik kitap sergisini kaldırıp kapıyı içerden kilitlemek için ayağa kalkan Sahaf Semahat'in bu sırada cep telefonu Candan Erçetin'in "Gönül kırgınlıkları, hayat haksızlıkları, şehir yalnızlıkları çeken kırık kalpler" şarkısıyla çalmaya başladı. Geri dönüp fare düşse başını yaracak kadar karmakarışık masasının üzerinde telefonunu ararken, Ümit de ona yardım olsun diye ağır metal kitap sepetini içeriye taşıyor, bu şarkının adı "Dayan" mıydı diye Semahat'e sormayı her seferinde düşünüp sonra unuttuğuna gülümsüyordu.

"Evet benim, kim arıyor acaba? Komiser Ümit Kaman mı? Evet burada, bir dakika... Komserimmm!!! Bir gelebilir misin?"

O sırada şarkının "Kırık kalpler durağında inecek var" kısmını mırıldanan Ümit, birden yüzünde beliren şaşkınlıkla, dükkânın arkasına doğru koşar adımlarla geri döndü. Eliyle havada soru işareti çizip "kim?" diye merakla sorarak Semahat'in telefonunu aldı.

"Evet, evet benim. Ne oldu, hayrola Komserim? Annem mi? Benim telefonum kapalı mıymış? Allah Allah, şarjı mı bitti acaba? Neden karakolu falan ayağa kaldırdı ki, gece gidecektim eve zaten? Çok mu âcilmiş? Tamam, sağ ol... Efendim? Haa, peki, anladım... Senden de hiçbir şey kaçmıyor Komserim. Yok, yok, sağ ol, tamam arıyorum şimdi. İyi geceler."

"Ne olmuş Komserim, kötü bir şey yok ya inşallah? Benim telefonumu nasıl bulmuşlar ki?"

Cebinden kendi telefonunu çıkartıp inceleyen Ümit canı sıkkın bir sesle açıkladı:

"Ya kusura bakma Semahat Abla, annem ortalığı öyle birbirine katmış ki, karakoldakiler gidebileceğim her yeri aramışlar, en son çarşıda görüldüğümü öğrenmiş, orada olabilecek her yeri arayıp, bana ulaşamayınca da tatile çıkmadan senden kitap almaya gelmiş olabileceğimi düşünüp senden aramışlar. Allah Allah, annem çıldırmış mı ne? Çok önemliymiş, ne olabilir ki? Babamın kalbi mi tekledi yoksa? Çok hızlı yiyor, fazla kilo da aldı son zamanlarda..."

"Polis benim telefonumu mu araştırmış yani?" diye huzursuzca söylendi Semahat.

"Merak etme, bir tatsızlık olmaz. Da... Ben bu anneme bozuldum ya hu! Evet, bak yine şarjım bitmiş! Ya, bu telefonun şarjı da ne çabuk bitiyor be! Seninkini bir daha alabilir miyim Semahat Abla? Ya dur, sen de asma öyle yüzünü. Merak etme dedim sana, korkma polisten!"

Adını, soyadını, kendine ait her türlü kişisel bilgiyi yıllardır sır gibi saklayan Sahaf Semahat, polisin istediğinde 'pat' diye cep telefonunu bulabileceğini içinden bilse de şimdi başına gelince bundan çok rahatsız olmuştu. Bu sırada Ümit, onun telefonundan annesini arıyordu.

"Anne? Evet anne, benim. Bir arkadaşımın telefonundan arıyorum da ondan! Evet, şarjım bitmiş. Hayrola anne, ne var, ne oluyor? Babama mı bir şey oldu? Peki, sen iyi misin? Ağbimler, yeğenler, halalar, dayılar, yengeler... E, o zaman niye her yeri birbirine kattın anne ya? Ne? Nasıl? Tasvir mi? Tasvir'e ne olmuş? Ölmüş mü anne? Yaşıyor mu? Bak doğru söyle anne! Aman Allahım! Ah Tasvirim, Can Tasvirim, ah bahtsız Tasvirim!"

Birden durduğu yerde dal gibi sallandı Ümit. Onu ilk defa böyle çok çaresiz ve acı çekerken gören Semahat, kendi endişesini unuttu, düşüp başını yere çarpacak korkusuyla onun yanına koştu, kolundan tutup oturtma istedi ama Ümit onu öyle sertçe itti ki, az daha kendisi düşüp başını yaracaktı.

"Doğru söyle anne bak! Ölmüşse bilmek hakkım! Tasvirim'in ölümünü saklamayın benden anne? Bak ölümü gör anne! Yalan söylüyorsan yüzümü bir daha göremezsin anne! Hangi hastanedeymiş? Yunus mu aradı? Tamam, ben hemen oraya gidiyorum!"

Telefonu masaya bırakınca birden ufaldı, küçüldü, kıvrıldı, küçük bir çocuk gibi sandalyeye çöktü ve öyle bir böğürdü ki, dükkân yerinden zıpladı, kediler dışarı kaçtı, Semahat korkudan küçükdilini yuttu. Ümit orada, bir insan bedeninden çıkması düşünülemeyecek bir haykırışla böğüre böğüre ağladı. Sanki iki yıldır içinde biriken ağıyı içinden bir defada atıp artık kurtulabilmek için çok yüksek bir frekansta bağırmayı göze almıştı. Gözlerinden öyle yoğun gözyaşı aktı ki, Semahat dükkânını sel basacak sandı. Kendisinin yıllardır saklı saklı ağladığı bu dükkânda, şimdi genç bir erkeğin aynı sandalyede ağlayışı karşısında ne yapacağını bilemeden şaşkın kalakaldı ve en doğrusunun ona dokunmadan beklemek olduğuna karar verdi. İkisine de saatler gibi gelen beş dakika sonra burnunu çekerek Semahat'in uzattığı kâğıt peçeteye yüzünü silen Ümit, kıpkırmızı yüzünü hiç saklamadan hıçkırdı:

"Tasvir, bugün intihar etmiş Semahat Abla! Onu kendi seçtikleri biriyle evlendirmek için İstanbul'a getirmişler, demek onun için Face'e giremiyormuş on gündür! Ah benim Can Tasvirim, ah memleketin en güzel esmeri Tasvirim, ah talihsiz can kızım... Bugün bir kutu ilaç içmiş Semahat Abla! Yoğun bakımdaymış. Abisi, benim eski arkadaşım Yunus, evi aramış, Tasvir'in... Ah Ablam ah... Tasvir'in... Ah Tasvir'in son arzusu beni görmekmiş Ablam! Genç bir kızın son arzusu olur mu? Ah, nasıl bir töredir bu! Ah, bu kız bile benden cesur çıktı be Ablam! Var ya, ben gerçekten kaçıp köyde saklanmayı düşünen bir eşekken, o ise rezillerin yüzüne kanıyla tüküren bir kahraman! Ah, ne yürekli kızmış benim Can Tasvirim, ah!"

"Dur Komserim, dur koyuverme kendini! Bak, çok şükür yaşıyor Tasvir. Ya ölseydi? Ya giderken senin de bütün ümitlerini götürseydi sonsuza? Haydi toparlan! Kalk yüzünü yıka, git hastaneye, sahip çık sevdiğine! Bak, eğer istersen ben de geleyim ha? İyileşecek inşallah, genç, güçlü kızdır o... Hem belki böylece herkesin aklı başına gelir de..."

"Evet, yaşıyor, Allahım'a, Erenler'e bin şükür olsun! Yaşıyor Tasvirim!"

"Tabii ya... Haydi, in aşağıdaki tuvalette yüzüne bir soğuk su serp, ha?"

"Yok, yok ben iyiyim. Benim hemen gitmem, Tasvir'i görmem lâzım!" diye ayağa fırladı Ümit. Yüzü ve gözleri kıpkırmızıydı ama sesi artık kendi sesine benziyordu. Burnunu çekti, masadan bir kâğıt peçete alıp burnunu sildi. Boğazını temizleyip toparlanmaya çalıştı.

"Şu hayat dedikleri şey ne garip be Semahat Abla... Baksana iki yıldır her çeşit hayâlini kurduğum buluşmamız onun can çekiştiği hastane odasında olacakmış meğerse... Keşke ben de onun kadar cesur olsaydım... Bizi dinî nedenlerle ayıran ailelerimize kafa tutup evlenseydim Tasvirim'le! Sonu ölümse, ne olacaktı ki? Büyük ihtimalle onun ağbisi, benim askerlik kankam Yunus ikimizi de vurup öldürecekti... Ya şimdi ne oldu? Zaten bu iki yıl yaşamadık biz, koskoca iki yıl..."

"Ya bırak şu ölümün soğuk adını Komserim, beni de ağlatacaksın ya! Şimdi ağlamak zamanı değil. Git bir bak, ne durumdadır Tasvir, ha? Hem seni aradığına göre belki ailesinin aklı başına gelmiştir? Ne bileyim, kendi evlâdına nasıl kıyar bir insan? Bilsem zaten..."

"Evet, şimdi ben gidiyorum Semahat Abla. Sana haber veririm, merak etme!" diyerek bir kâğıt peçete daha almak için masaya uzanınca, darmadağınık masadan yere bir kâğıt parçası düştü. Ümit, onu yerden alıp masaya koyarken, bunun Defne Kaman'ın sabah verdiği şifrenin yazılı olduğu kâğıt olduğunu gördü. O zaman hatırladı. Başını sallayarak kâğıda baktı.

"Sen burada kal Semahat Abla. Birimiz Defne Kaman'ı düşünmeliyiz. Bana kızma ama bence bu olanların onunla bir ilgisi var... Bak yazıyorum şuraya, bütün bunların birbiriyle ilişkisi var ya da olmalı!"

Sonra, kendisine bakıp huzursuzca içini çeken Semahat'e sarılıp, sanki bir daha hiç görüşemeyeceklermiş gibi sımsıkı kucakladı:

"Ben seni ararım Abla... Dua et, dua et, Allah Tasvirim'i bana bağışlasın... Haydi, hoşça kal canım Semahat Ablam!" dedi ve koşarak dükkândan çıktı. Onun arkasından yorgun bakakalan Semahat, Kutlu ve Bilgi'yi içeri alıp dükkânın kapısını içerden kilitlerken kendi kendine kaygılı bir sesle söyleniyordu:

"İyi de ben tek başıma Defne Kaman'a nasıl yardım edebilirim ki?"

21. Yunus Veterineri, Greenpeace Akdeniz ve Hayvan Barınağı

"Kırık Kalpler" şarkısı avaz avaz dükkânı inletirken gözlerini açan Semahat, sırtının sol tarafında hissettiği ağrının acısıyla bağırmak için ağzını açtı ama ağzı o kadar kurumuştu ki, sesi çıkmadı. Sert bir zemin üzerinde yatan başını kaldırmadan, acıdan kapanan gözlerini yeniden açıp çevresini kontrol ettiğinde, önce sandalyelerde uyuyan Kutlu ve Bilgi'yi, sonra akşam tek başına bitirdiği rakı şişesini, tepeleme izmarit dolu kül tablalarını, açık kalmış bilgisayar ekranını ve duvardaki saatin 8:10 olduğunu gördü ama yine kımıldayamadı. Çalışma masasında içip internette araştırma yaparken sabaha doğru kafası masanın üzerine düşüp sızmış, bu yüzden iki büklüm kalan bedeni bir daha hiç çözülemeyecek gibi görünen bir düğüme dönmüştü. Eskiden sık sık başına gelen bu durum, son yıllarda daha az içki ve sigara içmeye ve daha düzenli yaşamaya çalıştığı için artık unuttuğu bir 'geceden kalma-masada sızma-canından bezme' klasiğiydi! Sırtının ağrısı içine işledikçe bu iki büklüm pozisyondan bir daha kurtulamayacakmış gibi endişeyle hareketsiz bekledi. Beklerken de, en az hasarla nasıl kımıldayacağını, kaslarını nasıl açacağını düşünüyordu. Çenesi acıyla dişlerini sıkmaktan ağrıyor, midesi yanıyor, dili damağı susuzluktan çatlıyor ama o ağrıdan ve korkudan kımıldayamıyordu. Yavaşça boynunu doğrultmayı deneyince, sevinçle bunu biraz başardığını gördü ama sırtı hâlâ kendine ait değildi. Bir ân, sırtına bir bıçak saplanıp saplanmadığından kuşkuya düşecek kadar çok ağrıyan sol yanını eliyle kontrol etmekten kendini alamadı. Yok, sırtına bıçak saplanmamıştı!

O bunları düşünüp inleyerek kımıldamaya çalışırken telefonu hiç durmadan "Kırık kalpler durağından inecek var" diye bağırmayı sürdürüyordu. Bu erken saatte, hele cumartesi sabahında onu arayacak hiç kimsesi yoktu. Aslında arkadaşlık ettiği müşterilerinden başka telefonunu bilen kimsesi yoktu. Onlar da çoğunlukla iş saatlerinde ve kitap sormak için arardı. Cumartesi sabahı hiç kimsenin bir sahafa "Gılgamış Destanı" sormak için aramayacağını bilecek kadar zamandır sahaflık yapıyordu. Semahat, başı hâlâ masanın üzerinde, bedeni koltukta katlanmış pozisyonda, bir yerini sakatlamadan tek başına nasıl kalkacağını düşünürken telefon da hâlâ bas bas bağırıyor, ısrarla arayan her kimse ve nedense yanıtlayacağına emin görünüyordu. "Kırık kalpler durağında inecek var!"

Telefonunun 'hangi cehennemde' olduğunu hatırlamaya çalışan Semahat, şimdi daha ayık kafayla, sesin masanın önündeki sehpadan geldiğini kestirdi. Evet, telefonunu dün gece en son Ümit kullanmıştı. Bunu hatırlayınca devamı da geldi. Önce karakoldan bir polis kendisini aramış, sonra Ümit annesiyle konuşmak için telefonunu kullanmıştı. Doğru da, peki asıl ne olmuştu dün gece? Bir şey olmuştu, bu kesin! Onu altüst edip uzun zamandır içmediği kadar çok içmesine neden olan fena bir şey olmuştu. Artık içkiyi azaltmaya başlamasının en önemli nedeni olan 'ertesi sabahki korkunç unutkanlık' ve mide sorunları böyleydi işte! Alkoliklik düzeyine varmanın işaretlerinden biri dün gece olanları hatırlayamamaktı. Eski alkoliklerin biyografilerini okumaya biraz da kendi başına geleceklerin dehşetini merak ettiği için başlayan Semahat, alkoliklerin bir sonraki aşamada, unutkanlıktan ötürü mahcup olmayı da unuttuklarını öğrenmişti ama o böyle biri olmak istemiyordu! Yok, bırakacaktı bu mereti, acılarını ve pişmanlıklarını alkolle uyuşturmayı, dün gece yaşananları unutmayı, alkolik olarak yaşamayı kabul etmeyecekti. O hâlde önceki geceyi hatırlayacaktı. Evet, hatırlayacak, bulacaktı. Hatırlayacaktı Semahat! Bunu şiddetle istedi. Çok istedi. Sahiden istedi, gözlerini kapattı, odaklanmaya çalıştı. Bir süre böyle kaldı, sonra, "Tasvir!" diye bağırdı. Bu kez sesi çıktı. 'Tasvir'in haberi bu!' diye düşündü ve sırtının ağrısını unutup âni bir hareketle yerinden fırladı. O sırada sırtında sanki bir lif koptu!

"Aloo, alo kimsiniz? Komserim? Sen misin? Ekranda senin numaran çıkmadı da? Haa, Yunus'un telefonundan mı arıyorsun? Ha? Ayyyy ayy ayyy! Yok, iyiyim, vallahi iyiyim, şey sırtım felaket tutulmuş da... Bırak sen şimdi beni, asıl Tasvir nasıl? Ya, öyle mi? Hâlâ yoğun bakımda mı tutuyorlar? Ne diyorlar? Hımmm... Sakın moralini bozma bak! Daha hiç göstermediler mi? Olsun, dur, Allah'tan ümit kesilmez! Ayyyy ayy! Yok, ben idare ederim, beni boş ver! Bu Yunus, Tasvir'in ağbisiydi, değil mi? Eh, telefonunu sana verdiyse aranız iyileşti demek ki? Aaa, sarıldı mı? Bak bu iyi haber! Eskisi gibi sana sarılıp ağlaması iyiye işaret tabii de... Ya... Keşke daha önce... Değil mi? Artık değeri kalmıyor tabii... Çok iyi anlıyorum... Ayyy ayyy!!!! Ah, önemli değil, sadece sırtımda bir sorun var... Şimdi bir duş yaparım, bir de çayla poğaça, tamamdır! Sen beni merak etme! Efendim? Yunus mu? Ne yunusu? Ne olmuş dedin? Kadıköy İskelesi'nde mi? Aaa, hem de bizim Kadıköy'de bir yunusu mu bıçaklamışlar? Kim? Yunus iki gündür iskeleden ayrılmıyor muymuş? Ah canım benim. Hangi hain bıçaklamış? Ne bu yaa, topluca delirdik mi biz Komserim ya? Karakoldan mı öğrendin? Tamam, ben hemen gidip bakacağım yunusun durumuna. Ben seni ararım oradan, merak etme de... Sen neden bu yunusla ilgileniyorsun? Nasıl? Defne Kaman mı? Canım, ne ilişkisi var ki yunusun onunla? Yok, vallahi hiç anlamadım. Tamam, sonra konuşuruz. Haydi, ben senden hayırlı haber bekliyorum. Şu telefonunu da artık şarj et, gözünü seveyim Komserim ya!" Artık sabahın köründe "Gılgamış Destanı" sormak için arayacak müşterileri dışında, Kadıköy Karakolu polislerinde ve Tasvir'in ağbisi Yunus'ta telefon numarası vardı: Canı sıkılarak içini çekti.

Yarım saat sonra dükkânın alt katındaki küçük, derme çatma banyosunda soğuk bir duş yapıp üstüne birkaç bardak çay, yarım paket bisküvi ve iki aspirinle hayata dönen Semahat, kendisini sık sık hatırlatan kulunç ağrısıyla nefesi kesilse de cumartesi sabahı erkenden sokağa çıkmayı başarmıştı. İçinden bu son üç gündür yaşadıklarını tıpatıp bir Matt Scudder romanına benzetmekten gizli bir keyif duysa da bunu bilmediği bir nedenle kendinden saklamaya çalışarak Kadıköy İskelesi'ne doğru yürüyordu. Onun, bazen yan sokaktaki bakkaldan, pastaneden veya kapısında 'pet shop' yazan hayvan dükkânından alışveriş etmek dışında yıllardır sahaf dükkânından dışarı çıkmadan yaşamasına alışan esnaf komşuları, cumartesi sabahı erkenden, kedilerinin kapı önündeki mama ve su kaplarını doldurup dükkânını kilitledikten sonra çıkıp gittiğini görünce şaşırdılar. Üstelik ilk kez entari giydiğini görünce onun bir kadın olduğunu hayretle hatırlamışlardı. Semahat ise yıllardır üniforma gibi üzerinden çıkartmadığı siyah renkli tişörtler, kot pantolonlar ve lastik pabuçlar yerine bugün üzerine, dolabında olduğunu unuttuğu, artık biraz da daralmış, eskiden kalma bir mavi yarım kollu kloş etekli yazlık entari, ayaklarına banyo yaparken giymek için kapının önünden geçen satıcıdan aldığı parmak arası terlikler giymiş, lacivert kumaş bir heybeyi postacı usulü çapraz boynuna asmış, hattâ banyoda hiç üşenmeden bacaklarını da tıraş etmiş olmasına şaşırıyordu. Yine yıllardır saçaklı bir topuzla çoğu kez kalemleri toka yaparak topladığı siyah saçlarını da açık bırakmıştı. Evet, sırtı ve midesi hâlâ ağrıyordu ama yıllardır ilk kez sabahın erken saatinde entari giymiş olarak Kadıköy'e iniyordu ve kalbi güm güm atıyordu. Birden aklına Ümit'in Defne Kaman ve Umay Nine'den bahsederken sık sık onların püsküllü etek giydiklerini söylemiş olduğu geldi. Bu eteklere 'ça ça etek' dendiğini okumuştu ama nerede okumuştu, bunu çıkartamadı.

On yıldan fazladır kedileri, kitapları ve her yaştan kitap meraklısı erkek ve kadın müşterileriyle Kadıköy Çarşısı'nın Moda Caddesi'yle birleştiği, dar, nemli, kedi kokan kesme taşlı eski sokaklarının birinde kiralık bir girişle bodrum katında eski kitaplar satarak yalnız bir hayat yaşayan Semahat, kendisini erkek kültürü içinde kabul ettirebilmek için çok uğraşmak zorunda kalmıştı. Pek çok güzel, lezzetli, sevecen gelenekleri olan kültürümüzün en zayıf tarafı, 'çok büyük ve derin bir erkek sorunu' olduğunu görmezden gelmesidir. Bu yüzden bizim kültürümüzde, sadece 'kadın olmak' çok zor ve karmaşık bir işe dönüştürülmüştür. Ancak Türkiye'de kadın olmaktan daha zor bir şey daha vardır, o da genç ve yalnız bir kadın olmaktır. Tabii genç ve yalnız bir kadının etnik kökeni ve dinî inancı veya inançsızlığı da durumunu daha da zorlaştıran etkenlerdir.

Şimdi otuzlarının sonlarında hâlâ genç bir kadın olan Semahat, komşu esnafın güven ve saygısını kazanmak için önce onlara kadın olduğunu unutturacak şekilde giyinmenin, yaşından büyük, anaç tavır takınmanın ve hayatına koca veya ağabey dışında bir erkek sokmaması gerektiğini bu kültürde yaşayan her kadın gibi içgüdüleriyle algılamıştı. Bir kadının kadınlığını yok sayması, örtmesi, saklaması, nikâhlı kocasının istediği dozda, sırada ve yerde yaşaması dışında tamamen unutması onu değerli kılan tek formüldür. Dünya düzeninin temelini 5000 yıl önce cinsel güçleri nedeniyle korkutucu buldukları özellikle genç kadınların kendi hayatlarını kendi istedikleri gibi yaşamasına engel olabilmek için kanunlar ve inanç sistemleri oluşturup bunlar üzerine kuranların zorbalıkları sonunda öyle başarılı olmuştur ki, kadınlar bile bu düzenin milyonlarca yıldır hep böyle olduğuna inanmıştır. İşin tuhafı, 21. yüzyılda Türkiye dâhil birçok ülkede hâlâ bu sahte 'tabiat kanunu'nun devam edebilmesi ve bu konuda konuşanlara duyulan güçlü öfkenin anlaşılmamasıdır.

İstanbul'da kimsenin hakkında hiçbir şey bilmediği Sahaf Semahat, komşu esnafın, 'sokak çocukları'nın, tinerci gençlerin, sokak kedi ve köpeklerinin, çiçekçi Çingenelerin, nükleer karşıtı çevrecilerin, hayvan barınakçılarının, sokak müzisyenlerinin 'Semahat Ablası' olarak hayatta kalmayı başarmıştı. On yıldan fazladır, kirasını düzenli ödediği Kutlu Bilgi adlı dükkânında Kutlu ve Bilgi adlı iki kedisiyle yaşar, eski kitaplar alır, satar ve okurdu. Aslında adı Bilgi olan kedisi dört yıl önce ölmüş, onu gece yarısı gizlice arka sokaktaki bir bahçeye gömen Semahat, bir ay sonra sokaktan bir yavru kediyi evlat edinerek ona 'Bilgi İki' adını vermişti. Onun hayatındaki bu büyük değişikliği birkaç müşterisi dışında kimse fark etmemişti.

Bir daha yaşayan hiçbir akrabasını görmemek üzere Nevşehir'deki evinden kaçarak kendini İstanbul'da bir çeşit gönüllü sürgünlüğe mahkûm ettiğinden beri, geçmişiyle bütün bağlarını kopartan genç kadın, bazen gerçek adının Sema olduğunu unutup kendini doğuştan Sahaf Semahat sanacak kadar yeni hayatını benimsemiş, kitapların kendine kazandırdığı ekonomik özgürlüğü ve zihinsel zenginliği şükranla kabullenmişti. Hiç kimseyle arkadaş olarak yakınlaşmaması, öncelikle ilişkinin doğası gereği kendi hakkında bilgi vermek zorunda kalmamak içindi. Öte yandan, yaşadığı hayâl kırıklığı, onun insan denen canlıya güvensizliğini artırmış ve 'yoğurdu yemeden üflemek'tense, yoğurttan tümden vazgeçmişti. İşte Semahat'in Defne Kaman'ı kişisel olarak hiç tanımadan sevmesinin nedeni, ilgilendiği konularda ve yazılarında ortaya koyduğu net ve sade tavrın kendine bu bakımdan yakın olmasıydı. Defne Kaman şimdi ilgilendiği konular yerine, bir köşede sadece aşk acıları ve kentli kadının sorunları üzerine yazan boyalı bir kadın imgesiyle ortaya çıksaydı, daha fazla tanınan ve zengin bir gazeteci olacaktı. Bu yüzden daha sonra *SU Kitabı*'nda onun annesi tarafından istenmeyen, babasız bir çocuk olarak büyüdüğünü okuduğunda çok şaşıracak, kendininse bu açıdan şanslı olduğunu hayretle anlayacaktı.

Kadıköy Çarşısı'nın yoğun cumartesi alışverişine geleneksel ritüeli içinde hazırlandığı sırada, sokakların sulandığı, esnafın sabah çayı ve kahvesi içerken kendi meşrebine uygun şakalar patlattığı, henüz yaz sıcağıyla cinnet geçirmeyen erken saatlerin dar sokaklarından yükselen taze meyve, sebze, baharat, kahve ve çay kokuları arasından hızlı hızlı iskeleye inen Semahat, elinde olmadan esnaf arasında tek bir kadın arayıp, bulduğu iki tanesinin de kocalarına yardıma gelenler olduğunu görünce, yıllardır artık yüzünün karakteristiği olan hüzünlü gülümsemesini buldu, yerine taktı. 'Kadınsız, kadın hayatı savunulamaz!' diye yazan Defne Kaman değil miydi?

Esnaf, memleketin her yerinde olduğu gibi çoğu futbol ve kadın üzerine espriler yapıyor, 'bölünme endişesi', 'terör belâsı', 'geçim sıkıntısı' ve yaklaşan ramazanın bu yıl da sıcaklara denk düşeceğini konuşuyordu. Düşünce özgürlüğü, hapisteki gazeteciler ve bireysel özgürlükler onların gündeminde değildi, sanki bunlar 1876'daki ilk anayasamızdan beri yalnızca entelektüellerin sorunuymuş gibiydi...

Brezilya Kahvecisi'nin insanı uçuran kahve kokusu, meslektaş sahafların eski dergi tezgâhlarında artık çoktan mâzi olmuş 1980 ve 1990'lı dergi kapaklarındaki ilkgençliği ve otacının dükkânındaki organik ve bitkisel ürünlerle, gizemli baharatları arasından iskeleye indi. Yol boyunca dizili altı kitapçıyı yeni kitap sattıkları için görmezden geldi ama yakında içindeki bu bayat inadı bırakıp artık onları ziyaret edeceğini anladı. Çarşının bitiminde iki nazar boncuğu gibi karşılıklı dikilen 230 yıllık tarihi Hacı Bekir lokumcusu ile Cumhuriyet'le yaşıt, edebiyatçıların pastanesi Baylan'ın vitrinlerine severek ayrılınmış, eski bir sevgiliye bakar gibi özlemle baktı. Baylan'a Kumral Ada ve Mavi Tuna'yı görmek için uğrayalı on yıl geçmişti. Yeniden gitmeliydi, yeniden... Sonra az ileride yeni olduğu anlaşılan bir ayakkabıcı vitrininde, son yıllarda aklının köşesine bile gelmemiş kırmızı, boncuklarla süslü, cıvıl cıvıl bir sandalete bakmaya doyamayınca, sevinsin mi üzülsün mü bilemedi. Bu sırada sırtı yine ağrıyor ama o duymuyordu. Aklına, Ümit'in dün gece hastaneye gitmeden önce söylediği, "Bana kızma Semahat Abla, ama bence bu son iki gündür olan tuhaflıkların Defne Kaman'la bir ilgisi var... Bak yazıyorum şuraya, bütün bunların birbiriyle ilişkisi var ya da olmalı!" dediği geldi. "Yok artık, on yıldır lastik ayakkabıyla gezerken, şimdi ilk kez bir kadın sandaletine bakıyor olmamın Defne Kaman'la ne ilişkisi olacak ki?" diye gülümsedi. Yine hüzünle...

Kadıköy İskelesi binasını uzaktan gördüğünde meydanın Moda'ya doğru bitiminde büyük iş makineleri ve tahta perdeyle çevrelenmiş büyük kazı alanını görüp şaşırdı. Müşterileri sık sık metro inşaatı yüzünden delik deşik kazılan Kadıköy Meydanı'ndan şikâyet etmişti ama kendi gözleriyle ilk kez görünce irkildi. Yüz yıl önce İstanbul'a yeraltı treni yapmak varken şimdi birkaç çağ kadar geciken hem İmparatorluk hem de Cumhuriyet yöneticilerinin, halkın refahını kendilerininkinin çok altında görmeleri yüzünden mutluluk anlamına gelen 'devlet'i salt otoriteye dönüştürdüklerini düşündü. Devletin mutluluk anlamını düşününce doğal olarak *Kutadgu Bilig* ve kedileri aklına geldi. Şimdiden onları özlemişti. Kedileri şimdiki hayatının tek akrabalarıydı, tabii şu son iki-üç gündür yaşadıklarından sonra belki Ümit Kaman ve yaşarsa Tasvir de akraba gibi yakını olmuştu... Birden, Tasvir'in ölme olasılığını içi yanarak düşündüyse de büyük bir telaşla bunu aklından uzaklaştırdı. Son zamanlarda onu şaşırtarak hayata doğru akan güçlü bir arzuyla artık insana dair daha fazla kayıp yaşamak istemiyor, aksine kazanç özlüyordu Semahat. Bu sırada, son iki yıldır dev bir inşaat alanına dönüşen Kadıköy Meydanı'na güçbelâ yaklaşmıştı ve önüne çıkan kalabalık aklındaki her şeyi silip süpürecek kadar gürültülüydü. Daha önce görmediği ama haberdar olduğu çelik halatla 200 metre yükselip panoramik manzara seyrettiren 30 kişilik Kadıköy balonuna binmek isteyenlerin önünde uzun kuyruk oluşturduğu meydan ana baba gününe dönmüş, sabit simitçi, büfe ve gazetecilerin dışında iskeleye toplanan insanlara satış yapabilmek için meydana doluşan, haşlanmış mısır, balık-ekmek, soğuk su, ayran, limonata satıcılarının maç öncesi stadyum önünden bile daha iyi iş yaptıkları anlaşılıyordu.

Yaralı bir yunusu görmek için cumartesi sabahında bu kalabalığın Kadıköy İskele Meydanı'na toplanmış olması Semahat'e saçma geldi. Çünkü eğlencelik bir durum olmadığı gibi, bu kalabalığın yarattığı gürültü, ses konusunda çok hassas olan yunusa zararlı olabilirdi. Yunusların korunması için birkaç yıldır bazı hayvansever grupların dilekçe kampanyalarına imza veren Semahat, bu hayvanlar hakkında bilgilendikçe onları daha çok sevmeye başlamıştı. Uyku bozukluğu olan insanların çoğu gibi o da geceleri kendine farklı hobiler edinip merak ettiği konuları bir kitapçı dükkânında yaşamasının avantajıyla kitaplardan veya internetten uzun uzadıya araştırma ve öğrenme şansını bolca kullanarak insomniya'ya yenilmemeye çalışıyordu. Bu yüzden, küçük birer balina olan yunusların, saatte 65 km. hızla yüzebildiklerini ve akustik ses sitemine sahip olduklarını biliyordu. Kendisinin varlığına inandığı uzaylılar, bir gün dünyaya ses sinyali gönderdiğinde bunu teknik olarak ilk önce yunusların duyabileceklerini de seziyordu. Yunuslarla ilgili bildikleri arasında, Flipper adlı TV dizisiyle ünlü ve zengin olan Rick filanca adlı adamın, bu diziden sonra kurulan yunus parklarında ses, gürültü ve stresten çıldırarak intihar eden yunusları korumak için son otuz beş yıldır kendini bu işe adadığını da öğrenmişti. Ancak, bazı hayvanseverler, onun sahtekâr olduğunu düşünüyordu, ama Semahat bu konuda kararsızdı. Japonya'da birçoğu hunharca katledilerek yakalanan yunusların eğlence parklarına satılmasına karşı birçok uluslararası kampanya ve meşhur thecovemovie.com'dan izlenmesi yürek yakan yunus katliam belgeseli vardı. Yunus soykırımı konusunu ilk kez Defne Kaman'ın –eğer yanlış hatırlamıyorsa– beş altı yıl önce Japonya'dan hazırladığı bir yazı dizisiyle farkına varmıştı.

Kalabalığın içinde kendine iskeleye doğru yürüyebilmek için zar zor yol açan Semahat, yıllardır ilk kez insan içine çıktığı günde bu izdihamda panik atağı yaşamaktan korktu. Bu sırada bir süredir unuttuğu sırt ağrısı yeniden onu arkasından bıçaklamaya başladı. Durup nefesini kontrol etti ve sakinleşmeye çalıştı. Yaralı yunusa bir iyiliği dokunsun diye buraya geldiğini kendine hatırlattı, eliyle sırtına uzanabildiği kadar masaj yapmaya çalıştı. Biraz sakinleşip Beşiktaş ve Adalar İskelesi'ne doğru güçlükle yaklaşınca, sol tarafın sarı polis kordonuyla çevrildiğini ve birkaç polisin orada bekleyerek halkı uzak tuttuğunu gördü. Yunus orada olmalıydı ama oraya yaklaşması mümkün görünmüyordu. Asıl şimdi komiser arkadaşına ihtiyacı vardı. O veya onun arkadaşları isteseler, Semahat'in yunusu hemen görmesine olanak sağlarlardı. Ancak şimdi hastanede, yoğun bakımda sevdiğinin başında bekleyen Ümit'i bunun için aramak ne kadar doğruydu? Üstelik telefonu şarjsız olduğundan Tasvir'in hiç tanımadığı ağbisi Yunus'u aramak da istemiyordu.

"Semahat Abla, ne güzel seni burada görmek!" diye bir el o sırada omzuna dokundu. Arkasına döndüğünde İstanbul Hayvan Barınağı'ndan arkadaşı, hayvan ve kitap dostu Tolga'yı gördü. Birkaç yıl önce ilkin barınağa yaptığı küçük bağışlar nedeniyle internet üzerinden tanışıp sonra onun ta Yedikule'den kalkıp Kadıköy'e sahaf dükkânına ziyarete ve alışverişe gelmesiyle arkadaş oldukları Tolga ve her yaştan en az on kişi kadar hayvan barınağı gönüllüsü yaralı yunusa yardımcı olmak üzere şimdi de iskelenin önündeydiler. Onlara rastlamak Semahat'e çok iyi geldi. İçtenlikle sarılıp öpüştüler. Tolga, arkadaşlarına Semahat'i 'Kadıköy'ün en sıkı sokak hayvanları dostu ve damardan sahafi' olarak tanıttı. Övülmeye hiç alışık olmayan Semahat mahcup olsa da elinde birkaç altın ve bir bavulla 'tek kadın başına' kaçıp sığındığı koskoca İstanbul'da on küsur yıl sonra böyle anılabilmesine, hayata tutunabilmiş olmasına sevindi. Sevinince ve üzülünce olduğu gibi canı hemen bir tüttürmek istedi ama görünüşe göre bu hayvan dostlarının hepsi nikotinden bağımsızdı! Kendini tuttu. Bıraksa mıydı şu mereti? Tam Tolga'ya yaralı yunusa nasıl yaklaşabileceğini soracaktı ki, üzerinde 'Greenpeace Akdeniz' tişörtüyle Kadıköy Meydanı'nda dolaşan gönüllü gençleri gördü.

Onunla aynı yöne bakan Tolga, "Uygar da burada Semahat Abla. Dur çağırayım, seni burada gördüğüne sevinecektir," diye Greenpeace grubunun yanına koştu. Onun bu cümlesini, hiç kimsenin kendisini sahaf dükkânı dışında görmediğine dair bir imâ olarak algılayan Semahat biraz alındı ama hemen ardından Tolga'nın tanıdığı en sahici insanlardan biri olduğunu hatırlayarak vazgeçti. Bugün ne oluyordu ona? Sokağa çıkmış, Kadıköy'e inmiş, üstelik entari ve terlik giymiş, bacaklarını tıraş etmiş, yolda kırmızı bir ayakkabı beğenmiş, Ümit ve Tasvir'le akraba olmak istemiş, şimdi de Tolga'ya güvendiğini kabul etmişti. Canı sıkıldı, böyle yapmamalıydı; insanların, hem de çok güvendiği ve sevdiklerinin kendisini nasıl üzdüğünü, hiç acımadan yok etmek istediklerini asla unutmamalı ve kimseye yeniden güvenmemeli, asla bağlanmamalıydı. Yüzü asıldı ve bu sırada sabah sırtına bıçak gibi saplanan ağrı, bıçağı bir kez daha sapladı sol yanına. Ağzını açıp sessiz bir çığlık atan Semahat, omuzlarını kaldırıp belini öne doğru vererek heykel gibi dondu. Bir eczaneden ağrı kesici bir krem, kas gevşetici bir merhem falan mı alsaydı?

"Semahat merhaba, seni burada görmek ne güzel!" diyerek Uygar hararetle Semahat'in elini sıktığında o hâlâ heykel pozisyonundaydı. Toplumsal konularda örgütlü ve gönüllü çalışmaktan büyük heyecan duyan insanların çoğu gibi Uygar da şimdi yaralı yunusu kurtarmak için çalışmaktan memnun görünüyordu ve Semahat'in sırtına kulunç girdiğinin farkında değildi.

"En son nükleer santrallere karşı direniş kampanyamıza imza verdiğinde uğramıştım dükkânına, en az altı ay olmuştur. Eee, nasılsın, işler nasıl?"

"Defne Kaman kayıp arkadaşlar!" diye inledi Semahat birden. Bunu söylemeyi ne planlamış ne de istemişti ama şimdi en güçlü ortak yanı tabiata ve hayvanlara duydukları sevgi ve sorumluluk duygusu olan arkadaşlarının arasında kendini yıllardır ilk defa güvende hisseden Semahat, Defne Kaman için duyduğu endişeyi onlarla paylaşıvermişti işte! Semahat, kayıp gazeteci kadını zannettiğinden daha çok önemsediğini bir kez daha fark etti. "Yaa, nedir o olayın içyüzü? Bir insan nasıl olur da İstanbul'un ortasından bindiği bir vapurda kaybolur? Denizde yok, karada yok; kuş olup uçmadı ya bu kadın?" diye isyan eden Tolga gülerek ekledi: "Haa, tabii balık olup kaçmadıysa! Hah ha!"

"Arkadaşlar, gülmeyin, valla durum ciddi olabilir. Defne Kaman, çevre ve kadın meselesi gibi son derece siyasi konularda muhalefet yaparak güç odaklarını rahatsız ettiği için kaçırılmış olabilir. Türkiye'de muhalif olmanın bu kadar imkânsız olduğu dönem oldu mu sizce?" diye kendisinden hiç umulmadık şekilde çıtır çıtır sesiyle gürül gürül açıkladı Semahat. Kendi fikrini çoğunlukla hüzünlü gülümsemesinin arkasına saklamasına alışkın olan arkadaşlarını şaşırtmıştı, ama onlar da benzer kaygılar taşıyordu ve hafta içinde hâlâ ondan haber çıkmazsa gazetesinin önünde bir basın toplantısı ve gösteri düzenlemeyi düşündüklerini söylediler. "Ben de gelirim!" dedi Semahat, artık sokağa çıkmıştı ve sokak hayattı. Bu sırada hayvan barınağından bir gönüllü genç kız, onlara yunus veterinerinin geldiğini haber verdi.

"Türkiye'de bir tanecik yunus veterineri varmış, Semahat Abla! Yunus populasyonunun bu kadar çok olduğu bir ülkede yaşıyoruz ha!" diye homurdandı Tolga.

"Reklamcılık fakülte ve mezunu sayısında Avrupa'da birinciymişiz ama!" dedi birisi; hepsi acı acı gülümsedi.

"Ben bu yunusu görmeyi istiyorum, acaba yardım eder misiniz?"

"Veteriner Hekim Erdem benim arkadaşımdır. Gel seni tanıştırayım Semahat Abla. Kendisine rica ederiz, eğer o senin beraber gitmeni kabul ederse polis de izin vermek durumunda kalır. Yunus psikoloğu falan deriz senin için... Eh, yalan da sayılmaz! Sen ki en derin bunalımlarımızda bize yıllardır çayın veya rakının yanında en uygun ilaç kitabı şıppıdanak verirsin de bu yunusa mı iyi gelmeyeceksin, ha?" dedi Tolga, hep birlikte iskelenin polis kordonuyla korunan sol tarafına yürürlerken. Onun bu sözleri hepsini gülümsetti. Ancak polisin kuş uçurtmadığı kordon çekili alana girmek zordan da öte imkânsız görünüyordu.

"Ah, şimdi Ümit Komserim olacaktı ki..." diye iç geçiren Semahat, onu şu ânda aramanın doğru olmayacağını düşünerek bu hevesinden vazgeçti. Tolga, hemen ileride polislerle konuşan genç, ince uzun bir adam ve yanında iki genç kadını göstererek:, "İşte yunus veterineri Erdem orada. Kendisi yurtdışında bir seminerdeydi. Dün gece döndü. Aslında Kocaeli'nde çalışıyor, ama yol yorgunluğunun üstüne sırf bu yunus için geldi İstanbul'a sağ olsun! Konu yunus oldu mu, hiç para pul düşünmez, sağlam adamdır! Dur, ben bir konuşayım onunla..." diyerek oraya yöneldi, ancak polisler önünü kesti.

"Polisler bizi artık tanıyor Semahat, gösteri ve direnişlerimizde bazıları daha toleranslı olmaya başladı. Ama her yerde olduğu gibi polisin içinde de bizim bir çıkar gözetmeden memleketin tabiatını korumaya çalıştığımızı anlayanlar da var, gözümüze gaz sıkan da..." dedi Uygar, üzerindeki 'Greenpeace Akdeniz' tişörtünü işaret ederek.

"Bizim kampanyalarımız siyasileri ve dolayısıyla para-iktidarı ilgilendirdiğinden bize öfkeleniyor, tepki gösteriyorlar ama hayvan barınakçılarını da tam tersine hiç ciddiye almıyorlar. Tek argümanları, 'İnsanlar açlıktan, soğuktan ölürken hayvana bakmak lükstür!', biliyorsun..."

"Bilmez miyim hiç. Ben mahalledeki sokak kedi ve köpeklerini besliyorum diye benimle alay eden çok. Yüzüme söylemiyorlar, güldüklerini duyuyorum ama... Neden insan dışındaki canlılar daha önemsiz sayılıyor bu memlekette? Hani şu, Defne Kaman'ın 'HES Artık!' diye bir çevre manifestosu vardı, çok sevmiştik geçen yıl ya; orada kadim Şamanlık geleneğimizde her canlıya eşit değer verdiğimizi anlatıyordu ya..."

"Semahat Hanım, buyurun gelin!" diye kendine seslenen Tolga'yı duyunca oraya yönelen Semahat, polis gözetiminde Veteriner Hekim Erdem'le resmi bir havada 'Yunus Psikoloğu Semahat Sahaf' olarak tanıştırıldı. Soyadını bilmeyen Tolga Semahat'e Sahaf'ı yakıştırmıştı. Gülmemek için kendini zor tutan Semahat, veterinerle beraber iskelenin ucuna doğru yürürken birden denizin kıpkırmızı olduğunu gördü ve kendini tutamayıp gözyaşlarına boğuldu. Onun üzüldüğünü gören Veteriner Hekim Erdem, sakinleştirmek için bir koluyla omzuna dokundu. Kendini birazdan göreceği kanlı manzaraya hazırlamaya çalışan Semahat, bir eliyle ağzını kapatarak çığlığını tutmaya çabalarken kalbi adeta yerinden fırlıyor, sırtı feci ağrıyordu.

22. Bunu Görenler Bir Daha Unutmadı!

"Yunus çok güçlü bir hayvandır, intihar etmeye karar vermedikçe kolay kolay ölmez. Ancak intihara karar veren bir yunusu hiç kimse kurtaramaz!"

Yunus Veteriner Hekim Erdem, iskelenin sol tarafındaki kan kırmızı denize bakıp, gözleri dolan Semahat'e doğru eğilip kulağına fısıldadı: "Merak etmeyin, bu sabah Kocaeli'nden gelirken yol boyunca buradaki meslektaşımla sürekli iletişim hâlindeydik. Yunusun yaralanmasından takriben yarım saat sonra yüzgeç altına antibiyotik yapıldı ve kanaması da durduruldu. Onu şimdi bir de ben muayene edeceğim, sonra sedyeyle bir su havuzuna transfer edip iyileşene kadar bir havuzda bakacağız. Eğer bu yunus intihar etmeye karar vermediyse, biz onu iyileştiririz."

"Doktor Bey, onu görebilecek miyim?"

"Aslında ne kadar az insanla ilişkide olursa o kadar iyi. O şimdi, bir insanın kendisine kötülük yaptığını bildiği için bir hayâl kırıklığı yaşıyor. Yunuslar, duyguları çok gelişmiş memelilerdir. Kalpleri kolay kırılır ve belki de bunu saklamak için ağızları gülüyormuş gibi yaratılmıştır."

"Devamlı gülümseyen insanlar gibi desenize..." diye kendi kendine mırıldandı Semahat.

"Tolga, sizin yunuslarla deneyiminiz olduğunu söyledi. Yunuslarla Japonya'da mı çalıştınız?" diye soran Veteriner Erdem, onun elinden tutarak iskelenin hemen yanına bağlı bir Sahil Güvenlik botunun içine kurulmuş askılı bir sedyede yatan yunusun yanına inmesi için yardım etti.

"Japonya'ya hiç gitmedim ama..." diye geveleyen Semahat, yunusa yaklaşabilmesi için olumlu bir yanıt vermesi gerektiğini düşünerek "Yunus psikolojisinden anlarım," dedi ve terlikleri suya düşmesin diye onları çıkarıp bez torba çantasına attı. Aşağıda sandalda oturan bir kadın veteriner hekimle, dört Sahil Güvenlik görevlisi onların motora inmesine yardım etti. Ağrı kesici ve antibiyotik sayesinde sakin görünen yunus, iki uzun çubuk arasına gerilmiş bez sedyede uslu uslu yatıyordu. Yunusun sırtında bıçaklandığı yere iri bir bandaj sarılmıştı. Motordaki kadın veteriner hekim, Veteriner Erdem'e bilgi verirken, o, yunusu okşayarak meslektaşını dinliyordu. Semahat, önce nasıl davranması gerektiğini kestiremeden orada öylece kaldı. Anladığı kadarıyla yunus dâhil, kimsenin ona aldırdığı yoktu. Derin bir nefes alıp yavaş yavaş yunusa doğru ilerledi ve tam önüne dikilip orada durdu. Ona baktı. Bu güzel, zeki ve sevecen canlıya şefkatle baktı. Sanki tüm sevgisi gözüne yüklenmiş gibi birden gözleri ağırlaştı ve ağrımaya başladı. Bu sırada hiç kımıldamadan yatan yunus birden gözlerini açtı ve Semahat'e baktı. Semahat onunla göz göze gelir gelmez, ağırlaşan gözleri daha fazla bu yükü taşıyamadı, gözyaşları fışkırdı ve o Sahil Güvenlik botunda yaralı yunusa bakarak ağlamaya başladı. Sanki bu güzel, zararsız ve sevgi dolu canlıyı bıçaklayan insan onu da bıçaklamıştı, canı öyle yanarak, içi kabararak ve masumlara zarar verenleri lânetleyerek sessizce ağladı. Yunus, kısa bir süre ona baktı, onu inceledi, hiç kımıldamadı ve sonra bir çığlık attı. İki veteriner hekim endişeyle dönüp yunusa baktılar. Semahat, o zaman –nasıl oldu kendisi hiç bilmiyor– dört yıl kadar önce okuduğu bir Defne Kaman dizi yazısından bir şey hatırladı. Defne Kaman, Japonya'daki yunus katliamlarına dikkat çekmek için orada hazırladığı "Yunus Sevmeyen İnsan Yunus'a Varamaz" başlıklı yazı dizisinde, "Denizde yüzerken bir yunusla karşılaşırsanız hemen ona yaklaşmayın, önce elinizi, kola dik açı yapacak biçimde tutarak yunusun burnuna doğru uzatın. Eğer yunus size güvenirse burnunu size uzatır, sonrası cennet!" diye yazmıştı, Semahat de dükkânında bu yazıyı okurken sanal bir yunusa doğru kolunu uzatıp bu hareketi yapmış, böyle bir mutluluğu hayatında hiç yaşayamayacağını düşünerek hüzünlenmişti. Gerçi Defne Kaman bu hareketi suyun içinde önermişti ama madem şimdi yunusla burada, suyun üzerinde karşılaşmışlardı, denemeye değerdi. Elini, koluna dik tutarak yavaşça yunusa uzattı. Yunus, gözlerini Semahat'ten hiç ayırmadan onun kendine uzattığı eline doğru uzanmak için biraz kımıldadı ve ona burnunu uzattı, kokladı. Bu sırada veteriner hekimler ve Sahil Güvenlik mürettebatı nefesini tutmuş, onları izliyordu. Semahat gözlerinden seller gibi akan yaşlara engel olamadan dudaklarını bastırıp burnunu çekiyordu. Olasılıkla yıllardır ilk kez insan içine kadın kimliğini bastırmadan çıkmasıyla ilgili bir psikolojik patlama yaşıyordu ama bunun değil oradakiler, kendisi bile farkında değildi henüz. Yunusla Semahat ne kadar böyle kaldılar, hiç kimse zaman tutmadı; herkes nefesini tutmuş, bu işin sonunun nereye varacağını bekliyordu. Semahat sonunda dayanamadı ve sonradan nasıl olduğunu hiç bilmeden ağzından fırladığını iddia edeceği bir şey söyledi:

"Ah sana nasıl kıydılar Defne!" dedi.

Bu sahneyi gören herkesin şahit olduğu mucize o zaman gerçekleşti ve yaralı yunus başını uzatıp burnunu Semahat'in eline dayadı. O da yunusa yaklaşıp yanağını onunkine yasladı. Bu, bir insanın hayatında yaşayacağı veya görebileceği ama anlatmaya hiçbir sanatın gücünün yetmeyeceği, çok nadir güzellikte bir sahneydi. Bunu görenler bir daha asla unutamadı ve hayatlarının hem en umutsuz, zor hem de en duygulu zamanlarında daima hatırladılar. Sahaf Semahat, onunla dalga geçtiklerini düşünse bile yunusun gözyaşlarının da kendisininkine karıştığını daima iddia etti. Yunusun da ağladığına hep inandı.

Kimsenin bozmak istemediği bu insan-yunus kucaklaşması yarım saat kadar devam etti. Sonunda yunus neşeli bir çığlık attı ve bedenini kımıldattı. Veteriner Erdem, derin bir nefes alarak, "Bu intihar etmeyecek! Sağ olasınız Semahat Hanım. Ne yaptıysanız yaptınız, onu kurtardınız. Bu arada adını da Defne koymuş oldunuz, hayırlı olsun!" diye elini sıktı. Şimdi de sevinçten ağlayan Semahat kendini uzun bir hastalıktan kurtulmuş biri gibi çok iyi hissediyordu.

Sahil Güvenlik botu, yunusu iyileşene kadar bir su havuzuna taşımak için Kadıköy İskelesi'nden ayrılmadan önce onunla vedâlaşan, ama bir türlü ayrılamayan Semahat, "Seni ziyarete geleceğim yunus Defne, şimdi dinlenmelisin. Artık güvendesin!" dedi. Yunus yine bir sevinç çığlığı attı. Semahat onu öptü.

Yunusun adının Defne olduğu ve iyileşeceği haberi Kadıköy Meydanı'nda öyle çabuk yayıldı ki, bunu Twitter ve Facebook yoluyla üyelerine haber geçen Greenpeace Akdeniz ve İstanbul Hayvan Barınağı yöneticileri bile geç kaldılar. Sahil Güvenlik botu Kadıköy İskelesi'nden ayrılırken orada handiyse ayakta piknik yapmakta olan kalabalıktan alkışlar ve ıslıklar yükseliyordu. Arada, "Çok yaşa Yunus Defne!" diye bağıranlar bile vardı. Artık öğle olmak üzereydi, artan sıcağın da etkisiyle kalabalık yavaş yavaş dağılırken, çevreci olduğunu iddia eden insanlar dâhil, yedikleri ve içtikleri her şeyin ambalajını ve çöplerini yerlere atarak meydanı terk ediyordu.

İskelede Tolga ve Uygar ile onlarla beraber çalışan gönüllü STK'lı gençler tarafından bir kahraman gibi alkışlarla karşılanan Semahat, biraz önce Sahil Güvenlik botuyla oradan ayrılan Veteriner Hekim Erdem'in onlara bir SMS yollayarak: 'Semahat Hn. müthişti! Yunuslarla benden daha iyi iletişim kuran birine ilk kez rastladım. Ona yine ihtiyacımız olabilir. Tşşkkrler,' yazdığını öğrendi. Bir yandan biraz önce başardığı şeyin önemini düşünerek koltukları kabarıyor, bir yandansa bir yunus üzerinde böyle bir gücü olmasından huzursuzluk duyuyordu. Bu güç, yolda birden karşısına çıkıp, yıllar önce kendisine bir iyilik yaptığı için teşekkür eden birini nereden tanıdığını çıkartamamanın verdiği mahcubiyete benziyordu. Zaten her güç, sahibine sorumluluk yükler.

Orada topluca bir süre daha ayaküstü sohbetlerine devam ettiler. Onların beraber öğle yemeği yeme teklifini, hastanedeki arkadaşına uğraması gerektiğini söyleyerek reddetti ve yüksek adrenalin patlamasının yarattığı içi içine sığmayan bu ruh hâlinde hemen Ümit'i arayıp bu mutlu haberi paylaşmak istedi. Ancak onun telefonu hâlâ kapalıydı, demek ki şarj edememişti ya da Allah korusun... Telefonunun aranan listesini kontrol edince, kendisini arayan tanımadığı son iki numaranın Kadıköy Karakolu ve Tasvir'in ağbisi Yunus'a ait olduğunu hatırladı. Semahat şu ânda kendisinin Tasvir'le ilgili bir felaket haberini, Ümit'in de yunusla ilgili mutlu haberi duymaya hazır olmadığını düşündü. Ne yapacağını, mutluluğunu kiminle paylaşacağını bilemeden, hem de içi içine sığamazken orada, Kadıköy İskelesi'nin önünde tek başına kalakaldı. *İnsanın mutluluğunu sahiden paylaşacak birini bulması dünyanın en zor işidir!*

Tam o sırada onu gördü. Dağılmakta olan kalabalığın ortasında, iskeledeki turnikelerin önünde durmuş, kendisine doğru gülümseyerek el sallıyordu. Daha önce hiç tanışmamış, hiçbir fotoğrafını görmemiş olmasına karşın onu hemen tanıdı. Tıpkı

Ümit'in tasvir ettiği gibi kır saçlarını küçük bir kız gibi başının iki yanından saç örgüsü yapmış, kolları ve eteğinin uçları püsküllü, yarım kollu dizaltı boyda kahverengi bir entari giymiş, başında beyaz renkli hasır şapka, omzunda turuncu yuvarlak hasır bir çanta, ayaklarında olasılıkla ortopedik bej sandaletler vardı. Bilenler için, handiyse Uzunçoraplı Pippi Longströmpe'nin yaşlılığıydı. Gerçekten de sırım gibi dinç ve yetmiş yaşından daha genç görünüyordu. Bu kadın, Defne Kaman'ın Umay Ninesi, Umay Bayülgen olmalıydı ve galiba el salladığı kişi kendisiydi?

Semahat, onun kim olduğunu düşünürken beyninde bir şimşek çaktı ve ağzından, "Ayçöreği!" sözcüğü fırladı. Kadıköy Karakolu'na dün sabah tepsi tepsi ayçöreği götüren bu Umay Bayülgen değil miydi? Peki aynı kadın, torununun kayıp bildiriminde bulunurken onu evde 'Ayçöreği' diye çağırdığını komisere birkaç kez anlatıp onu bıktırmamış mıydı? Eee, sonra? Ayçöreği, Ayçöreği, Ayçöreği... Ah tabii ya, nasıl olup da şimdiye kadar düşünememişti: Manas Destanı'ndaki prensesin adı da Ayçöreği değil miydi?

"Aman Allahım, Manas'ta başı ne zaman belâya girecek olsa hemen kuğuya dönüşen Prenses Ayçöreği'ydi!' diye hatırladı ve bu bilgiyi hayretle ilan etmemek için eliyle ağzını kapattı. 'Kuğuya dönüşen prenses!' Aynı ânda, bir süredir hissetmediği sırt ağrısı, bir bıçak gibi yeniden sırtının sol tarafina saplandı.

23. Hayat Ağacı Kayın ve Yunus Peygamber

"Bütün canlar kutsaldır. Ancak yunus, birçok gelenekte özellikle mübarektir."

Semahat hem merakından, hem de terbiyeli bir insan olduğundan, vapur turnikelerine doğru yürüyüp yanına gitmiş, "Acaba bana mı el sallıyorsunuz?" diye gülümseyerek sormuştu. Umay Bayülgen, onu yanıtlamak yerine uzanıp sağ elini tutmuş, iki avucu arasında yumuşakça sıkmıştı. Orta boylu bir kadın için fazla uzun sayılacak parmakları, Semahat'in elindeki bazı noktalara önce sanki akupunktur iğnesi batmış gibi ince bir sızı yaymış, sonra âni bir rahatlama, kollarından başına doğru yayılan muazzam bir gevşeme yaratmıştı. Bu apansız rahatlamanın konforuyla ilk önce mutlu, ama hemen ardından anlayamadığı bir nedenle kaygılanan Semahat, hiç de kibar sayılmayacak şekilde, elini çekivermişti.

"Sana teşekkür etmek istedim, Evlâdım," dedi, Umay Bayülgen onun bu hareketini fark etmemiş gibi taze bir sesle. "Bu sabah Kadıköy'de herkes şu yaralı yunusu konuşuyordu, ben de merak ettim, bir bakayım yavrucağa, dedim. Ancak güzel yunusumun durumu pek fenaydı ve ne yazık ki benim gücüm ona yardım etmeye yetmedi. Ölecek diye çok üzüldüm. Üzüntümden ağladım, biliyor musun? Eğer 'Bir yunus için ağlanır mı?' dersen, ağlanmaz mı? O da bir candır! Bak işte tam bu noktada duruyordum. Darda kalmıştım, 'Ah keşke *Hızır* çıkıp gelse, ah gelse!' dedim. Nasıl çağırdıysam *Hızır*'ı, duydu herhalde... Bu sırada sen uzun zamandır içine saklandığın yerden çıkabilme gücünü nihayet kendinde buldun ve *Hızır gibi* tam zamanında yetiştin. Canına sağlık Evlâdım!"

Onun sevgi dolu bu tavrı karşısında, biraz önce elini bir yabanî gibi çekip çocuk gibi davrandığı için mahcup olan Semahat, öte yandan *Hızır*'la ilgili tuhaf sözlerinden ve galiba örgülü beyaz saçlarından ötürü bu kadının, Komiser Ümit'in de dediği gibi, bir 'kaçık' olduğunu düşündü. Güzel sözleri için ona teşekkür edip hemen çekip gitmek istedi ama gidemedi. Bir süre bahanesi olmadan kararsız kaldı, orada durdu. Belki de hem Defne Kaman'a olan hayranlığından, hem de çeşitli nedenlerle kendi büyükannesine hasret olanların çoğu gibi, karşısına kısa süreliğine 'bilge ninesine sığınan acemi torun' rolüne uygun bir aday çıktığında dayanamadığından, orada kaldı. Basireti bağlanmıştı, gidemedi. Bu sırada içinden münasebetsiz bir ses, zaten kedileri dışında ne bir bekleyeni, ne de sevincini paylaşacak bir yakını olduğunu hatırlattı.

"*Hızır*, dar zamanlarda insan veya hayvan suretinde ortaya çıkarak insanı kurtarır Evlâdım, çünkü o çelebidir ve kendini göstermeyi hiç sevmez."

Çok sıcak bir cumartesi günü öğle üzeri, Kadıköy'deki tarihî Beşiktaş ve Adalar Vapur İskelesi'nin girişinde dikilmiş iki kadın *Hızır* konusuna dalmışken, yaralı yunusu görmeye gelen kalabalık hızla dağılmaktaydı.

"*Hızır*, zordan kurtardığı hiçbir insankızını ve oğlunu 'inananlar veya inanmayanlar', 'kadın veya erkek' diye ayırmaz. Onun tek mihengi, kalptir. Ve *HIZIR* da SU gibi farklı eşkallerde dolaşır, döner ama hiç kaybolmaz," diye devam etti Umay Bayülgen.

Kendi *Hızır* hayâlinin, hemen herkesinki gibi bir çizerin veya yazarın uygun gördüğü; aksakallı, güler yüzlü, bilge bir dede imgesi olduğunu düşününce güldü Semahat. Tuhaf bir şekilde onun Dede Korkut imgesi de tıpatıp aynıydı. Kendi hâline güldü. Bu, her zamanki, yumuşak, hüzünlü, içinde kendine acıma ve alay barındıran gülümsemesi değil, karında kasılma, yüzde kırışıklık, ağızda kahkaha, zihinde dirim yaratan enerjik bir gülüştü. Gülmek için başını arkaya atınca iskelenin üzerinde 'Deniz Atı Restoran-Cafe-Bar' yazdığını gördü. Osmanlı neoklasik mimarî özellikleri taşıyan ve nadide antika bir biblo gibi Kadıköy sahilini güzelleştiren küçük tarihî iskele binasının üst katındaki kahveyi böylece keşfeden Semahat, Umay Bayülgen'i oraya soğuk bir şey içmeye davet ettiğinde artık Hızır rolünün biteceğini umarak rahatladı.

Deniz Atı Kahve'nin dimdik merdivenlerini, sigara tiryakisi Semahat'in aksine merdiven korkuluğuna hiç tutunmadan ve nefesi tıkanmadan tırmanan Umay Bayülgen, yukarıda, eski bir vapur dümeni bulunan girişte durup onu bekledi. Semahat, onun hiç yargılamadan kendisine bakan yüzünü görünce, sigarayı bırakmayı artık ciddi ciddi aklından geçirdi. Onlar Deniz Atı'na çıktıklarında, 21. yüzyılın en sıcak yazına teslim olan İstanbul'da artık günün en sıcak saati başlamış, öğle olmuştu. Deniz Atı'nın bar ve lokantasının bulunduğu iç mekân, klimanın etkisiyle içeri girenlere ilk ânda buz gibi bir cennet sunuyor, hemen dışarıda, üzeri tenteyle kapatılmış terastansa buhar fışkıran yoğun sıcağın dehşeti hissediliyordu. Ancak o sıcak teras, dünyanın en eşsiz manzaralarından birinin tam önünde kurulmuş bir kraliyet tahtı kadar davetkârdı.

"Kim demiş 'Körler Ülkesi' diye? Asıl Kadıköy'den görülür İstanbul'un en güzel yüzü!"

Sıcağa aldırmadan dosdoğru terasa çıkıp, manzarayı sanki her şey yerli yerinde mi diye denetleyip, sonuçtan memnun gülümseyen Umay Bayülgen'in yanında büyülenmiş gibi dikilen Semahat, kendini bu güzellikten yıllardır nasıl mahrum bırakabildiğine şaşırmaya devam ediyordu. Diri diri içine gömüldüğü dükkânından yıllar sonra çıktığı bu sabahtan beri Semahat'in gönlünde buzlar çözülüyor ve o eriyen buzların altından da orada olduğunu çoktan unuttuğu değerli şeyler fışkırıyordu.

"Basiretin bağlanması böyle bir şeydir Evlâdım: hem ortada apaçık duran varlık ve gerçekleri, hem de kendi içindeki değerlerini göremez, gözden kaçırırsın. Çünkü artık 'Basiret Gözü'n körleşmiştir!" diyerek, sıcak terası boydan boya örten sarı tentenin altında, denize en yakın masaya oturdu Umay Bayülgen. Onun kendisiyle mi, yoksa başkasıyla mı konuştuğuna emin olamayan Semahat, etrafa bakınca terasta kendilerinden başka en dipteki masada, sırtını deniz dönüp tek başına rakı içen genç bir adamdan başkasını göremedi. O da, başı omuzlarının arasına gömülmüş, bu sıcakta simsiyah kalın bir ceket giymiş, saçı sakalı birbirine karışmış, çevresiyle ilişkisini kesmiş, kendisiyle kavgalı gibi görünen bir adamdı. Zaten aklı başında herkes içeride, klimalı salonda yiyor ve içiyordu.

Kendisine hiç sormadan terasta oturmaya karar veren Umay Bayülgen'e içerlediğini belli etmemeye çalışan Semahat, ayrıca kendisi dâhil herkesin sıcaktan bitkin düştüğü sırada bu yaşlı kadının neden terlemeden keyif çattığına da bozulduğunu farkına vardı. Ancak o, yaramaz bir ifadeyle başını uzatıp, "Dişlerini sımsıkı birbirine bastırıp arasından havayı emerek içine çekersen, serinletir Evlâdım," dedi. Onun bulaşıcı olduğu anlaşılan 'oyun oynayan kız' edasına kapılıp hemen dediğini deneyen Semahat, gerçekten serinleyince bir çocuk gibi kıkırdadı. Bu kıkırdamayla iyice gevşedi ve artık buz gibi bir bira ile yanında bir sigara tellendirerek kendini ödüllendirmeyi hak ettiğini düşündü. Bu sırada masalarına, saçlarını jöleyle dimdik taramış, iri kirpikli, güzel simsiyah gözlü ve sert bakışlarına karşın beden dilinden güvensizliği okunan genç bir garson yaklaştı. Umay Bayülgen hiç vakit kaybetmeden siparişini verdi.

"Limonlu bir adaçayı getirir misin Evlâdım, bu sıcakta insanı ancak o serinletir!"

Şimdi Umay Bayülgen'i daha dikkatle süzen Semahat, yaşlı kadının tuhaf dış görünüşü, özgüvenli duruşu ve insanı yoran yaşama sevinciyle, Ümit'in tasvirine uygun olarak, otoriter ve bilgiç, ama onun hiç bahsetmediği biçimde, sadece kızlara özgü bir tür hınzırlığın pırıltısıyla eğlenceli, yaşsız ve karizmatik olduğunu düşündü. O, hem çok gıcık hem de çok şekerdi. O, karabiber gibiydi. Acısı ve kokusu güzel, hayata kattığı lezzet bir kez keşfedildikten sonra artık aranıp, özlenen bir biber! Tuzun ikiz kardeşi karabiber.

"Adaçayı mı? Eğer serinlemek istiyorsanız, buz gibi limonatamızı tavsiye ederim," dedi genç garson, hafifçe sırıtarak.

Ona yanıt vermek yerine, iyi beslenmediği ve uykusuz olduğu gözlerinin içine kadar sarı yüzü, sıska bedeni ve yorgun ifadesinden belli genci alıcı gözüyle süzen Umay Bayülgen uzanıp onun sipariş almak için defter tuttuğu eline dokundu, kendine çekti, defteri alıp masaya koydu. Sonra avucunu çevirip içini inceledi. Uzun, güzel kirpikli, siyah jöleli saçlı, ilk kuşak İstanbullu genç garson, onun bu hareketini hiç beklemediği için tıpkı Semahat gibi, önce boş bulunup dondu kaldı, sonra elini çekmeye çalışırken, endişesini saklamak için denetimsiz, alaycı bir sesle, "Ne o anacığım, doktor musun, yoksa falcı mı?" diye sordu.

"Sen çok alkol alıyorsun Evlâdım! Ailende siroz var mı senin?

Bunu duyunca zınk diye kalakalan delikanlının avucunun içi, dışının acı sarı rengine zıt biçimde kırmızıya çalıyordu.

"Sende iştahsızlık ve kabızlık da vardır. Baksana daha bu yaşta çalı çırpıya dönmüşsün! Şimdi, önce bir idrar tahlili yaptıracaksın! Her laboratuvarda yaparlar ve pahalı değildir. Kanımca kan tahlilleri de gerekecektir. Erken teşhisle tedavisi mümkündür, sakın endişelenme!"

Alaycı tavrı kaybolan delikanlı, endişe dolu gözlerle ona baktı ve bu defa saygılı bir sesle patır patır dökülmeye başladı:

"Evet, babam ve amcam sirozdan öldü! Ama ben içkiyi bırakalı çok oldu, yani nerden baksan üç ayı bulur... Ama... Ne yesem kilo alamıyorum ya! Şarzsız telefon gibiyim. Body yapmak istedim ama yağ kalmamış, kastan yiyormuş benim vücut. Öyle bir şey... Zaten bu İstanbul'da her şey...."

"Pahalı, değil mi Evlâdım? Şimdi sen bana limonlu bir adaçayı, Semahat Hanım'a da ne istiyorsa ondan getir. Sonra ben sana doğal şifalı bir reçete önereceğim. Ayrıca sana Bahariye'de bir doktor adresi vereceğim, senden vizite ücreti almayacak. Yalnız sen doktora gideceğine ve alkole küseceğine söz vereceksin, tamam mı?"

"Hadi ya, gerçekten mi? E, iyiymiş ya! Sağol valla teyzecim. Tamam, siz ne alırdınız?"

Kendi adını Umay Bayülgen'e ne zaman söylediğini hatırlamak için uğraşan Semahat, bu yüzden rahatsız olmuştu, ancak gözlerinin önünde gerçekleşen bu konuşma onu büyülemişti. Böylece kendini bir fincan limonlu adaçayı ısmarlarken bulduğunda, birayla beraber içeceği sigaranın hayâli de kayboldu.

"Haa, bir de Evlâdım, ben senin ne annenin, ne de teyzenin tırnağı olabilirim, o yüzden sen bana onların yerine, 'hanımefendi,' dersen, çok memnun olurum."

"Elbette hanımefendi, hemen adaçaylarınızı getiriyorum. Şeyy, doktorun adını unutmazsın di mi?"

Onlar adaçaylarını beklerken, Nevşehir'den kaçıp İstanbul'a geldiği on yıldan fazla zamandır, birkaç resmi evrak dışında adını ve soyadını hiç kullanmadığı gibi, sahaf dükkânı dâhil gerekli her yerde özellikle 'Sahaf Semahat' olarak anılmaya özen gösteren, ama dün gece önce karakoldan, sonra Yunus'un telefonundan cep numarasının aranmasına, şimdi de daha önce hiç tanışmadığı bu kadının nasıl olup adını bildiğine canı sıkılan Semahat, bunu ona direkt sormasının dikkat çekeceğini düşündü:

"Siz eczacısınız, değil mi? Eskinin eczacıları böyle yetkinmiş demek ki..."

"Şimdi adına eczacı deniyor ama aslı otacıdır, Evlâdım. Bizim soyumuzda binlerce yıldır kadınların birçoğu otacıdır, şifacıdır, bir bakıma eczacıların atası yani, ninesidir."

"Halen eczaneniz var mı?"

"Kalamış'taki Kayın Eczanesi bizimdir. Gerçi iki yıl önce genç bir eczacı kadına devrettim ama haftada üç gün elim üzerindedir, para almam ama gider, hâlâ çalışırım. Rahmetli eşim Korkut Bayülgen de hekimdi, nur içinde yatsın! Onunla beraber mahalle komşularımıza, hattâ Avrupa yakası ve Anadolu'dan gelen hastalarımıza 50 yıl şifa dağıttık. Bendeniz, Kalamış'taki bahçemizde emektar bahçıvanımızla kendi ellerimizle yetiştirdiğimiz şifalı otlardan istifade etmeyi sürdürmekteyim. Şuurlu kullanılırsa tabiat, ecza fabrikalarının temelidir. Ancak bilim, paragözlü çirkinlerin elinde canlıları göz göre göre kobay gibi kullanalı beri, eczacılıktan pek soğudum, Evlâdım!"

Bu sırada adaçaylarını getiren genç garson, özel ilgisini göstermek için bir çay tabağında dilimlenmiş ekstra limon ikramını göstere göstere masaya bıraktı. Çay fincanlarının içindeki poşetlere bakıp, yüzünü buruşturan Umay Bayülgen, "Adaçayının sahicisi yok muydu be Evlâdım?" diye sorarken, çay poşetini sıcak su dolu porselen fincandan çıkarıp pis bir şeymiş gibi tabağa bıraktı. "Şu modernleşmeyi bir türlü anlayamadık gitti!" diye söylenerek, onun getirdiği kâğıda Bahariye'deki bir biyokimya uzmanının adını ve telefonunu yazdı.

"Bak, bu numaraya telefon edip randevu aldığında, 'beni Umay Bayülgen yolladı,' diyeceksin. Bu arada hiç alkol yok, ama her gün iki bardak biberiye çayı içeceksin. Fakat böyle poşetli, sallama çay değil! Git aktardan, Mısır Çarşısı'ndan veya otacıdan sahici otu al, iki sap biberiyeyi sıcak suda beş dakika beklet, az şekerle sabah aç karnına iç. Bir de akşam yatmadan bir bardak. Sakın iki bardaktan fazla içme, bak zehirlenirsin ha! Biberiye, idrar söktürür, karaciğere iyi gelir."

Sevinç içindeki genç garson, daha şimdiden iyileşmiş ve kızların bayılacağı üçgen bir vücuda kavuşmuş gibi gülümseyerek, sıcak terasta öğle vakti tek başına rakı içen öbür müşterinin yeni 35'lik siparişini almaya seğirtti.

Onun arkasından gülümseyerek bakan Umay Bayülgen, "Belki de Hızır, şimdi de beni bu oğlan için kullanmıştır," dedi. Sonra yine o yaramaz kız çocuğu ifadesiyle Semahat'e dönüp, "Biliyor musun Evlâdım, biberiye, eczacılıkta 'Rosmarinus' adıyla da bilinir. Çok kıymetli, şifalı bir bitkidir. Bu yüzden Defne'nin adını aslında Rosmari koymayı istedim ama kızım Ayten hamileliğinin son ayındayken rüyamda Defne ile Apollon'u gördüm. Şimdi, bilirsin Yunan mitolojisinde Defne, kendisine tecavüz etmeye çalışan yarı tanrı Apollon'dan kaçabilmek için ağaca dönüşür ya, benim rüyamdaki Defne, tam tersine kendini kovalayan Apollon'u ağaca dönüştürüyor ve sonra kendisi ormanda özgürce mutlu yaşıyordu! Hah hah ha, ilâhi Defne, ay hah hah ha! İşte, Defne doğacağı sabah bu rüyadan kahkahayla uyandım, rahmetli eşim Korkut Bayülgen de, 'Hayırdır Umaycım!' diye gülmeye başladı. Ben anlattıkça, kendisi yerine Apollon'u ağaca çeviren Defne'ye gülüyoruz, ama nasıl gülme! Hah ha ha, yatakta oturmuş, gülmekten gözlerimizden yaşlar geliyor, o kadar hoşumuza gidiyor efsanenin tepetaklak oluşu yani! Rahmetli Korkut Bayülgen çok neşeli, gülüşü Boğaz'ın öbür ucundan duyulacak, babayiğit bir adamdı, nur içinde yatsın! Biz yatakta oturmuş, benim rüyama gülerken, a, birden bahçedeki kayın ağacına yıldırım düşmez mi! Şehrin ortasına temmuz ayında yıldırım düşer mi canım? Düştü işte! Ağzımız açık kaldı tabii! Bak, büyük torunum Aysu, ilk cemreden –ki, aslı Altayca dilimizdeki söylenişiyle İmre'den gelir– üç gün önce, 16 Şubat'ta kışın ayazında öyle işaretsiz doğmuştu. Hayır, bekle bari ilk cemre havaya düşsün, değil mi? Yok, o öyledir işte. Neyse, bahçeye yıldırım düştüğünde çok şükür kimseye bir zarar gelmedi ama o sırada o zamanlar evin üst katında oturan Ayten'in korkudan doğum sancıları erken başladı, apar topar hastaneye koştuk ve artık o gün doğan bebeğimizin adını Defne koymaktan başka yolumuz kalmamıştı," dedi.

"Kaçıkların rüyaları da kaçık oluyor!" diye onunla birlikte gülerken bir yandan kendi kâbuslarını düşünen Semahat, suçüstü yakalanmış gibi rahatsız oldu.

"Adlar deyince... Ben de size deminden beri, adımı nereden bildiğinizi soracaktım..." diye çıtır çıtır sesiyle çekinerek sordu.

"İlâhi Semahat!" diye gülmeye devam eden öbürü, "E, sen benim Umay Bayülgen olduğumu görür görmez nasıl bildiysen, ben de seni öyle bildim işte Evlâdım!" diye gözlerini o şehrengiz manzaradan almadan onu yanıtladı.

"Komserim mi bahsetti benden size? Bana hiç söylemedi de ondan şaşırdım..."

"Komiser Kaman mı? Aman Evlâdım, onun kendine hayrı kalmamış ki, bana hayır yapsın! İçinde kanayan yarası, onun da basiret gözünü köreltmiş."

"O bahsetmediyse..." diye huzursuzca mırıldandı Semahat. Onu duymamış gibi başını çevirip şehri seyretmeye devam eden yaşlı kadın:

"Bu şehre her bakışta onu daha fazla severim. Çünkü İstanbul, güzelliğine eklenen eşsiz efsaneleriyle İstanbul olmuştur. Efsanesiz ve destansız, kültür kurulmaz, yaşatılmaz. Kurulan, beton binalar ve taş yollardır... İlyada, Manas, Kalevela, Oğuz Kağan olmasaydı, insanlık tarihi, birbirlerini kesip biçen erkeklerin sayılarla dolu muhasebe defterlerinden ibaret kalırdı."

"Anlıyorum," dedi Semahat, hâlâ bu yaşlı kadının adını nereden bildiğini düşünerek.

"Aferin Sahaf Semahat. Ben, dâhâ dükkânını ilk görüşte senin anlayışı derin biri olduğunu bilmiştim zaten. Sen bilgin ve sağduyunla Manas'a kadar ulaştın Evlâdım. *Kutadgu Bilig* ise hem dükkânının, hem de o güzel kedilerinin adıydı..." diye artık dönüp onunla göz göze geldi Umay Bayülgen.

"Siz beni mi araştırdınız yani?" diye bozulduğunu artık gizlemeden, sordu Semahat.

"Yok, seni araştırmak mümkün değildi, çünkü sen yoktun Evlâdım! Sen bu sabaha kadar her ne sebepleyse –ki bir kadının kendini yıllarca dört duvar arasına hapsetmesi hiçbir zaman hayırlı sebeple olmaz– dükkânına kilitlemiştin kendini. Benimse can havliyle Defne'me yardım edebilmek için Ümit Kaman'ı takip etmekten başka hiçbir şansım yoktu ve o, her seferinde sana geliyordu Semahat! Ne zaman ki, perşembe günü ilk sefer dükkânına geldim ve kapının üzerinde 'Sahaf Kutlu Bilgi' yazısını gördüm... İşte orada derin nefes aldım ve hiçbir şeyin tesadüf olmadığını bir defa daha anladım."

"Benim *Kutadgu Bilig*'e düşkünlüğüm, çocukken en yakın sınıf arkadaşım Ayşen'in dedesinin kitaplığıyla karşılaştığımda başlamıştı. Sonra da o kitap benim hayatımı kurtarmak için İstanbul'a gelişimde bir imkân mı desem, vesile mi desem, bilmiyorum, yardımcı oldu bana..." diye açıkladı Semahat.

O konuşurken, güneşe benzeyen turuncu hasır çantasını açan Umay Bayülgen: "Hep dediğim gibi, hiçbir şey tesadüf değildir, Evlâdım. Şimdi seninle benim bu terasta bulunmamız ve bunları konuşmamız bile tesadüf olamaz," dedi. Sonra çantasından mavi bir tülbente sarılmış, avuçiçi kadar yassı, handiyse kömürleşmiş bir odun parçası çıkardı, masaya koydu. Bu, eskiden Kadıköy Pazarı'nda satılan, mangal yakmaya yarayan çıralara benziyordu ama hafifçe kömürleşmişti. Semahat, eline kıymık batacak diye onun için endişelenirken, o, odun parçasını, değerli bir taşmış gibi özenle tutarak gösterdi.

"Kayın ağacıdır," dedi. "Kayın, güzeldir, uğurludur, binlerce yıllık sesimizi taşır... Eski Türklerin geleneklerine göre, İslamiyet'ten çok önce, göklerdeki Tengri Ülgen'le karısı tabiat Umay Ene kavgaya tutuştuklarında gök gürler, öfkeyle bağırdıklarında şimşekler çakar ve Ülgen daha çok öfkelenip yeryüzüne ateşli oklar attığında yıldırımlar düşermiş. O zamanlar atalarımız ve ninelerimiz yıldırımın böyle meydana geldiğine inanırmış. Bu sebeple yıldırım eğer mübarek kabul edilen bir kayın ağacına düşerse, onun parçalarının uğurlu olduğuna inanır, bu parçaları üstlerinde taşıyarak nazardan, kötü enerjilerden korunduklarını düşünürlermiş. Bugün bu efsaneyi hiç bilmeden Anadolu köylerinde, farklı dinlerden, geleneklerden birçoğumuz hâlâ üzerimizde ağaç parçası taşırız. Çünkü zorbalar belki insanlara kendi hikâyelerini, belki adlarını unutturur ama hiçbir zorba, insanın kökünü silip, yok edemez. Bak, ağaç parçası hâlâ burada!"

Bu sırada bir ihtiyaçları olup olmadığını sormak için masalarına gelen genç garsondan bir bardak ılık su istedi ve devam etti:

"Buna bâtıl, boş inanç veya hurafe diyebilirsin... Ama o kayın ağacı parçasının uğuruna inanmak, aslında vücudumuzun savunma sistemini güçlendirir, bizi hastalıklara karşı kuvvetli kılar. Ata ve ninelerimiz, zamanında ne hormon, ne de bağışıklık sistemi bilirdi. Evet, ama nihayetinde kaç bin yıllık 'Mutluluk Bilgisi'nden bahsediyorum ben sana..."

Gülmemek için kendini tutan Semahat, artık soğumuş olan adaçayını içerek gözlerini kaçırıp denize sakladı.

"Kayın ağacı, bizim geleneğimizde en kutsal ağaçtır. Yani şimdi maalesef o film, *Avatar* nedeniyle moda olan adıyla: 'Hayat Ağacı'mızdı kayın bizim. İşte bu elimde tuttuğum kayın parçası, Defne'min doğduğu gün, Kalamış'taki evin bahçesindeki kayına düşen yıldırımdan yadigâr kalmıştır. Ve Defne, *o gün* evden çıkarken ilk defa yanına kayın ağacını almadan çıkmış..."

"Hangi gün?" diye boş bulunup soracaktı ki, hemen pişman oldu ve içinden, 'Allah kahretsin, bu kadın beni büyülüyor!' diye düşünen Semahat, elindeki yanık odun parçasını, torunu Defne'den bir parçaymış gibi sevgiyle okşayan Umay Bayülgen'e birden, "*Avatar*'ı izlediniz mi yani?" diye nedense hayretle sordu.

"Tabii ki izledim. Aslında Defneciğim, filmde bizi ilgilendiren bir şeyler olduğunu önceden okumuştu. *Avatar*'ın Orta Asya, Güney ve Kuzey Amerika paganlığından ilham almış, çok Amerikan tarzı bir film olduğu ortaya çıkınca biz iyice merak ettik. Bakalım yönetmen, bizim Kamanlık geleneğimizden ne kadar ilham almış diye Defneciğim ile koşa koşa gittiydik sinemaya. Yönetmenin adı James Cameron, bilir misin onu? Şimdi, bu adam bizim hayat ağacımızı pek abartmış, 'kayın' kayınlıktan çıkmış falan, ama ben kızmadım kendisine. Sanatçı işte... Bu sanatçılar bunu hep yapar! Hem o destanları yazanlar ne yaptı sanıyorsun? Bakma öyle inanmaz gibi bana, bütün o destanları birileri derliyor ve yazıyordu, değil mi?"

"Yok estağfurullah, ben sadece dinliyorum sizi..."

"İyi yapıyorsun! Dinle ki kafanda yeni fikirler, yeni hayâller meydana gelsin. Bak ama, şu üç buutlu, hani 3D dedikleri gözlüklerle film seyretmek çok eğlenceliydi! Teknolojiyi iyiye kullandıklarında bayılıyorum! Ancak ne yalan söyleyeyim, filmi pek çok saçmalık yüzünden tenkit etsem de, bazı yerlerde duygulandım, gözlerim doldu..."

"Pes artık!" diye yine içini çekti Semahat.

"Filmde, paganları mavi ve insanüstü irilikte hayâl etmeleri gibi bana pek sevimsiz gelen birçok terslik vardı, ama bir zaman tünelinde binlerce yıl öncesine kısa bir akraba ziyareti yapmış gibi oldum, desem sen yine güleceksin bana, Semahat Evlâdım! Gül, gül! Gülmek önemlidir. Filme dönersek, tabiatın ve dişinin yeryüzünün asıl gücü olduğunu unutanlara azıcık hatırlatmak bence her zaman iyidir, gereklidir, her ne kadar o filmde silahın gücü ticarî olarak daha fazla ön planda olsa da... Evet, tabiatın gücünü kadına benzetmek bütün kadim inançlarda ortaktır. Ancak, sadece doğurganlığıyla kadınla tabiat arasında bir bağ kurmak bize bir iltifat değil, aksine tuzaktır! Çünkü insanlık, tabiat olaylarının henüz sebeplerini bilmediği binlerce yıl öncesinde, tabiata saygı duyarken aynı zamanda onu vahşi, akıldışı, sırlarla dolu olarak görmüştü. Şimdi artık, kadınla tabiat arasında kurulan ilişki, onu akıldışı ve vahşi olarak dışlar, uzaklaştırır. Nereden mi? E tabii ki akıl bahçesinden! Aklı kime teslim eder? Sadece ve sadece erkeğe! Olur mu canım? E, olmuyor da... Bak o kadar olmuyor ki, dünyamızın hâli her bakımdan içler acısı... Akıl, tek bir cinsiyete bırakılmayacak kadar önemlidir. Hem erkekler de dâhil, bütün insanlık zekâsını anneden alır; sonunda genetikçiler de artık ispatladı bunu ha!"

Durdu, çantasını açıp boşalmış cam su şişesini çıkarttı, belli ki iyice susamıştı, garson aradı ama arandığında genellikle ortada olmazlar. Ismarladığı su hâlâ gelmemişti.

"Dur bakayım, yoksa sen izlemedin mi *Avatar*'ı? Ha, tabii, nasıl izleyeceksin, dükkânından çıkmıyordun ki..."

"Ama internetten filmin parçalarını izledim!" diye sertçe kendini savundu Semahat. "Doğrusunu isterseniz, *Avatar* bana rüküş ve çocuksu gelmişti. Silahlar, bombalar, ordu, yüksek teknoloji ve 'iyi'nin ille Amerika'dan çıkacağı böbürlenmelerini hiç kaldıramıyorum ben! Evet, sinemaya gitmiyorum ama gitseydim de bu *Avatar* olmazdı, sanıyorum..."

"Eh, artık bir gün Anadolu'dan çıkan sinemacılar gerçek kayın ağacımızı iyi bir film yaptıklarında beraber gideriz inşallah! O gün gelecek, kadim geleneğimiz Kamanlığın erdemlerini bizim anlatacağımız günler göreceğiz Evlâdım."

"Sanırım bu bilgiler arkaik ve günümüzün sorunlarıyla pek örtüşmediğinden artık ilgi çekici değil..."

"Eski mi dedin?" diye güldü Umay Bayülgen. "Eski ile kadim arasındaki farkı bir sahafın bilmesi lâzım Evlâdım. Kamanlığın üstünü ne kadar örtmeye çalışsalar da binlerce yıldır hepimizin derin hafızasında bu kadim geleneğin özü öyle canlı yaşıyor ki, bakıyorsun üzerlikten çörekotuna, mavi gözlü nazar boncuğundan kurşun dökmeye, ayçiçeğinden ayçöreğine, adlarımızdan hiç eksilmeyen ay ve çiçek hayâlinden halk danslarımızdaki figürlere, çaputlu adaklarımızdan ateşten atlayan bahar kutlamalarımıza kadar çeşit çeşit biçimlerde karşımıza çıkıveriyor... Çünkü Kamanlık, Anadolu'daki bütün diğer geleneklerle karışarak binlerce yıldır bütün Anadolu kültürlerinde gayet canlı yaşıyor..."

"Olasılıkla, kuşak farkından, belki de kültür... Ben bu açıdan bakmıyorum dünyaya..." diye mırıldanarak oyunda yenilmiş bir çocuk gibi somurttu, Semahat. Sıcaktan çatlayan bir yaz gününde soğuk yerine ılık su isteyen Umay Bayülgen'e artık takılmayan genç garson, pet şişedeki suyu bardağa boşaltıp handiyse ayağında patenleri varmış gibi kayarak, terasın ucunda hiç kımıldamadan rakı içmeye devam eden öbür müşterinin yanına gitti.

"Neden kayın ağacı?" diye sorarak kendini soktuğu aptal durumdan kurtarmak için bir hamle yaptı Semahat.

"Kayın ağacı, ağaçların sultanıdır da ondan..." dedi yaşlı kadın ağaç parçasını yeniden mavi tülbende bebek kundaklar gibi özenle sararken.

"Kadim geleneğimizde, büyüklerimiz göklerdeki Tengri'nin bütün ağaçları yarattıktan sonra, her birinin faydalarını test etmek için aralarında dolaşırken âniden bastıran yağmurda kayının yaprakları altında korunduğu söylencesini anlatırlar. Bunun üzerine Bilge Hatunumuz Umay Ene, –senin anlayacağın Ana– kayına hayır duası etmiş: 'Üzerinde beyaz kabuğundan, beyaz elbisen olsun. İlkbaharda yaprakların erken çıksın, sonbaharda bütün ağaçlardan geç düşsün!' demiştir. Bu yüzden kayın, yapraklarının hepsini aynı ânda dökmez, ağır ağır soyunarak hiç çıplak kalmazmış. Yakut Türkleri de kayını beyaz saçlı Bilge Hatun'un sureti kabul ettiklerinden onun etrafını taşlarla çevirerek korur, dallarına renkli çaputlar asardı. Anadolu'da neden her inançtan halkın hâlâ ağaçlara çaput asarak dilek dilediğini sanıyorsun ki?"

Şimdi ciddiyetle onu dinleyen Semahat, hiç kayın ağacı görüp görmediğini ve Nevşehir'de çocukken annesiyle gittikleri adak tepesinde dilek çaputu bağladığı ağacın kayın olup olmadığını düşünüyordu. Onun hatırladığı tek kayın, Nâzım Hikmet'in "Karlı Kayın Ormanı"ydı galiba.

"Türk mitolojisinde 'Hayat Ağacı'nın her yaprağı, yeryüzünde yaşayan insanları temsil eder ve göremediğimiz öbür dünyadaki gelecek hayatına denk gelir. Düşen her yaprak onun temsil ettiği kişinin ölümüdür. Bazı Türk boyları bu yüzden 'Hayat Ağacı'na 'Gök Ağacı' da derler... Bak o orman kıyımlarına, HES'lere falan isyan eden ve bu yüzden dayak yiyen Anadolu halkı var ya, işte onlar: 'Hayat Ağacı'nın torunlarıdır!"

Bu sırada, sıcaktan kaynayan terasın ucunda tek başına rakı içen siyah kalın ceketli adam sandalyesinden kalktı, terasın korkuluklarına yaslanarak denize doğru eğildi. Onun denize düşeceğinden endişelen Umay Bayülgen, başıyla işaret ederek, "Bu adamın canını sıkan neyse, o şey aşağıda olmalı, baksana oraya nöbetçi kulesi gibi oturmuş, şimdi de kontrol ediyor olmalı..." dedi.

"Belki bir şey düşürmüştür?" diye hiç tanımadıkları bir adamı kendi konuşmalarına konu etmekten hoşlanmadığını belirten Semahat, kırgın bir sesle sordu:

"Özür dilerim ama hiç tanımadığımız şu adamı merak ediyorsunuz da Defne Kaman için biz bile endişelenirken, siz nasıl bu kadar rahat olabiliyorsunuz Allah aşkınıza?"

"Ah güzel Evlâdım, can kızım..." diye gözlerinin dibine kadar bal rengi gülümsedi yaşlı kadın. "Torunumu sevmen bana gurur veriyor. Elbette, Defneciğimin bu seferki kayboluşu biraz fazla uzadı ve artık beni endişelendiriyor. Günlerdir akıtmaktan, gözümden yaş kalmadı. Perişandım... Ancak bugün o yunus kurtulunca dünyalar benim oldu. Şimdi biraz rahatladım!" dedi.

"Yunus! Yani, yunus kurtulunca rahatladınız, öyle mi?"

"Bak Evlâdım, Defne salı akşamı, burada, tam buradaydı," diyerek eliyle, şimdi siyah kalın ceketli adamın baktığı yeri işaret etti. Oturdukları terasın altı Kadıköy İskelesi'ydi ve onlar konuşurken bir Beşiktaş vapuru cilveli cilveli iskeleye yanaşıyordu.

"Defne, işte tam buradan bir vapura bindi ve ondan sonra da kayboldu. Günlerdir ortada yok! Onu bir tek senin komiserin görebiliyor. Ancak ne yazık ki o da buna inanmıyor!"

"Yok, artık inanıyor!" diye boş bulunarak yanıtladı Semahat.

"Hah, aferin ona, çok iyi ediyor, çünkü torunumun hayatı bu sefer gerçekten tehlikede! Evet, şimdilik güvencede sayılır ama her kim veya kimlerden kaçıyorsa, onlar yakalanmadan Defneciğim geri dönmez, mümkün değil dönemez! Besbelli ona kötülük etmek isteyenler var. Ancak suyun içinde kalmaya da fazla dayanamaz..."

"Yani, şimdi siz... şey mi diyorsunuz?" diye canı sıkkın, kafası iyice karışmış olarak sordu Semahat.

"Yunus Peygamber," diye gülümsedi Umay Bayülgen, sanki onu duymamış gibi. "Yunus Peygamber, Yakup'un torunlarından olur. Kuran'ın Nîsâ, yani Kadın suresi, 163. âyetinde, 'Yunus Peygamber'in İsa, Eyüp, Harun ve Süleyman Peygamber soyundan olduğu anlatılır," diye açıkladı ve sordu:

"Saffat suresinin 143. âyeti, 'Biz onu yüz bin insana peygamber olarak yolladık,' diye yazar. Ancak o kadar insan içinde sadece iki kişi ona iman eder. Yani kendi halkı, Yunus Peygamber'i reddeder... Sen bilir misin Yunus kıssasını?"

Dükkânına çocuklar için dinî kıssa ve mesel kitapları aramaya gelenlerin daha çok takkeli ve şalvarlı müşteriler olduğundan bahsetmesi doğru olur mu diye bir ân duraklayan Sahaf Semahat bundan vazgeçti. Yoksa, elbette kıssa ne demek biliyordu ama onun duraklamasını yanlış anlayan Umay Bayülgen açıkladı:

"Şimdi hikâye, öykü dedikleri, kurguların eski adı kıssa ve meseldir. Bütün tektanrılı dinlerin kutsal kitaplarında insanlara güzel huy ve ahlâk kazandırmak için verilen nasihatleri daha anlaşılır ve ilginç kılmak için sık sık peygamberlerin başından geçen olaylar, kıssa ve meseller aktarılır. Demin konuştuğumuz gibi, sonuçta inandığımız her şey bizim onu nasıl kavradığımızla ilgilidir Evlâdım..."

"Herkes gibi kulaktan dolma bir efsane var aklımda, Yunus Peygamber'in bir yunusun karnında kurtulması gibi..." diye itiraf etti Semahat ama bir yandan da, 'Bu kadın beni büyülüyor, o bir büyücü! Onu dinlerken kendimi kaybediyorum...' diye geçirdi içinden.

"Ancak, kusura bakmayın ama bu kıssa bana hep Gepetto'nun bir balinanın karnında yaşadığı macera gibi çok abartılı gelir!"

"İlâhî Semahat! Bak, Nuh'un büyük tufanda, o zamanki teknolojiyle her canlıdan bir çifti sığdıracak gemi yapması, Musa'nın Kızıldeniz'i ortadan ikiye yarması, Yunus'un şimdiki Dicle Nehri'nde yaşaması imkânsız dev bir balık tarafından kurtarılması ve bunun gibi birçok kıssa elbette çok abartılı. Pinokyo'nun İtalyan yazarı da Yunus Peygamber kıssasından ilham almışsa, bunda tuhaf olan ne var? Çünkü Yunus Peygamber hikâyesi, ilk kez Tevrat'ta Jonah Peygamber, sonra İncil'de Johannus Peygamber olarak yer alır ve tabii bunu İtalyanlar da iyi bilir."

"Bu açıdan düşünmemiştim..." diye dalgın dalgın söylendi Semahat.

"Yunus Peygamber, bugün Dicle Nehri kıyısındaki Musul şehrinin yerinde olan Ninova'da yaşayan ve kendisine iman etmeyen halkına öfkelenip orayı terk etmeye kalktı. El Ankâf suresinde anlatıldığı üzere, ona, 'O hâlde peygamberlerin azim sahibi olanları gibi sen de sabret!' emri geldi. Ancak Yunus bu emri dinlemedi, isyan etti ve bir gemiye binip Ninova'daki halkını terk etti. İşte o vakit Dicle'de öyle büyük bir fırtına koptu ki, gemidekiler korku içinde savrulurken, batmamak için gemiyi hafifletmek üzere içindeki bütün eşyaları suya attılar. Atılan ağırlıklar gemiyi kurtarmaya yetmeyince, aralarından birinin de nehre atılması gerektiğine karar verip kura çektiler. Kurada kimin adı çıktı dersin?"

"Yunus Peygamber'in tabii!"

"Elbette. Bir âyette kendisinden 'Zünnûn' diye bahsedilen Yunus suya düşünce onu bir balık yuttu. Bak, onu yutana 'yunus' denmiyor, dikkat et! Şimdi, Zünnûn nedir diye merak edersen, sen Osmanlıca biliyorsun, anlamışsındır?"

"Yok canım, Osmanlıcaya iki kur devam ettim, bazı eski gazete başlıkları, bazı mezar taşları ve dergileri ancak sökebiliyorum..."

"Zünnûn, Arapça balık sahibi, balıkçı demektir. Yani Yunus Peygamber'e Kuran'da, 'Balık Sahibi,' denmiştir," diyen Umay Bayülgen, birden yorulduğunu belli edecek şekilde derin bir nefes aldı. O zaman onun ne kadar canlı ve cevval görünse de aslında yaşlı bir kadın olduğunu hatırlayan Semahat, masadaki pet şişeyi uzatıp içinde kalan suyu içmesi için ikram etti. Öbürü cam bardağı önüne itti:

"Plastikten içmem! Plastik, insan ırkının sonunu getirecek lânetli bir icattır," diye söylenerek, Semahat'in bardağa doldurduğu suyu içti. Sonra eliyle ona yaklaşmasını işaret etti ve uzanıp fısıldadı: "Çok vaktimiz kalmadı!"

Bu söz, Semahat'in paniğe kapılmasına ve bir süredir unuttuğu sırtının sol tarafındaki ağrının ortaya çıkmasına yol açtı.

"Çok vaktimiz kalmadı mı?"

"Su ısısı sıcak ama hipotermi ve maserasyon riski var," dedi Umay Bayülgen, üzgün bir sesle. "İnsan vücudu suda uzun süre kalacak şekilde yaratılmamıştır."

"Yunus Peygamber için mi?"

"Ha o mu? Hazreti Yunus, bir balık tarafından yutulunca hatasını anladı ve balığın karnında Allah'a şöyle dua etti: 'Senden başka ilâh yoktur, sen eksiklerden uzaksın ve yücesin. Ben zâlimlerden oldum!' Bunun üzerine Enbiyâ suresinde, 'Biz de onun duasını kabul ettik ve onu tasadan kurtardık. İşte biz insanları böyle kurtarırız!' yazar."

"Ve böylece affedilen Yunus Peygamber, halkının başına döndü, onlar da kendisine iman ettiler..."

"Yok, öyle kolay değil Evlâdım. Yunus tövbe edince, onu kurtaran balık ağzıyla bir sahile bıraktı. Dedim ya, suda fazla kalmaya dayanıklı yaratılmadık diye... Yine Saffat suresinde, 'Balığın karnında bizi andı, biz de onu hasta hâlde, ağaçsız boş bir yere attık, üzerine kabak türünden bir ağaç bitirdik,' yazar. Burada bahsedilen ağaç önemli bir semboldür. Hele Dicle coğrafyasında ağaç, her yerden fazla hayat demektir. Bırak meyvesini, gölgesi bile hayat kurtarır," dedikten sonra, torunu Defne'nin kaybolduğu gün yanına almayı unuttuğu kayın ağacının parçasını okşadı. Sonra gözlerini yumdu ve usul usul, ninniye benzer bir şarkı mırıldanmaya başladı. Ne söylediği anlaşılmıyordu ama insanda rahatlama uyandıran bir ezgi çığırıyordu. Belki de bir ilâhiydi, yumuşak, incecik sesiyle yavaşça söylediği? Semahat, beş on dakika kadar bekledi, ancak yaşlı kadın hâlâ bir eli kayın ağacı parçasının üzerinde, gözleri kapalı oturuyor, arada bir de bu sıcakta üşürmüş gibi titriyordu. Onun bu hâline endişelenen Semahat ne yapacağına karar veremez hâlde huzursuzca bekledi. Olasılıkla yaşlı kadın uyumuştu ve rüya görürken titriyordu. Saatine bakınca bir saatten fazladır burada oturduklarını anladı ve aklına hâlâ hastanede Tasvir'in başında bekleyen Komiser Ümit geldi; endişesi arttı. Hafifçe öksürerek Umay Bayülgen'i uyandırmak istedi, ama onun kendisini fark ettiğine dair tek bir işaret yoktu. Tekrar öksürdü. Yine çıt yoktu.

"Yoksa bu yaşlı kadın, bu sıcağa dayanamadı da... Zaten günlerdir ağlıyormuş torununa... Hey Allahım ya... Yani, bir bu eksikti!"

"Üç kişi!" diye mırıldandı öbürü hâlâ gözleri kapalı ve hareketsiz oturmayı sürdürerek. "Üç kişi bir koridorda duruyor. İyi haber var. Merak etme," dedi ve gözlerini açtı.

"Rüya mı gördünüz? Hay Allah iyiliğinizi versin, beni korkuttunuz Umay Hanım!"

"Rüya görmedim, rüya geldi bana, ben de görebilmek için gözlerimi yumdum."

"Efendim? Ha, tabii... Yalnız benim bir telefon etmem lâzım... Siz bilmiyorsunuz, Komserim dün geceden beri hastanede... Tasvir... Yani, ortak bir tanıdığımız rahatsız da... Ne oldu diye onu aramam gerekiyor, izninizle..." diyerek Ümit'in telefonunu tuşladı.

"Gelen rüya onunla ilgiliydi zaten. Yalnız üç kişi olacak. Biri daha var yanlarında. İyi haber almışlar. Merak etme Evlâdım, komserin düze çıkmış, çok şükür!"

Ümit'in telefonu yine kapalı olunca artık Tasvir'in ağbisi Yunus'un telefonunu tuşlayan Semahat, "E, üç kişiler zaten: Komserim, Tasvir ve Yunus," dedi sanki çok doğal bir şey anlatırmış gibi.

"Alo... Şey... Merhaba, ben Semahat, Sahaf Semahat... Tasvir'in arkadaşıyım da... Evet... Evet Yunus Bey, teşekkür ederim, işte böyle durumda ne kadar iyi olunursa o kadar... Nasıl? Ah gerçekten mi? Çok sevindim inanın! Büyük geçmiş olsun! Komserim nasıl? Yanında mı Tasvir'in? Oh çok şükür, bugünü gördük! Şey, ben her ikisini de kardeşim gibi severim... Tamam... Ben de uğrayacağım birazdan hastaneye... Görüşmek üzere... Tekrar geçmiş olsun, iyi günler... Hoşça kalın!"

Sevinçle telefonu kapatan Semahat, haberi paylaşmak için başını çevirip Umay Bayülgen'e bakınca onun yeniden gözlerinin kapalı olduğunu ürkerek gördü. Yaşlı kadın, kendine benzemeyen kalın bir sesle, "Bu üç kişiden birine, üç dolunay, üç gün, veya üç saat sonra kırmızı kuşak takılacak beline. Ancak Defne'nin orada bulunması şart görünüyor! Sen de oradasın ama... Senin Semahat, senin hayat düğümünde kayın var! Düğüm ve kayın, kayın ve düğüm!" dedi ve gözlerini yavaşça açtı. Semahat'i tanımak ister gibi dikkatle baktı ve sonra gülümsedi. Bir yerden okur gibi, hızlı hızlı anlatmaya başladı:

"Sen habercisin Semahat. Komserin ise aracıdır. Her kurtuluşa ve her hayırlı işe güvenilir bir ulak ve bir temsilci gerekir. Şimdi benim eve gidip uyumam şart!"

Sonra kayın parçasını çantasına koydu ve birden ayağa kalktı. O kalkınca Semahat de fırladı yerinden. Zaten bir ân önce hastaneye gitmek, hem Tasvir'i görmek hem de Ümit'e bu sabahtan beri olanları anlatmak için can atıyordu. Bu sırada yanlarına gelen garson adaçaylarını ve suyu, kendi ikramı olarak kabul etmelerinde ısrar etti. Bu paranın onun hesabından kesilmeyeceğini öğrenen Umay Bayülgen, kendisine bir şeyler ısmarlanmasına alışık olduğu duygusu veren bir rahatlıkla, delikanlının sırtını sıkıca sıvazladı, okşadı. Onlar terastan çıkıp Deniz Atı'nın içine doğru girmek için kapıya yöneldiklerinde, terasta tek başına rakı içen saçı sakalı dağınık, siyah kalın ceketli adam Semahat'e omuz atarak kapıdan içeriye girdi. "Aaa dikkatli olsanıza ama!" diye söylenen Semahat'e dönüp baktığında, kan çanağına dönmüş gözlerinden fışkıran öfke ve nefret genç kadını korkudan titretti. Adam özür dilemeden, barın arkasından soldaki merdivenlere doğru hızla kayboldu.

"Sormayın, Hanımefendi! Bu adam tam üç gündür burada böyle içiyor! Parasını ödediği için kovamıyoruz maalesef ama insanlar ondan bir şekilde rahatsız oluyor. Yarın da gelirse, polise haber vereceğiz," diye açıkladı garson.

"Terbiyesiz adam, nasıl kötü baktı bana gördünüz mü? Sanki adamın bir yerini kesmişim gibi ya!" diye söylendi Semahat.

Bu sırada Deniz Atı'nın başgarsonu gelip, bir kraliçeyi selamlar gibi büyük bir saygıyla Umay Bayülgen'e yaklaştı:

"Sizi her zaman burada ağırlamak isteriz Hanımefendi!" dedi.

Semahat, bu özel ilginin nedenini düşünürken, onlarla pek ilgilenmemiş görünen Umay Bayülgen, Deniz Atı'nın duvarları denizcilik sembolleriyle süslenmiş dik merdivenlerinde inmeye başlamıştı bile.

"Üç sayısını hatırla Semahat!" dedi merdivenleri inerken. "Kadim Kamanlığımızda: 'karın-rahim-zar', İslamiyet'te Allah'ın üç adı: 'Rab–Rahman–Rahim', Hıristiyanlık'ta: 'baba-oğul-kutsal ruh'tur. Manas'ta üç yiğitler: 'Manas-Semetey-Seytek' ile üç peri kızının üç Koşay'ını anlatır. Ve elbette Türkler için her şeyin sonunda gökten mutlaka üç elma düşer! Üç! *SU Kitabı*'nda üçlü sayfaları aramalısın Evlâdım!"

Yeniden Kadıköy İskele Meydanı'nın doğal hafta sonu kalabalığına çıktıklarında sıcağın dehşeti kadar, kalabalığın yoğunluğu da yıllardır karşı bakkal dışında sokağa adım atmayan Semahat'in yüzüne tokat gibi çarptı. Sabahtan beri yarım paket bisküvi dışında bir şey yememiş, hem yaralı yunus hem de tuhaf Umay Bayülgen onu adamakıllı yormuştu. Bir şeyler atıştırırsa tazeleneceğini ve doğrudan hastaneye gidebileceğini düşünürken, öbürü handiyse uykuda sayıklar gibi, "Bana hemen bir taksi bul Evlâdım. Fazla şey gördüm bugün, gönlüm çok yoruldu. Hemen eve gidip, ivedilikle uykuya varmam gerek!" dedi. Onun olağandışı enerjisi yüzünden sık sık yaşlı bir kadın olduğunu unutan Semahat, birden paniğe kapıldı, çünkü orada nasıl taksi bulacağını bilmiyordu. Telaşla etrafa bakındı ve iskelenin önündeki trafik lambalarının altında bekleyen sarı taksileri görünce sevinçle onlara el salladı. Hızlı adımlarla önden gidip en öndeki taksinin arka kapısını açtı ve yavaş yavaş oraya gelen Umay Bayülgen'in taksiye binmesine yardım etti, sonra eğilip sordu:

"Umay Hanım, bugün bana anlattıklarınız çok ilginçti, teşekkür ederim. Ama inanın, anlattıklarınızın ne kadarını anladığımdan pek emin değilim. Sakin kafayla, üzerine düşünmem lâzım. Yalnız, şey... Bu Yunus Peygamber kıssası günümüzde bize ne söylüyor? Ben meraktan çatlamadan, bari bir ipucu verseydiniz?"

Gözleri yarı kapalı, uyukluyor gibi görünen yaşlı kadın, sağ elini uzatıp Semahat'ın taksinin içine doğru eğilmiş başını okşadı. Taksi şoförü, çoktan taksimetreyi çalıştırmaya başladığından, hiç homurdanmadan onların konuşmasını bekliyordu.

"İster balık karnında, ister otobüsle, uçakla, başka yere kaçarak sorunları çözemezsin, Evlâdım. Bir de, hayattan ümidini kesmeyeceksin! Ne olursa olsun, başına ne gelirse gelsin, ümidi asla kaybetmeyeceksin. Bu yüzden, o hayatta olduğu sürece asla ümitsizliğe kapılmayacağız!"

Sonra, güneşe benzeyen çantasından mavi tülbente sardığı yıldırımda yanmış kayın ağacı parçasını çıkarıp ona uzattı: "Bunu ona ulaştırın, mutlaka yapın bunu! Haydi, sağlıcakla kal, Ümit Komiser'ine de benden selam söyle!"

Umay Bayülgen, kapıyı çekti ve taksi şoförüne kırk yıllık özel şoförüymüş gibi bir edayla, gitmesi için işaret etti. Ancak Semahat, şoförün klimayı çalıştırdığı için kapattığı arka pencere camına, filmlerde görünce abartılı bulduğu için alay ettiği oyunculara benzer bir telaşla vurdu ve sonradan hatırlayınca utanacağı çok heyecanlı bir sesle onu bir daha göremeyecekmiş gibi sordu:

"Umay Hanım, bugün yıllardır ilk kez sevincimi paylaşacak birini bulmanın mutluluğunu yaşadım; bunun için size teşekkür etmek istiyorum. Eğer sizi yine bulmak istersem nasıl ulaşacağım? Kalamış'taki Kayın Eczanesi hâlâ çalışıyor mu?"

"Merak etme Evlâdım, ben gerektiğinde seni bugünkü gibi bulurum." Taksi hareket edince hüzünlenen Semahat, sonra bu aşırı heyecan gösterisi için kendine kızdı ve bastı küfürü: "Hay kafana sıçayım senin Semahat! O kadar yıl çıkma sokağa, sonra bir günde rezil et kendini!"

Çeyrek saat sonra, iskele meydanındaki bir büfeden aldığı kaşarlı tost ile ayranı, sıcağın ve yaşadığı endişelerin etkisiyle çiğnemeden acele midesine indirmiş olan Semahat, başka taksiyle Göztepe'deki hastaneye doğru yola çıktı. Heybesinden cüzdanını çıkarıp taksi parasını hazırlarken, eli kendisine emanet edilen 'kayın ağacı' parçasına çarptı. Birden, o *söz sihirbazı, anlatım büyücüsü* kadının kendisine söylediği *iki* sözcük, yavaş yavaş öbürleri arasından sıyrılıp sanki ekrana kalın ve yatık harflerle yazılmışçasına öne çıktı. İnsanın dinlerken yüzüne küçük çimdik atan, ama acısı sonradan koyan bütün sözler gibi... Bir daha peşini bırakmayacak olan iki sözcük: Kayın ağacının kayını ile düğüm. Kayın ve düğüm. Önce ikisi arasındaki ilişkiyi çözemedi ve unutmaya çalıştı. Bu kadının her sözünde özel bir anlam bulunması da şart değildi ayrıca! Ancak taksi, hafta sonu alışverişi ve gezmesine çıkan Kadıköylülerin yarattığı çılgın cumartesi trafiğinde uzun bir yolculuk yaparak hastanenin kapısına geldiğinde, kayın sözcüğünün aynı zamanda evlilikle edinilen hısımların tümü için kullanıldığını hatırlayarak, iğne batmış gibi irkildi. Kayın ve düğüm. Düğüm ve kayın! Göğsüne ağır bir taş bastırılmış gibi nefesi daraldı. Semahat, nefes alabilmek için kuş gibi ağzını açtı. Taksi durdu.

24. Nefes Almaya Devam Et!

Hastanenin bahçesi, şehrin cumartesi kalabalığını hiç aratmıyordu. Bahçe, hastalarını veya doğuracak yakınlarını bekleyenlerle doluydu ama bilmeyen biri için bir piknik alanı olarak da algılanabilirdi. Üzüntü veya heyecandan yemek yemeye vakit bulamayan hasta yakınları, kantinden aldıkları yiyecek ve içeceklerle ağaçların altına öbeklenmişti. Bir futbol sahası büyüklüğündeki bol ağaçlıklı hastane bahçesinde ya hiç çöp kutusu yoktu ya da o gün orada bulunanlar daha önce çöp kutusu diye bir şeyi hiç görmemişti. Kendi çöpleri içinde hiç rahatsız olmadan oturan insanlar, bu sırada bahçeye atmak üzere yeni çöpler üretmeye de devam ediyordu.

Taksiden inince bu defa artık çekinmeden Yunus'un cep telefonunu arayan Semahat, onu ve Komiser Ümit Kaman'ı hastane bahçesinde, kan çanağı gözler, simsiyah gözaltı halkaları, sakallardan göründüğü kadarıyla solgun suratlar ve bitkin bedenleriyle bir ağacın altındaki ahşap bankta otururken bulmuştu.

Tasvir'in ağbisi Yunus, göğsüne kadar uzun sakalı ve kırmızı polo tişörtünün gizleyemediği göbeğiyle, yaşıt olduğu Ümit'ten en az on yaş daha büyük görünüyor, bir elindeki tespihi hiç düşürmeden inanılmaz bir hızla çekiyordu. Göbeğinin altından kemeri görünen siyah kumaş pantolonu daha çok şalvara benziyordu. Siyah çorap üzerine giydiği kahverengi sandaleti, Semahat'e sabah Kadıköy Çarşısı'nda gördüğü kırmızı sandaletleri hatırlattı. Aslında onları hiç unutmamıştı.

O vakte kadar kendini kontrol etmeye çalıştığı anlaşılan Ümit, Semahat'i görünce oturduğu banktan kalkıp ona hiç sahip olmadığı ablasıymış gibi sarılıp, samimi bir özlemle kucaklayınca Semahat şaşırdı.

"Canım Semahat Ablam! Ne can insansın sen ya! Allah senden razı olsun! Bizim için şu yaptığın iyiliklere bak! Erenler korusun seni!" dedi. Sonra gözlerine inanamayarak geri çekildi ve şaşkın bir sesle: "Dur bakayım, sen ne yaptın kendine Semahat Abla? Ne güzel olmuşsun maşallah! Hah şöyle, bak biraz kendine ya hu!" dedi.

Sabahtan beri yaşadıkları nedeniyle yorgun düşmüş olan Semahat, onun bu samimi sevgi gösterisinden ve yıllardır ilk kez kadınlığının hatırlanmasından etkilendi, Yunus'a 'merhaba' demek için elini uzattığı sırada, gözlerinden yaşlar boşaldı. Bu gözyaşlarını kız kardeşi Tasvir'e olan sevgisinin bir işareti olarak gören Yunus, onun havada kalan eline uzanıp şükranla avuçları arasına aldı, minnetle sıktı, havada defalarca salladı. Onun da gözleri dolmuştu. Onun elindeki tespih Semahat'in canını acıttıysa da acının hissedilmediği özel zamanlardı. Kadınlarla el sıkışmayı İslam inancına uygun bulmayan Yunus'un bu beklenmedik tavrını yasakların kalkacağına dair yeni bir işaret olarak değerlendiren Ümit'in de gözleri sevinçten doldu. Böylece, aynı yüzyılda, aynı ülkenin farklı şehirlerinde aynı din ve anadile sahip olarak doğan, ama kendilerine hiç danışılmadan konmuş gelenek ve töre adındaki kurallar yüzünden birbirinden ayrı düşen üç yetişkin insan, çok sıcak bir yaz günü, bir hastane bahçesinde, sahici gözyaşlarının sembol olduğu bir zeminde, gönüllerini yan yana açtılar.

"Nasıl, Tasvir iyi mi? Sizlerle konuştu mu?" diye sordu Semahat, eliyle yüzünü kurularken. Yoğun duygusal kilitlenme ve çözülmelerde ancak kadınlar inisiyatifi ele alabilirler. Fiziksel şiddet yoğunluğu yaşandığındaysa, bunun tam tersi olur.

"Çok şükür, yoğundan çıkarttılar! Şimdi, gece yarısına kadar gözetimde tutulması gerekiyormuş. Normal odaya taşıdılar, inşallah sabaha taburcu olacak, değil mi Yunus?"

"Yaa, Semahat Bacı, Allah bize acıdı, hepimizi korudu. Verilmiş sadakamız varmış! Bir tanecik bacımı, Tasvirimiz'i bize bağışladı yüce Rabbim!" dedi, Yunus çok üzgün bir sesle, tespihini daha da hızlı çekmeyi sürdürerek.

"Bizim sülalede kız çocuk sayısı azdır. Biz on dört kuzeniz ve hepsinin arasında tek kız, benim bacım Tasvir'dir. Hepimiz üzerine titreriz onun. Ah, o da... İnsan nasıl kıyar Allah'ın verdiği cana? Tövbe tövbe... Günahkâr olacaktı... Çok şükür, bin şükür, kurtulduk yarabbim!"

Semahat, daha birkaç saat öncesine kadar kız kardeşinin hayatı söz konusuyken, şimdi onun ölümünün günahı-sevabıyla ilgilenen Yunus'a ters ters baktı. Onun kendini tutamayıp Yunus'a ağzının payını verebileceğinden endişelenen Ümit, Tasvir'e bu kadar yaklaşmışken onu tekrar kaybetmeyi göze alamadı.

"Sen dükkânını kime emanet ettin Semahat Abla? Kedilerine kim bakıyor?" diye konuyu acele değiştirdi.

"Dükkânı kapattım, on yılda bir gün de kitap almasınlar benden canım! O önemli değil de Kutlu ile Bilgi sokaktalar. Onlar dükkânı hiç kapalı görmediklerinden, ya şimdi terk edildiklerini sanarak korkarlarsa diye biraz huzursuzum."

"Kedilerin adı Kutlu ile Bilge mi, Semahat Bacı? Maşallah insan gibi ad vermişsin ha? Kutlu ile Bilge, hımm?"

"Bilgi. Kutlu ile Bilgi," diye düzeltti Semahat. Onun sesinden Yunus'a bozulmaya başladığının sinyallerini alan Ümit, yine acele araya girdi:

"Ben de önce senin gibi anlamıştım Yunus, ama sonra Semahat Abla'mın *Kutadgu Bilig* kitabını çok sevdiğini ve ondan esinlenerek kedilere ad verdiğini öğrendim. Kutlu Bilgi olarak, yani..."

"Hey maşallah! Ben şahsen hayvanlara daha düz adlar münasip olur düşüncesindeyim, tabii kendi şahsî görüşüm bu..."

"Semahat Ablacım, bizim yüzümüzden bugünkü rızkını, kısmetini gözden çıkarttın ya! Sağ olasın can ablam, nasıl öderim senin hakkını? Bir gün belki bizim de sana elimiz değer... Hiç değilse, kedilere bakmaya giderim, diyeceğim ama Tasvir taburcu olana kadar buradan ayrılmam imkânsız!" diye yine araya girdi Ümit.

"Kedileri komşu esnaf idare eder herhalde... Su ve mamaları bitmiştir ama açlıktan da ölmezler. Kediler dokuz canlıdır, Komserim. Zaten Moda halkı sokak kedi ve köpeklerini korur, hayvansever insanlardır... Yok, yok, ben de seninle burada kalıp Tasvir'i görmek istiyorum," diye kırgın bir sesle söylendi Semahat. O zaman Yunus: "Semahat Bacı, eğer münasip görürsen, sizler buradayken ben bir koşu gidip kedilerin ihtiyaçlarını karşılarım. Kutlu ile Bilge'nin..." dedi şimdi alttan alan bir sesle. "Tasvir, çok şükür yoğundan çıktı. Annemle, benim hanım başındalar. Nasılsa Ümit Komiser'le siz de buradasınız... Sen bana dükkânı tarif et, ben yarım saate hâllederim o işi. Sonuçta biz de esnaf adamız, anlarız birbirimizin hâlinden. Madem sen bacımın bacısısın, benim de bacım sayılırsın artık!"

Ümit'le baş başa konuşmak, olup biteni öğrenmek için can atan Semahat, Yunus'un uzattığı barış elini geri çevirmedi, kabul etti. Ona sahaf dükkânının anahtarını verip adresi ayrıntılı biçimde tarif ettikten sonra, kapının önündeki yoğurt kutularına nereden mama ve su koyacağını anlattı ve o gider gitmez Ümit'e döndü:

"Bu nasıl bir adam Komserim ya? Hem sen bununla askerde nasıl kanka oldun ki? İyi ki kız kardeşini seviyormuş, ya maazallah bir de sevmeseymiş ne yapacaktı, elleriyle mi boğacaktı onu? Sen gencecik kızı sevdiğinden zorla ayırıp İstanbul'dan evinden kopart, bir kasabaya iki yıl sürgüne yolla, sonra da hiç tanımadığı biriyle zorla evlendirmeye kalk! Ama neymiş, biricik bacısıymış ya! Hey Allahım, valla senin ve Tasvir'in hatırı olmasa var ya, ben ona söyleyeceğimi biliyordum ama..."

"Yok, Semahat Abla, inan bu Yunus öyle biri değildir. Özü iyidir, merttir. Onun da gözünü töreler, gelenekler diye diye kör etmişler işte... O, ailesindeki kadınların hepsinin örtülü, tesettürlü olduğu, dinî kuralların çok katı uygulandığı, duyguların fazla gösterilmesinin ayıp kabul edildiği bir ortamda büyümüş bir insandır. Bak, bana askerde anlatmıştı, on yaşındayken uykuya dalıp bayram namazını kaçırdığı için rahmetli babasından yediği dayak yüzünden sağır oluyormuş az daha... Ona kadın eli tutmak çok günah demişler, kadınlarla tokalaşmaz, ama bak, senin elini boşta bırakmadı. Cuma namazı için nalbur dükkânını kapatır, kabuklu deniz hayvanı yemez, ağzına içki koymaz, daha rakının tadını bilmez, bir halay çekmişliği, horon tepmişliği yoktur, daha bir yığın kurallarla doludur hayatı, ama hangimizin yok ki? Benim için en önemlisi, içi iyidir ve başkasının inancına karışmaz..."

"E, askerde kanka olduğunuzda senin Alevi olduğunu bilmiyor olamazdı, değil mi?"

"Tabii, hattâ askerdeyken, 'Aleviler'in camisi yok, namaz kılmadan, oruç tutmadan Müslüman olunmaz!' diye bana pis pis sataşanlara karşı, 'Hepimizin peygamberi Muhammed, Ali de onun halifesidir. Herkes kendi işine baksın beyler!' diye hep beni savundu, arka çıktı. Hayatında hiç dans etmediği, horon tepmediği için arada bir bizim sema dansımıza, sema âyinimize akıl erdiremediğini söylerdi ama Mevlâna Hazretleri'nin sûfi danslarını hatırlatınca, utanır, susardı. Hem sen bakma şimdi onun böyle kilo aldığına, pırıl pırıl tıraşlı, çakı gibi yağız bir adamdı askerdeyken. Sesi de çok güzeldir, ben saz çalardım, o söylerdi. Şu 'Dostum Dostum' türküsünü beraber bir çalardık, milleti ağlatırdık inan olsun!"

"Ne zaman ki sen onun kız kardeşine sevdalandın ve evlenmek istediniz, Alevi hoşgörüsü bitti! Demek ki sahici değilmiş Komserim!"

"Sadece o değil ki, Semahat Abla! Bizim taraf da Sünni gelin istemedi ya!.. Bence aslında bu dünyada hoşgörü diye bir şey yok. Hoşgörü, laiklik falan bunu senin benim gibi bir avuç insan hayâl ediyor ancak! Baksana, kendileriyle dünyanın en uygar, modern, laik diye övünen milletleri, Müslümanları toptan terörist kabul ediyorlar."

"Off!" diye dişlerini sıktı Semahat. İkisinin de suratı asıldı. Bir süre hiç konuşmadan, bu hoşgörüsüz dünyaya nasıl katlanacaklarına üzülerek kara kara düşündüler hastane bahçesinde. Sonra Semahat sordu:

"Ha, hem niye günahkâr oluyormuş Tasvir? Neden öyle söyledi bu Yunus olacak adam?"

"İntihar ederek ölecek diye dedi bunu. Bana dün geceden beri defalarca tekrarladı aynı şeyi."

"Kardeşinin ölmesinden çok, nasıl öldüğü daha önemli yani... Offf, of ya! Hayattan daha önemli ne olabilir Komserim? Onur, şeref, namus, hak, sevap ve günah ancak yaşarken söz konusu değil midir? Ölünün arkasından zamanın ruhuna uygun her çeşit hikâye yazıp onu ister kahraman, ister rezil edersin. Tarihte bir Nazi cellatının hümanist, bir pedofilin ermiş, aziz gibi anıldığı görülmemiş şey değil ki..." diyerek tıpkı kendi dükkânında da bir şeye sinirlendiğinde yaptığı gibi kalktı, ağacın altında yürüyerek, yalnız yaşayanların çoğu gibi kendine söylenmeye devam etti:

"Gerçekten anlayamıyorum ya! Bir politik ideoloji veya dinî inanç yolunda, hem de insanlığa hizmet adına körü körüne ve hiç sorgulamadan kurallara uymak için zâlime dönüşen zihniyeti, gayret etsem bile anlayamıyorum... Diyorum ki, herkes kendine doğru gelene inanır, tamam. Bunda bir problemim yok. Sonra, kendine benzemeyen 'başkası'nı anlamak iyidir, hoştur, sevaptır, diyorum. En sonunda, 'başkasının da başkaları vardır ve onlardan etkilenmiştir,' diyorum ve onu da anlamaya çalışıyorum... Okuyorum, felsefecilere bakıyorum. Irkçılığı, kendine benzemeyenden nefreti, başkasının inancını yasakla, baskıyla değiştirmeye, başaramazsa kanla, ölümle ezmeye çalışanın muzafferliğine bakıyorum. Gördüğüm bir zavallı. Ne etik var, ne insanlık..." dedi ve hemen ağacın altında, eli çenesine dayalı, kara düşüncelere dalmış Ümit'in kendisini dinlemediğini görünce yanına gidip yeniden oturdu:

"Peki, Tasvir nasıl Komserim? Ne diyor? Konuştunuz mu?"

"Konuştuk, kısacık da olsa konuştuk. Maşallah iyi, tabii çok hâlsiz, solgun ama midesini zamanında yıkamışlar, 'Verilmiş sadakanız varmış!' dedi doktor bile..." diye kaldığı yerden devam etti Ümit.

"Nasıl olmuş, anlattı mı olanları?"

"Yok, biz onunla sadece birbirimize bakıp kaldık be Semahat Abla ya! Konuşacak hâl mi bıraktılar bizde? Onu öyle yatakta, ölümün eşiğinden dönmüş, küçücük kalmış görünce elim ayağım boşaldı... 'Memleketin en güzel esmeri' Tasvirim, çocuk gibi ufalmış, bir deri bir kemik, yüzü desen bembeyaz, damarında tüp mü nedir, serumlar..." dedi ve durup yutkundu Ümit.

"Hâlbuki yeniden kavuşacağımız ânı kaç kere düşünmüş, ne hayâller kurmuştum kafamda. Ama o senaryoların hiçbirinde hastane odası yoktu... İki yıldır görmemişiz birbirimizi, koskoca iki yıl ya hu! İki tane kış, dört bahar ve iki yaz! Tam iki yıl! Nasıl bir şeymişki, bu aşk, insan sevdiğinden ayrılınca hayatı yedeğe alıyor, yaşıyormuş gibi yapıyor ve her şeyi kafasına yazıyor... Bir gün aşkına kavuşacak, bir bir anlatacak o yedekte yaşadığı hayatı... Sonra beraber yeniden başlayacak sahici hayat... Öyle bekliyorsun, özgürlüğüne kavuşmayı bekleyen köle gibi... Ah, bu aşk dedikleri başka şeymiş, Semahat Abla! Çok çektim, sen de şahitsin, çok çektim ama yemin ederim, pişman değilim. Diyorum ki, iyi ki Tasvirim'e âşık olmuş, iyi ki aşkı tatmışım! Ya, bilenlerin yıllar sonra bile anlatırken hâlâ heyecanlandığı aşk denen o mucizeyi hiç bilmeden çekip gitseydim dünyadan? Aşk, insana kalbinin yerini öğretiyor."

Onun bu son sözü, Semahat'i bir süredir unutan ağrının sivri bir bıçak gibi yeniden sırtına saplanmasına neden oldu. Sırtının sol tarafı öyle derin ve sivri bir sızıyla yandı ki, çığlık atmamak için eliyle ağzını kapatıp gözlerini yumdu. Acıdan gözleri kararan Semahat, Ümit bunu görmesin diye, yere bir şey düşürmüş gibi oturdukları bankta eğildi, katlanıp kaldı.

"Biliyor musun Semahat Abla, bizi beş dakika odada yalnız bıraktılar, tam beş dakika baş başa!"

Tasvir, dün gece henüz ölüm tehlikesiyle yoğun bakımda yatarken, annesi hastane koridorunda kızını bekleyen Ümit'e gözyaşları içinde olup biteni anlatmıştı. Onun anlattığına göre: adını vermek istemediği uzak bir kasabada iki yıldır akrabalarının yanında yaşayan Tasvir'i üç gün önce ağbisi Yunus, apar topar İstanbul'a getirmişti. Ailesi, Tasvir'e hiç haber vermeden onun dışında bütün ailenin uygun gördüğü iyi bir gençle gıyabında söz kesmiş ve geldiğinin akşamı da genç kızı süsleyip aile arasında nişan yapmaya niyetlenmişti. Annesi, kendisinin de Tasvir'in babasını zifaf gecesine kadar hiç görmeden evlendiğini, bunun kadınlar için normal bulduğunu, hiç değilse Tasvir'e nişanlısıyla tanışma şansı verecek olmalarını handiyse gururla, uğruna intihara kalkıştığı sevgilisi Ümit'e anlatırken, besbelli kızı ölüm döşeğinde olan bir insanın şuursuzluğu içinde olmalıydı. Çünkü kadıncağız gözyaşları ve pişmanlık içinde, kızı Tasvir'in iki yıldır evinden uzak yaşadıktan sonra artık 'aklı başına gelmiştir' diye düşündükleri için her aile gibi çocuklarının mürüvvetini görmeye heveslendiklerini de ona anlatmıştı. Tasvir'in annesini teselli ederek, bütün bu anlattıklarını çıldırmadan ve sabırla dinleyen Ümit de herhalde şoka girmiş olmalıydı. Çünkü kadının, "Tek istedikleri kendi inançlarına ve geleneklerine uygun biçimde kızlarının mutluluğuymuş. İki yılda küllenmeyecek aşk mı kalırmış!" sözlerini hâlâ öfke nöbetine tutulmadan aktarabiliyordu. Ancak hiçbiri –Ümit dâhil– hiçbiri Tasvir'in son aylarda yanında bir kutu uyku ilacıyla dolaştığını bilmiyormuş. Onu hiç yalnız bırakmamaya özellikle dikkat etmelerine rağmen, Tasvir bir yolunu bulmuş, nişan akşamı kaşla göz arası, bir kutu ilacı içip kendini banyoya kilitlemiş. Onu uyuyor sandığı için, uzun zaman durumu fark etmeyen annesi, yatağını ikinci defa kontrol ettiğinde yerinde bulamayınca önce kaçtığını sanmış, topluca sokağa fırlamışlar ama aynı evde yaşayan yengesi; –Yunus'un karısı– banyo kapısının kilitli olduğunu anlayınca, onun içeride olduğundan şüphelenmiş. Sırayla hepsinin denediği tatlı dilli nasihatlere rağmen Tasvir ne banyo kapısını açmış, ne de ses vermiş. Sonunda Yunus, kapıyı kırıp onu banyoda baygın bulduğunda, yanında bir de intihar mektubu varmış:

"Ben Tasvir, 24 yaşındayım. Ailemin her sözünü dinleyen, uysal ve iyi kalpli bir çocuktum. Hayatım boyunca onların yüzünü kızartacak, törelere aykırı hiçbir şey yapmadım. Hep namuslu bir kız oldum, şimdi ölürken de namuslu ölüyorum ama gözlerim açık gidiyor bu dünyadan. Allah beni Ümit'e yazmıştır. Bu dünyada bize engel olan herkes bilsin ki, öbür dünyada hiç kimse engel olamayacak kavuşmamıza. Ben sizi affediyorum, inşallah Allah da affeder! Canım Yunus Ağbim, sen bana yetimliğimi belli ettirmedin, yarı babam oldun benim. Senin sayende tanıdım Ümit'i. Sen anlattın onun nasıl has, temiz kalpli, saf bir adam olduğunu. Sonra da sen ayırdın bizi. Ben seni affediyorum Yunus Ağbim. Fakat senden son bir arzum vardır: Ümit'i ara ve ona 'Tasvir seni cennette bekleyecekmiş,' de. Bu benim senden son arzum ve sana vasiyetimdir. Bunu da çok görmezsin ölmüş kardeşine inşallah! Allah beni affetsin!

Bahtsız kızınız Tasvir."

Bunları Semahat'e anlatırken, herhalde şoktan çıkarak, gerçeği kavramaya başlayan Ümit, acısından katıla katıla ağlamaya başladı. Fakat memleketin hemen bütün erkekleri gibi ona da çok korkutucu gelen 'ağlayan erkek' imgesi, üstüne sivil de olsa bir de 'ağlayan erkek polis' imgesinden çekindiği için hastane bahçesinde oturduğu bankta eğilip başını bacaklarının arasına sıkıştırdı ve sakladı. Hıçkırıklarını içine gömdü, inlemeye başladı.

"Ağla Komserim ağla ya! Koy kendini be! Benim için de, bütün ayrılanlar, boktan gelenekler yüzünden hayatları cehenneme dönenlerin hepsi için ağla! Sıçarım bu memleketin insanlarına koyduğu yasaklara, bütün sınırlara ulan be!" diye dişlerinin arasından tısladı Semahat. Bu sırada sırtındaki ağrı da çekip gitmişti. Yanı başında yumruklarını sıkmış, inlerken onun küfrettiğini ilk kez duyan Ümit şaşırdı ama bu küfürler ona ilaç gibi geldi. Yalnız, Sahaf Semahat'in ağlamasını istediği insanlar arasına en başta kendisini de eklediğini hiç bilmiyordu.

"İlle ölmek mi gerekiyor bu memlekette senin de bir birey olduğunu, kadın olarak senin de insan olduğunu, bir tenin, bir kalbin ve miden olduğunu anlamaları için ya!" diye devam eden Semahat, en önce kendi hayatını anlatmaya başladığı için daha fazla dayanamadı, o da ağlamaya başladı. Hastanenin bahçesinde yan yana ağlayan bu ikisini görenler, 'yakın hastalarını kaybetmiş akrabaların acısı' zannedip onları üzülerek izlediler. Bu sırada bahçeden geçen bir hastabakıcı, belli ki sık sık karşılaştığı bu tabloya çözüm olarak yanında taşıdığı küçük kolonya şişesinden ikram etmek için yanlarına gitti, sakinleştirici sözler söyleyerek, onları yatıştırmaya çalıştı. "Ölenle ölünmez kardeşim, hadi alın biraz limon kolonyası, iyi gelir!"

"Sağ ol kardeş, ama bizim hastamız iyileşti çok şükür!" diyerek kolonyadan alıp boynuna ve ensesine süren Ümit ona teşekkür etti. Sonra şaşkın şaşkın söylenerek hastaneye doğru giden hastabakıcıyı unutup, "Biliyor musun Semahat Abla, Tasvir'in annesi bana bütün bunları anlatırken içimden yüzlerce defa tek bir cümleyi tekrarladım: Nefes almaya devam et! Tasvir, nefes almaya devam et! Sanki sihirli bir cümleydi ve işe yarayacaktı."

"Nefes almaya devam et!" diye tekrarladı Semahat hâlâ burnunu çekip ağlama krizinden çıkmaya çalışırken: "Nefes almaya devam et, Semahat!"

Ümit onun derin derin nefes alıp vererek ferahlamaya çalıştığını görünce erkeksi bir içgüdüyle babacan bir ses buldu:

"Dur Semahat Abla, dur ya hu! Zaten kuş kadar canın var, onu da bizim için harap ettin be Can Ablam! Ben de sana çanak tuttum, tüh benim erkekliğime be! Bak, Tasvir bir taburcu olsun, biz bu defa evleneceğiz galiba..." diye onu yatıştırmaya uğraştı.

"Galiba mı? Ne demek galiba, Komserim? Galibası mı kaldı bu işin artık?" diye burnunu çekerek azarladı onu Semahat.

Onun sevineceğini beklerken bu sert tepkisine şaşıran Ümit, kadınları asla anlayamayacağını bir kez daha düşündü. Semahat de bu yaşadıklarından sonra hâlâ 'galiba'larda gezinen kararsız erkek mantığını anlayamamaktan şikâyetçiydi. Bu sırada Ümit'in telefonu "Dostum Dostum" türküsünü çağırarak çalmaya başladı.

"Hah nihayet şarj etmişsin telefonunu Komserim?

"Sorma Semahat Abla! Annemler, dünden beri ortalığı birbirine katmışlar. Benimki kapalı olunca, gurur yapıp Yunus'u da aramamış, karakola notlar bırakmışlar..."

"İyi ya, demek ki onlar da Tasvir'i merak ediyorlar!"

"Yok canım, Tasvir'in adını bile almıyorlar ağızlarına! Onların derdi Kaman. 'Yarın gidiyor muyum,' diye not bırakıyorlar sağa sola."

"Hah hah! Yok artık!" diye gözleri hâlâ yaşlıyken gülüverdi Semahat.

"İki gözüm aksın ki, doğru! Biz burada can derdindeyiz, onlar Kaman'a geliyor musun, 'ya biz, ya o!' derdindeler..."

"Vay canına... Senin de intihar etmen lâzım belki de..."

"Aman aman artık ölüm yok, keder, hasret yok! Bundan böyle düğün dernek olsun, yüzümüz gülsün be Semahat Abla ya!" dedikten sonra telefonunun meşgul tuşuna basan Ümit, annesiyle konuşmayı reddetti. Onun bu kararlı tutumunu görünce, kendini toparlayan Semahat: "Oh ya, evet ya! Yetti artık gerçekten... Bak ama sevinçli haber deyince, sıkı dur; bu bizim Umay Bayülgen, sizin düğünün haberini daha Tasvir yoğundayken, bu sabah verdi Komserim! Dur dur, daha bu bir şey mi? Sen daha bu sabah neler oldu bir duysan, şapkan fırlar ha! Sen önce bir rahatla, Tasvir'in durumu düzelsin diye anlatamadım ama duyunca kulaklarına inanamayacaksın! Bak, sen bu kadını abartıyorsun sanmıştım ama vallahi haklıymışsın Komserim! Bu Umay Bayülgen, sadece bir söz cambazı değil, kadın aynı zamanda bir... nasıl söyleyeyim? Kadın bir duygudaşlık sihirbazı, masalcıbaşı, ağzından bal damlarken sözcüklerle insanı büyülüyor sanki... Hani neredeyse ne anlatırsa anlatsın, biraz daha anlatsın diye yalvarası geliyor insanın ya! Konular arasındaki kılcal ilişkileri inanılmaz bir keskinlikle bulup, bağlıyor birbirine. Karizması öyle yüksek ki, kendisi oradayken garsondan patrona herkesi etkiliyor."

"Ben demiştim sana Semahat Abla, var o kadında tuhaf bir güç diye... Valla ben korkuyorum ondan ha!"

"Bir yandan da çok şeker, değil mi? Ha?"

"Yok Abla, şeker falan değil ya! Ben tırstım ondan ya... Bir de şimdi, Defne Kaman'ı bulmak için sözde uzaktan akraba olduk ya bunlarla..."

"Onun kendi soyadı Otacı'ymış, anlattı biraz..."

"Besbelli seni de büyülemiş, bu Umay Otacı mı, Bayülgen mi neyse? Hı? Dur ya Allah'ın seversen, Semahat Abla!"

"Doğru, o Şaman kadın beni büyüledi Komserim, ama doğrusu pek de şikâyetçi sayıldığımı söyleyemem. Şimdi ben sana hem onu, hem de yaralı yunusu nasıl kurtardığımızı döktüreyim de biraz için açılsın... Ama önce birer soğuk içecek alsak, çok kurudum ben bugün ya..." diye gülümseyerek anlatmaya başladığında, Semahat ile Ümit hastanenin bahçesinde kantine doğru yürümeye koyuldular. İstanbul'da yüzyılın en sıcak yazın bir cumartesi öğlesonrası devam ediyor, Tasvir odasında hızla iyileşiyordu ve Komiser Ümit, dün gece sevdiğini koruduğuna inandığı o cümleyi, aslında Umay Nine'nin karakolda Defne Kaman için dua edişinden hatırladığını, Semahat'e söylememeye karar verdi: 'Nefes Almaya Devam Et!'

25. Kendine Ait Bir Hayat

Annesi kapıyı açtığında yüzü boştu. Orta yaşlı kadının yüzü sanki çekip gitmiş, yerinde boş gözler, bir burun ve boş bir ağız bırakmıştı. Sıcak bir cumartesi günü öğleden sonra, kapıyı açıp karşısında ufak tefek, sıska, otuz beş yaşlarında, yer yer beyazlaşmış, siyah saçları omuz hizasında dağınık, kısa kollu mavi entarili, parmak arası terlikler giymiş, sade, makyajsız, lacivert kumaş bir heybeyi postacı usulü boynuna çapraz asmış Semahat'i gördüğünde Komiser Ümit'in annesinin yüzü boştu. İnsan kendini aynada görmek istemeyecek kadar çok üzgün olduğunda yüzü onu terk eder ve bazen yıllarca geri dönmez. İnsanlar böyle zamanlarda aynaya baktıklarında kendilerini bulamazlar ve bu hayatlarının en kayıp zamanıdır. Mavi Tuna'nın rüyalarda, Yeni Zelandalı Vicky'nin geçmişte ve İstanbullu Belgin'in aynalarda kaybolmasının nedeni de buydu.

"Merhaba efendim, ben Semahat. Ümit Komser'in arkadaşıyım. Kendisi hastaneden ayrılamadı, biliyorsunuz... Şey... Benden odasındaki bir defteri almamı rica etti de... Onun için gelmiştim..."

"Buyur, gel kızım," dedi kadın bomboş bir sesle. Sesi, içinde artık öfke veya kırgınlık barındırmayacak kadar boşalmış, yavanlaşmıştı. İçeriye doğru açılan sokak kapısını sonuna kadar açtı, geri çekilerek Semahat'in girmesini bekledi. Bir polis annesi olarak kadının hiçbir teyit sorusu sormadan onu içeriye buyur etmesi Semahat'i endişelendirdi. O zaman kadının yüzüne dikkatle baktı ve gözleri dâhil yüzünün boş olduğuna iyice inanarak ürperdi.

"Koridorun ucundaki oda, onun odası. Ne istiyorsan al, kızım," deyip bir ânda ortadan kayboldu. Böylece, hakkında: New York'lu Dedektif Matt Scudder'ın maceralarını okumayı seven Kadıköy Karakolu'nda görevli bir komiser olduğu ve sevgilisi Tasvir'den zorla ayrılarak iki yıldır çok üzüntü çektiği dışında başka bir şey bilmediği ama son üç gündür gelişen olaylar nedeniyle İstanbul'da tanıdığı herkesten daha yakın arkadaş olduğu Ümit Kaman'ın odasına giren Sahaf Semahat, kendini yasak bir bölgeye izinsiz girmiş biri gibi huzursuz hissetti. Sık görüştüğümüz, beraber çalıştığımız, bazen –eğer varsa– ailemizden daha fazla zaman geçirdiğimiz insanları aslında sandığımızdan az tanıdığımızın farkına vardığımızda, derin bir boşluğa düşmüş gibi oluruz. Bu boşluk, biraz da kendi bencilliğimiz ve egomuzla yüzleşmenin uçurumudur. Semahat, dükkânına çoğu zaman üniformasıyla gelen, otuzlu yaşlarında yetişkin bir erkek olarak tanıdığı Komiser Ümit'in hâlâ anne ve babasıyla, orta hâlli bir evde yaşadığı günlük hayatının içine girince, onu aslında pek tanımadığını düşündü. Bu, kendi hakkında hiçbir şeyin bilinmemesi için bilerek yarattığı bir durumdu. Çünkü birileri hakkında doğal yolla bilgi edinmek, karşılığında insanın kendisi hakkında bilgi vermesi anlamına da geliyordu ve hiç kimse kendini özenle saklayan biriyle uzun süre arkadaşlık etmezdi. Kişisel nedenlerle kimliğini ve geçmişini saklamak zorunda olan Sahaf Semahat, bu yüzden hiç kimseyle de yakın arkadaş olamıyordu. Ne yazık ki bu yalnızca kendisi için değil, karşısındakinin de hayatını tehlikeye atmamak için mecbur kaldığı cinnetkâr bir önlemdi.

Ne beklediğini bilmese de Komiser Ümit'in odasını görünce şaşkınlığını gizlemeyen Semahat, kendi yattığı yeri görenlerin de şaşıracağını biliyordu ama yine de kapıyı açıp bir ergen oğlan odasıyla karşılaşınca önce kaşlarını çattı, sonra duvarda asılı sazı ve yanındaki Pîr Sultan şiiri "Dostum Dostum"u görünce gülümsedi. Son yıllarda sahafa gelen genç müşterilerinin çoğunun üniversiteden mezun olduktan sonra hâlâ aileleriyle yaşamaktan hiç gocunmadıklarını, hattâ bundan hoşnut olduklarını kendilerinden duyuyordu. Bunun nedenlerinin, özellikle şehirli-meslek sahibi anne ve babaların çocuklarına, kendi ebeveynlerinden çok daha fazla özel hayat alanı ve özgürlük sağlaması kadar, 21. yüzyıl gençliğinin, elektronik ve sanal çağın hızı ve pratikliğiyle büyüyen, 'ekmek elden su gölden' kolaylıcılığı ve 'Oblomov' zihniyetinde bir kuşak olduğuna dair birçok makale okumuştu. Oysa kırk yaşına çok yaklaştığı yerde, kendi kuşağı ve öncesinde gençliğin en önemli meselelerinden biri, '*ne pahasına olursa olsun, en kısa zamanda kendi ayakları üzerinde durabilmek, kendi hayatını kurmak*'tı. Belki kendi kuşağı da internetle büyüse başka olurdu? Kim bilir? Zamanın ruhunu sadece teknoloji ve sanallık tek başına etkilemiyorsa da dükkânından çıkmadan hayatını sürdürebilen Semahat bunların büyük etkisini inkâr edemezdi. Komiser Ümit'se ailesinin kendisine koyduğu evlilik engelini protesto için bu yaşta hâlâ onlarla oturduğunu söylüyordu. Semahat, Komiser Ümit'in oğlan çocuğu ihtiyaçlarını bile zor karşılayacak odasına hüzünle baktı ve farklı nedenlerle olsa bile, kendisinin de kendine ait bir hayat kuramayışını düşündü. Kendine ait bir hayat, ille evli barklı, çocuklu, aile hayatı olmamalıydı. İnsanın kendine ait hayatı, istediği gibi ve insanca koşullarda sosyal hayatını sürdürebileceği bir düzendi. Semahat, böylece ikisinin de yanlış yaptığı fikrine bu, bir yatak, bir gardırop, masa ve sandalye dışında nerdeyse çıplak odada vardı. Baskıya karşı direnmek, insanın kendi istediği yolda hayatını kurmak için mücadele etmektir, kurmamak için değil.

Semahat, masanın üzerinde duran, kalın, deri ciltli, içinden kuş tüyleri, kurutulmuş bitkiler ve renkli bez parçaları taşan, mavi bir kurdeleyle bağlanmış defteri daha görür görmez onun *SU Kitabı* olduğunu anlamıştı. Defteri eline aldı, hemen odadan çıktı ve sokak kapısına doğru yöneldi. Bu sırada içeride kavga eden bir kadın ve erkeğin sesleri yükseliyordu. Ne yapacağını bilemeden kapının önünde bir süre durdu, yüksek sesle öksürerek bekledi. Ne dedikleri anlaşılmasa da kavga etmekten mutlu olmadıkları belli olan kavgacılar, onu duymadan kavgaya devam ediyordu. Birden, çocukken kendi anne ve babasının bitmeyen kavgalarını ve babasının kavga etmekten zevk aldığını düşünerek, onları dinlediği zamana uçtu gitti. Oysa kendine mutluluk vermeyen anıları silmek, e-postadan 'delete' eder gibi çöpe atmak istiyordu. Hafiza üzerinde böyle bir nörolojik çalışma yapıldığını duymuştu. Acaba insan o zaman daha mutlu olacak mıydı? Semahat, kendini toparlayıp daha duyulur bir sesle bir daha öksürünce, hem kendi içindeki hem de diğer odanın içindeki sesler kesildi ve Komiser Ümit'in annesi koridordaki bir kapıdan çıkıp, yanına geldi. Yüzü hâlâ boştu.

"Tamam, defteri aldım," diye uzatıp kadına gösteren Semahat, "Teşekkür ederim, şimdi onu komserime götürüyorum," dedi defteri heybesine koyarken rahatsız bir sesle.

"Haydar başka bir şey istemedi mi, eşyalarını, elbiselerini falan?" diye sordu annesi kırgın bile olmayan, boş bir sesle.

"Yok, kendisi hastanede zaten!" diye ona evde başka adla hitap edilmesine şaşırarak yanıtladı onu.

"Kendisi bilir! Biz yarın sabah erkenden Kaman'a gidiyoruz! Onu beklememizin artık bir anlamı kalmadı. Anlaşılan, o kararını vermiş! Haydar, hem kendine hem de bize yazık ediyor... O kızın ailesi, kendine benzemeyeni kabul etmez, sonunda kıyacaklar ikisine de... Çünkü onlar, bütün inananlar içinde bir tek kendilerini üstün kabul ederler!"

"Şey... Ben ne diyeyim ki? Tabii onun adına konuşamam... Ama söylediklerinizi kendisine iletirim efendim... İyi yolculuklar!"

Semahat kaçar gibi oradan çıktığında tek isteği, Umay Bayülgen'in *SU Kitabı*'nda saklı olduğunu söylediği üç sayısının izini sürmekti. Yorgundu ve açtı ama henüz bunu fark edemeyecek kadar yoğun adrenalin etkisindeydi. Koşuyolu'nda, Komiser Ümit'in evinin hemen karşısındaki bol ağaçlıklı, yeşil bahçeli bir kahveye girdi ve yıllardır ilk kez kendine yabancı bir mekânda yemek ısmarladı. Sonra heybesine sıkı sıkı sarılarak tuvalete gitti, yüzünü buz gibi suyla yıkadı, rahatladı ve bu sırada heybesindeki *SU Kitabı* kaybolmasın diye orada bile iki kez kontrol etti. Geri döndüğünde, masasına karnıyarık, pilav ve cacık servis ediliyordu ama merakı açlığına galip gelmiş, çoktan deftere gömülmüştü bile.

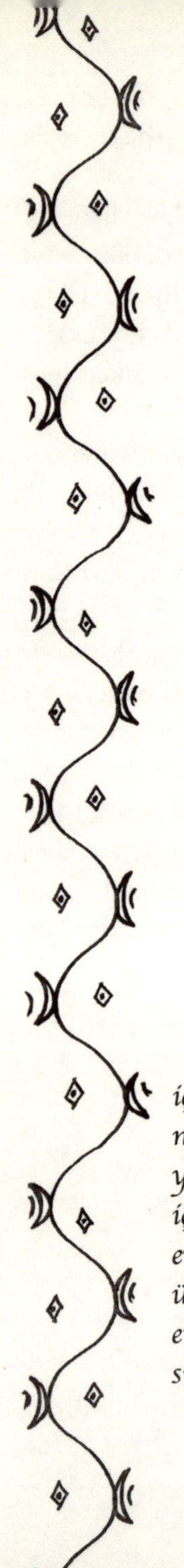

26. İçlerinde En Çok Sevdiğim Ay'dır

Yedi yaşımdayken babam bir akşam sigara almak için evden çıktı ve bir daha dönmedi. Hiçbir eşyasını almadan çekip gitti. Onda tek bir fotoğrafımız bile yoktur! Oğlan çocuğu yerine kız olarak doğduğum için en başından beri beni sevmeyen annem, babamın evi, –aslında kendisini– terk edişini tamamen benim üzerime yıktı. Aynı gün o da beni aynı ev içinde terk etti. Babamın evi terk ettiği gün, benim hem babasız hem de annesiz kaldığım gündür. Babamın benim

yerime bir oğlu olsaydı, bizimle kalacağına gerçekten inanacak kadar aptal mıydı annem? Yıllardır, onun 'yeni karısı ve iki oğluyla çok mutlu yaşadığını başkalarına anlatırken, hâlâ karısını değil de oğullarını bastırarak söylemesi, aynı oyunu sürdürdüğünü mü gösteriyor? Öyleyse bile, insan kendini inandırdığı şeyle gerçek arasındaki farkı er veya geç bir gün kavramaz mı? Bunu hâlâ bilmiyorum.

Annemin bir yankısı ve idealindeki kendisi olarak dünyada yer alan Ablam Aysu ise, zaten en başından beri beni kendi değer ve beğenisine 'uygunsuz' ve 'uyumsuz' bulmuştu. Beni kıskanması için tek bir tane bile olmayan nedeni, benden hoşlanmaması için pek çoktu. Babamın, evi benim yüzümden terk ettiği saçmalığını bu kadar çabuk kabullenmesi aptallığından değil, işte bu nedenledir. Aysu güzel, zevkli ve yaratıcıdır. Aysu, fırsatçı, kibirli ve bencildir ama aptal değildir. Zamanla öğrendim ki, insan kardeşini, hatta çocuğunu bile seçemiyor!

Babamın evi terk edişi, annem ve ablam için beni artık tamamen görünmez kılmıştı. Babama gelince, besbelli o hiçbir zaman buraya, bize ait hissetmemişti kendini. Aslında babam benim ve olasılıkla onu tanıyan herkes için de tam bir muammadır. Onu yıllarca tanıyan biri ile onunla yeni tanışmış iki kişinin en ortak yanı, babam hakkında pek bir şey bilmemesidir. Hâlbuki kütüphanecilik okumuş, yıllarca kütüphane memuru ve şimdi müdürü olarak çalışan, yani en azından kitaplarla barışık biri olarak konuşacak pek çok konuya sahip biridir. Ama hatırladığım kadarıyla hiç konuşmaz, mutlu ve mutsuz olduğunu asla belli

etmez, suya ve sabuna dokunmaz, kokmaz ve bulaşmaz biridir. Elinde gazete veya kitap, ya sayfalara, ya televizyon ekranına ya da Kalamış manzarasına bakardı. Babam bakardı, hep bakardı ama görür müydü, bilmiyorum? Baktıkları arasında benimki de dâhil, hiç insan yüzü var mıydı, hatırlamıyorum? Bir kadının baba sevgisi açlığını hiçbir başka erkek veya vitamin hapı gideremez. Ben de kendimi teselli edebilmek için, babamın, kendi hayatı dâhil, her şeyi dışarıdan durup seyredenler gibi ruhunu boş bırakmış birisi olduğuna inanmaya çalıştım. Ancak, dediğim gibi insan nereye kadar kendini kandırabilir ki? Annem bütün hataları ve zaaflarıyla gözümün önündeydi ama uzaktaki babam, kendisi hakkında her çeşit hayâli kurmama, imgesini yüceltmeme neden olarak beni yoruyordu. Olmayacak bir şey için beklenti yaratmak çok tehlikelidir. Onu birkaç kez telefonla aradım ama telefonda, 'Alo?' diyen erkek sesi o kadar yabancıydı ki, her keresinde tutulup kaldım, sonra sanki beni görecekmiş gibi endişeye kapılarak kapattım sessizce. İnsanın beraber anısı bile olmayan birini özlemesi, Noel Baba'yı özlemekten farklı değil; ona inanmayı da bir yaştan sonra bırakıyorsunuz. Ben, yedi yaşından sonra öksüz ve yetim büyümüş, şanssız bir çocuktum!

Bahçesinde teleskop, mutfağında mikroskop olan bir evde doğdum. Teleskop ve mikroskop. Dünyayı ve inançları kökünden değiştiren, insan aklının bu iki büyük icadına hayran olarak büyüdüm. Korkut Dedem, "Teleskop bir çeşit zaman makinesidir," derdi. Beş yaşındayken, teleskopta gördüğüm yıldızların ancak çok uzun bir yolculuktan sonra bana göründüklerini, bu yüzden ben onları algıladığım sırada onların artık yok olmuş olabileceklerini biliyordum. O yaştayken zamanın göreceli ve paralel evrenler içinde aktığını bana meyvelerden yaptığı model üzerinde anlatan Korkut Dedem, bir zamanlar insanların -onun portakal olarak modellediği- güneşin, -yeşil elma olarak modellediği- dünya çevresinde döndüğüne inandığını kahkahalarla anlatırdı. Onunla beraber gülerken, Dünya'yı zorla evrenin merkezi olarak halklara kabul ettiren ve korkuyla yöneten Katolik din adamlarıyla kralların, gerçek bilgiyi yasaklamak uğruna binlerce insanı öldürdüklerini öğreniyor ve çocuk aklımla buna çok şaşırıyordum. Bilginin ve özgür düşüncenin kötü adamlar için bombadan daha tehlikeli olabildiğini sezmeye böylece başladım. Korkut Dedem, bana Galilei'nin adını öğretmişti ama engizisyon işkencelerini büyüyünce öğrenmem için kenara bırakmıştı. İçinde binlerce yıldızın bulunduğu galaksilerden Samanyolu adlı birinde, küçücük bir gezegen olan Dünya üzerinde nefes alıyordum. Bu Dünya üzerinde milyonlarca canlı vardı ve ben onlardan yalnızca biriydim. Bunu öğrenmek, kendimi hem küçücük hem de kocaman hissetmeme neden olmuştu. Bütün bunlar, gerçeğin sadece görünen nesnelerde değil, görünmeyende de saklı olabileceğini sezmeme yol açmıştı. Çocuklar, yetişkinlerin unuttukları büyük bir kavrayış ve hayâl gücüne sahiptir. Şükür ki, dedem ve ninem bunu iyi hatırlıyordu.

Bana kıssadan hisse çıkartmayı masallar ve türkülerle öğrettikleri için, teleskoptan önce başka galak-

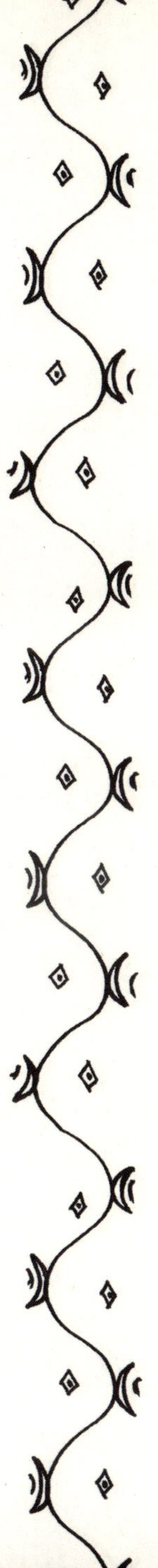

silere, mikroskoptan önce de bakterilere inanmayan 'kötü adamlar'ın bu iki icattan sonra artık güçlerini yitirmeye başladığını anlıyordum. Bütün çocuklar gibi beni de büyüleyen dinozor fosilleri meselâ, görmediğimiz başka canlıların yaşadığını kanıtlıyordu. Ve bütün bunların hepsi yaradılışla ilgili başka tezler getiriyordu. Demek ki bilimsel araştırmalar ve teknoloji sayesinde insanların özgür düşünmesini engelleyen 'kötü adamlar'ın güçleri kayba uğramıştı ve olasılıkla gelecekte daha da uğrayacaktı... İçindeki oyunun, duygu, kahkaha ve mizahın gücüyle, sanatın söküp attığı maskelere gelince, bu 'kötü adamlar'ın en sevmediği şeylerdendi. Çünkü 'kötü adamlar' en çok kahkahadan korkuyordu. Gülünç duruma düşmek, bütün diktatörlerin kâbusuydu. Bilmece çözer gibi yetişkinlerin şifrelerini kendi başıma çözmeme olanak sağlandıkça, kendi zekâma güvenim, öğrenmeye ilgim artıyordu. Bu sırada, hayatım boyunca düşünce özgürlüğü için mücadele edeceğimi de hissediyordum. Bu mücadelenin birçok yolu vardı. Ama iyi bir edebiyatçı olacak yeteneğe ve ciddi bir bilim insanı olacak sabra sahip değildim. Kişiliğime en uygunu, düşünme ve hayâl kurma özgürlüğü mücadelesi için dürüst ve ciddi bir gazeteci olmaktı, gazetecilik isteği böylece gelişti içimde.

Teleskop ve mikroskoptan önce insanlar göremese de var olan yıldızlar ve mikropların varlığını öğrendiğim günlerde, bir öğle uykusundan sonra, havuzlu bahçede salıncaklı kanepede otururken, Umay Ninem bana bir resim çizdi. "Bu nedir Ayçöreği?" diye sordu.

Bu daha çok dedemin giydiği kenarları yuvarlak şapkaya benziyordu. Ama mademki artık, görünmeyen şeylerin özel âletlerle görününce varlığını kabul edebildiğimizi öğrenmiştim, o hâlde bu da sadece bir şapka olamazdı. Bu, içinde bir şey saklayan bir şapka, bir torba, hattâ bir şey yutmuş şişman bir yılan veya sırtından görünen dev bir balık da olabilirdi pekâlâ? Bunun, "içinde kedi yavrusu saklayan bir balık" olduğunu söylediğimde Umay Ninem sevinçle beni kucakladı: "Çok şükür, Ayçöreğim, nihayet ailemize hayâl gücü engin ve mübarek basiret gözü açık bir evlat geldi!" Aslında bu, daha sonra çok seveceğim Küçük Prens'teki fil yutmuş yılanın resmiydi ama ben o sırada bunu bilmiyordum ve belki de daha önce ninemin anlattığı Yunus Peygamber'i kurtaran balıktan esinlenerek öylece hayâl etmiştim? Ben, çocukluğumda öğrendiğim Yunus Peygamber ve Hızır kıssalarından beri, zor duruma düşen 'iyi insanlar'ı balık kılığına girmiş Hızır kurtarır diye inanmayı hep sevdim. Bu balık da daima YUNUS oldu. Belki, yunuslara olan sevgim bu yüzdendir.

Işığın sesten daha hızlı hareket ettiğini, bu yüzden yıldırımı gördükten sonra şimşek sesini duyduğumu öğrendiğimde duyduğum sevinci de bugün gibi hatırlarım. Zaman ve ışık kavramları hakkında dedemle uzun uzun konuşurduk. "O hâlde Korkut Dede, senin yüzüne bakarken gördüğüm çizgiler, şimdiki yüzünden biraz önceki çizgiler mi?" dediğimde hep beraber bayram etmiştik!

Öğrendiklerimin ne kadarını anlıyordum, bunu şimdi yetişkin bir kadın olarak yorumladığım için

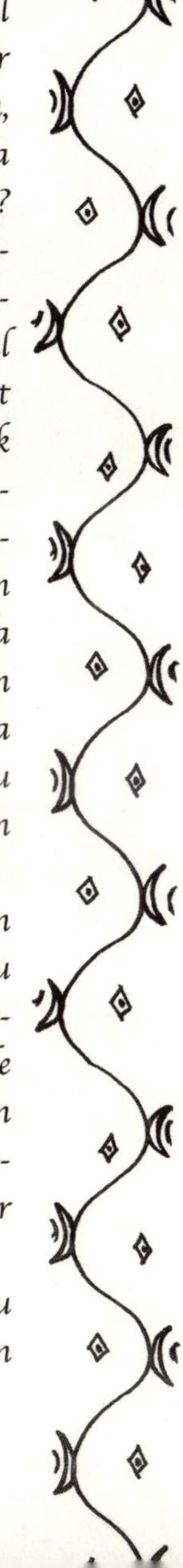

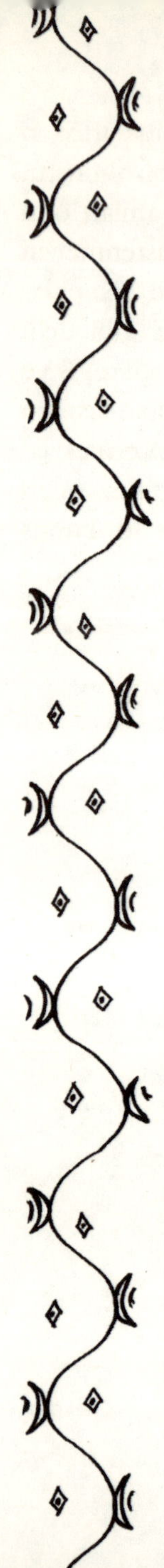

söylemem zor, ama öğrenme sevinciyle sarhoş olup ayaklarım yerden kesilerek büyük bir coşkuyla uçtuğumu, şimdi iki şişe şarabın bile beni o kadar yükseltemediğini söyleyebilirim. Olasılıkla bana öğretilenlerin çok azını anlıyordum, ancak, öğrenmenin ve keşfetmenin sarhoş edici zevk tohumu bir kere ekilmişti içime.

Ben öğrenirken heyecanlandıkça, Umay Ninemle Korkut Dedem'in çok mutlu olmalarının başka nedenleri vardı. Onların nihayet, kızları Ayten ve büyük torunları Aysu'nun hiç ilgilenmedikleri göklerin ve toprağın, suyun ve havanın, sesin ve ateşin sırlarına meraklı, yıldızlara ve bakterilere ilgi duyan bir torunları vardı ve artık bilgilerini emanet edecekleri damarı bulmuşlardı. Dedemle ninemin, doğduktan kısa bir süre sonra ölen bir de oğulları olduğunu yıllar sonra öğrenecektim; bu konuyu hiç konuşmazlardı. İnsanın bir dayısı olması nasıl bir şeydir, onu da bilmiyorum.

Annem, babam ve ablam beni sevmiyordu ve bu çok berbat bir şeydi, ama Tanrı'nın, tabiat ananın, göklerin ve denizlerin melek ve perilerin, dağların ve ağaçların, ayın ve güneşin beni yalnızca ben olduğum için sevdiği hissiyle ve onlardan korkutulmadan büyütüldüm. Her masalın veya rüyanın içinde insana dair psikolojik gerçekler olduğu ve buna saygı duymak gereği öğretildi. İnsanı insandan, inancı inançtan üstün bulmayan seküler hümanizma tohumu içime ekildiğinde sadece bir çocuktum. İşte bu yüzden çok şanslıy(d)ım ve itiraf etmeliyim ki hepsinin içinde, güneş sisteminde cevizle modellenen aydedeyi, ben en çok AY'ı sev(er)dim!"

Semahat, *SU Kitabı*'nın 30. sayfasını açıp okuduklarına o kadar dalmıştı ki, mis gibi karnıyarıkla pilavı buz gibi olmuştu. Elyazısına hayran kaldığı Defne Kaman'ın çocukluk anıları onu büyülemiş, anne, baba ve abla sevgisinden mahrum, istenmeyen bir çocuk olmasına rağmen onu kıskanmıştı. Soğuk yemeklerini yerken, Umay Bayülgen'in kendisine öğütlediği gibi üçlü sayfalarda olabildiğince ipucu aramak istiyordu. İlk üçlere, 3 ve 13. sayfaları daha önce Komiser Ümit okuyup, kendisine kısmen anlattığı için atlamış, 30 ve 33, 36, 39. sayfaları takip etmek istemişti. Masadaki beyaz kâğıt peçeteyi önüne çekip çantasından çıkarttığı tükenmezkalemle not aldı. '*SU Kitabı*: sayfa 30: Yunus ve 33: Ay.' Sonra 36. sayfaya geçti.

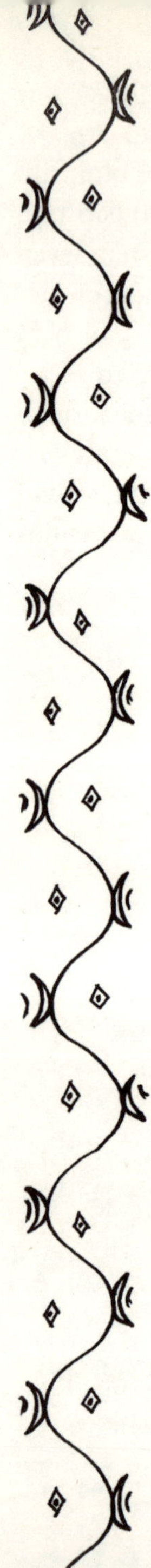

27. Şeftali Çekirdeği Kadar Aşk

Şeftali, hayatı öğreten meyvedir. Şeftali, kendi çekirdeğinde sakladığı esrarengiz göz motifi ve onun da içinde gizlediği zehir yüzünden zaten hiçbir zaman herhangi bir meyve olmamıştır. "Bir Şeftali Bin Şeftali"yi okuduktan sonraysa, artık şeftali sadece meyve değildir. Eğer dünyadaki bütün insanlar Behrengi'nin "Şeftali Masalı"nı dinleyerek büyüseydi, dünya daha güzel bir yer olurdu.

O yaz, her yaz olduğu gibi Timur'la bizim havuzlu bahçede Şeftali topluyor, bal gibi suyunu ağzımızdan, yüzümüzden akıtıp muhteşem kokusunu mahalleye yayarak tıka basa yiyorduk. Timur şeftalileri yanaklarımıza değdiriyor ve insan yanağına çok benzediğini söylüyor, gülüyordu. Bense, şeftalinin kokusunu hep, şeklinden ve tadından daha çok sevmişimdir. Umay Ninem, bahçedeki küçük seranın içine kurduğu bitki laboratuvarından ara sıra çıkıp yanımıza geliyor, yiyeceğimizden fazla şeftaliyi koymamız için getirdiği sepete bakıp bunları çürümeden mahalledeki arkadaşlarımıza dağıtmamızı söylüyordu. Ben bildim bileli, bizim evde, yediğimiz meyvelerin çekirdekleri asla çöpe atılmaz. Meyve çekirdeklerini kurutur, sonra torbalarla Timurların Bursa'daki köylerine yollarız. O gün de yediğimiz şeftali çekirdeklerini biriktirme sepetinde topluyorduk. Böylece biriktirdiğim her çekirdek, yıllar sonra yiyeceğim bir meyvenin, özellikle bir şeftalinin 'annesi' olma potansiyelini taşıyor, bu oyun ben henüz farkında olmasam da çocuk dünyamda tabiatla ilişkimi eşitliyordu. Hayatın devamlılığına bir çocuğun yapacağı katkıyı bundan daha keyifle hissettiren başka ne olabilir?

Umay Ninem, her çekirdeğin tıpkı her insan gibi farklı hikâyesi olduğunu söyler. Bu yüzden, meyve çekirdeklerine bakarak hâlâ onların hikâyelerini anlamaya çalışırım. Örneğin şeftali çekirdeği bence bir göze benzer ve üzerindeki delikler de gözyaşı depolarıdır. O yıllarda Korkut Dedem ve Umay Ninemin bana bakarak sevinç gözyaşları döktüklerine defalarca şahit olmuştum. Toplum içinde gözyaşının keder işareti olduğunu öğrenmiş her çocuk gibi, bir insanın yüzünde gülümseme varken akan gözyaşları beni önce çok şaşırtıp endişelendirmiş ve buna sevinç gözyaşı dendiğine zor inanmıştım. Her şeyin, gözyaşının da iyisi ve kötüsü varsa, tatlı, güzel ve mis kokulu şeftalinin çe-

kirdeğindeki delikler de ancak mutluluk gözyaşı deposu olabilirdi. Şeftalinin tıpkı göze benzeyen çekirdeğindeki gözyaşı çukurları tamamen bunun içindi. Eğer limon çekirdeklerinde aynı delikler olsaydı, kesinlikle üzüntü gözyaşları olacaktı, ama yoktu! Şeftali çekirdeğine olan düşkünlüğüm nedeniyle onları kırıp çekirdek içlerini yemeye başladığımda Umay Ninem telaşlanmış, önce dünyaya Çin'den yayıldığını, ölümsüzlük ve aşk sembolü olduğunu uzun uzun anlatıp sonunda, çekirdeğinin zehrine ve günde iki taneden fazla yemenin tehlikesine dikkatimi çekip beni korkutmuştu. Böyle bir şey nasıl mümkün olabilirdi? Hem güzel, hem lezzetli hem de kokusuyla baştan çıkartarak insanlara mutluluk veren böyle eşsiz bir meyvenin çekirdeği zehirli olabiliyordu demek? "Tıpkı, iyi kalpli görünenin içinden kötülük planları yapabilmesi, kalabalıklar içinde yaşayan birinin içinden yapayalnız hissedebilmesi, çok gösterişlinin içi boş, kendisiyle alay edebilenin içinde zekâsını saklaması, gibi," dedi Umay Ninem. Her şey kendi zıddını içinde taşıyordu, her şey, hepimiz! Hiçbir şey göründüğü gibi değildi ve büyüklerin bu ikilemlerle dolu dünyası bana karmaşık, çok korkutucu gelmişti. Oysa çocukların dünyası sade ve düzdü. Ya göründüğün gibiydin ya da olduğun gibi. "Hah ha, ilâhi Ayçöreğim, işte bu dediğini de ilk defa hümanist felsefeci, Kaman ruhlu Mevlânamız söylemiştir!" Ah, Mevlânamızı daha o gün sevmiştim, hiç vazgeçmedim. Ve bütün bunları unutmamak için o gün bugündür yanımda hep kurutulmuş bir şeftali çekirdeği taşırım.

O yaz akşamı havuzlu bahçede şeftali toplarken Timur büyüyünce benimle evleneceğini söyledi. İkimiz de dokuz yaşındaydık ve Ablam Aysu'nun benimle hiç oyun oynamadığını da düşünürsek doğduğumdan beri Timur'dan daha yakın olduğum başka hiçbir çocuk olmamıştı hayatımda. Timur, iyi ve akıllı bir çocuktu. İğdeye benzeyen, kocaman, çekik, kahverengi gözleri, şeftali gibi yanakları vardı ve en önemlisi, çok eğlenceliydi. Timur'un dedesi ve anneannesi, Umay Ninemle yaşıttı. Ninemin Otacı kökleriyle, Timur'un ailesinin Bursa'dan göçen büyükanne tarafı bizimle beraber tam dört kuşaktır maaile yaşıyordu. Büyük dedemler zamanından beri Kalamış'taki bahçeli evin bahçıvanlık ve kâhyalık işlerini onlar yapıyor, üç odalı müştemilatta yaşıyorlardı. Umay Ninem, Korkut Dedem dâhil hepimize karşı doğal bir kraliçe edasında olduğu için onun otoriter tavrının sınıfsal anlamı olmadığını hepimiz bilirdik. Bu yüzden, annem ve ablam dışında farklı sınıflardan olduğumuzu hatırlayan veya hatırlatan yoktu. Ben Timurları hep akrabamız sanarak büyüdüm. Annemle ablamsa on yıl önce havuzlu bahçenin yarısına zevksiz ve yüksek bir beton blok diktirip, oraya taşındığından beri hayatımızdan neredeyse çıktılar.

Annemle yaşıt ama kendine ait bir mesleği ve işi olan Timur'un annesi evlenip Avrupa Yakası'na gelin gidince kısa bir dönem evden kopma yaşansa da Timur doğduktan sonra laborant anne işine devam edebilmek için Timur'u anneannesine, yani bizimle aynı adrese bırakmaya başlamıştı. Timur'la ben, yalnızca büyükanne ve büyükbabaları tarafından büyütülmek konusunda ortak bir kader taşımıyorduk; ayrıca öz annem tarafından emzirilmeyi reddedildiğim için kendi çocuğuyla beraber beni de emziren Timur'un annesi benim sütannem, biz de sütkardeştik.

Dokuz yaşında bahçede şeftali toplarken Timur büyüyünce benimle evleneceğini söylediğinde, serada-

ki küçük laboratuvara gidip Umay Nineme o gün, "Sütkardeşlerin evlenmesi ayıp mıdır?" diye sordum. Elindeki kekikleri hassas terazide tartmayı sürdürerek, gözlüğünün üzerinden bana bakan ninem, "Sanmıyorum, bence sakıncası yok Ayçöreğim. Fakat, evlenme zamanın gelince bu soruyu bana veya kendine yine hatırlat olur mu?" demişti. Böylece, eğer büyüyünce ille evlenmem gerekiyorsa, Timur'dan başkasını aramak için uğraşmama hiç gerek olmadığını düşünerek rahatladım. Çünkü büyüyünce maceralar yaşamak isteyen her çocuk gibi benim de evlilik gibi şeylere ayıracak vaktim olmayacaktı, ama madem evlilik şarttı, bu da aradan çıkmış olurdu. Uzun evlilikleri olanların sık sık Umay Nineme, 'artık kardeş gibi olduk!' diye anlattıklarını duyuyordum. İyi işte, o kadar beklemeye gerek yoktu, biz Timur'la zaten kardeş gibiydik ama sadece sütkardeştik ve evlenebilirdik. Üstelik beraber çok eğleniyorduk.

O akşam havuzlu bahçede Timur'a büyüyünce onunla evlenebileceğimi söyledim. Timur buna çok sevindi ve hemen planlar yaptı, evlenince yine havuzlu bahçesi olan bu evde dedelerimiz ve ninelerimizle yaşayacağımızı, üç çocuğumuz olacağını, adlarını da Rüzgâr, Şimşek ve Yıldırım koyacağımızı söyledi. Bunlar bana da pek fena hayaller gibi gelmedi. Ben nasılsa maceradan maceraya koşan biri olacaktım, Timur da bu çocuklara bakabilirdi pekâlâ! Açıkçası bizim çocukları benim doğuracağım o sırada aklıma gelmemişti, üç çocuk demişti ve benim için önemli olan üç sayısıydı. Üç, değerli, önemli ve kutluydu. Üçü bana Umay Ninem öğretti. Umay Ninem, Otacı ve Bayülgen Ninem; göklerin ve yerin SU, Toprak, Hava ve Ateş'in kızı, insana kan, nefes, can olarak hayat veren ruhun üç sayısıyla bereketli ilişkisini anlattı. Üç vakit, üç zaman düğümlerin çözüleceği gündür!

O gün Timur'a olan sevgimi göstermek için yediğim şeftalinin çekirdeğini yaldızlı bir sakız kâğıdına sarıp armağan olarak verdim. "Seni işte bu kadar seviyorum Timur!" dedim. Heyecanla yaldızlı kâğıdı açan Timur, içinden bir şeftali çekirdeği çıkınca önce çok bozuldu, sonra çekirdeği yere atıp ağlamaya, bağırmaya başladı: "Benimle alay ediyorsun Defne!" Sonra kaçtı, bana küstü ve o yaz bir daha havuzlu bahçeye gelmedi. Anneannesi dâhil hiç kimse onun bu tavrını anlayamadı. Timur da onu şeftali çekirdeği kadar sevdiğimi anlamamıştı. Çok şaşırmıştım, ben Timur'u daha akıllı sanıyordum. On yıl sonra ikimiz de üniversite öğrencisiyken yine havuzlu bahçede şeftali yerken beni öpen Timur, bana aldığı gümüş yüzüğü armağan ettiğinde, ben de ona bu kez kırmızı kadife bir kutuya koyduğum aynı şeftali çekirdeğini verdim. On yıl önceki gibi heyecanla kutuyu açan Timur, yine çok bozuldu, kıpkırmızı oldu ve kutuyla beraber çekirdeği tıpkı on yıl önceki gibi bahçeye fırlatıp çekip gitti. İki yıl sonra Tibet'e beraber giderken Dağhan'a aynı şeftali çekirdeğini verdiğimde, onu bir elmas gibi hayranlıkla okşayıp, "Bu narin çekirdek, ancak kabuğunu çatlatacak kadar soğuk havada filizlenir, kabuğunu çatlatacak koşullar olmazsa şeftali vermez. Ay yüzü gibi kraterli olmasına bakma, o kadar nazlı, o kadar güzeldir! Teşekkür ederim Defne," dedi mutlulukla gülümseyerek. O yıl 3 Ekim'de Dağhan'la evlendim. Timur, İstanbul'u terk etti. Gitti, Bursa'ya yerleşti, orada evlendi ve gerçekten üç çocuğu oldu. Onu hâlâ şeftali çekirdeği kadar çok severim.

Cep telefonunun çalmasıyla nerede olduğunun farkına varan Semahat, istemeyerek *SU Kitabı*'nı okumaya ara verdi. Önündeki kâğıt peçeteye şimdi, 'şeftali çekirdeği ve üç' yazmıştı. Arayan Komiser Ümit'ti ve sesinde kırmızı balonlar uçuşarak, beklenenden daha hızla iyileşen Tasvir'in taburcu edildiği müjdesini veriyordu.

"Ayağa kalktı, yürüyor, gülüyor, çok şükür hayata döndü Tasvirim, Semahat Abla! Bana dünyada bundan büyük devlet olur mu Ablam ya hu!"

Onun, *Kutadgu Bilig*'de, mutluluk anlamına gelen 'kut' ile 'devlet'in eşanlamlı olduğunu yeni öğrenmesine bir gönderme yaptığını farkına varmayan Semahat, "Tasvir'in durumu iyi yani? Peki nerede şimdi?" diye sordu dalgın bir sesle.

"İyidir, bin şükür iyidir! Onu eve çıkarttılar. Ben de hiç vakit kaybetmeden karakola gittim. İzinli olmama rağmen, sağ olsun arkadaşlar, şu sözde akrabalık sebebiyle 'Olay Yeri İnceleme'den gelen bilgileri verdiler. Son bilgilere göre tıpkı amirim gibi ben de kayıp şahsın tehdit edildiğini ve işin bir ucunda gazeteden birinin olabileceğini düşünmeye başladım. Ancak sonuçta maalesef, kadın hâlâ kayıp!"

"Gazeteci Defne Kaman hâlâ kayıp!" diye yineledi Semahat.

"Bak, şimdi diyeceğim şeyi başkası duysa işi hafife alıyorum sayar, ama sen anlarsın Semahat Abla. Diyorum ki, bizim New York'lu Dedektif Matt olsaydı, şu ânda varılan noktaya çoktan gelmişti de, Allah'ın Ali'nin aşkına Can Ablam, bu Kadıköylü Komiser Ümit'in üç gündür başına gelenler de az değildir ya hu!"

"Üç gün oldu değil mi? Üç gün?" diye sordu uykuda konuşur gibi Semahat.

"Ya, bu akşam Defne Kaman kaybolalı tam üç gün oluyor. Bak ne diyeceğim Semahat Abla, ben bu akşam bizim eve gitmeyeceğim, bu konu soğuyana kadar bizimkilerle hiç görüşmesek daha uygun olur, diyorum? Ne dersin, hı? Zaten onlar sabah erkenden Kaman'a gidecekler, iki hafta geçince daha sakin düşünebilirler belki... Semahat Abla, orada mısın?"

"Hı? Evet, evet Komserim... Üç gün deyince sen... Üç sayısının bir hikmeti var mı diye düşündüm birden... *SU Kitabı*'nı okuyordum da... Sizin evin orada bir kahvedeyim, ama ne zamandır buradayım, ne kadar kaldım diye sorarsan, inan ki, farkında değilim, öyle dalmışım..."

"Ha, öyle mi? Nasıl, bir şeyler buldun mu bari?"

"Hı... Evet... Gerçekten dediğin gibi çok ilginç bir deftermiş bu! 'Üç sayısına bak,' demişti Umay Nine, üç ile ilgili birçok işaret var gerçekten..."

"Bak, diyorum ben sana! Diyorum, var bunlarda bir büyü mü desem, sihir mi, ne desem? Yani var bir tuhaflık ya hu! Ben de şaşırdım, nedendir ablamın sesinde bir tuhaflık var? Senin sesin kaybolmuş, efsunlanmışsın resmen Semahat Abla! İnsan o defteri okurken sanki defterin kapısı açılıyor, o havuzlu bahçe midir nedir, oraya giriyor, suların içinde kayboluyor... O defterde yazılı, her şeyi sanki sinema gibi izliyor insan, şerefsizim ya! Umay Nine desen, o gerçekten bir büyücü, baksana ikimiz de ona nine demeye başladık ya hu!"

"Dur kızma, dur hele bir Komserim! Bak bulduğum ipuçlarını anlatacağım sana ... Ama, ya sahiden akıl mı kaldı bugün bende? Benim dükkânın anahtarı nerede? Yunus getirdi mi sana?"

"Ha, tabii arada onu söylemeyi unuttum, değil mi? Öyle çok şey oluyor ki son üç gündür; unuttum söylemeyi! Tabii tabii, Yunus çoktan getirdi anahtarını. Ben zaten Kadıköy'deyim, istersen birazdan iskelede buluşalım, ben de bu Define Kaman'ın gazeteci arkadaşlarını bulmaya çalışayım... Nasılsa bu akşam eve gitmeyeceğim, çalışmış olurum..."

Sıcak yaz gecelerinde her yanından her çeşit yüzlerce eğlence ve etkinliğin fışkırdığı İstanbul'da özellikle cumartesi gecesi onun kimi, nerede ve nasıl bulacağını hesap etmeye çalışan Semahat, hesabı ödedikten sonra kahveden çıktı, Kadıköy'e doğru yürümeye başladı. Heybesinin içinde kutsal emanet gibi kavradığı *SU Kitabı*'nı sımsıkı tutarak yürürken, birden saatlerdir hiç sigara içmediğini şaşkınlıkla fark edip, kendine gülümsedi. Canı deli gibi şeftali çekiyordu.

28. Yunus ile Defne

"Defne Kaman'ın vapurdaki son görüntülerini güvenlik kameraları kayıtlarından izledim. Gerçekten, görgü tanıklarının söylediği gibi, elinde *Penguen, Leman* ve *Uykusuz* falan gibi o karikatür dergilerinden var. Boynuna şu postacı çantası dedikleri yassı büyük bir çantayı çapraz asmış. Sen sormadan söyleyeyim, çantanın kenarlarından püsküller sarkıyor! Çanta çok dolu görünmüyor ama boş da değil. Soru bir: içinde ne var? İlk görüntü vapura binerken. Pek telaşlı görünmüyor, ama sık sık başını arkaya çevirip bakıyor. Sanki birini arıyor gibi. Soru iki: kimi arıyor? O saatte Avrupa Yakası'na geçen yolcu sayısı az olduğundan vapur tenha. Bunun arkasında, iki türbanlı kız, ki bunlar daha sonra görgü tanıklığı ediyor, iki de sakallı genç var, şu tek küpeli, şarkıcı tiplerden... Sonra iki de çift var, biri çocuklu, birkaç tane de sap herif biniyor vapura. Âmirim, hava sıcak olmasına rağmen bazı yolcuların kalın ceket giymesine takılmış, ama ona bakarsan türbanlı kızlar da var... Geç onu. Gençler ile çiftlerden çocuklu olanı ve 'sap'lardan biri görgü tanığı olmuş, ama diğer dördü bulunamamış. İkinci kamera kaydında, Defne Kaman, üst katta, arka güvertede oturuyor, arada kalkıp büfeden su alıyor, bu sırada etrafı devamlı kolaçan ediyor. Bir ara güverteye limon sıkacağı satan bir genç kızla babası gibi biri geliyor, kızın başında beyzbol şapkası var, üzerinde New York yazıyor. Onlar limon sıkacağını satmak için dans eder gibi hareketlerle tanıtım yaparken, Defne Kaman çantasından yarım A4 boyunda bir defter çıkarıp acele bir şeyler yazıyor. Bana verdiği şifreleri yazdığı kâğıtlar da o defterin boyuna tamamen uyuyor. Ama tabii ben kayıp kadının denizden çıkıp sırılsıklam Kadıköy Çarşısı'nda gezindiğini ve bana şifreli kâğıtlar verdiğini âmirime söyleyemiyorum, anasını sat... Nasıl söyleyeyim ki; bir duysalar, var ya, adım ânında '*Kutadgu Bilig* Ümit' olur da namım taa torunlarıma kadar uzar, Allah, Peygamber, Ali aşkına! Neyse, zaten böyle bir ihtimal yok! Kafamı kesseler anlatmam başıma gelen bu tuhaflıkları... İşte bu vapur satıcıları bir ara kameranın tam önüne geçtikleri için Defne Kaman görünmüyor, ama onlar satış yapmak için kameranın önünden çekilince, sanki arada o bir yere gidip de geri dönmüş gibi ahşap banka yeniden oturmuş hissi veren bir hareket yapıyor. Ve defter artık elinde değil! Âmirim, o kısacık zamanda bir yere gitmiş olmasına ihtimal vermiyor. Fakat eğer takip ediliyorduysa, o sırada elindeki kâğıdı o vapurun üst arka güvertesinde bir yere saklamış olabileceğini düşünüyorum. Gerçi vapuru bizimkiler cıcık cıcık aramışlar ama bu kadın efsunlu işte!"

Sahaf Semahat ile Komiser Ümit Kaman, Kadıköy İskelesi'nde yunusun üç gün konakladığı sahilin tam dibindeki kahvede bodur bacaklı, rahatsız hasır taburelere tünemiş, çay içiyorlardı. Çok sıcak bir cumartesi akşamıydı ve onlar üç gündür içine düştükleri olayların başlangıcı olan Defne Kaman'ın en son görüldüğü noktada mola vermişlerdi. Komiser Ümit, biraz önce izlediği Barış Manço Vapuru güvenlik kamera kayıtları hakkında yorum yapıyordu.

"Bak Semahat Abla, üç gün önce o vapurda Defne Kaman kaybolmadan önce biri onu takip ediyor olabilir ama tuhaf olan, kamera kayıtlarında kadın vapurun içine değil de denize bakıp orada bir şey arıyormuş gibi görünüyor. Hattâ kalkıp birkaç kez sanki denizde bir şeye bakıyor. Amirim, kayıp şahsın günbatımını seyrettiğini düşünüyor, gazeteci ya, romantik olurmuş bunlar! Hani kendimi tutamayıp..."

"Kendini tutamasan, 'Defne Kaman denizde yunusu arıyordu!' diyeceksin Komserim, di mi? De vallahi! Çünkü Umay Nine bana bugün Yunus Peygamber'den başlayıp yunus balığına kadar öyle şeyler anlattı ki, ben artık neye inanacağımı bilemez oldum inan olsun! Hele şu *SU Kitabı* var ya, *SU Kitabı!*" diyerek heybesindeki kitabı çok değerli bir nesneye dokunur gibi okşadı.

"Aman o kadından uzak duracaksın Semahat Abla! Efsunlu o, var onda bir gariplik ya hu!"

"Bak haklısın, var bir şeyler... Umay Nine gerçeküstü bir boyutta, aşmış gitmiş, uçmuş bir yerlere! Doğrusun da, ondan kötülük gelmez bize Komserim, ben bunu bilir, bunu söylerim!"

"Ha, sen çözdün yani Umay Nine'yi, bunu mu diyorsun Semahatcan Ablam ya?" diye güldü Komiser Ümit.

"Hah, benimle dalga geçene bak, üç günde kendisi de kadına nine demeye başladı bile!"

"Diyorum, değil mi Semahat Abla ya? Kadına resmen Umay Nine diyorum ama gel sıkıysa deme! Sadece ben olsam iyi, kadın bütün karakolun Umay Ninesi oldu ya hu!"

Birbirlerine bakıp, günün tortusuyla ağırlaşan zihinlerini rahat bıraktılar ve birlikte gülmeye başladılar. Sinirleri boşalmış, neye olduğu önemli olmadan yalnızca gülüyorlardı. "Hah hah ha, öyle yaman kadın ki, gençlerle nine, orta yaşlılarla anne gibi, ama emekliliğine az kalmış bir komserim var, onunla neredeyse cilveleşerek konuşuyormuş, biliyor musun? Karakolda takılıyorlar komsere şimdi ya!"

"Hah ha, hiç şaşırmam vallahi Ümit Komserim! Umay Nine esaslı bir kadın, yaşlanırken kadınlığını kendi elleriyle boğup öldürmeye niyeti olacağını hiç sanmam! Ama benim anladığım..." dedi Semahat ciddileşerek "Benim anladığım, üç sayısı Şamanlıkta önemli ve torunu kaybolalı tam üç gün geçti!" Sonra kısaca *SU Kitabı*'nda okuduğu Defne Kaman'ın 'şeftali çekirdeği kadar aşk' anısını sanki kendi başından geçmiş gibi canlı canlı anlattı.

"Bir şeyler yapmak lâzım Komserim... Peşinde kim ya da kimler varsa daha fazla saklanamayabilir bu kadın..."

"Bugün âmirim bana dedi ki, 'Defne Kaman, günde beş kadının öldürüldüğü bir ülkede yaşamaktan utanıyorum. Eğer bu memlekette kadınlar günde beş erkek öldürseydi, çoğunluğu erkek olan parlamentomuzdan şimdiye kadar kadınlara karşı onlarca kanun çıkartılır, kadın ıslahevleri bile kurulur ve sorun çözülürdü diye yazdığı için ona kinlenen herhangi biri bile canına kastetmiş olabilir'miş!"

"Ay ne orijinal düşünce! Sakın senin amirin Defne Kaman'ı kaçırmış olmasın, besbelli kadınları pek sevmiyor Komserim?"

"Yok, Semahat Abla, amirim babacan adamdır, biraz eski kafalı o kadar! Defne'yi benim uzaktan akrabam sandıklarından bana yumuşatarak anlattı zaten..."

O dakikadan sonra sessiz bir anlaşmayla Defne Kaman'a artık yalnızca Defne demeye başladılar.

"Defne'nin gazetede birçok haberde beraber çalıştığı Attilâ Gültekin adında genç bir muhabir varmış. Dedikodulara göre aralarında da duygusal bir şeyler olabilirmiş; neyse, bize ne! Bu

Attilâ bir kadının gazeteyi iki-üç kere arayıp hep Defne'yi sorduğunu ve onunla her konuşmasında Defne'nin huzursuzlaşıp, bir kâğıda notlar aldığını söylemiş. Kadının Ümraniye'den aradığını, çok telaşlı olduğunu ve aksanlı konuştuğunu da anlatmış."

"E, madem bu Attilâ Gültekin'le Defne arasında bir şeyler varmış, neden ona anlatmamış durumu, zaten ilk başta iş arkadaşı değiller mi?"

"İlginç bir şey söylemiş Attilâ denen gazeteci, bizim arkadaşlara: 'Defne Kaman isterse yanınızda konuşsa bile sesini duymanızı engeller!' gibi bir şey... Bizimkiler, bu lafla dalga geçiyorlar ama Semahat Abla, ben Defne'yi iki kere Kadıköy'de denizden çıkıp bana *Kutadgu Bilig* şifresi getirmişken aha şu gözlerimle gördüm ya hu!"

"Yapar mı yapar, diyorsun yani... Eh, ben de aynen katılıyorum..."

"Ya hu iyi ki sen şahidimsin, yoksa kafayı yedim sanacağım Semahat Abla!"

Çaylarını içtiler, güneşin batarken turuncu ve kırmızıya boyadığı Marmara Denizi, bilen ve isteyenlerine, solda Haliç'e doğru dönen sudan yapılmış dar bir yolla Boğaziçi'nin gizemli hikâyelerine davet ediyordu. İnsanın iki eli kanda olsa kayıtsız kalamayacağı güzellikte bir günbatımıydı...

"Peki... Sence o yunusla Defne arasında gerçekten bir... yani bir ilişki olabilir mi Semahat Abla?" diye ona doğru eğilerek fısıldadı Komiser Ümit.

Hastaneden ayrıldığından beri saatlerdir sigara içmediğini şimdi birden hatırlayan Semahat, bu soruya ne yanıt vereceğini düşünürken heybesinde sigara paketi arıyordu.

"Bilmiyorum Komserim... Yunus Peygamber'i karnında koruyan bir balığa, Apollon'dan kaçarken defne ağacına dönüşen genç kıza ve kötülükten kaçmak için kuğuya dönüşen Manaslı prenses Ayçöreği'ne inanıyorsak..."

"İyi de onlar destan, mitoloji, kıssa falan Semahat Abla! Biz burada cep telefonu, internet, Facebook, Twitter falan çağında güpegündüz kaybolan Defne'den bahsediyoruz ya hu!" der demez, Tasvir geldi aklına.

"Arasam ayıp mı olur, Semahat Abla?" diye tatlı bir sesle sordu.

"Kimi? Defne'yi mi? Telefonu var mı sende?"

"Yok be Can Ablam! Tasvir'i, 'memleketin en güzel esmer'ini diyorum... Ama ya uyuyorsa? Yunus zaten, 'Tasvirim iyileşsin, hayırlısıyla kıyalım artık nikâhınızı' dedi bana, biliyorsun... Ama şu yürek söz dinlemiyor ki..."

"Yok, şimdi arama, bırak dinlensin kız. Büyük badire atlattı, iyileşsin, artık ayırmazlar sizi..." diye sigarasını tüttürdü Semahat.

"Onlar ayırmaz da Semahat Abla..."

"Eee? Sizinkiler mi diyorsun?"

"Bizimkiler beni gözden çıkarttılar be Can Ablam! Belki ileride, belki torunları falan olursa, o zaman yumuşarlar ama..." derken yüzü kızardı. İstanbul'da utanınca hâlâ yüzü kızarabilen bir insana rastlamak Semahat'i gülümsetti.

"Eee, o zaman kim?"

"İki aileden de birileri çıkıp bize kıyabilir Ablam... İki yıl önce böyle bir vaka yaşandı İstanbul'da ya! Aileler farklı dinlerden gençlerin evlenmesine onay vermişti, iki yıl sonra birinin kuzeni çıkıp kıydı onlara... Bebeklerini öksüz ve yetim koyacak kadar kin bürümüş gözünü... Böyle dindarlık mı olur? Din adına cinayet işleyenlerin cehennemde yanması gerekmez mi Ablam? Sen o olayı hatırlar mısın, basında geniş yer almıştı?"

"Yok, bunu duymamıştım," dedi Semahat içi burkularak. "Sen bunlara takma kafanı şimdi... Hem ne o canım? Daha kavuşalı bir gün olmadı, sen neler düşünüyorsun ama! Bir fitne yüzünden keyfini kaçırma; bak bugün senin en mutlu günün Komserim!"

"Değil mi, Semahatcan Abla!" diyerek, gözlerine biriken yaşı ona göstermeden içine akıttı Komiser Ümit Haydar Kaman.

"Yok artık!" dedi Semahat o sırada. "Benim gördüğümü sen de görüyor musun Komserim?"

"Umay Nine!" diye handiyse sevinerek, küçük ve rahatsız hasır tabureden kalktı Komiser Ümit. "Ne işi var onun burada? Seninle öğleüzeri burada görüşmemiş miydi zaten?"

"Eve gidip uyudu, şimdi yine işbaşı yapıyor anlaşılan!" diye alaycı bir gülümsemeyle Semahat de ayağa kalktı. Henüz farkında olmasa da sanki eski bir tanıdıkmış gibi sevinerek ona el salladı.

"Evlâdım ben de seni arıyordum!" diyerek doğruca Komiser Ümit'e yaklaşan Umay Bayülgen, şimdi dinlenmiş görünüyordu. Ya dolabında aynı elbiseden birkaç tane vardı ya da forma gibi hep aynı elbiseyle geziyordu.

"Seninle konuşmamız lâzım, ama burada olmaz!" diyerek etrafını endişeyle kolaçan etti. Semahat çok yakınında olmasına rağmen onun bu son sözlerini duyamadı ve aklına Defne'nin istediğinde karşısındakini kısa süreliğine sağır edebilme yetisinden bahsedilişi geldi. Âniden, "Komserim, o yunus ile Defne arasında kesinlikle bir ilişki var!" deyiverdi.

İkisi de dönüp, onu yeni görmüş gibi baktılar. O zaman Umay Bayülgen, gülümseyerek uzandı, Semahat'in dağınık saçlarını okşadı ve ışıkları insana şifa saçan bir bakışla gözlerinin içine baktı. Semahat, içi açılmış gibi derin bir nefes aldı. Sanki yaşlı kadının elinden kendi bedenine taze enerji akmış gibi iyi hissetti kendini. İyi hissetti Semahat.

"Sen artık git kedilerin Kutlu ile Bilgi'yle ilgilen biraz, Evlâdım Semahat. Komiserin benimle biraz Kalamış'taki havuzlu eve gelecek," dedi.

"Yok, benim gazeteye gidip iki kişiyle konuşmam lâzım!" diye itiraz etti Komiser Ümit.

"Tamam Evlâdım, gidersin gazeteye, ama önce bize gidelim, Defne'nin odasında görmen gereken bir şeyler olabilir..." diyerek onun koluna giren Umay Bayülgen, iskelenin önünde trafik lambalarında duran bir taksiye doğru Komiser Ümit'le yürümeye koyuldu.

"Semahat Abla, ben seni ararım birazdan..." diye canı sıkılarak bağıran Komiser Ümit'in, Umay Bayülgen'in yanında hâlâ rahat etmediği anlaşılıyordu.

Onların arkasından gülerek bakan Semahat, çayların parasını ödedi ve Moda'ya doğru yürümeye başladı. *SU Kitabı*'nın hâlâ kendisine emanet olduğunu hatırlayınca heybesini sımsıkı göğsüne bastırdı. Aynı heybede Defne'ye vereceği kayın ağacı parçasını da taşıdığını o zaman hatırladı. Akşam alacasında Kadıköy Çarşısı'ndaki manavların çoğu kapanmış ve ânında seyyar satıcılar ortaya çıkmıştı. Çölde su bulmuş misali bir heyecanla, bir seyyar manavdan bir kilo şeftali aldı. Adamın şaşkın bakışlarına aldırmadan şeftalileri cennet meyvesi şefkatiyle okşadı. Sahaf dükkânına varmadan önce, kapanmak üzere olan ayakkabıcıya da uğradı ve kendisine vitrindeki kırmızı sandaletten bir çift satın aldı. Bu, Semahat'in bir kadın ayakkabıcı dükkânına yıllardır ilk girişiydi ve ayakları hâlâ 36 numaraydı.

29. Kalamış'taki Bahçeli Ev

Gerçekten de *SU Kitabı*'nda tarif edildiği gibiydi. Akşam karanlığında bile yan yanalığı insanı tedirgin edecek kadar tuhaf duran, iki katlı, eski İstanbul evinin sırtında yükselen yedi katlı beton bir apartman, diğerlerinin arasında hemen fark ediliyordu. Kalamış marinasının hemen dibindeki bu ara sokak, çoktan en az beş katlı beton apartmanlarla doldurulmuştu zaten, ancak diğerleri 'suç kanıtlarını' ortadan kaldırıp eski yeşil bahçelerini tamamen beton otoparklara dönüştürmüşlerdi. Defne Kaman'ın eviyse, Umay Nine'nin direnmesi sayesinde hayatta kalan yemyeşil güzelliğiyle, geçmişini tam ortasından bölünen diğer yarısının beton gözüne sokuyordu. Çünkü eskiden aynı bahçenin bir parçası olduğu anlaşılan, ama şimdi içinde lüks dairelerin bulunduğu aşikâr apartmanın beton bahçesi, artık lüks arabaların park ettiği, kupkuru, zevksiz, taş bir otoparktı. İçinde Defne Kaman ve Umay Ninesi'nin yaşadığı bahçenin kalan diğer yarısıysa, Bostancı, Göztepe, Caddebostan, Erenköy ve Kalamış'ın İstanbul'un yazlık semti sayıldığı 19 ve 20. yüzyılda çok rastlanan çeşit çeşit meyve ağaçları, küçük bostanı ve çiçekleriyle sunduğu mütevâzı güzellikte korunmuştu. Akşam karanlığında ağaçların bazılarına asılmış lambalardan yayılan ışık, farklı çiçek ve otların belli bir düzen içinde, hepsinin dairesel olarak dikildiği bahçeyi olanca güzelliğiyle gözlere şenlik sunuyordu. *SU Kitabı*'nda, fıskiyesinden akan suyun şırıltısıyla sık sık anılan, dışı iki, içi bir metre çapında iç içe yapılmış, iki yuvarlak mermer havuz, gerçekten de bahçenin en gözde mobilyalarındandı. Havuzun üstünde asma yapraklı bir çardak, kenarında hasır sandalyeler, sehpalar ve üzeri turuncu tenteli, salıncaklı bir kanepe vardı. Havuzun o küçücük fıskiyesinden yayılan su sesiyse, daha bahçeye girerken duyuluyor ve şaşırtıcı biçimde insanda yatıştırıcı bir etki yaratıyordu. Kalamış'taki havuzlu bahçe, çok sıcak bir yaz gününde ve on beş milyonluk İstanbul'un ortasında, insanın kendini serin ve tenha hissedebileceği küçük bir cennetti.

Diğer yarısını Ayten ve Aysu'nun apartman ve otoparkına vermeden önceki zamanlarda bahçenin ortasında yer aldığı anlaşılan iki katlı, küçük yeşil ev, şimdi bahçenin bir kenarında kalmış olmanın mahcubiyetine rağmen, zamana karşı hâlâ vakurla dikiliyordu. Beş basamakla çıkılan kapının önüne sonradan eklendiği belli camekânlık girişinin tam üzerinde iri bir nazar boncuğu ve kocaman bir nalla beraber, İznik çinisi üzerine mavi ve kırmızı renklerle, 'Hayat Ağacımız Kayın'dır. Özümüz: Su, Toprak, Hava, Ateş'tir – Otacılar. 1888' yazılmış bir tabela evin harcıyla duvarın içine gömülmüştü. Evin hemen sağında, onun küçük bir kopyası gibi görünen, tek katlı, beyaz bir de müştemilat bina bulunmaktaydı.

Kadıköy İskelesi'nden bindikleri taksinin şoförü Karadenizli çıkınca, onunla fındığın kabuğundan başlayıp doymamış yağ içermesine, daha sonra da Omega 3 ve E vitamini barındırmasına, kalp hastalığından tansiyona iyi gelmesine kadar uzayan yararları üzerine koyu bir sohbete giren Umay Bayülgen, Kalamış'a varana kadar Komiser Ümit Kaman'ın içini baymıştı! Normalde kırmızı ışıklarda beklemek dâhil beş dakikada gidilecek 2,5 km. yol, İstanbul trafiğinin cumartesi akşamı handiyse çıldırmış yoğunluğunda, yarım saatten fazla uzayınca fındık muhabbetinden Karadeniz'deki duble yol inşaatlarına geçilmişti. Denizi doldurarak yol yapan, böylece 'tabiata kazık atan küçük akıllı insanoğlundan –burada özellikle 'insankızı değil, insanoğlu' diye üstüne basa basa belirterek– tabiatın intikamını mutlaka aldığını ve alacağını örneklerle uzun uzun anlatan Umay Bayülgen'in taksi şoförü üzerindeki etkisi inanılmazdı! Taksiye bindiklerinde, şoförün yaşlı kadını dikiz aynasından inceleyip uzun örgülerle başının iki yanından sarkan beyaz saçlarını ve etekleri püsküllü entarisini hiç beğenmemiş bakışını meslekî alışkanlıkla ânında fark eden Komiser Ümit, takside bulundukları yarım saat içinde aynı şoförün sanki büyülenmiş gibi Umay Nine'ye hayran olup, handiyse bambaşka birine dönüşerek Kalamış'taki bahçeli evin önünde büyük bir saygıyla arabadan koşarak inip kapıyı tutmasına hayretle şahit olmuştu. Şoförün, "Allah sizin gibi hayırlı insanları başımızdan eksik etmesin Teyzeciğim! Ne mutlu size, böyle anneniz var kardeş!" diye devam eden cümleleri eşliğinde taksiden indiklerinde, Umay Bayülgen çok alışkın olduğu besbelli bu sevgi gösterisini, başıyla selam vererek, adeta halkını selamlayan bir kraliçe gibi zarafetle kabul ediyordu.

Komiser Ümit yeşil oymalı demir duvarla çevrelenmiş bahçenin, yoldan geçen herkesin açabileceği metal kapaklı bir kilidi olan kapısını açarken, "Bu kadın kesinlikle bir sihirbaz!" diye homurdandıysa da evin kapı numarasının kırk olduğunu kafasına yazmayı ihmal etmedi. Ancak daha bahçeye adım atar atmaz, bir yıldır tatil hayâliyle yaşadığı Kaman'daki köyünün nehir kenarındaki bağlarını ne çok özlediğini derinden hissetti ve bahçeden gelen su sesiyle, yoğun şeftali kokusuna karışan çiçek ve otların aroması içini açtı, ferahlattı, gevşetti; hattâ kanı ısındı, hoşlaştı, aklındaki kötü duygular bir ân için onu rahat bıraktı. Bazı ağaçların üzerinde yanan lambaların aydınlattığı bahçede Semahat'in *SU Kitabı*'ndan aktardığı, içinde mikroskop olan serayı, evin üst katındaki balkonda gökleri gözleyen teleskopu merakla aradı, ama günün yorgunluğu ve gecenin uykusuzluğuyla ayakları onu dosdoğru fiskiyeli havuzun başına, salıncaklı kanepeye götürdü. Beyni, hayat kurtarmak önceliğiyle alarm verdiği için önce bütün ilgi ve algı alanları usulca karardı, enerji tasarrufu için bütün hayat göstergelerinin hızı düştü, yavaşladı, şimdi artık daha davetkâr görünen salıncaklı kanepeye düşer gibi çöktü, uzanır gibi oturdu. Bu sırada, sanki o bahçede değilmiş gibi geçip dosdoğru evin camekânlı girişine doğru ilerleyen Umay Bayülgen, beş basamaktan ilkine adım attığında, otomatik olduğu anlaşılan bir aydınlatma sistemi devreye girdi ve evin kapısıyla bahçe, ışıl ışıl aydınlandı. O zaman evin kapısında genç bir kız belirdi, sanki günlerdir görüşmemişler gibi yaşlı kadını sevgiyle kucakladı ve içeriye buyur etti. Umay Nine, eliyle havuz kenarındaki salıncaklı kanepede yorucu bir seyahatten sonra büyükannesinin evindeymiş gibi oturan Komiser Ümit'i göstererek bir şeyler söyledi. Aralarından en fazla yirmi, yirmi beş metre vardı ama söyledikleri hiç duyulmuyordu. "Bunlar, bilgisayarın volüm kontrolü gibi, uzaktan insanların kulaklarını açıp kapatıyorlar. Ya Ali aşkına, bak yazıyorum şuraya, kesin var bu işin içinde bir sihir!" diye uzandığı kanepede hafif hafif sallanarak homurdandı. Ama çok yorgundu, nihayet burada kendini güvende hissetmişti, kendini bıraktı. Tıpkı çocukken köyde yorgan pamukları avlularda dövülüp havalandırılırken havada bulutlar gibi bembeyaz uçuşan pamukların üzerine zıplayarak kendini bıraktığı gibi koydu bıraktı. Ve aynı ânda kendi yüzündeki gülümsemeyi aynada görüyormuş gibi keyifle gevşedi gitti... Gözlerini açtığında telaşla saatine baktı ve yaklaşık bir saattir havuz başındaki salıncaklı kanepede uyumuş olduğunu anladı. Onu, elindeki tepside yoğurtlu çorba, zeytinyağlı ılık ısırgan otu yemeği, sebzeli bulgur pilavı, yeni pişmiş ev ekmeği, bir yeşil şişe Kızılay madensuyu ve lezzetinden yarılmak üzere gibi görünen bir şeftali getirmiş olan bir genç kız uyandırmıştı. Bu, evin kapısını Umay Nine'ye açan, yakından bakınca on beş yaşlarında bir çocuktu. Komiser Ümit onun güzel yüzündeki çekik gözleri, etkileyici çıkık elmacıkkemikleri ve narin endamıyla Orta Asya Türkî Cumhuriyetlerinden gelen kaçak işçilerden biri olduğunu içi ezilerek düşündü. Genç kız, asmalı çardağın altında bulunan lale şeklinde bir lambayı yaktı ve yemek tepsisini sehpaya bırakırken:

"Umay Ninem, 'Bunların hepsini yesin,' dedi. Yemekten sonra da sizi Defne Ablamın odasına götürmemi istedi. Odaya bakacakmışsınız..." dedi. Yemek kokusuyla acıkmış olduğunu anlayan Komiser Ümit, teşekkür edip... iştahla yemeğe gömülüyordu ki, genç kız yalvarır gibi bir sesle, "Defne Ablamı bulun Komserim! O dünyanın en iyi insanıdır. Aslında bir melektir de insan kılığında gezmektedir..." dedi. Ancak, genç kız çok güzel Türkçe konuşmasına şaşıranlarla sık sık karşılaşıyor olmalıydı ki, kendine şaşkın bakan Komiser Ümit'e gülümsedi:

"Biz Türkmeniz Komserim, bir boyumuz Tahtacılar'la akrabadır, aslen Toroslar'da yarı yerleşik yaşarız. Defne Ablam Toroslar'a Kamanlık gelenekleri hakkında araştırma için geldiğinde tanıştık, ben daha dokuz yaşımdaydım o zaman... Onu hepimiz çok sevdik, zaten artık her yaz yaylaya gelir, bizle bir hafta kalır, artık bizim kızımız olmuştur. İlk geldiğinde, Defne Ablam, aileme benim zeki olduğumu ve bitkilerden iyi anladığım için eğer okursam, iyi bir botanikçi, eczacı veya doktor bile olabileceğimi söyledi. Ben de çok heveslenince ailemin izniyle kışları Umay Ninemgillerde yaşamaya ve okula başladım. Önceleri bir ev içinde yaşamak zor geldi, bizim ruhumuz göçebedir, biliyor musun? Sonra... Bu bahçe var ya, beni bu bahçe kurtardı; o kadar sanki sihirlidir yani! Şimdi Anadolu Lisesi'ne gidiyorum. Normalde yazın yaylada olmam lâzım ama Defne Ablam kaybolunca iki gün önce acele İstanbul'a geldim, nineme bakayım istedim..." diye açıkladı.

"Benim adım Aşura ama şehirde bununla alay ettiklerinden okulda söylemem için bana Aygün adını koydu Umay Ninem."

"Aşura mı?" diye gülümsedi Komiser Ümit, biraz da önceki önyargısının mahcubiyetiyle. "Ne güzelmiş adın, bak Tasvir'e diyeyim, ileride bir gün bir kızımız olursa ona da bu adı veririz belki?" dedi. Biraz da onun gönlünü almak istemişti.

Onun kendi adını beğenmesine sevinen Aşura Aygün de gülümsedi. O zaman aklı başına gelen Komiser Ümit, ağzında lokmasıyla kalakaldı: "Ah! Tabii ya..." dedi ve "Aşk olsun Can Aşura Bacım!" diye Alevi selamıyla onu selamladı. Aşura da, "Aşkın cemal olsun!" diye yanıtladı. Devamı, "Nur üstüne nur olsun" ve "Eyvallah!" olarak geldi.

Çok güzel bir yaz akşamı, küçük bir cennet bahçesinde, su sesi eşliğinde tek başına kafasını dinleyerek lezzetli bir akşam yemeği yiyen Komiser Ümit, aynı bahçenin ürünü olan şeftaliyi bitirince çekirdeğini Sahaf Semahat için cebine atıp sakladı. Daha sonra tepsiyi almak üzere tekrar bahçeye gelen Aşura ile bahçeyi gezdi. Genç kız, ona öncelikle Defne Kaman'ın doğduğu gün yıldırım düşen kayın ağacının yerine konan mermer plaketi gösterdi. Komiser eğilip bakınca, mermerin üzerinde kocaman bir nazar boncuğu ve "*19.07.1975. Uğurumuz: Kamımız, Ozanımız: Defnemiz, Ayçöreğimiz*" yazdığını gördü. "İki gün sonra doğum günü demek ki!" diye üzgün bir sesle kendi kendine mırıldandı. Aşura, bahçedeki çeşit çeşit otları, her birini Latince ve Türkmence –o buna Oğuzca diyordu– adlarıyla tanıttı. Bahçenin bir köşesinde kışları üzeri kalın naylonlarla kaplanan küçük serayı ve içine kurulan küçük laboratuvarın yerini gösterdi. Bu sırada müştemilattan iriyarı, yaşlı bir adam çıktı. Bu, Defne'nin sütkardeşi Timur'un dedesiydi ve Aşura'ya göre, geçen yıl karısını kaybettikten sonra hep böyle üzgün geziyordu. Onunla tanışan Komiser Ümit, karakola ayçöreği tepsileri taşıyan bahçıvanın o olduğunu düşündü. Sonunda eve girmek için beş basamaklı merdivene adım attıklarında, alarm sistemine bağlı olduğu anlaşılan ve bütün bahçeyle beraber, camekân girişi de aydınlatan harekete duyarlı sensör aygıtı çalıştı, ortalık gündüz gibi ışıdı. Evin girişindeki camekânlı holde, kendisine ayakkabılarını çıkartmadan üzerine geçirmesi için kumaştan bir kılıf uzatan Aşura, onu sessiz olması için uyardı. Umay Nine 'rüyaya yatmış'tı!

Birlikte ahşap merdivenlerden ses çıkartmamaya özen göstererek üst kata çıktılar. Burası, içindeki bütün duvarlar kaldırılmış, 100 metrekarelik tek bir salondan oluşan, yerleri ahşap parke kaplı, bir çatı katı stüdyo daireydi. Bu ferah yekpare mekânın içinde emerikan bar gibi bir tezgâhla ayrılmış açık bir mutfak ile banyoya açıldığı anlaşılan bir kapı dışında yalnızca iki kişilik bir yatak, bir kanepe, sehpa, iki dolap ve bir çalışma masası bulunuyordu. Ancak kendi küçük ve boş sayılacak odasının tersine, Defne Kaman'ın iki oda+bir salonluk ev alanını kaplayacak kadar geniş odasının duvarları kitap, dergi ve DVD'lerle dolu kütüphane raflarıyla çok zengindi. Mutfağı ayıran tezgâhın üzerine metal bir kahve makinesi, elektrikli bir çaydanlık, süslü çikolata paketleri ve kuru meyvelerle, kurutulmuş bitki ve ot çaylarının tıpkı bir laboratuvar düzeniyle tek tek etiketlenerek doldurulduğu onlarca kavanoz dizilmişti. Tavan arası katlara özgü eğik tavanının yüksek kısmını boydan boya kaplayan ve bahçeye bakan kocaman penceresi perdesizdi. Komiser Ümit, gündüzleri bu pencerenin duvara asılmış büyük bir cennet manzarası gibi göründüğünü imrenerek hayâl etti ama bu civarda tek başına kalan bahçeyi tehditkârca çevreleyen öbür beton blokları düşünmeyi unuttu.

Defne Kaman'ın büyük yekpare dairesinde, pencerenin yanında ilk göze çarpan, büyük bir ahşap masa, üzerinde büyük beyaz ekranlı bir bilgisayardı. Masada bazı kitaplar ve açık bir bloknot vardı. Masanın ahşabı üzerine bıçakla kazınmış bir yazı: "Yaşamak, tabiatın 'efendi'si değil, onun parçası olduğunu hissetmektir, çünkü ona döneceğiz!" Komiser Ümit, bunları incelenecek evrak olarak kafasına not etti çabucak. Duvarların kitaplık raflarından boş kalan aralarında el dokuması kilimler, üzerlikler, irili ufaklı davullar, tefler, göz boncukları asılıydı.

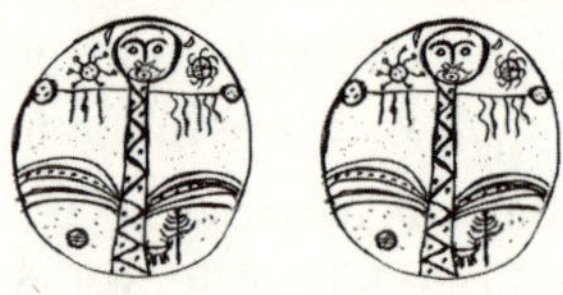

Bir duvarda tavandan yere doğru üst üste dizilmiş, her birinin üzerinde bir hayvan motifi olan, el dokuması altı küçük ipek halı vardı. Bunlar, kartal, at, arı, yunus, kuğu ve kurttu.

Masanın karşısında, çok rahat görünen, L şeklinde gri-mavi renkte, geniş, upuzun bir kanepe, önünde büyük ahşap bir sehpa, yerde, siyah zeminde kırmızı ve mavi renklerin ağır bastığı, üzerinde kırkayağa benzer motifler bulunan kalın dokumalı bir Yörük kilimi seriliydi. Onun kilimdeki desenlere dikkatle baktığını gören Aşura, "Bunlar Hayat Ağacı motifleridir, Komserim," diye açıkladı. "Defne Ablam bu kilimi bir Yörük köyünden satın almış. Hayat Ağacı, güzel geleneğimizde sonsuzluğun sembolüdür. Yörükler binlerce yıldır bu ağacın tılsımını kilimlerine dokurlar. Aşağıda, Umay Ninemgillerin odasında aynı motifin dallarına kartal, tavuskuşu, ejder gibi yaratıkların konduğu, daha küçük bir halı var. Bunlar çok kıymetli el dokumalarıdır, desimetrekaresinde 1600 düğüm vardır ki, dünyada Türk düğümü diye tanınır!"

Komiser Ümit, bir kaşı havada, başını sallayarak Aşura'yı dinlerken, L kanepenin dik açılı köşesinde duran güneş renkli yuvarlak kırlentte kalmış kafa izinden, Defne Kaman'ın yakın bir zamanda başını oraya koyup, bahçeye bakarak uzandığını anladı. Bu, onun polis kimliğiyle kolayca yakalayacağı bir bilgiydi ama o bilgi şimdi içini burktu. Dün iki kez sırılsıklam ve korku içinde karşısına çıkan ve üç gün önce bu kanepede uzanıp, keyfine bakacağına memleket meselelerine kafa yoran bu kadın, ondan 'tek ümidim sensin!' diyen *Kutadgu Bilig* şifresiyle yardım istemişti, ama o, kendi derdinden başkasını düşünmeyen bir bencil gibi davranmıştı. İçinden, 'ama sen resmen izinlisin Ümit Haydar Can, hem Tasvir de ölümden döndü!' diyen ses, iç burkulmasını hiç hafifletemedi.

"Burası eskiden iki odalı, küçük bir daireymiş, Komserim," diye açıkladı Aşura. "Defne Ablamın annesi, babası ve ablası Aysu, burada on iki yıl yaşamışlar. Defne Ablamsa, doğduğundan itibaren hep aşağı katta, ninesi ve dedesiyle büyümüş. Babasıyla annesi ayrıldıktan sonra da anne kız bir süre burada kalmış ama on yıl kadar önce bahçeyi bölüp bitişiğe o çirkin şeyi dikince, işte burası tamamen Defne Ablama kalmış. Ben İstanbul'a taşındığımda bunlar olup bitmişti. Böylece Defne Ablamın aşağıda eski odası da bana kalmış oldu. Biliyorsunuz, iki yıl önce de Korkut Dedemi kaybettik, nur içinde yatsın, bambaşka bir insandı..."

Onu dikkatle dinleyen Komiser Ümit, aslında Umay Bayülgen'in kendisini neden buraya getirdiğini anlamaya çalışıyor, etrafı bir polis dikkatiyle tarıyordu. Bu sırada Aşura, "Umay Ninem özellikle bu kitaplığa bakmanızı istedi Komserim," diyerek onu tavanın alçak kısmında bulunan iki kişilik yatağın yanına götürdü ve oradaki cam kapaklı ceviz bir dolabın önünde durdu. Cebinden çıkardığı anahtarı ona uzattı ve geldiği gibi sessizce çekip gitti. Komiser Ümit, hemen camlı dolabın kilidini açtı ve raflara dizili kitaplara bakıp, "Keşke Semahat Abla olsaydı şimdi..." diye hayıflandı. "Acaba arasam mı?" diye düşünüp saate baktığında, saatin neredeyse gece yarısına yaklaştığını görüp vazgeçti. "Biraz dinlensin garibim ya! Bütün gün bir benim, bir Tasvir'in, yetmezmiş gibi üstüne o yaralı yunus, annemlerin tafrası ve *SU Kitabı* şoku yaşadı Can Semahat Ablam!" diye düşünüp, içini sevgiyle çekip, endişeyle başını salladı.

O hâlde bu işi kendi başına çözecekti. Son üç gündür kendinde bulduğu bu özgüven, özellikle Tasvir'e kavuşmasıyla keyfini yerine getiriyordu. Şimdi gülümseyerek ve gururla başını salladı. Artık hazırdı ve pürdikkat rafları inceledi. Diğer kitaplar gibi raflarda durmak yerine camlı dolapta kilitlenerek korunan bu kitaplar, farklı kültürlerin mitolojilerine aitti ve Türkçe dâhil farklı dillerde basılmıştı. Bazıları deri ciltlerinden eski baskılı ve çok değerli gibi görünüyordu. "Mitoloji yerine polisiye romanlar, meselâ 'Matt Scudder maceraları' olsaydı ya! Yoksa Define Kaman polisiye sevmiyor muydu? Hiç polisiye sevmeyen olur mu canım?" Komiser Ümit, işe nereden ve nasıl başlayacağını bilmeden uzun uzun raflara baktı.

"Şimdi, New York'lu Dedektif Matt Scudder bu işin içinde olsaydı, bir kere yaz-kış, sıcak-soğuk demeden birkaç kadeh burbon içer, kafayı rahatlatır, sonra Manhattan'da beş on kilometre yürür, hiç yorulmaz, hiç hastalanmaz, arada bir sevgilisiyle yatar ve sonra da misal, bu odaya gelir, tak diye elini uzatıp aradığı şeyi bulurdu şerefsiz!" diye düşündü. Olmadı. Dairenin içinde dolaştı, pencerenin önüne gitti, aşağıda yarı aydınlık bahçeye, biraz önce içinin geçtiği ve yemek yediği havuz başına baktı. Olmadı. Bu kez, duvarda asılı küçük halılardaki hayvan motiflerini dikkatle inceledi, özellikle yunusu uzun uzun göz hapsine aldı.

Olmadı. L kanepedeki güneş renkli kırlentin üzerine dökülmüş birkaç uzun kızıl saçı elini sürmeden yakından gözledi. Olmadı. Gitti, dolabın yanındaki kapıyı açıp oradaki geniş banyodaki tuvaleti kullandı. Ellerini ve yüzünü soğuk suyla yıkadı. Kâğıt havluyla kurulandı. Olmadı. Geri döndü, tekrar cam kapaklı kütüphanenin önüne dikildi: "Ah Semahat Abla ah, ne Matt Scudder'ı be, şimdi asıl sen olacaktın ki..." derken, onu gördü. Orada tam önünde olanca heybetiyle duruyordu. *Kutadgu Bilig*. Orada, sanki onu bekler gibi duruyordu. Hemen uzandı, "Hay maşşallah!" diyerek eski bir dosta rastlamış gibi sevinerek kalın kitabı tek eliyle güçlükle kavradı ve gidip L şeklindeki kanepeye uzandı. Komiser Ümit Haydar Kaman, hiç farkında olmadan ve planlamadan, başını tam Defne Kaman'ın yuvarlak güneş renkli kırlentte bıraktığı başının izi üzerine koymuştu.

Kitabın ilk sayfasına ilk önce çiviyazısına benzer bir garip alfabeyle, sonra Arap alfabesi ve Latin alfabesiyle, mürekkepli bir kalemle, elyazısı bir kâğıt yapıştırılmıştı. İçlerinde anlayabildiği yalnızca Latin alfabesiyle yazılmış Türkçe olanıydı:

'Hayat Ağacımız Kayın'dır. Özümüz: Su, Toprak, Hava, Ateş'tir - Dedemiz Korkut, Ninemiz Umay, Hanımız Ülgen, boyumuz Deli Dumrul'dur.- Otacılar.1888.'

Elindeki 2009 baskısı kitabın en arkasından, üzerinde elyazısıyla 'Ms. Defne Kaman, Turkish Journalist' yazılı beyaz bir zarftan İngilizce bir mektup ve birkaç fotoğraf çıktı. Komiser Ümit, kırık dökük İngilizcesiyle, mektupta bir Japon çevre örgütünün Defne Kaman'a teşekkür ettiğini anladı. Fotoğraflardaysa Defne, birkaç kişiyle beraber yaralı bir yunusu iki uzun çubuğa sarılmış çarşaftan yapılmış bir sedyeyle bir sandala taşırken, göğsüne kadar suyun için-

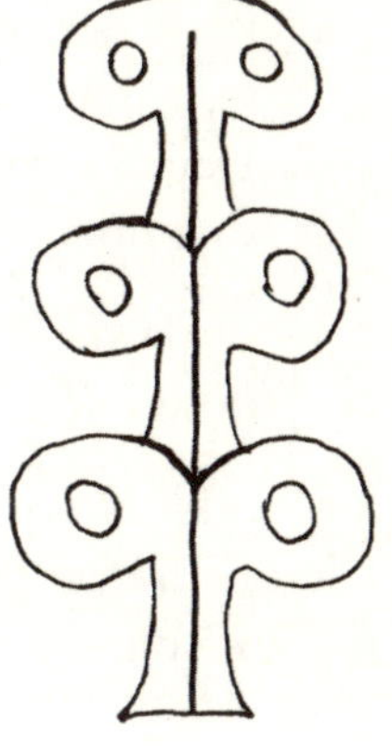

de görünüyordu. Defne'nin yanında çevreye endişeyle bakan, aynı yaşlarda, esmer, yakışıklı bir erkek görünüyordu. Adamın endişeli bakışına karşın Defne, hüznünün içinde neşe kırıntıları olan, saf bir umutla gülümsüyordu. Burnunda ve yanaklarında dolaşan çillerinin yüzüne kattığı çocuksuluk, onun yaramazlık yapmaktan ve eğlenmekten vazgeçmediği umudu yaratıyordu. Daha önemlisi, Defne'nin yaralı yunusa bir hayvandan çok, bir bebeğe bakar gibi şefkatle bakışında, çoğu yetişkinin gönüllü olarak vazgeçtiği veya farkında olmadan unuttuğu '*candan iyiliğe inanç*' vardı. Onu diğerleri arasında tılsımlı bir ışık tutulmuş gibi ışıldatan buydu! Bu hâliyle Defne, evet, tıpkı Aşura'nın dediği gibi, bir meleğe benziyordu. Handiyse, birazdan uçacak, kaçacak, ele avuca sığmayan, havadan hafif, tüyden ağır, başkalarına kötülük planlamadan kendi yolunda giden *ama* kendine dokunmayan yılan başkasını sokabilir endişesini taşıyan, vicdanlı, umutlu, iyiliğe ve aşka inançlı, içi tıpkı dışı kadar iyi olduğu hâlde aramızda korunmasız insan kılığındaki gezen o perilerden biri...

Fotoğrafları dikkatle inceleyen Komiser Ümit, "Tamam, ben bu yunus konusunda artık pes ediyorum!" diye mırıldandı. "Tamam, belki Kadıköy'deki o yunus seni korudu ya da benim aklım hiç kabul etmese de sen o yunusa dönüştün. Artık her ne haltsa! Yok, yok bakma bana öyle, ben anlamam öyle mitolojik, gerçeküstü işlerinden falan... Ben sadece kendi hâlinde, Tasvir'ine âşık, namuslu bir polisim, o kadar! Karıştırma kafamı daha fazla Defne Kaman! Ama anladım ben, anladım; sen bulunmadan bana huzur yok bu İstanbul'da. Tamam. Zaten seni bulup sâlimen Umay Nine'ne, Aşura'ya, hattâ Semahat Ablama teslim edemezsem, gözüm açık gidecek şerefsizim!"

1100 sayfalık *Kutadgu Bilig*'in arasına kendinden yapışmalı, sarı renkli birçok not ayracı konmuş, bazı beyitlerin de altı çizilmişti. Bunlardan hangilerini seçerek okuması gerektiğini bilemeyen Komiser Ümit, baştan başlayarak hepsini okumaya karar verdi.

30. Rüyanı Suya Anlat!

Yunus iyileştikten sonra olmalıydı, çünkü hayvan kıkır kıkır çığlıklar atarak havada zıplıyor, sonra dönerek suya düşüyor ve sevinçle yüzüyordu. Ağzının doğal yapısı yüzünden yunus, daima sevinçli bir hayvan sanılsa da, şimdi sahiden mutlu olduğu belliydi. Çünkü özgürdü. Yunus parklarında sadece para için robot gibi kullanılan, sonra da havuzlardaki yüksek ses dalgaları ve yaşadıkları esaret yüzünden intihar ederek ölen yüzlerce akrabası gibi zorla değil, kendi isteğiyle ve engin denizde yüzüyordu. Yunusla birlikte suda görünen Defne de neşeli çığlıklar atıyor, zıplayıp suya dalıyor, besbelli çocuklar kadar çok eğleniyordu. Yunusla Defne'nin su içindeki uyumu, onların sanki sadece yüzmek için yaratılmış oldukları duygusu veriyordu. Beraber su dansı yapar gibi yüzüyor, bazen yunus Defne, bazen de Defne yunus oluyor, içinde kendisinden başka hiçbir şey olmayan saf bir mutluluğu paylaşıyorlardı. *Çıkarsız paylaşılan saf mutluluk o kadar eşsiz ve nadir bir güzelliktir ki, onun bu yüzden dünyada daima en çok kıskanılan ve satın alınamayacak tek mutluluk olduğu söylenir.* 'Saf'ın, anadillerinde yüzyıllarca 'katıksız' anlamına geldiğini unutup şimdi onu yalnızca 'salak' anlamında kullanan milletlerin mutluluğu, saflığını tamamen yitirmişti. Defne'yle yunusun saf mutluluğu bu yüzden izleyende derin bir özlem yaratıyor, ekrandan bulaşıyor, insan neredeyse hemen suya atlayıp, onlara katılmak, 'özgür bir yunusla yüzebilmenin 'saflığı'nı hissetmek istiyordu. Bir insanla bir hayvanın yan yana eğlenmesinin yarattığı sade, çıkarsız ve eşitlikli mutluluk, yüzlerce yıldır unutulan, ama kökleri yüz binlerce yıllık eski bir insanlık hissiyatını hatırlattığı için olmalı, izleyen hemen herkesi duygulandıracak kadar güzeldi. Yunus fotoğraflarının bulunduğu zarftan çıkan CD'yi, Defne'nin büyük beyaz ekranlı bilgisayarında izleyen Komiser Ümit'in yüzünde de bu nedenle, bebek yeğenlerini severken beliren katışıksız bir gülümseme, savunmasız kendi öz hâli belirmişti.

Komiser Ümit, bir belgeselle bir sanat filminin sınırlarında dolaşan yunusla Defne'nin sudaki mutlu dansını ekranda imrenerek izlerken, özellikle bu sıcak yaz gecesi suda sarılacak bir yunus bulamayacağına göre, hiç değilse hemen burnunun dibindeki Kalamış'tan denize atlama fikri birden kanına girdi. Fena mı olurdu şimdi, bu sıcaküstü yaz gecesi, şöyle bir atlasa Marmara'nın serin sularına? Bıraksa kendini şöyle şifalı sulara, hem biraz serinlese, hem de denizin tuzları, mineralleri, feşmekânları da alsa üzerinden yaşadığı bütüünn o yüksek gerilimi... Biraz gevşese, azıcık rahatlasa...

Sıcak öyle korkunç bir diktatördür ki, ondan kurtulmak için insan, sonradan saçma bulacağı her şeyi yapabilir. İstanbul'un hâlâ 21. yüzyılın en sıcak yazını yaşamaya devam ettiği o gece, bir bilgisayarın önünde oturarak ekranda izlediği serin sularda mutlulukla oynaşan bir balıkla bir insanın baştan çıkarttığı Komiser Ümit de kendini sıcak zulmünden kurtarmak için birkaç yüz metre aşağıda uzanan Kalamış'tan sulara atmak için ikna etmeye çalışıyordu ki, birden ekranda yükselen Defne'nin çığlığıyla irkildi. O dikkatini Kalamış'ta denize girme hayâllerine verdiği sırada, yunusla Defne'nin yüzdüğü denizde âniden beliren beyaz bir motor onların üzerine doğru hızla gelmeye, bunu gören Defne de bağırıp el sallamaya başlamıştı. Ancak motorun kaptanı ya onu görmüyor ya da özellikle öldürmek için üzerine doğru gidiyordu. Artık ekrandaki filmi dehşet içinde izleyen Komiser Ümit, sanal oyun oynayanların alışkanlığıyla, sanki yaklaşan motoru durduracak tuşu bulup onları kurtaracakmış gibi sinirli hareketlerle biteviye bilgisayarın klavyesine vuruyordu. Motor onlara iyice yaklaştığında yavaşladı, içinden siyah balıkadam kıyafeti giymiş bir erkek suya atladı ve Defne'nin üzerine doğru yüzmeye başladı. Balıkadamın, güneş ışığında parladığı için elinde bir bıçak olduğu anlaşılıyordu. Defne, adamın kendini bıçaklamaya geldiğini anlayınca çığlık atarak kaçmaya başladığında, yunus da onunla beraber çığlık atıyor, ama kaçıp kendini kurtarmak yerine onun yanında yüzmeye devam ediyordu. Öfke ve çaresizlikle yerinden fırlayan Komiser Ümit, "Ulan şerefsiz, ne istersin günahsız yunusla melek kız Defne'den, ulan gücün varsa bana gelsene şerefsiz lavuk!" diye bağırarak, masa başında oturduğu sandalyeyi devirdi. Bu sırada balıkadam, Defne'ye yaklaştı, onu kızıl saçlarından yakaladı ve elindeki bıçağı tam ensesine saplamak üzere havaya kaldırdı ama o ânda yunus araya girdi ve adam bıçağı indirdiğinde, bıçak yunusun yüzgeç altına saplandı. Şimdi Defne onun elinden kurtulmuş ama o biraz önceki davetkâr masmavi deniz, birden kıpkırmızı kan gölüne dönmüştü. Yaralı yunus çığlık atarak zıplarken, Komiser Ümit ekranın karşısında bağırmamak için bir eliyle ağzını kapatmış, ayakta donakalmıştı. O ânda ekranda, tıpkı Kadıköy Çarşısı'nda karşısına çıktığı gibi sırılsıklam yüzünü kaldırıp yeşil gözlerini yüzüne diken Defne belirdi ama bu kez konuştu: "Ey ümidim; bana ümit bizzat sensin;/ Ey ümidim, senden ümidi kesmeyeceğim," dedi. Sesi fısıltı gibiydi, yumuşak, sanki yardım istemekten ötürü mahcuptu. Can derdindeyken bile, beyitin hakkını vererek, son derece şiirsel bir ritimle okuyan Defne'nin bu dileği, Komiser Ümit'in yüreğine ateş gibi düştü, içi dağlandı, kor gibi yandı. Bu sırada hâlâ Defne'nin peşindeki eli bıçaklı balıkadam, onu yakalamaya çalışırken eğilip, ekrana iyice yaklaşan Komiser Ümit'le birden göz göze geldi. Sadece gözleri, burnu ve ağzı açık olan adamın yüzü acılı ve kararlı, son derece mutsuz, kendisininki gibi siyah gözleri kan çanağı, kıpkırmızıydı. Ümit, ekranın içine girecek gibi uzandı, onu sanki bir yerden tanır gibi dikkatle inceleyip özelliklerini polis-hafizasına kazırken, ikisi bir süre göz göze kaldılar. Ancak eli bıçaklı 'kötü adam', sanki filmin içinden dışarıyı görüyormuş gibi tedirgin olup, hızla kafasını çevirip yüzünü sakladı. Onun bu hareketi, ikisinin sanki odada baş başaymış duygusunu verince Komiser Ümit, "Ulan şerefsiz, seni ben bir elime geçireyim, var ya ulan, eğer ben senin eşek sudan gelene kadar tozunu almazsam, ulan seni kemiklerin toz olana kadar dövmezsem, bana da Ümit Haydar Kaman demesinler, hem de Allah, Muhammet, Ali aşkına!" diye bağırdı. Polisin dayakçı, işkenceci olması fikrine daima karşı durmuş bir polis olarak, ağzından çıkanların henüz farkında değildi, öfkeden kudurmuş gibi, kim bilir ne zaman çekilmiş bir filmdeki Defne ve yunusu nasıl kurtaracağını düşünüyordu. İçindeki ses, bu film CD'sinin belki de içinden çıktığı zarfta bulunan fotoğrafların aynı yunusun tedavisi esnasında çekilmiş olacağı uyarısıyla onu rahatlatmaya çalışıyordu ama filmde 'siyah' balıkadam giysili 'kötü adam', savunmasız masum genç kadını hâlâ kovalıyordu. İşte bu sırada, bilgisayarın geniş ekranı büyük bir gürültüyle patladı ve Defne Kaman'ın bir ev kadar büyük odasının içine ekrandaki deniz suyu dolmaya başladı. Yüksek bir debiyle yüzüne patlayan suyun gücüyle yere düşen Komiser Ümit, hızla evi basan suyun, yunusun kanı yüzünden kıpkırmızı olduğunu anlıyor ama suyun şiddetinden ötürü yerden kalkamıyordu. Kıpkırmızı suların sel olup evi bastığı sırada, birden daha kısa bir süre önce böyle bir şeyin başına geldiğini hatırlayan Komiser Ümit, artık boğulmak üzereydi. 'İyi de...' diye düşündü boğulmadan önce, 'iyi de ben daha yakın bir zamanda zaten bir selden kurtulmamış mıydım ya hu?'

Gözlerini açtığında terden sırılsıklam, Defne'nin kanepesinde buldu kendini. Yine de kâbusun etkisiyle hemen kalkıp ilk önce bilgisayarın ekranını kontrol etti. Bilgisayar kapalıydı, hiç açılmamış gibi soğuktu ve ortada tek bir CD de yoktu. Komiser Ümit orada daha fazla kalmak istemedi. Uyurken elinden yere düşürdüğü anlaşılan *Kutadgu Bilig*'i kaldırıp masanın üzerine koydu ama yunusla Defne'nin fotoğraflarından birini yanına aldı ve çıktı. Gün ağarmak üzereydi, henüz İstanbul uyurken, o ayaklarının ucuna basarak bahçeye indiğinde sabah ezanı okunuyordu. Dosdoğru havuzun başına gitti, çöker gibi çardağın altındaki salıncaklı kanepeye oturdu. O daha oturur oturmaz, gece kapanan havuzun fıskiyesi çalışmaya, şırıl şırıl su fışkırtmaya başladı. "Tövbe ya hu!" diye irkildi Komiser Ümit. Evdeki cinlerle periler onu mu izliyor, havuz başına inince fıskiyeyi mi açıyordu acaba? Dönüp iki katlı küçük yeşil eve baktığında, orada tek bir hareket görmedi. İçindeki ses, 'Peri kayıp olduğuna göre, evde sadece cin kalmış olmalı!' diye onu dürttüyse de, o yine "tövbe ya hu!" diye bu düşünceyi kovdu. "Eğer bu havuzun fıskiyesi sabah ezanına göre ayarlanmadıysa belki belli saatlerde otomatik olarak açılıp kapanıyordur," diye meslekî reflekslerin geliştirdiği endişesini yatıştırmaya çalıştı. Saatine baktı, tam 05:30 idi. "Annemler bir saat sonra Kaman'a gidiyorlar!" diye hatırladı suçlulukla, sonra, "Tasvir nefes alıyor, Tasvirim yaşıyor!" diye hatırladı sevinerek... Derin bir nefes aldı, gerindi, kendini iyi hissetti. Belki bugün Tasvir'i görmeye giderdi? Belki bugün Defne Kaman'ı bulurdu. Belki bugün dertlerin onu boğduğu zamanların son günü olurdu? Belki... Ama önce güne başlaması gerekiyordu. Başlamadan bilemezdi... Acaba kimse görmeden yüzünü şu havuzda yıkasa, ayıp olur muydu? Herhalde su pis değildi? Kim görecekti ki, herkes uyuyordu, evde, bahçede, sokakta çıt yoktu nasılsa... Eğildi, yüzünü yıkamak için havuzun içine doğru uzandı, kendi suretini suda görmeden önce, havuzun kendine yakın kenarına çakılmış metal bir tabeladaki bir yazıyla karşılaştı:

"GÜNÜN AYDIN OLSUN!
RÜYANI SUYA ANLAT
GÖNLÜN TEMİZLENSİN
GÖZÜN AÇILSIN!"

"Bu ne ya, kim koydu bunu şimdi buraya?" diye söylenen Komiser Ümit, bu yazının dün gece burada olup olmadığının farkında değildi ama o ânda, dün gece erkenden 'rüyaya yatan' Umay Nine'nin hem kendi rüyasını hem de havuz başındaki 'rüyanı suya anlat' yazısını planlamış olduğuna bahse girebilirdi. "Var o kadında bir büyücülük ya hu!" diye neredeyse mızıkçı bir çocuk gibi söylenerek geri çekildi. "Rüyamı suya anlatacakmışım! Deli miyim ben ya hu! Gönlüm temizlenip gözüm açılacakmış! Sanki bu Defne Kaman kaybolduğundan beri gözüm kapandı da..." diye kendi kendine konuşurken, aslında bu yüzden takıldığı annesi gibi davranmaya başladığının da farkında değildi. Onun şu ânda en çok istediği, kendisini şırıl şırıl davet eden suda yüzünü yıkamaktı. İçini çekerek tekrar suya doğru eğildi, o zaman suda kendi suretiyle karşılaştı. Baktı, kendini gördü, derin bir nefes aldı, kendini gördü, baktı. Fıskiyeden dökülen su ayna yerine geçen suyun durgunluğunu bozuyor, oradan da yüzüne sıçrayarak, şimdiden sıcaklığı hissedilen erken sabahta onu serinletiyordu. Orada havuzun içindeki kendi suretine bakarken sudaki sureti bozuldu ve rüyasında Defne yerine yunusu bıçaklayan adamın sureti çıktı karşısına. "Vay şerefsiz!" diye tısladı.

O zaman adamın yüzü suda kayboldu. Komiser Ümit, gözlerini kapatıp hafızasını zorladı. İnsanın gerçek hayatta kısa bir süre gördüğü birini hatırlaması bile zorken, o rüyasında gördüğü bir hayâlin eşkalini kafasında canlandırmaya çalıştı. Bu hiç de zor olmadı, o zâlimin bilgisayar ekranında kendisiyle göz göze geldiği hâliyle yüzünü zaten unutamıyordu... "Bulacağım şerefsiz seni!" diye dişlerini gıcırdattı. Bu sırada ayağına sürünen, bir şeyle irkildi, başını yere çevirip baktı; bu ayaklarına sürünen yeşil gözlü bir kediydi. Boynunda tasması olduğuna göre evin kedisiydi ve sadece üç bacağı vardı. Zaten bir kedisever olmayan Komiser Ümit, tiksinerek hayvanı yavaşça ittiyse de onun gitmeye hiç niyeti yoktu. O kediyle meşgulken müştemilatın kapısı açıldı, yaşlı bahçıvan uyanmış, bahçeyi sulamak için iş tulumunu giymiş olarak dışarı çıkmıştı. Konuşmayı sevmeyen insanlara özgü bir ağırbaşlılıkla uzaktan ona el salladı. Eğilip, hortum düzeneğini açmaya koyuldu. Üç bacaklı kedi, sanki özürlü olduğunun farkında değilmiş gibi bir neşeyle zıplaya zıplaya bahçıvanın yanına koştu. Komiser Ümit'le konuşmayan bahçıvan, ne olduğu duyulmasa da üç bacaklı kediyi okşayıp severken onunla mırıl mırıl konuşuyordu. Artık ortalık iyice aydınlanırken yeşil evin kapısı açıldı ve üzerinde üç Türk kahvesi fincanı olan bir tepsiyle Aşura, taptaze enerji dolu gençliğinin sesiyle seslendi: "Gününüz aydın olsuuun!" Önce bahçıvana, sonra Komiser Ümit'e kahve ikram etti, kendisi de havuz başına oturup üçüncü kahveyi içmeye koyuldu. Kahvaltıdan önce kahve içmeye alışkın olmayan Komiser Ümit, ayıp olmasın diye orta şekerli kahveden bir yudum aldı, yanındaki suyla boğazını temizledi.

"Umay Ninem, sabah uyanınca önce kahve içmemizi ister, sonra kahve-altı yeriz. Günde üç kahve içmenin gerekli olduğunu da anlatır," dedi bembeyaz gülümseyerek. Şimdi onun küçük bir liseli kız olduğunu daha iyi seçen Komiser Ümit, Aşura'nın Kaman ailesine ne kadar sağlam duygularla bağlandığını ve sahiplendiğini tartıyordu. Aşura'yı görünce bu kez de onun yanına aynı sevinç ve coşkuyla zıplaya hoplaya gelen üç bacaklı kedinin bu 'sevgi yumağı' durumu gören herkesi şaşırtıyor olmalı ki Aşura açıkladı:

"Defne Ablamın on yedi yaşındaki kedisi ölünce, başka bir kediyi evlat edinmek için hayvan barınağındaki Tolga Ağbi'yi aradı. O da sokakta bir arabanın ezip kaçtığı üç bacaklı bir yavrudan bahsedince, Üç bizim eve geldi. Di mi kızım, güzel tekirim, tatlı kedim? Di mi Üç?"

"Yani, bu kedinin adı Üç, öyle mi?" diye artık şaşırmadan sordu Komiser Ümit.

"Hı-hı. Geçen yıl yaşlılıktan ölen tombul sarmanımızın adı da Dört'tü."

Hepsi bahçe ürünü olan bol salatalık, domates, nane, maydanoz, yumurta, ceviz ve ev ekmeği ve adaçayından oluşan kahvealtısını edip banyoda elini yüzünü yıkayan Komiser Ümit, bir saat sonra Kalamış'taki bahçeli evden ayrıldı. Ayrılmadan önce, odasında dinlenen Umay Bayülgen ona Aşura ile bir mesaj ve bir de bilgi yolladı. Mesaj: "Pazar günleri, bitişler, eski hesapları kapatmalar ve yeni umutlarla yeni başlangıçlarla açılan son gündür. Pazartesi birdir, ilktir, tazedir ve uğurludur. Yarın Defne'min doğum günüdür!" Bilgi: "Kadıköy-Beşiktaş vapuru pazar günleri 07:15'te sefere başlar." O da zaten, Defne Kaman'ın son olarak görüldüğü Barış Manço Vapuru'na binmeyi ve onun oturduğu güverteyi incelemeyi planlamıştı. Her zamanki gibi Umay Nine yine erken davranmıştı ki, Komiser Ümit artık buna da alıştığını anladı. O, gönlünü cennet bahçede bırakıp çıkarken, kapıda bir taksi durdu, içinden kendi yaşlarında, uzun boylu, yakışıklı bir adam indi, endişeli yüzünde telaşlı bir bakış vardı. Başıyla Komiser Ümit'e selam verip çok tanıdık olduğu anlaşılan bahçe kapısından içeri girerken Aşura sevinçle bağırdı: "Aaa Timur ağbim gelmiş, Umay Nineme haber vereyim!" Komiser Ümit bağları olmayan ayakkabısını bağlıyormuş gibi eğilip bahçeyi gözlerken, bahçıvan Timur'u kucaklıyor, o da: "Artık dayanamadım, duramadım Bursa'da, Dede! Var mı Defne'den bir haber? Neden hâlâ bulunamadı Dede?" diye soruyordu.

31. Bu Romanın Saygıdeğer Okuruna Hatırlatırım

Ey okurların en kibar, en zevkli ve en sabırlısı, ey bu romanın pek değerli okuru olan, hayatının en güzel mevsimindeki siz değerli Hanımefendi ve muhterem beyefendi!

Naçiz bendeniz, elinizdeki romanın anlatıcısı olarak yüksek müsaadenizle, yeniden araya girmek ve dünya edebiyat tarihinde roman anlatıcılarına yapılan haksızlıklardan bahsetmek istiyorum. Büyük romanların karakterleri nesiller boyu kulaktan kulağa, sayfadan sayfaya, film karelerinden veya müzik notalarından insanlığa dalga dalga yayılır, tanınır, sevilirken, siz daha bir tek romanın o adsız ve kadersiz anlatıcısını hatırlayan, anan veya özleyen birine rastladınız mı? Tek bir okur, tek bir yayıncı, editör, kapak tasarımcısı, yayıncı, eleştirmen, kültür sanat gazetecisi, senarist, edebiyat ajanı veya kültür bakanı? Hayır, çünkü yoktur! Biz roman anlatıcıları, kaderin sillesini yemiş, hakkı yenmiş, unutulmuş, bırakın emekliliği, nerde yaşar ve uyuruz, nasıl hayatta kalırız, kimsenin umurunda olmayan asıl edebiyat emekçileriyizdir! Fakat heyhat, kimin umurunda? Siz de diğer okurlar gibi bu romanın kahramanlarını ve yazarını tanıyacak ama sadık bendeniz, bu romanın anlatıcısını unutup gideceksiniz... Oysa ben olmasam bu roman da olmaz.

Beyhude konuşmaya ve 'ah ile vah' çekmeye son vermeden önce, kendi kişisel meselelerimle sizlerin çok kıymetli zamanınızı aldığım için beni mazur görmenizi rica ederim. Romanın bu safhasında, bendenizi şimdi, şu ânda dikkatle dinleyen ve romanın geri kalan kısmında hareketlerini söyleyeceklerime göre ayarlayacak olan bütün roman kahramanlarına ve siz mühim roman okurlarına yapacağım tek katkı, bir sözü aktarmak olacaktır. Çünkü bir söz, bin hareketten üstündür. Söz kılıçtan keskindir. Bir fikir, bin kişiden güçlüdür. Bu yüzden diktatörler düşünen ve fikir üreten insanları daima zindana atar ve yok etmeye çalışır. Sözüm, büyük filozofluğu ve tılsımlı şairliği kadar, evrenselliği bütün dinlere ve canlara eşit sevgi ve mesafeyle yaklaşmasında yatan Mevlâna'ya aittir ve şöyledir: "*Her şey üstüne gelip seni dayanamayacağın noktaya getirdiğinde sakın vazgeçme! Çünkü orası, gidişatın değişeceği yerdir!*"

32. Pazar Sabahı Vapurda

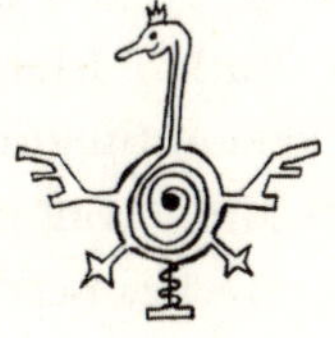

Komiser Ümit için, pazar sabahı Kadıköy'den Beşiktaş'a kalkan 07:15 ilk vapurunun Barış Manço Vapuru çıkmasında artık şaşıracak bir şey kalmamıştı. Normal şartlar altında, büyük tesadüfler olarak küçük şoklar yaşayacağı son üç günün olaylarını yan yana koyan beyni, öncelikle insanı çıldırmaktan korumaya programlı yaratılmış her fânininki gibi onu da olağanüstü koşullara alıştırarak rahatlamasını sağlıyordu. Elbette büyük tesadüftü, elbette Defne Kaman'ın içinde kaybolduğu vapurun, pazar sabahı Komiser Ümit'in Avrupa Yakası'na geçmek için bineceği ilk vapur olması istatistiksel olarak kim bilir kaçta kaç olasılıktı, ama işte olmuştu ve elbette, Kalamış'taki bahçeli evinde oturan

Umay Bayülgen'in bu olasılığı hesap etmiş olması da bir olasılıktı! Hepsi bu kadar da değildi; artık, "Var bu Umay Nine'de bir efsun, kesin bir sihir var o kadında, ya hu!" diye söylenmeyi kesen genç komiserin yüzünde vapura binerken bir de handiyse bu durumdan eğlenmeye başladığına işaret eden muzip bir gülümseme belirmişti. Sivil giyimli olmasına rağmen komiseri tanıyan iskeledeki Şehir Hatları İşletmesi görevlisi başıyla onu selamlarken, yıllardır ilk kez mutlu göründüğüne şahit oluyordu. Birkaç kişi dışında henüz kimse, onun iki yıldır ümitsizce hasret olduğu, 'memleketin en güzel esmeri'ne daha dün kavuştuğunu elbette tahmin edemezdi.

İstanbul'un pazar sabahlarına özgü muhteşem sakin ve tenha güzelliğinin tadını çıkartan Komiser Ümit, vapurun üst arka güvertesinde oturup özellikle demli ısmarladığı çayını yudumlarken, karşısında oturan, ellerinden ve hâllerinden işçi olduğu anlaşılan iki gencin tatil sabahında büyük olasılıkla sigortasız çalıştıkları ve kaybetmekten korktukları işe giderken, uykudan baygın birbirlerine yaslanıp güç alarak, bu 'zâlim İstanbul'da hayata tutunma azimlerini izledi. Onların arkasında oturan tombul, yaşlı bir kadının, torunu olduğu anlaşılan bir oğlan çocuğuna çayla poğaça yedirmek için giriştiği mücadeleyi ve oğlanın büyükannesine ettiği eziyete rağmen, aslında ikisinin de birbirine duyduğu güven ve şefkatin güzelliğini gördü. Güvertenin en ucunda turkuvaz güneş gözlüğü ve turkuvaz küpeler takmış, kısa, kızıl saçlı bir kadın elindeki bir şeyler yazdığı defteri kucağına bırakmış, sanki ilk kez görüyormuş gibi büyük hayranlıkla İstanbul'u seyrediyordu. Handiyse, kadına bakarak İstanbul'un yüzlerce yüzünden biri rahatlıkla anlatılabilirdi. Onun önündeki ahşap bankta oturan sarı türbanlı bir genç kadın, kocası olduğu anlaşılan genç bir adamın omzuna başını koyup dalgın gözlerle İstanbul'u seyrederken, adamın ne olduğu anlaşılmayan bir türküyü mırıldanışındaki sıla özleminden onların hangi Anadolu şehrinden İstanbul'a göçtüklerini tahmin etmeye çalıştı. Ardından, kısa bir süre sonra aynı vapurda Tasvir'in başını kendi omuzuna koyacağı ve kendisinin de, "Sensiz dünya malı neylerim dostum dostum!" türküsünü artık mutlu bir sesle mırıldanacağı bir pazar sabahını hayâl etti ve o ânda içindeki bütün havâi fişekler birer birer patlamaya başladı, sevinçten başı döndü, gözleri doldu, havalanıp uçacak kadar içi genişledi, açıldı. Bir ân için sevinçten çıldırıp öleceğini sanacak kadar sarsıcı bir baş dönmesi yaşadı. Bembeyaz bir boşlukta bir kuş tüyü gibi hafiflemiş olarak yükseldi, uçtu, düşeceğini sanıp, oturduğu ahşap banka sımsıkı tutundu ve bekledi. Geçen iki yılda yaşadığı derin üzüntü ve ümitsizlik onu sandığından daha fazla yaralamıştı. Derin nefes alıp kendine gelince, telaşla etraftakiler bir şey anladı mı, diye bakındı, sonra üst üste yutkunarak kendini kontrol etmeye çalıştı. Zaten tenha olan güvertede kimsenin onun içinde olup bitenden haberi yoktu. Genelde olmaz!

Kendini iyi hissedince kalktı ve vapur güvenlik kayıtlarını izlerken aklına taktığı yangın söndürme cihazının yanına gitti. Defne Kaman'ın vapurdaki son görüntülerinde, önüne gezici satıcılar geldiği sırada çok kısa bir ân için yerinden kalkıp kaybolduğu iddiasını Komiser Ümit'i kırmamak için dinleyen polis arkadaşları bunu bir olasılık olarak çok ciddiye almamışlardı. Belki de haklıydılar. Yine de denemekte bir zarar yoktu. Komiser Ümit, kendi kafasında kurduğu senaryoya göre, güvenlik kamerası alanına girmeyen yangın söndürme cihazının arkasında bir şey bulacağını umarak elini sokup orayı aradı. Eline rulo yapılmış bir kâğıt parçası geldiğinde, güvertedekilerin onu izlemediğinden emin olup kâğıdı avucunun içine aldı ve gidip yerine oturdu. Bu, Defne Kaman'ın daha önce kendisine *Kutadgu Bilig* şifreleri yazdığı aynı defterin kâğıdıydı ama bu kez kuruydu. Kâğıdı hiç açmadan cep telefonunu çıkardı ve Sahaf Semahat'i aradı. Altıncı çalışında telefonu uykulu bir sesle açan Semahat, ilkin telaşlanarak Tasvir'i sordu. Tasvir'in iyi olduğunu, olasılıkla uyuduğunu ama kendisinin vapurda, Defne Kaman'ın gazetesine gittiğini söyledikten sonra Komiser Ümit, sanki cebinden çıkarırmış gibi yaparak, biraz önce yangın söndürme cihazının arkasında bulduğu kâğıdı eline aldı, açtı ve orada bulacağından adı gibi emin olduğu harf ve sayıları okudu. Sahaf Semahat, bu harflerle sayıları kaydettikten sonra başka hiçbir şey sormadan telefonu kapattı ve Komiser Ümit vapurdan inerken onu geri arayıp son *Kutadgu Bilig* şifrelerini okurken, onun bu beyitleri dinlerken ezberleyen bir hafizası olduğunu artık biliyordu:

"A:35-850: Her işte hiddet gösterenler,/ İçkiye düşkünler veya çalıp çırpanlar."

"A:35-851: Bu gibi kişiler yaramaz bana;/ İşte bunları açıkça saydım sana."

"B:83-998: Ay-Toldı dedi ki: Sözün yeri sırdır;/ Söz ona bölünür fakat biri söylenmelidir."

"B:83-999: Biri söylenebilir, dokuzu yasaktır;/ Yasak sözler aslında hep fenadır."

İkisi de artık pek bir şaşkınlık belirtisi göstermeden Defne Kaman'ın çalıştığı gazetenin Genel Yayın Müdürü Cemal Dokuzoğlu'nun adını anıp, adamın soyadını iki kez tekrarlayarak sanki hafizalarına kazıyıp teyit ettiler. Telefonu kapatmadan önce, kim Defne'ye doğru bir adım ilerlerse, öbürünü aramak üzere vedâlaştılar. Komiser Ümit, Beşiktaş İskelesi'nde vapurdan inerken, az önce işçi zannettiği iki gencin, iskelenin önünde bekleyen son model beyaz bir BMW'de kendilerini bekleyen yaşlı iki adamın arabasına binip gittiklerini, karı koca sandığı sarı türbanlı kızla, türkü söyleyen adamın vapurdan ayrı ayrı çıkıp, zıt yönlere doğru ayrıldıklarını gördü. Turkuvaz gözlüklü kadın, kendisini bekleyen sırt çantalı bir adamla sanki yıllardır göresi gelmiş gibi özlemle kucaklaştı, ikisi de çok mutlu görünüyordu.

Komiser Ümit, iskelede durup bir yandan insanları seyrederken, bir yandan da kendisini Defne Kaman'ın uzak kuzeni sanan amirine telefon ediyordu. Amiri, haklı olarak, 'kayıp gazeteci kadın' vakasındaki son durumu merak eden genç komisere, maalesef önemli bir gelişme olmadığını anlatırken, onun tesadüfmüş gibi laf arasında adını andığı gazeteci Cemal Dokuzoğlu ile ilgili çok işe yarar bir bilgiyi de geçmiş oldu. Aslında bu gizli bir bilgi değildi, günün gazetelerinde ve internette de bulunan bir haberdi ama Komiser Ümit'e tam şimdi lâzımdı, çünkü bugün mutlaka Dokuzoğlu ile görüşmesi şarttı. Bu sabah saat 10:00'da Türkiye'nin Avrupa Birliği Bakanı'yla 'önemli gazetecileri', İstanbul'un eski bir hapishanesinden bozma, meşhur lüks otelinde, Avrupalı gazetecilerle, 'Türkiye'de düşünce özgürlüğü sorunu'nu konuşacakları bir kahvaltıda buluşacaklardı. Defne Kaman'ın çalıştığı gazetenin Genel Yayın Müdürü Cemal Dokuzoğlu da elbette bu 'önemli gazeteciler' arasındaydı ve orada olacaktı. 'Düşünce Özgürlüğü' kahvaltısının başlamasına iki saatten fazla zaman olduğunu hesaplayan Komiser Ümit, Karaköy'e kadar yürüyüp orada sahildeki kafelerin birinde kahvaltı yapmayı planladı. Daha sonra otele yürüyebilirdi. Yol boyunca hem milyonlarca insanın sadece pazar sabahları rahat bıraktığı İstanbul'un ne kadar güzel olduğunu hatırlamak, hem de Cemal Dokuzoğlu'nu nasıl konuşturacağını düşünmek için yeterli zamanı oldu.

Saat 10:15'te insanın bir zamanlar içinde 'düşünce suçlu'su sayılan aydın, yazar ve gençlerin işkence gördüğünü aklının alamayacağı kadar güzel bir otele dönüşmüş olan tarihî binanın kapısından içeri giren Komiser Ümit, içeride handiyse bir yüzyıl sonra hâlâ düşünce özgürlüğü sorunlarını konuşmak için toplanan 'ünlü gazeteciler' arasında bulunan Cemal Dokuzoğlu ile ne sıfatla ve ne yetkiyle konuşacağına dair hâlâ iyi bir hikâye arıyor, ama aklına New York'lu Dedektif Matt Scudder'ın beyaz yalanlarından başkası gelmiyordu. Ancak orası New York'tu, Matt Scudder bir roman karakteriydi ve her romanda mutlaka başarılı oluyordu. Hâlbuki burası İstanbul'du, Komiser Ümit gerçekti ve Defne Kaman hâlâ kayıptı. "Yarın onun doğum günü!" diye üzülerek hatırladı, otelin resepsiyonuna doğru yürürken.

Komiser Ümit, geçen hafta rüyasında göremeyeceği, bir özgüvenle resepsiyoniste yaklaşıp polis kimliğini gösterirken, son derece sakin bir sesle, normalde yanına gitmeye çekineceği kibri, küstahlığı, her hükümetin siyasi görüşüne yakınlığı ve yatkınlığıyla tanınan, bu yüzden arkası daima çok güçlü Gazeteci Cemal Dokuzoğlu ile görüşmek istediğini söyleyen kendisindeki değişimi, Umay Bayülgen ve Defne Kaman'ın Kamanlık algı yetenekrlerine ve hâlâ insanın içindeki iyiliğe inançlı güçlerine bağlamaktan çekinse de içinden bir ses bunu çoktan kabul etmişti bile. Asansörde ona saygıyla eşlik eden otel görevlisiyle kata çıkarken aynada kendine baktı ve "Sanıyorum bu işin en önemli düğümünü bugün burada çözeceğim!" diye düşündü. Hayatında ilk kez yüzünde yaprak kımıldamadan içinden kahkaha atmayı da o asansörde başardı.

33. Gazetecinin İşi

"'Bebeğim,' dedim. 'Bebeğim biraz dikkatli ol!' Dinlemez ki haylaz kız, kafasının dikine gidecektir illâki... Bakmayın siz, şimdi bu ortamda belli etmiyorum ama içim yanıyor benim, taa içim! Evet, arada sırada ortadan kaybolması meşhurdur onun, sır olur, gider! Gider, dolaşır, kim bilir ne maceralar yaşar ama hep geri döner, gelir. Yani hep gelirdi! Bu defa uzattı arayı benim kızıl saçlı bebeğim! Adınız neydi sizin Komiser Bey?"

Komiser Ümit, üzerindeki mütevâzı tişörtü ve kot pantolonuyla, kararlı ve kibar bir tavırla, otelin muhteşem manzarası ve stilize edilmiş Osmanlı tarzıyla çok etkileyici döşenmiş, yüksek tavanlı, geniş bir toplantı salonuna girdiğinde, resepsiyondan haberi almış olan yılların gazetecisi Cemal Dokuzoğlu, kuşaklar boyudur tanınan, abartılı tavrıyla ayağa kalktı ve bir tiyatro oyuncusu gibi oynadı.

"İşte düşünce özgürlüğü toplantısı başlar başlamaz devletimizin polisi de aramıza katıldı, sahne tamam! Hoş geldiniz Komserim!" dedi. Sonra bu sözlerini İngilizce olarak yabancı gazetecilere tekrarladı. Yabancı gazetecilerin şaşkın bakışları arasında kibarca Avrupa Birliği Bakanı dâhil hepsini başıyla selamlayan Komiser Ümit, rahatsız ettiği için özür dileyip, aslında düşünülenin tam aksine, kayıp bir gazeteciyi bulmak için çalıştığını açıkladı ve mümkünse çok kısa bir görüşme için Cemal Dokuzoğlu'nu dışarıya davet etti.

"Evet, Defneciğim, araştırmacı-gazetecilik yanıyla bizim ağır toplarımızdandır. Eğer istese şimdi basındaki Ayşeler, Fatmalar falan kalmazdı karşısında ama bizim kızın o taraklarda işi yok ki! Kaç kere dedim ona, 'Gel Defneciğim, bebeğim, sendeki natürel güzellik, sadelik, zarafet, aileden gelen derin kültür, asalet, o peri kızı gözler, doymak bilmeyen araştırma merakı, bırak kendini bana bebeğim, bırak senden bir basın prensesi yaratayım da feleği şaşsın sahte bebeklerin!' diye ama... nafile... Defne, bir keçi gibi inatçı, kartal kadar cesur, kısrak kadar hızlı, yunus gibi iyi kalpli, bir denizkızı gibi güzeldir ama... işte... aslında uyumsuzun tekidir ya!"

Onu ilgiyle ve dikkatle dinleyen Komiser Ümit, biraz daha konuşmasına izin verip tek bir soruyla işini bitirmek istiyordu. Aslında izinli olduğu bir gün, uzaktan bile kuzeni olmayan Defne Kaman'ı aramak için hiçbir hakkı olmadan kendisini sorguladığını anladığı ânda Cemal Dokuzoğlu'nun kendini değil sürdürmek, işten uzaklaştırabilecek kadar güçlü ilişkileri vardı ve bunu düşünmek bile çok ürkütücüydü. Ancak son *Kutadgu Bilig* şifreleri ile eldeki bütün bilgiler, Defne'nin başına ne geldiyse bunun içinde veya kenarında bu adamın bir parmağı olduğunu işaret ediyordu. Sonuçta Defne Kaman'ın kaybolmasıyla hiçbir ilişkisi olmasa bile, adam zaten meşhur cıvıklığı ve kişiliksizliğiyle yeterince sevimsizdi. Üstüne üstlük, adamın alkolik olduğunu bütün memleketin bilmesi, güvenilirliğini de ortadan kaldırıyordu.

"Yanlış anlamanızı önlemek için şunu hemen eklemek isterim: Defne'nin yaptığı haberlerin çoğu bu memlekette birçok davanın gidişatını etkilemiş, değiştirmiştir. Kimsenin ciddiye almadığı, cicisi bicisi olmayan, gerçek insan dramlarının yer aldığı üçüncü sayfa haberlerinin üzerine gider, birçok olayın aslını ortaya çıkartana kadar vazgeçmez bebeğim! Ancak, dediğim gibi, dili biraz kılçıklı, serttir maalesef. Anlatabiliyor muyum Komserim, pardon, artık kafa kalmadı bende, adınız ne demiştiniz?"

Öbürü, "Komiser Ümit Kaman," diye üçüncü kez tekrarlayınca ancak bu kez onun soyadını fark etti Cemal Dokuzoğlu: "Ne diyorsunuz? Var mı bebeğimle bir akrabalık yoksa? Haa, bu yüzden pazar sabahının köründe buralardasınız siiizzz!" diye mânâlı mânâlı gülümsedi. Bu fırsatı kaçırmayan Komiser Ümit, "Akrabalık olmasa da biz her zaman görevimizi yaparız, efendim," dedi ve ekledi: "Uzaktan, birkaç kuşak öteden kuzen sayılırız..."

"Bak yaramaz Defne'ye bak, hiç bahsetmedi bir polis kuzeni olduğundan bana... Siz iki gün önce sekreterimden randevu alan komisersiniz, değil mi? Ah kusura bakmayın, o akşam âcil bir işim çıktı, sizinle buluşamadım... Ama galiba siz de gelmemişsiniz, ha? Neyse geçelim onu, işte buluştuk sonunda... Dedim ya, sır küpü, efsunlar prensesidir, hınzır! Ben bu ailenin, saray hekimi soyundan dedesi Korkut Bayülgen tarafından kökünü bilirim. Gümüşsuyu'nda otururlarmış, hâlâ annesinin dedesi tarafından bir başka kuzenleri vardır oralarda, sanıyorum... Çok beyefendi, kâmil bir insandı hekim dedesi Korkut Bey, rahmetli. Annesi Ayten Hanım da çok şekerdir, şen şakrak, hayat dolu, bizim Defne'nin aksine gece hayatını, eğlenceyi, partileri sever. Nasıl olmuş da o kadın, Defne gibi bir kız doğurmuş, tabiatın işini anlamak imkânsızdır! Hele o güzellik şâhikası ablası Aysu!

Yahu onunla evlenmek için neredeyse hepimiz sıradaydık, oysa gitti yemek yazarı, gurmeyken, bir gecede siyasi köşe yazarına dönüveren Kudret Peker ile evlendi, şaşkın! Kudret, bir tatbilir olarak iyiydi de, siyasi yazı yazmaya çabalarken hiç çekilmiyor, biliyorsunuz! Ah, nasıl atlarım... Bir de her an Orta Asya bozkırlarında Şaman dansı yapacakmış gibi dolaşan eczacı Umay Ninesi var ya, bakın o hiç sevmez beni amaannn!" derken dilini ısırdı! "Hay dilimi eşekarısı soksun benim! Bak şimdi, neler anlatıyorum ben de size... Bunlar sizin de akrabanız tabiii... Kusura bakmayın, bizim işimiz de sizinkisi gibi ağır... Baksanıza içerideki yabancılara memlekette düşünce özgürlüğü var diyeceğiz, ama kitap yazan gazeteci dostlarımız hapiste yargılanmadan, aylardır tutuklu yatıyor!"

Bu konuşmanın eğer bir tiyatro oyunu değilse, ancak bir alkoliğin şuursuzluk şaheseri olabileceğinin, New York'lu Dedektif Matt Scudder'ın alkolik olduğu dönemdeki maceralarını okuduğu için şimdi farkına varan Komiser Ümit, olabildiğince doğal görünmeye çalışarak, "Merak etmeyin, Defne'yle uzak kuzenleriz, yakın büyümedik biz. Ayrıca, Umay Ninemin benden de pek hazzettiğini sanmıyorum. Bu yüzden sizi iyi anlıyorum," dedi. Ne yaşlı kadından 'Umay Ninem' diye bahsetmeyi planlamıştı ne de onun kendisini beğenmeyişine içerlediğinin şu âna kadar farkındaydı. Fakat bu sözleri öyle samimiydi ki, Cemal Dokuzoğlu artık ondan hiç kuşku duymadan katıla katıla gülmeye başladı. O gülünce Komiser Ümit de güldü. İki erkeğin kahkahalarının altında, zeki ve kişilikli yaşlı bir kadından hoşlanmayışın gizli ortaklığı yatıyordu. Aralarındaki sınır kalkmıştı. Bunu hemen hisseden Komiser Ümit, oturduğu koltukta yaşlı gazeteciye doğru eğilip fısıldayarak, sabahtan beri hayâlini kurduğu blöfü patlattı: "Defne'nin son yazı dizisi hakkında bilgim var... Son bölümler, şu yayımlanmayan iki bölümü size verdiği hakkında" deyip sözünü yarım bıraktı. Bunu duyunca, yüzü birden kıpkırmızı olan Cemal Dokuzoğlu da şimdi ona doğru eğilerek fısıldadı: "Ah, dedim ben ona, gitme bu adamın üzerine, konuşma o kadınla, diye... Koskoca devlet bütün kurumlarıyla sessizce seyrediyorken biz iki üç gazeteci mi önleyeceğiz bu kadın cinayetlerini? Yok. Dinlemedi... Gitti Ümraniye'ye, buldu o durmadan kendisini telefonla arayıp yardım isteyen kadını, konuştu onunla falan... Sonra da hiç kesmeden yazmış kadının bütün sözlerini... Kadının adı Sakine Neşeli. Hayatın ironisi sanatınkinden çok daha güçlü işte! Unutulur gibi değil, zavallı kadının adı Sakine Neşeli ya! Ah bebeğim, ah Defneciğim, yapma etme dedim, o kadar da konuştum ama illâki bunları basacağız diye tutturdu! Siz... siz bütün bunları biliyorsunuz, değil mi?"

Komiser Ümit, Cemal Dokuzoğlu'nun çenesine bir yumruk atmamak için kendini zor tutarken, "Elbette. Haberim oldu," diye endişeli bir bakışla başını salladı.

"Dedim ona, Bebeğim biraz daha yumuşak bir dil kullan. Bak görünüyor, apaçık ortada yahu: bu memleketin her şeyi erkek! Yalan mı ama, baksana: bankası, hastanesi, üniversitesi, parlamentosu, gazetesi, şarkısı, türküsü, yemeği, geleneği, insan hakkı, demokrasisi, babası, kocası, oğlu, profesörü, avukatı, savcısı, po... Neyse... İşte hepsi erkek! Yok, tutturdu, 'İllâ o kadını kurtarabiliriz!' diye. Yahu biz polis miyiz? Gazeteciyiz bebeğim! Yok, bilirsiniz, Defne iyidir, hoştur, insan kılığında melektir, o derece saf, temizdir ama kusura bakmayın, Komserim, sizin bu kuzeninizin ciddi bir uyum sorunu var!" Durdu, canı sıkılarak 'üfff!'ledi. Sonra daha da eğilip, iyice yaklaşarak fısıldadı: "O bilmiş, inatçı Umay Bayülgen var ya, sizin Umay Nineniz olacak o Şaman, bence bebeğimi bozan odur!" diye markası kimlik gibi kocaman bir hayvan logosuyla göğsüne kazınmış polo gömleğinin yakasını silkti.

Şimdi de gülmemek için kendini zor tutan Komiser Ümit, hiç uzatmadan elindeki fırsatı kullandı; ondan kimliğini görmek ister gibi rahatlıkla ve dosdoğruca, Defne Kaman'ın yazısını teslim ettiği kalem hafızayı, herkesin kullandığı adıyla 'flaş disk'i istedi: "Yazının sizin kestiğiniz son iki bölümünün ne olacağı konusuna biz karışmayız, onu Defne dönünce kendisiyle konuşursunuz, ama o yazı bize polisiye nedenlerle lâzım!"

Bir ân için kaşları çatılan Cemal Dokuzoğlu, saatine bakarak içerideki toplantıya gitmeyi düşündüğünü belli ettiği sırada, Komiser Ümit ikinci blöfünü patlatmaya hazırlandı ama ikinci bir blöfü yoktu, hiç olmamıştı. Bu sırada gazetecilerin Avrupa Birliği Bakanı'yla toplantı yaptığı salonun kapısı açıldı, içeriden gözlüklü, neredeyse albinoya yakın beyazlıkta, sarışın, orta boylu, mutsuz görünen, genç bir adam çıktı ve yanlarına geldi.

"Özür dilerim, konuşmanızı bölüyorum ama dayanamadım artık! Defne'den bir haber var mı Komserim? Hayatı tehlikede mi?" dedi. Onun Defne'den derin bir endişe ve özlemle bahsettiğini anlamamak için kör olmak gerekiyordu.

"Siz Attilâ Gültekin misiniz?" diye sordu Komiser Ümit, kararlı bir sesle. Onun kendisini tanımasına şaşıran genç gazeteci, bunun bir şekilde Defne ile ilişkisi olacağını düşünerek sevindi: "Var mı bir haber Komserim?" diye heyecanla sordu.

"Aman Attilâ, bırak şu duygusallığı alla'sen! Defne'yi bulsaydı, buraya yalnız gelir miydi Komiser Kaman? Saçmalıyorsun yine!" diye küçümseyerek kendisine bakan Cemal Dokuzoğlu'nu gözleriyle döven Attilâ Gültekin'in kendini zorlanarak sakinleştirdiği, iki adamın arasında bir gerilim yaşandığı belli oluyordu. Onun, "Komiser Kaman mı?" diye komisere dönüp sorması, Ümit Kaman'a yeni bir atak yapması için bir firsat verdi.

"Evet, Defne ile kuzeniz ve tam da şimdi Sayın Cemal Dokuzoğlu bana, onun son yazı dizisini teslim ettiği hafıza diskini vermek üzereydi. Defne'nin bulunması için bu disk çok önemli!" dedi. Cemal Dokuzoğlu, sanki komiseri duymamış gibi ayağa kalkıp toplantı salonuna gitmek üzere arkasını dönerken, "O diski maalesef ben de bulamıyorum Komserim!" dedi ve hızlı adımlarla oradan kaçar gibi uzaklaşmaya başladı. Onun göz göre göre elinden kaçıyor olmasına canı sıkılan Komiser Ümit, ne yapacağını düşünerek endişelenirken hiç beklenmedik bir şey oldu ve Attilâ Gültekin, Cemal Dokuzoğlu'nu omzundan yakalayıp kendine çevirdi, sonra tam burnunun üzerine okkalı bir yumruk atarken "Ulan, burada kızın hayatı tehlikede, sen hâlâ cinayet ortaya çıkmasın, bizim gazete hükümetin gözüne batmasın derdindesin şerefsiz! O flaş disk mutlaka sendedir, götüne mi soktun ulan!" diye bağırdı. Onları ayırıp birinin burnundan akan kanı kâğıt peçeteyle, öbürünün öfkesini 'işbirliği yapmak' sözüyle bastıran Komiser Ümit, otel görevlileri ve basının tam göbeğinde bu olayı inanılmaz bir beceriyle, sessizce yatıştırmayı başardı. İki dakika sonra, elinde Cemal Dokuzoğlu'nun nihayet çıkartıp verdiği hafıza diskini sımsıkı tutuyor, içinden kendini sakinleştirmeye çalışıyordu.

"Tamam beyler, şimdi biriniz yüzünü yıkayıp toplantıya dönüyor. Tabii, üzerinizde tek damla kan kalırsa bunu kesinlikle polisten bileceklerdir, buna mani olmam imkânsız!- Sen Attilâ Kardeş, sen de benimle otelin bilgisayar odasına gelip, şu flaş diski çözmeye geliyorsun, bir zahmet! Haydi, işbaşına, öğle olmadan bu işi çözelim!"

Burnundaki kanlı kâğıt mendili çıkartıp üstüne başına çeki düzen veren deneyimli gazete genel yayın müdürü ve ünlü gazeteci-yazar Cemal Dokuzoğlu, skandallara alışkın insanların rahatlığıyla, artık işsiz olarak gördüğü Attilâ Gültekin'e bakarak başını: 'sen görürsün!' mânâsında sinirli sinirli sallarken, Komiser Ümit Kaman hakkında da, "Bir de o çatlak Umay Ninesi bunu sevmiyormuş! Külahıma anlat sen onu! Baksana Kaman Komserim, sen hık demiş, o inatçı moruğun burnundan düşmüşsün be adam!" diye söyleniyordu.

34. Hakikat Eğilir Ama Kırılmaz

Kadının adı S.N. olarak geçiyordu. Henüz on altı yaşındayken kendisinden tam on yaş büyük amcasının oğluyla evlendirilmiş, altı yıllık evliliğinde kocasından hemen her gün dayak yemiş, işkence görmüş, şimdi yirmi bir yaşında ve dört çocuk annesi, yoksul, çok mutsuz, korku ve endişe dolu, yaşam sevincini kaybetmiş yüz binlerce Türkiyeli kadından biriydi. Eğer okumasına engel olunmasaydı avukat olmayı ister, kendi parasını kazanıp keyfini sürmeyi düşlermiş. Onu mutlu eden tek hayâli buymuş, başka da yokmuş, kalmamış. Çünkü hayatta kalacağını umut etmiyor, on yıl daha yaşayacağını hiç sanmıyormuş, hiç! Hikâyesinin devamı çok bildik, burada yaşayanlar için bir üçüncü sayfa haberi kadar olağan ve tanıdıktı. Çocukken ağabeyi gibi bildiği kuzeniyle daha on altısında bir odada baş başa ve çırılçıplak kalmaktan utandığı zifaf gecesinde ilk tokat kulağında patlamıştı. İlk cinsel deneyimi bir tecavüzdü. Evlendiği geceden hatırladıkları: karnının ve kulağının çok ağrıması, vajinasında duyduğu keskin acı, kan, ter, gözyaşı, dayak ve şu sözlerdi: "Resmen karımsın lan, artık ben ne istersem yapacaksın! Ne utanması, memelerin çıkalı, götün fıldır fıldır dönmeye başlayalı dört yıl oldu be! Beni mi beğenmiyon lan? Başka biri mi var lan? Sen benim neyimi beğenmiyon lan! Sen kimsin lan!"

Defne Kaman'ın "Adını Erkek Cinayetleri Koydum" adlı yazı dizisinin gazetede yayımlanmayan son iki bölümünü, Gazeteci Cemal Dokuzoğlu'ndan aldığı diskten Attilâ Gültekin'le beraber otelin 'Business Center' denen bilgisayar odasında okumaya koyulan Komiser Ümit, daha yazıyı bitirmeden Kadıköy Karakolu'ndaki âmirinin telefonunu tuşladı.

"Hayır, öyle zâlim birine hiç benzemezdi, ne bileyim, şefkatli, terbiyeli biri olarak bilirdik onu. Ağbi, dedim ben ona, ağbim bildim onu tam on beş yıl. Yabancıya, haine, alkolik, uyuşturucu bağımlısına neyim düşmeyeyim diye amcaoğluma verdiler beni. Verdiler, koyun verir gibi, mal gibi... Hiç sormadılar, öylece karar verdiler hakkımda. O sessiz, uslu, sakin adamsa daha ilk geceden sapık çıktı, ah Ablam ah, ah ne çektim ben!"

S.N. iki kez amcaoğlu kocasından boşanmak istemiş, ama her iki teşebbüsü de ağır kırık ve dikişlerle hastaneden taburcu edildiği işkencelerle sonlanmıştı. Daha yirmi birinde bacağından ve elinden sakat kalan genç kadını devlet ne gittiği karakolda ne de hastanede korumuştu. "Kocandır kızım, olur böyle ev kazaları, sen de biraz alttan alacaksın ama... Yuvayı dişi kuş yapar!" öğütleriyle bu kadın her iki seferinde de resmi olarak işkencecisine teslim edilmişti. "Abla, kocam beni öldürecek!" diye telefon etmeye başladığında...

"Âmirim sizi de pazar sabahı rahatsız ediyorum ama 'kayıp gazeteci kadınla ilgili bir ipucuna ulaştım. Ümraniye'de Sakine Neşeli adlı kadın ve kocasına bir baktırır mısınız? Adamın adı S. Neşeli diye geçiyor, olasılıkla sabıkalı ve... ama bir dakika..."

"Kızlarına Sakine, oğullarına Savaş, Cenk, Öcal, Hıncal, Cihat gibi adları koyan kültürlerde, bu yüzden işsizliğe ve eğitime çözüm için fabrika ve okul yerine siyasi çıkar yatırımı yapan siyasetçiler iktidara taşınır."

"Âmirim, bir dakika. Bu adamın adı Savaş Neşeli olabilir. Savaş Neşeli. Hakikaten, Cemal Dokuzoğlu'nun dediği gibi hayat bize şaka yapıyor olmalı! Efendim? Evet, Âmirim Dokuzoğlu ile görüştüm. Yok, yok, hiçbir tatsızlık yaşanmadı. Merak etmeyin âmirim, biliyorum adamın çevresi güçlü, emin olun, bugünkü görüşmemizden hiç kimseye bahsetmeyecektir. Garanti veririm Âmirim. Tamam, Âmirim, sağ olun!"

"İçip biraz rahatlayınca –o nasıl rahatlamaysa Allah belâsını versin!– diyo ki: 'Kız ben seni dövmek, üzmek ister miyim kız? Ben senin küçüklüğünü, el kadarki hâlini bilirim be! Seni de çocukları da üzüle üzüle dövüyom kız!' Diyom: 'Dövme o zaman kurban olayım! Biraz dayaksız, azıcık güzel yaşayalım!' Diyo ki: 'Mecburum kız, eve para getiremiyom, çocuklara, sana bi şey alamıyom, girdiğim işte dikiş tutturamıyom, eee? Benim de erkek olarak bi'şeyi de doğru yapmam lâzım, di mi kız?'"

Bilgisayar ekranında Defne Kaman'ın yayımlanmayan son iki yazısını hızla okurken Attilâ Gültekin, hırslanarak söyleniyor, Komiser Ümit başka ipucu bulur umuduyla gözlerini kısmış, bütün dikkatini yazıya vermeye çalışıyordu.

"Komserim, Defne bana birkaç kez bir kadının gazeteye telefon ettiğini, özellikle kendisiyle konuşmak istediğini söyledi. Kadın, onun adını kadın sığınmaevinden çıkmış bir komşusundan almış. Ama ne yaptıysam işe yaramadı, Defne bana vereceği her bilginin kadının hayatını daha fazla tehlikeye atacağını söyleyerek bu konuda hiç konuşmadı," diye açıkladı Attilâ Gültekin.

"Kaç kez ısrar ettim, ama Defne bu işte, Nuh der, peygamber demez! Siz iyi bilirsiniz ya..."

"Bu herif önce karısını öldürdü, sonra Defne'nin peşine düştü. O akşam o vapurda Defne'nin peşindeydi. Yunusu da o bıçakladı ve o şerefsiz hâlâ ortada serbest dolaşıyor. Defne bunun için saklanıyor!" dedi Komiser Ümit, sakin bir sesle. "Ama bir insan vücudu suda uzun süre kalmaya uygun yaratılmamıştır, onu hemen kurtarmalıyız!"

Onu şaşkın ama büyük hayranlıkla dinleyen Attilâ Gültekin, "Defne suyun içinde mi saklanıyor üç gündür?" diye sordu hayretle.

"Arada sırada çıkıyor ama genellikle öyle."

"Bana diyo ki: 'Eğer benden boşanırsan seni öldürmem gerekecek kız! Çünkü bir erkekten boşanılamaz, ancak erkek karıyı boşar! Allah böyle emretmiş! Erkekleri dünyadaki bütün canlılardan üstün yaratmış. Öteki bütün canlılar ve özellikle kadınlar, erkeklere hizmet için yaratılmıştır. Sen ne bakıyon o medeni kanunlara, onlar şeytan icadıdır. Asıl üstün ve doğru olan Allah'ın kanunudur, o da bunu emreder.' Ah ablam, içip içip beni nasıl kesip parçalarımı bahçeye gömeceğini sanki televizyon dizisi anlatır gibi anlatıyo bana ya! 'Kimsenin ruhu duymaz, burada zaten kurban kesiliyor, birisi de koyun yerine kadın kurban etmiş, derler, o kadar!' Ablam, kurtarın beni, duyun beni, yaşamak istiyom, daha hiçbir şey görmedim şu yalan dünyada... Yirmi bir yaşındayım ben ya!"

Yeniden âmirinin telefon numarasını tuşlayan Komiser Ümit, bu kez Savaş Neşeli'nin kendi evinin veya civar evlerin bahçelerinde bir kadın cesedi olabileceğini söyledi.

"Yani siz Defne'nin nerede saklandığını biliyorsunuz, öyle mi?" diye sordu Attilâ Gültekin, kafa tutan bir sesle. "Biliyorsunuz ve kimseye haber vermiyorsunuz?"

"Bak, ben şu an itibarıyla Umay Ninemin seni neden beğenmediğini anlamış bulunuyorum Attilâ kardeş! Ya hu yerini bilsem niye arayayım ki? Defne kayıp, bütün polis teşkilatı peşinde ve ben de bir polisim!"

"Kusura bakmayın Komserim, ama sizin kendi sözlerinizden bu sonuç çıkıyor! Hem eğer Defne saklanıyorsa, o zaman teknik olarak kayıp da sayılmaz, değil mi?"

"Ha bak, işte bu iyi soru! O hâlde sana bize polis akademisinde öğretildiği şekliyle açıklayayım: Asayiş Şube Müdürlüğü, Kayıp Şahıslar Büro Amirliği'nin görevlerinden biri, yakınları tarafından kayıp olarak aranan reşit kişileri kayıp şahıs olarak tebliğ etmektir. Kayıp oldukları gerekçesiyle aranmaları için yakınları tarafından müracaatta bulunulan şahısların kaydını tutarak, bu kayıtları Emniyet Bilgi Sistemi'nde yer alan Aranan Şahıslar ve Tahdit Projesi'ne girmektir. Ayrıca o kayıp şahıs bulunduğunda da projeden düşümünü yapmak, yine bizim işimizdir."

"Komserim, siz beni yanlış anladınız, ben Defne'nin her ne olursa olsun sağ olarak bulunmasını istiyorum. Gazeteci olarak kuşkucu olmam, sizin polis olarak anlamanız gereken bir meslekî davranış olmalıydı..."

"Yok yok, haklısın Attilâ kardeş! Dur, ben sana biraz daha anlatayım, sen de bunları öğren ki, birlikte 'kayıp şahıs Defne Kaman'ı ararken daha kolay çalışalım! Meselâ, teknik olarak, kayıp şahıs hakkında polise müracaat edilmeden önce veya müracaattan sonra mutlaka gidebileceği veya bulunabileceği akrabaları, arkadaşları veya tanıdığı kişilere ulaşılarak haberlerinin olması sağlanmalıdır. Ayrıca, kayıp şahıs hakkında herhangi bir bilgiye ulaşıldığında, mutlaka ilgili kolluk birimi haberdar edilmelidir. Sonra, kayıp şahsın şüpheli şahıs/şahıslarca kaçırılmış veya zorla alıkonulmuş olduğu kanaatine varılması hâlinde, polise verilen dilekçede veya ifadede bahse konu olayın bütün ayrıntıları ile şüpheli/şüphelilerin açık kimlik, adres, eşkal bilgileri ile kullanmış olduğu/oldukları cep ve sabit telefon numaralarına ilişkin bilgileri mutlaka belirtilmelidir."

"Komserim, siz beni tehdit etmiyorsunuz, değil mi?"

"Etmem için bir neden var mı Attilâ kardeş?"

İki adam arasında gözle görülür bir gerilim bilgisayar odasını doldurmuştu. Bu yüzden onlar göz göze gelmekten kaçınarak bir süre beklediler. Sessizliği Attilâ Gültekin bozdu:

"Umay Hanım seni beğenmiyor, dediniz Komserim. Ben bunun Kalamış'taki bahçeli eve gittiğim ilk günden beri farkındayım. Üstelik Defne'nin kalbine giden yol, Umay Ninesinin onayından geçiyor, siz bilirsiniz bunu zaten... Ama yani, kabul edin ki, o da çok zor bir kadın, üstelik tuhaf! O beni beğenmiyor da sanki onun da Defne'den başka beğendiği var mı? Ne kızını, ne öbür torununu, beni, ne de Cemal Dokuzoğlu'nu..." derken iki erkek nihayet göz göze geldi ve gülmeye başladılar. Attilâ Gültekin gülerken sesini alçaltarak ekledi:

"Sanki Cemal Dokuzoğlu gibileri, çıkarları dışında kabul eden ne tek seveni, ne de dostu vardır da..."

"Bak Attilâ kardeş," diye toparlandı Komiser Ümit. "Defne ile Umay Ninemin, sanırım bizim anlayamadığımız çok hassas ve derin bazı hisleri, farklı kimyaları var... Aşura'nın dediği gibi, o ikisi insan kılığında aramızda gezen melekler, Kamlar, Kamanlar belki de... Baksana, hiç tanımadığı bir genç kadını korumak için nasıl didinmiş ve üstelik şimdi başı büyük dertte... Söylesene artık kaç kişi kaldı başkasının canını kendi canı gibi gören böyle, kaç kişi?"

Pazar sabahı bomboş olan otelin bilgisayar odası o sırada birden Âşık Mahsunî Şerif'in sesinden, "Sensiz dünya malı neyleyim, dostum dostum!" diye bir güzel inlemeye başladı. Komiser Ümit'in telefonunun ekranında "Yunus ve Tasvir" yazıyordu. Kendine ait bir telefon numarası olana kadar Tasvir'in adını Yunus'un yanına bu sabah eklemişti. Heyecanını saklayarak telefonun konuş tuşuna basıp rahat konuşabilmek odanın öbür ucuna giden Komiser Ümit'in yüzü duyduğu tek bir 'alo' sesiyle önce gül bahçesine, sonra lale, sonra menekşe, leylâk ve nergise döndü...

"Alo! Ümit Can. Ben Tasvir."

O kadar. O kadar kısa ve o kadar derin, engin, geniş, okkalı, tutkulu, demli, bereketli, güzel, mutlu, heyecanlı, sevinçli, neşeli: o kadar aşk!

"Tasvir Can. Can Tasvir. İyi misin can kurban?"

Tasvir iyiydi. Aşktan daha büyülü iksir, aştan daha etkili ilaç, aşktan daha insanî güzellik yaratılmış mıdır ki, Tasvir iyi olmasın? Var mıdır? Olabilir mi? Tasvir aşktı, aşk Tasvir'di. İyiydi. Çok iyiydi. Hayat çok iyi, dünya çok güzeldi.

"Allah bizi duydu. Dualarımız kabul oldu. Allah bizi en kısa zamanda artık yarım kalan hayırlı işimizin tamamına erdirecek Ümit Can! Yunus Ağbim, yarın buluşun, görüşün artık da devamına erdirelim hayırlı işi, dedi..."

"Yarın... Yarına kadar dinlen... Memleketin en güzel esmeri, Tasvir Can!" diye fısıldadı eliyle ağzını kapatarak Komiser Ümit. Yüzünde gül, lale, menekşe, leylâk, nergis bahçesi açmış, içinde suda kabaran efervesan hapların kabarcıkları havalanıyordu. Kendine gelip, otelin bilgisayar odasına nasıl dönebileceği hakkında en ufak bir fikri yokken telefonun kapat tuşuna bastı. Aynı ânda "Dostum Dostum!" yeniden başladı, bu kez karakoldan arıyorlardı. Savaş Neşeli'nin kavga, yaralama, hırsızlık ve uyuşturucudan birkaç sabıkası vardı, bu yüzden emniyette eşkali ve parmak izi mevcuttu. Evinde bulunamamıştı, son dört gündür orada görülmemişti. Komşuların dediğine göre, karısı Sakine Neşeli bir hafta önce ortadan kaybolmuş, Savaş Neşeli onun akrabalarının yanına, köye gittiğini söylemişti. Polis, genç kadının izini ailesinin evinde, köyünde ve kadın sığınmaevlerinde arıyordu. Çocukları kocasının akrabaları yanlarına almıştı. Kayıp Savaş ve Sakine Neşeli'nin eşkalleri GBT'lere verilmişti.

"Kadını öldürdüyse çabucak bulurlar..." diye içini çekti, Komiser Ümit, durumu Attilâ Gültekin'e özetledikten sonra.

"O adam bulunmadan Defne ortaya çıkmaz, diyorsunuz, değil mi?"

"Yakındır, umarım çok yakındır..."

"Bu teknoloji denen şey Komserim, teknoloji bir yandan başa belâ ama kötülüğe karşı iyiliği de hızlandırabiliyor. Daha hızla örgütleniyoruz meselâ..." diye mânâlı mânâlı sırıttı Attilâ Gültekin.

"Dostum Dostum" türküsü üçüncü kez çaldığında arayan Sahaf Semahat'ti.

"Komserim, hiç sesin çıkmadı, meraktan çatladım ya?"

"Şimdi arayacaktım Semahat Abla seni. Sanırım durum tahmin ettiğimiz yolda ilerliyor. Sen neredesin, arkandan gürültüler geliyor. Pazar sabahı kitapseverlerin hücumuna mı uğradın yoksa?"

"Yaa tabii, bizim millet o kadar okumaya meraklı ki, sorma!"

"Aman bütün Matt Scudder maceralarını satma ha!"

"Ha, bakıyorum senin keyfin yerinde Komserim? Demek ki Tasvir aradı, Defne de bulunmak üzere?"

"Bak birincisi doğru ama ikincisinden o kadar emin değilim Semahat Abla!"

"Komserim, şimdi dinle beni; benim dükkâna bu sabah Umay Nine geldi. Kadıncağızın haklı olarak sabrı tükenmiş, çok endişeli. 'Karakola başvuralı üç gün bitti!', diyor da başka bir şey demiyor. Biliyorsun, bunlar üç sayısına takmışlar. Eh, sonuçta o yaşlı bir kadın. Tutturdu, 'İllâki iskeleye gideceğiz, her şey orada başladı, orada bitecek!' diye. Biz şimdi Kadıköy İskelesi'ndeki o Deniz Atı Kahve'deyiz. Sen de gelebilsen buraya, ne iyi olurdu?"

"Tamam Semahat Abla, zaten sana birinin fotoğrafını göstermem gerekiyor. Sen hani dün yunus kurtarma operasyonunda o kalabalıktaydın ya, belki zanlı şüphesiyle aranan şahsı da teşhis edersin? Mâlum, katil cinayet mahallinde dolaşmaya tutkundur!"

"Katil mi, dur Allah aşkına, ne cinayeti Komserim ya?" diye ürpererek sordu Semahat.

"Yok yok, ben adamın daha önceki vukuatı bakımından söyledim Semahat Abla," diyerek kırdığı potu düzeltmek için çırpınan Komiser Ümit Kaman, otelden ayrılırken Defne Kaman için gerçekten çok endişelendiği iyice anlaşılan Gazeteci Attilâ Gültekin'e kalem hafiza için teşekkür etti, elini sıktı. O tam çıkarken öbürü:

"Komserim, ben bugün büyük olasılıkla gazetedeki işimi kaybedeceğim, bu herif beni artık burada istemez ama bakarım ben başımın çaresine... Bugün kendimi iyi ifade edemedim size ve anlıyorum ki Umay Nineniz gibi siz de beni beğenmediniz... Belki başka şartlar altında karşılaşmış olaydık... Neyse, nasılsa 'Hakikat eğilir ama kırılmaz!'"

"Doğru, Attilâ kardeş, hakikat eğilir ama kırılmaz!"

35. Marmara Denizi'nde Kimliği Bilinmeyen Kadın Cesedi

Pazar sabahı Komiser Ümit Kaman yerli ve yabancı gazetecilerin kahvaltı toplantısı için buluştukları otelde Gazeteci Attilâ Gültekin'le beraber çalışırken, Umay Bayülgen ile Sahaf Semahat, Deniz Atı Kahve'de adaçayı ve bira içerken, Ayten Bayülgen, kızı Aysu Ayten P., damadı köşe yazarı Kudret Peker ve torunları Ayperi ile Gökhan'la şık bir restoranda 'brunch'a gitmeye hazırlanırken, Aşura ve Timur Kalamış'taki evin bahçesinde kahve içerken, Tasvir iki yıldır kırgın olduğu ailesinin yanında hızla iyileşip, ertesi gün sevdiği adama kavuşma hayâlleri kurarken, haber ajansları ve internet sitelerine "Marmara Denizi'nde kimliği bilinmeyen bir kadın cesedi bulunduğu" haberi düştü. İçlerinde haberi ilk duyan, o sıcak yaz gününün tam ortasında Beşiktaş'tan Kadıköy'e vapurla geçmekte olan Komiser Ümit oldu ve âniden gözleriyle midesi yanmaya başladı. Telefonda kendisine haberi ileten polise, "Defne ölmüş mü yani?" diye çok üzgün bir sesle sorarken ayağa fırladı, vapurun güvertesindeki kenarlıklara tutundu. Nefes alabilmek için ağzını kocaman açtı ve bir süre öylece hareketsiz kalakaldı. "Yok Komserim, yok, henüz cesedin kimliği teşhis edilmedi ama durumu bilmeniz gerekir diye sizi bilgilendirmek istedik..." Telefonu kapatırken, "Bunu ben şimdi Umay Nine'ye nasıl söylerim!" diye kahırla söylenen Komiser Ümit, Kadıköy İskelesi'ne vardığında kendini biraz toparlamış, denizde bulunan kadın cesedinin, olasılıkla tanımadığı başka birine ait olduğuna inanmaya meyletmişti. Önce karakola uğrayıp, cesedin hâlâ kimliksiz olduğunu öğrendi ve aranan şüpheli sanık Savaş Neşeli'nin sabıka kaydından çoğaltılan fotoğrafını yanına aldı. Sonra iskelenin üstündeki kahveye gitti.

"Aç mısın Komserim? Ama olur mu canıım, koskoca Avrupa Birliği gazetecilerini ağırladıkları lüks otelde seni aç bırakmamışlardır herhalde?" diyerek kendisine takılan Sahaf Semahat'in ayaklarındaki kırmızı sandaletleri görünce farkında olmadan gülümsedi. Hayır, sabahki muhteşem kahve-altıdan beri bir şey yememişti ama hiç iştahı da yoktu. Üç gün öncesine kadar birbirini tanımayan ama şimdi yakın akraba gibi aynı sıkıntıyı paylaşarak aynı masada oturan iki kadının bulunduğu kahve-restoranın terasında onları görünce biraz rahatlayan Komiser Ümit, oradaki bir sandalyeye çöktü. Söze nereden başlayacağını bilmiyordu. Tam altlarındaki iskelede daha geçen salı akşamı 20:45'te bir vapura bindikten sonra kaybolan Defne'yi düşünmekten ve ona karşı sorumluluk duymaktan öyle huzursuzdu ki, bir türlü Tasvir'e kavuşmanın tadına varamıyordu. Ne yapacağını bilemiyor, kendini çaresiz hissettikçe içindeki kaygılar artıyordu.

Böyle karışık ve zor zamanlar için kendine bulduğu en iyi çare, sessiz kalmaktı. Sustu ve meslekî bir refleksle, aşağıdaki iskelede, özellikle İstanbul 'Prens Adaları'nda serinlemeye gitmek için çok kalabalık gruplar hâlinde vapura koşan hafta sonu tatilcilerini dikkatle izlemeye başladı. Bunlar arasında ellerinde çeşit çeşit çiçek ve bitki saksıları ve/ya kafesli hayvan kutularında kedi ve kuşlarını yazlıklarına taşıyan 'yazlıkçı Adalılar' hemen göze çarpıyordu. Bu berbat sıcakta kendisine Semahat'inkinden, şöyle buz gibi soğuk birayla kızarmış patates ısmarlamayı içinden geçiren Komiser Ümit, aklına denizde bulunan kadın cesedi gelince, bundan da vazgeçti. Deniz Atı'na girdiğinden beri onu dikkatle süzen Umay Bayülgen, hiç konuşmadan bol limonlu adaçayını yudumlarken, Semahat şimdi onun masaya koyduğu adına artık 'kadın cinayeti' yerine 'erkek cinayeti' demeye başladığı, katil zanlısının fotoğrafını inceliyordu.

"Komserim, bu Savaş Neşeli denen şahıs, o kadar içimizden biri ve öyle çoğunluğun yüzü ki, onu her gün sokakta rastladığımız yüzlerce genç adamdan ayırt etmek, bulmak imkânsız!" diye açıkladı Semahat, sanki son on yıldır her gün sokağa çıkan biriymiş gibi. "Esmer, siyah gözlü, kirli sakallı, herhalde orta boylu, otuz yaşlarında, kalın kara kaşlı, olasılıkla işsiz ve eğitimsiz olduğu için mutsuz ve boş bakışlı, hayatın anlamını anlamak gibi bir derdi hiçbir zaman olmayacak, yaşama sevinci doğuştan elinden alınmış binlerce erkekten biri..."

"Vallahi sen psikolog oldun başımıza Can Semahat Ablam!" diye zoraki güldü Komiser Ümit, onun kızarmış patateslerinden bir tane aşırıp yerken.

"İşte insanlar işsiz, amaçsız, boş ve aç bırakılınca, en çok suça eğilim de aynen bu senin çizdiğin profildekilerde görülüyor maalesef... Görünen köy kılavuz istemez misali! Biz polisler de ömür billah onlarla didişerek sizlere huzurlu bir İstanbul sağlamaya çalışıyoruz."

"Bana psikolog diyorsun, ama maşallah Komserim, sen de slogan gibi konuşuyorsun, reklam falan yazarsın artık! Ya baksana bu fotoğrafa, dikkatle bak ama! Savaş Neşeli'nin gözlerindeki boş bakışlar, her an nefrete dönüşebilirmiş gibi görünüyor bana... Dur dur, yok ya! Aslında nefretten çok kederli bu adam! Peki, neymiş sabıkası bunun?"

"Ne ararsan var: hırsızlık, yaralama, uyuşturucu... Ama asıl, bu adamın karısını öldürmüş olduğundan şüpheliyiz. Tabii kendisi adreste mevcut değil, çoktan ortadan kaybolmuş..."

"Ve sen de onu burada arıyorsun?" derken çığlık atmamak için eliyle ağzını kapatıp nefesini tuttu Semahat. Adamın Defne'yle ilişkisini ancak şimdi kurabilmişti.

O zaman, şimdiye kadar onlarla hiç ilgilenmeden sanki tek başınaymış gibi oturup muhteşem manzarayı seyrederek sessizce çayını içer görünen Umay Bayülgen, arkasına yaslanıp gözlerini kapattı, şimdiye kadar ikisinin de duymadığı, derin ve kalın bir sesle konuşmaya başladı:

"Ve sen, her ne ise önemli bir şey biliyor ve benden saklıyorsun Ümit Haydar Kaman!" dedi. Sonra derin derin nefes alıp şarkı gibi bir şeyler mırıldandı. Sustu. "Aradığın adama gelince..." diye aynı derin ve yabancı sesle devam etti: "O adamının içinde çok derin, simsiyah keder var ve o kederin zifiri karanlığı tam buradan, bulunduğumuz bu noktadan geçmiştir! Çünkü Erlik Han'ın enerjisi siyahtır ve geçtiği yerde acı tadını bırakır. Erlik Han, dokuz katlı 'Aşağı Dünya'nın beşinci katında oturur ve onun altında da cehennem vardır! Bu yüzden dokuz sayısı önemlidir!"

Birbirlerine büyük bir endişeyle bakakalan Semahat ile Ümit, kaygılı ama hiç şaşkın değillerdi; Umay Bayülgen ile Defne Kaman hayatlarına gireli üç gün bitmişti. Bu sırada henüz ikisi de farkında değildi ama ilginç bir tesadüfle birinin boyun, öbürünün sırt ağrısı aynı ânda kesilmişti.

"Türklerin kadim Kaman geleneğinde 'Gökler Hanı':Bay Ülgen, 'Tabiat İlâhesi':Umay Ana ve Tengri Kayra Han hep *mavi* renkle temsil edilir, enerjileri de *ak*tır. Oysa kötülük Erlik Han'dan, yeraltındaki 'Aşağı Dünya'dan, gizli saklıdan, kapalı ve karanlıktan gelir, bu yüzden enerjisi *kara*dır," diye Ümit'e açıkladı Semahat.

"Ben, 'Orta Dünya'da geçen bir bilgisayar oyunu biliyorum." diye bu konularda boş olmadığını göstermek için biraz çekinerek itiraf etti Komiser Ümit.

"Ey benim cahil Evlâdım, sen hiç Mehmet Siyah Kalem adını duymadın, onun Uygur duvar resimlerindeki kapkara Erlik minyatürlerini görmedin mi yoksa? Hep merak etmişimdir; 'Orta dünya' dâhil, senin kendi atalarının ve ninelerinin Kamanlık geleneğinden faydalanarak yazılan romanları, filmleri, oyunları bilirsiniz de kendi öpöz geçmişinizi neden araştırmazsınız acaba?"

"Aaa, yoksa Siyah Kalem'in minyatürlerindeki cinler, Erlik efsanesindeki cinler mi?" diye sevinerek sordu Semahat. "Ben biliyorum onları: muhteşem simsiyah ejderhâlar, acayip etkileyici resimler... Son yıllarda sahaf dükkânlarında en çok satılan kitaplardan, popüler oldu..."

"Senin dükkânda bu Mehmet Siyah Kalem denen şahsın çizim kitabından varsa bana bir tane ayırır mısın Semahat Abla? Tasvir de meraklıdır efsane karakterlere, bilirsin..."

Artık onlarla iletişimini kesmiş görünen Umay Bayülgen, yine gözlerini kapattı ve "İşte o siyah enerji ve acı tat şimdi tam burada!" dedi ve bunlar son sözleri oldu. Sonra oturduğu sandalyede âniden derin bir kuyuya yuvarlanır gibi çok koyu bir uykuya daldı, bedeni boş bir çuval gibi sallandı. Semahat endişeyle yerinden fırlayıp yaşlı kadın sandalyeden düşmesin diye onu kucakladı, sonra sandalyesini onunkine yapıştırır gibi yanına çekip, omzuna kolunu dolayıp, ona sarıldı. Böylece bedeniyle ona destek verip oturdu.

"Bayıldı mı acaba? Doktor mu çağırsak Semahat Abla, Umay Nine iyi görünmüyor!" diye diken üstünde endişeyle soran Ümit, hatırladıkça içinin boşlukta düşermiş gibi heyecanla çekildiği Tasvir'ine hâlâ sevinecek şöyle ferah bir ortam bulamadığı için bunalıyordu.

"Buraya geldiğimizden beri tuhaf davranıyor," diye aynı endişeyle onu yanıtlayan Semahat, Umay Bayülgen'i hayatında ikinci kez gördüğünü çoktan unutmuş görünüyordu. "İskeleye gidelim, dedi, geldik. Üst kattaki kahveye çıkalım, dedi, çıktık. Sonra tutturdu, içerideki barın arkasındaki kapı nereye açılıyor diye... Ne bileyim ben? Ama öyle çok ısrar etti ki, gittim sordum, meğer tuvaletlere inen bir merdiven varmış orada. Kalktı gitti tuvalete, gitti ama bir türlü gelmez Allah gelmez! Merak ettim tabii. Tamam, süper zeki, bilge, sıradışı bir kadın ama sonuçta yaşlı bir insan! Korktum, düştü mü kaldı mı, Allah korusun, zaten torunu kayıp, kim bilir içinden ne çok üzülüyordur... Bir de emanet gibi hissediyor insan yani..."

"Ne olmuş peki?"

"İndim, baktım kadınlar tuvaletine, orada yok!"

"Nasıl yani? Gitmiş mi?"

"Ben de öyle sandım, koştum yukarıya, ama bardakiler onu yukarıya çıkarken görmediklerini söylediler. Eh, o saç örgüsü, ak saçları, püsküllü entarisi ve mavi hasır şapkasıyla onu hatırlamamaları da imkânsız hani! Tuvaletlerin oradan dışarıya bir çıkış da yokmuş!"

"Çıldırtma Semahat Abla, nerede buldun onu?"

"Sen esas çıldırmayı bana sor Komserim ya! Neyse, ben delirmiş gibi onu ararken, seninki karşı kapıdan çıkmaz mı?"

"Karşı kapı? Ne demek o?"

"Canım kadınlar tuvaletinin karşısında ne olur? Erkekler tuvaleti!"

"Erkekler tuvaleti mi? Hah hah ha! Umay Nine erkekler tuvaletine mi girmiş? Vallahi, bu sabah Attilâ Gültekin'in Cemal

Dokuzoğlu'na attığı yumruktan beri böyle keyiflenmemiştim ha! Hah hah ha! Hey Can Umay Ninem be! Hah ha!"

"Gül sen tabii! Ben nice endişelendim, bilemezsin nasılsa... Dur, dur, ne dedin sen? Kim kimi yumrukladı? Anlatsana sen bu sabah olanları bana Komserim ya?"

Komiser Ümit, 'denizde bulunan kadın cesedi' kısmını atlayarak, sabahki olayların hepsini kısaca özetledi ona, sonra çekinerek sordu:

"Doğru olabilir mi sence Semahat Abla? Umay Nine, kara enerji, acı tat falan gibi şeyler söyledi ya? Ya bu kadın boşa konuşmuyorsa? O şerefsiz burada olabilir mi sence? Şimdi ihbarda bulunup, sonra âmirime rezil olmayayım da?"

"Bilmem ki Komserim, bu kadın Türk mitolojisini, efsaneleri, masalları çok iyi biliyor. Hepsi de aslında bu milletin, hepimizin psikolojisinin özü değilse nedir, değil mi? Bence dedikleri doğrudur ama... Ya, önce sen söylesene, nedir bu Umay Nine'nin sana sorduğu, senin bilip de söylemediğin şey alla'sen?"

"Denizde biri bulundu Semahat Abla! Bir kadın cesedi!" diye çabucak söyleyip bir çırpıda kurtuldu öteki.

"Aaa Defne mi? Aman Allahım!' Ne diyorsun sen Komserim!" diye yine ağzını bir eliyle kapattı Semahat, öbürüyle tuhaf ve âni bir uyku durumuna geçmiş olan yaşlı kadını tutarken.

"İnşallah değildir, çünkü..."

"Dur aman Komserim, yapma etme! Ay çıldıracağım! Allah korusun!" diye kulağını çekip kulağını çektiği elinin işaretparmağının eklem yerini ahşap masaya üç kere vuran Semahat'in rengi bembeyaz oldu. Kupasında kalan birayı tek yudumda kafasına dikti. Bir koluyla Umay Nine'ye sarılmış, öyle üzgün kalakaldı masada. Telaşla masada bir saate yakındır hiç dokunmadığı sigara paketine uzandı ama hem yaşlı kadını tutup hem de sigara içemeyeceğini anlayınca, bir sigara tiryakisinden hiç beklenmeyecek bir uysallıkla vazgeçti. Endişelenince zaten minyon bedeni daha da ufaldı, küçüldü, büzüldü. Ona bakınca kendini daha da çaresiz hisseden Komiser Ümit, kalkıp bir şeyler yapmak ihtiyacı duydu. Avucunun içine Savaş Neşeli'nin fotoğrafını saklayarak kalktı ve önce kahve-restoranda, sonra aşağıda iskelede dolaşmaya başladı. Daha on dakika dolaşmıştı ki, cep telefonundan Semahat arayıp hemen yanlarına gelmesini istedi. Üst kattaki terasa vardığında Umay Nine uyanmış, sanki tazelenmiş ve gençleşmiş gibi dimdik ve son derece sakin oturuyor, çantasında taşıdığı cam şişeden hamam suyu gibi ısınmış suyu zemzem içermiş gibi keyifle yudumluyordu. Masanın üzerinde tuvalet kâğıtlarına sarılmış, iri bir cisim vardı.

"Bu ne Semahat Abla?" diye sordu Komiser Ümit, sandalyeye otururken.

"Bıçak!"

"Ne bıçağı? Nerede buldunuz onu?" diye temkinle kendini geri çekti.

"Umay Nine'nin sabah erkekler tuvaletinin rezervuarından alıp çantasına sakladığı bıçak Komserim! Oraya bunu aramak için girmiş meğerse! Bana da şimdi gösterdi."

"Ben size dedim, kara enerji ve acı tadın izi burada, diye... İzi takip edince, sonu erkekler tuvaletinde çıktı. Üzerinde kan var, bence yunus bununla yaralandı! Ama parmak izi suda çabuk bozulur."

"Parmak izinin kalıcılığı dokunulduğu zeminle ilgilidir. Bazen bir yıl bile kalabilir!" diye, polis sesiyle düzeltti onu Ümit. "Ben hemen bunu DNA ve parmak izi incelemesi için kriminal laboratuvara gönderiyorum" dedikten sonra, "Diyelim ki adam yunusu bu bıçakla yaraladı ama Türkiye'de hayvan öldürmek suç bile değil!" diye söylendi kendi kendine.

"Hayvan da ağaç da candır Evlâdım! Kaldı ki, yunus, sadece bir yunus değildir!"

Ben biliyorum Umay Nine, ama koskoca emniyet müdürüne, valiye, başbakana falan nasıl anlatırım ben yunusun can kurtaran kutsal bir hayvan olduğunu? İnanır mı koskoca adamlar buna hiç? Zaten teşkilatta malum nedenle ciddiye alınmıyorum, şimdi bir de adım 'hayvan hakları savunucusu'na çıkarsa yanarım ben! Biliyorsunuz, bizim kültürümüzde erkeklikle böyle şeyleri hiç bağdaştırmazlar, light falan derler!"

"Halt ederler! Bu saydığın koskoca adamların hepsi insan değil midir? Eeee? Adam olmadan erkek olunur mu hiç? Sakın unutma, sen sevdiğin kız için canını siper edebilmiş bir yiğitsin Ümit Haydar Kaman! Kaç erkek adam yapabilir bunu ha? Boş ver Evlâdım, sen doğru bildiğin yolda yürü ve gerisini cesurca göğüsle. Bu dünyada sadece zâlimler ve korkaklar kazanmaz, bizim gibileri koruyan meleklerle periler hep vardır! Size anlattım mıydı? Lisede ve Eczacılık Fakültesi'ndeki arkadaşlarımın çoğu düşüncelerim ve zevklerim modaya uymuyor diye bana bir çeşit deli muamelesi yaparlardı. Ben hâlâ kendi doğrularımla kurduğum hayatımı yaşamaya devam ederken, onların çoğu başkalarının kurallarıyla düzenlenmiş, eğlencesiz, uzun hayatlarını mal-gözlü, cimri ve çok sıkıcı yaşlılar olarak sonlandırmaya hazırlanıyorlar."

'Sevdiği kız için canını siper etmiş bir yiğit' olmak Ümit'in hoşuna gitmişti ama içi de cızzz edip titremişti, çünkü Tasvir'le evliliklerinin can güvenlikleri için tehlikeli olduğunu hiç düşünmemeye çalışsa da farkındaydı. Kendi ailesinin küsüp sahneden çekilmesi ve Tasvir'in ağbisi Yunus'un rıza göstermesi mürüvvete ermelerine yetmiyordu. Ne yazık ki, evliliklerde mezhep farkını kin ve kan davasına çevirecek kadar sevgisiz kalpler vardı dünyada...

"Defne size çekmiş demek ki..." diye bilmiş bilmiş gülümsedi Semahat, *SU Kitabı*'nı okumuş biri olarak, o bıcır bıcır sesiyle. Sonra bir sigara yaktı, ama öbür ikisinin dumanı elleriyle itmelerini ve yüzlerinde beliren tiksintiyi görünce bozuldu. Bıraksa mıydı şu mereti?

"Hem sen polissin, de bana bakayım: yunusu yaralayan bu bıçaksa, onun başka bir kanlı işte kullanılmış olma ihtimali yok mudur sence? Hı?"

Aklına gelenleri onlara anlatmayı göze alamayan Komiser Ümit, bıçağı ne diye âmirine vereceğine dair düşüncelere dalıp yine sessizliğe sığındığı sırada aşağıdan gürültüler yükseldi. Terastakilerin çoğu gibi koşarak, aşağıya baktığında kalabalığın içinde karakoldan polis arkadaşlarının, bu sıcakta kalın siyah bir ceket giymiş, saçı sakalı uzamış, gençten, zayıf bir adamı kelepçeleyerek götürdüklerini gördü. Adam hiç direnmeden, neredeyse onlara eşlik eder gibi bir rahatlıkla gidiyordu. Elleri kelepçeli olmasa, sivil polis bile zannedilebilirdi. Onunla beraber aşağıya bakan Semahat, heyecanla, "Bu adam, dün burada saatlerce tek başına içen o zavallı adam galiba!" diye koşup, masada oturan Umay Nine'ye haber verdi. "Hani sizin sirozlu genç garsonun günlerdir burada içtiğini söylediği, kapıdan çıkarken bana çarpan, o gözleri kan çanağına dönmüş bir sarhoş vardı ya... Aaaa, o fotoğrafı bir versene Komserim!"

Çantasından çıkarttığı kalemle fotoğraftaki adamın kirli sakalını ve kısa saçlarını uzatan Semahat, buluşundan heyecanlanarak bunu Umay Nine'ye gösterdi:

"Bak işte, dün şu köşede kalın ceketle oturan o adam değil mi?"

Fotoğrafa hiç bakmadan, yerinden kalkan Umay Bayülgen, "Eğer doğru adamı yakaladılarsa, Defne bu akşam eve dönecektir. Haydi, havuzlu bahçeye gidip bekleyelim!" dedi.

Ona denizde bulunan kadın cesedinden bahsetmeye hâlâ cesaret edemeyen Komiser Ümit, böyle durumlarda kaçmanın en iyi yöntem olduğunu bilenlerin hepsi gibi, kaçıp gitmeden önce bir bahane buldu:

"Siz Kalamış'a gidin, ben bu bıçağı karakola götüreyim, belki gerçekten de suç âletidir. İnsan durup dururken bir bıçağı neden rezervuara atsın ki? Hem de şu götürdükleri adam hakkında bir şeyler öğreneyim," dedi.

36. Çoğunluk, Çoğunlukla Kendine Fenalık Eder

Hepsine inandılar ve mantıklı buldular da ne bir yunusun bir insanı koruyacağına, ne de bir insanın ölümden kurtulmak için yunusa dönüşebileceğine inandılar. Kendilerinden boşanmak isteyen karılarını günde beşer beşer bıçaklayıp doğrayan kocalarla, ölmemek için devlete yalvardığı hâlde korunmayan, göz göre göre ölen kadınların olabilirliğine inandılar. Erkeklere, kendilerini dünyanın hâkimi zannetmelerine yol açan resmi eğitime ve kültüre, onların işsiz ve yoksul kalınca kendilerini iktidarsız hissederek, biraz da mecburen karı ve kızlarına işkence ettiklerine, daha ilginci, bunun tabiat kanunu olduğuna bile ikna oldular ama bir yunusun insana iyilik yapacağına hayatta inanmadılar. Bu dünyada her şey insan içindi; kocalar ve babalar hem döver hem de severdi, ama bir balık bir insanı kurtaramazdı, çünkü bir insanın hayvana dönüşmesi, bir hayvanın insan hayatı kurtarması mantıksız, gerçeküstü, masalsı, çocuksu, hattâ hayâlperestçeydi ve yalnızca efsanelerde, mitolojik anlatılarda olurdu. Bu yüzden, daha karakoldaki ilk sorgusunda, karısı Sakine Neşeli'ye yıllardır sistematik olarak işkence yaptığını, onun da bu yüzden kendisinden boşanmak istediğini, ancak bunu namusuna yediremediği için onu canlı canlı doğrayıp bahçeye gömdüğünü, sonra bu olayı bilen o kadın gazeteciyi takip ettiğini, onu da öldürmek isteyip, ancak vapurda kaybettiğini anlatan Savaş Neşeli'ye herkes inandı. Gazete ve TV haberlerinde yayınlanan açıklamalarının buraya kadarını normal, gerçek, doğal hattâ olağan kabul eden milyonlarca insan, aynı adamın, "O vapurdan inmediğine göre, gazeteci kadın ya vapurda ya da denizde gizlenmişti," diye akıl yürütmesini de akıllıca buldu. Ancak defalarca vapuru aramasına ve günlerce denizi gözlemesine rağmen kadın gazeteciyi bulamayınca artık bu konuyu da bir 'namus meselesi' yaparak iskelede yaşamaya başlayan Savaş Neşeli'nin, "İşte tam o gazeteci kadın kaybolduktan sonra buraya takılan yunustan şüphelenmeye başladım. Nerden çıkmıştı ve neden tam iskeleye gelip yerleşmişti? Kafayı yedim abi, delikanlılık da var bizde tabii, gittim baktım, dolaştım etrafında, hiç ayrılmadım başından... O yunusun manyağı oldum, namussuzum! Ortalık polis kaynıyo ama kafayı koydum ben bu işe bi kere... Anam avradım olsun, gözleri aynen o gazeteci kadın gibi bakıyodu! Defne Kaman. Yeşil gözlü yunus olur mu abi? Çektim bıçağı, bismillah, daldım hayvana!" deyince adamın *deli* olduğuna karar verdiler.

Aynı akşam Savaş Neşeli'nin evinin arka bahçesinde gösterdiği yerden genç karısının parçalanmış cesedi çıkarken, adam büyük acı ve özlemle karısına ağlayıp ağıt yakıyor, onu çok sevdiğini ama mecburen keserek öldürdüğünü yürekleri parçalayarak ilan ediyordu. Karıkocanın kardeş olan babalarıyla birbirine yenge olan anneleri de 'kötü kader'e beddua ediyor, ortada kalan dört çocuğu kimin büyüteceği ve on yıl kadar sonra kimle evlendirileceğinin hesabını yapıyordu. Bir insanın yunusa dönüşebileceğine inanan biri olduğu için katilin aklî dengesinin bozuk olduğundan herkes kesinlikle emindi. Aklî dengesi yerinde olan herkes, Medeni Kanun'umuza göre kadının boşanmak için ısrarla diretmesinin erkeklik onurunun zedelenmesine sebebiyet veren bir tahrik unsuru sayılarak olasılıkla katilin cezasını kısaltacağını, onun on yıl kadar bir süre sonra yeni bir genç kızla evlenmek üzere serbest kalacağını biliyordu. Buraya kadar her şey normaldi ama adam yalnızca yunusla ilgili olmayacak şeyler düşündüğü için anormaldi, deliydi. Peki, denizde bulunan kadın cesedi kimdi? "Valla ben yunusu bıçakladım abi, gazeteci kadını bulamadım ki öldüreyim! Şerefsizim, ben yapmadım abi, yapsam harbiden itiraf ederim, delikanlıyız diyom ya!"

Bir kısmı ertesi sabahki gazetelerde ve haberlerde yayımlanacak bu gelişmelerin akşamki kısmından bile henüz habersiz olan Sahaf Semahat ile Umay Bayülgen, Kalamış'taki Bahçeli Ev'e vardıklarında, Aşura onlara evde açılmış yoğurtlu mantı ve fırında şeftali tatlısından oluşan bir akşam yemeği hazırlamıştı. Semahat, şeftalinin çekirdeğini sormak istedi ama zamanın uygun olmadığından çekindi. Üç bacaklı tekir kedi Üç, üstü başı kedi kokan Semahat'in bir kedi dostu olduğunu hemen anlayıp kendisi de onun üzerine kendi koku imzasını attıktan sonra, ortamdaki gerilimi, beklemenin yarattığı huzursuzluğu hissettiğinden çabucak kaçtı saklandı.

Onlar havuzun fıskiyesinden akan suyun sesinde yemek yerken evin telefonu uzun uzun çaldı. Kablosuz telefonu cebinde taşıyan Aşura, televizyon haberlerinde Defne Abla'dan bahsedildiğini söylemek için Ayten Teyze'nin aradığını söylediyse de aynı bahçenin beton otoparkla bölünen diğer yarısında yükselen zevksiz apartmanda oturan kızı ve büyük torunuyla telefonda bile konuşmayı kabul etmeyen Umay Nine, gözlerini bahçe kapısına dikip sessizce beklemeyi tercih etti. Üç kadın çardak altında adaçaylarını içerken hava kararmaya, sıcak hafiflemeye, bahçe serinlemeye başladı. Biraz sonra, bu sabah Defne'yi merak ettiği için Bursa'dan gelen Timur ve bahçıvan dedesi de onlara katıldı ve havuz başında hiç konuşmadan oturup Defne'yi beklemeye koyuldular. Dün, *SU Kitabı*'nda Timur'un bazı çocukluk anılarını bir romanmış gibi okuyan Semahat, şimdi yanı başında oturan bu yakışıklı genç adamın gerçekten Defne'nin çocukken onu şeftali çekirdeği kadar sevdiğini anlayamamış aynı kişi olduğuna inanmaya zorlanarak ve belli etmemeye çalışarak onu inceliyordu. Üst üste içtikleri çaylar, kahveler, Semahat'in bahçenin öbür ucunda içtiği sigaralar, arada Timur ve Aşura'nın aileleri hakkında birkaç haber aktarmaları zamanın geçmesini kolaylaştırıyordu ama ne gelen vardı ne de giden... Üç, arada sırada ortaya çıkıp, Semahat'e ve Umay Nine'ye sürtünüp, sorar gibi miyavlıyor, sonra kaçıp saklanıyordu. Zaman ümidin en büyük düşmanıdır, zaman geçip gece ilerledikçe sessizlik ümidin azaldığı boşlukları dolduruyordu. Gece yarısına yalnızca on dakika kala, Semahat artık dükkâna dönüp kedilerine bakması gerektiğini düşünürken kapıda bir taksi durdu ve içinden Komiser Ümit indi. Sonra taksinin içine eğildi ve sanki kırılacak bir şeyi tutar gibi büyük özenle, üzerindeki elbiseleri hâlâ ıslak, kırmızı saçları yapış yapış, baygın yatan bir kadını kucağına aldı, ayağıyla taksinin kapısını kapattı, bahçe kapısını koluyla açmaya çalıştı. Bunları şaşkınlıktan donakalmış gibi seyredenler içinde ilkin Umay Nine ayağa kalktı ve avuçlarını gökyüzüne açıp dua okur gibi yüksek sesle, "Ey ümidim; bana ümit bizzat sensin;/ Ey ümidim, senden ümidi kesmeyeceğim! Şükürler olsun!" dedi ve avuçlarıyla yüzünü sıvazladı. O zaman Timur, Aşura ve Semahat sevinçle kapıya koşup Komiser Ümit'e yardım ettiler.

37. Adalet Varsa, Rezalet Yoktur*

"Pazartesi güzel gündür, tazedir, başlangıçtır. Pazartesi ümittir. Pazar kurulmasının hemen ertesi günü olduğundan pazartesi bereketlidir," dedi Umay Nine eve dönerken. Hâlbuki bir cenaze töreninden dönüyorlardı. Marmara Denizi'nde bulunan kadın cesedi, kocası tarafından bıçaklanarak öldürülen Sakine Neşeli'den üç gün sonra boğularak öldürülmüş başka bir koca kurbanına ait çıkmış, boşanıp başkasıyla evlenmek istediği için 'namussuz' ilan edilen kurbana ailesinden tek bir kişi bile sahip çıkmamıştı. Sahaf Semahat'le Umay Nine, sadece kadın sivil top-

---

* Türk atasözü

lum kuruluşlarından gelen yirmi otuz kadar kadınla adını bile bilmedikleri kadının öğle namazını takiben kaldırılan cenazesine katıldıktan sonra, şimdi 'Kalamış'taki Bahçeli Ev'e dönüyorlardı.

"Kadınlar, nihayet kadınlara sokakta sahip çıkmaya başladı. Artık gerisi gelir. Sokak güneş ve ayla aydınlanır, karanlıksa kapalı yer sever."

Bir önceki gece yine bu iki kadın, bu kez Kadıköy'deki Deniz Atı Kahve'den kalkıp 'Kalamış'taki Bahçeli Ev'e Defne'yi beklemeye gittiklerinde, o sırada ne yapması gerektiğini bilemediği için orada kalıp kafasını toplamaya çalışan Komiser Ümit, önce karakola gitmiş, kahvenin tuvaletinde bulunan bıçağı teslim etmişti. Daha sonra neyi aradığını bilmeden saatlerce Kadıköy Meydanı'nda ve iskele önünde dolaştı, sokak çocuklarıyla, işsiz güçsüzlerle, büfecilerle konuştu. Gece yarısına yarım saat kala, artık vazgeçip anne ve babası Kaman'a gittiği için boş kalan evde sıkı bir uyku çekmeyi düşünürken, tam yunusun mesken tuttuğu yerde, zorlukla ayakta durmaya çalışan bir kadın dikkatini çekti. Oraya doğru yaklaştı ve o zaman onun Defne Kaman olduğunu gördü. Genç kadın, iskelenin bu saatte kapalı olan 'yolcu çıkış kapısı'na yaslanmış, kendisine el sallıyordu. Önce hayâl gördüğünü sanan Komiser Ümit, Defne'nin yanına iyice yaklaşınca, bitkin vaziyetteki kadın soluk bir gülümsemeyle, "Artık beni eve götürün!" diye fısıldayıp bayıldı. İnsan öz kardeşine kavuşsa işte ancak bu kadar çok sevinirdi! "Hey Can Defne kardeş! Seni buldum ya, sâlimen Umay Nine'ye teslim edeyim, başka ne isterim Allah'tan? Zaten Allah Tasvirim'i geri göndermiştir bana! Hey Muhammet, hey Ali aşkına, şükürler olsun!"

O gece Defne'yi muayene etmek için rahmetli dedesi Korkut Bayülgen'in sınıf arkadaşı, aile dostu ve doktoru Sevan Bey acele Kalamış'taki eve çağrıldı. Eczacı ve otacı Umay Nine'nin şifalı lapaları, çayları, Doktor Sevan'ın antibiyotik iğnesi ve serum desteğiyle uzun ve derin bir uykuya teslim olmadan önce, Aşura

Defne'yi suyun arıtıcı gücünü anlatan bir türküyle sıcak banyoda yıkadı, yundu. Onu beyaz pamuklu çarşaflara sarıp, uykuya teslim ettikten sonra bahçede hepsi sevinçle kucaklaştı. İnsanın daha birkaç gün önce hiç tanımadığı ve hiç çıkarı olmadığı birinin iyiliği için çabalayıp onun adına sevinebilmesi, kendi insanlığının sınanıp kanıtlandığı ender ânlardandır. Öyleydi. Kendi evine yatmaya giderken Semahat'i de dükkânına bırakan Ümit, sabah erkenden Tasvirlerin evine kahve-altına davetli olduğu için içi içine sığmıyor, şimdi artık sevincini yaşayabiliyordu.

Defne uykuya düştükten tam on iki deliksiz saat sonra uyandığında pazartesi öğlesi olmuştu. Havuzlu bahçede Timur, bahçıvan dedesi ve Aşura ile beraber, Aşura'nın hazırladığı üç kişilik kahve-altıyı tek başına iştahla yiyip bitiren Defne'yi o sırada cenazeden eve dönen Semahat ile Umay Nine son derece sağlıklı ve kucağında kedisi Üç'ü mıncıklarken, keyifli buldular. Hayranı olduğu Gazeteci Defne Kaman'ın bu kadar çabuk iyileşmesi karşısında gözlerine inanamayan Semahat'in aksine, Umay Nine bu durumu doğal karşılamış görünüyordu. Defne'ye denizde kaybolan cep telefonundan ulaşılamadığından, sabahtan beri evin telefonları susmak bilmiyor, hem gazeteden arkadaşları, hem de basın onunla görüşmek için kayıpken olmadığı kadar büyük bir ilgi gösteriyordu. Bu arada Semahat, içine kendine emanet edilen kayın ağacı parçasını da koyduğu *SU Kitabı*'nı Umay Nine'ye teslim etmişti, ama aklı kitapta kalmıştı.

Onlar bahçede otururken, Defne'nin annesi ve ablasıyla iki küçük yeğeni yandaki beton apartmandan çıkıp geldiler. Semahat bu iki kadının bir düğüne gitmek için süslenmiş olduklarını sandıysa da sonradan bunun günlük hâlleri olduğunu sersemleyerek anladığında, Komiser Ümit'in onları abartmadan anlattığına ikna oldu. Ayten Bayülgen, kızını sağ sâlim bulmuş olmasına sevineceği yerde, adeta ona sitem ederek, yine ne oyunlar peşinde olduğunu, kendilerini üzmek için neden bu yollara başvurduğunu sordu. Aysu da kardeşinin başına neler geldiğini merak edeceğine, bu arada hangi diyeti yapıp böyle zayıfladığını merak etti. İkisi de ne Defne'ye sarılıp, öptü, ne de geçmiş olsun diledi. Yeğenleriyse besbelli teyzelerini seviyordu, ikisi de onunla kucaklaştı. Gökhan, ergenliğe girmenin verdiği çekingenlikteydi ama Ayperi, Defne Teyzesi'ne yapıştı, kucağından hiç inmedi. Umay Nine'nin Ayperi'ye, 'küçük Ayçöreğim,' diye hitap etmesi ve kızın burnunun üzerindeki kızıl çillerle Defne Teyzesi'nin küçük bir kopyası olması Semahat'in gözünden kaçmadı. Ayperi, çok meşgul oldukları için çabucak ve neredeyse kaçarak havuzlu bahçeden çıkıp beton otoparklı zevksiz apartmanlarına giden anneannesi ve annesiyle gitmedi, teyzesi ve büyükninesiyle kaldı. Onlar çıkarken, mahallenin bakkalları, Kalamış 'Tatlı Huzur Taksi'nin şoförleri, Kayın Eczanesi'ni Umay Bayülgen'den devralan genç eczacı ve kalfası, Münir Nurettin Selçuk Caddesi'ndeki bazı kahve ve lokantaların sahipleri, garsonları, komşu apartmanların kapıcıları ve ev temizliğinden erken dönen karıları, kurutemizleyicinin çalışanları, kaynak suyu dağıtıcıları, komşular, ellerinde saksıda çiçekler ve yemeklerle 'havuzlu bahçe'ye doluşmaya başladılar. Defne'nin bahçeden çıkan anne ve ablasına zoraki selam veren bu insanların Umay Nine ve küçük torununu teker teker ve sahiden kucaklayışlarından duygulanan Semahat, kendi duygusallığına kızarak zırıl zırıl ağlamaya başladı. Bu an yıllardır ailesinden uzak yaşamak zorunda kalan bir küçük şehir kızının, kendi hayatını yaşayabilmek için kaç sıcak kucaklaşmadan fedakârlık ettiğini kavradığı andı. 'Günde sekiz kucaklaşmanın insanı gripten koruduğunu söyleyen Umay Nine miydi?' diye düşündüğü sırada, onun gözlerinin yaşardığını gören Defne'nin komşularından biri gelip Semahat'i de kucakladı. Onu öbürleri takip etti, Semahat birdenbire daha önce hiç görmediği Defne Kaman'ın hayata dönüş sevincini paylaşmak için bahçeye doluşan insanlarla kucaklaşırken buldu kendini ve bundan hiç şikâyetçi olmadı. Herkese oturacak yer yoktu ama kimse bunu umursamıyordu. Umay Nine'nin arzusuyla Aşura'nın hazırladığı ev yapımı limonatalar, bahçeden toplanan nane yapraklarıyla süslenerek misafirlere ikram edilirken Timur, Defne ve bahçıvan dedesi, eski bir aile alışkanlığıyla Aşura'ya serviste yardım ediyordu. Semahat de hemen onlara katılırken sevinçten içinde dönmedolaplar kurulmuştu. Çok sevdiği bir gazetecinin evinde, onun ailesiyle beraberdi ve kendini yıllardır hissetmediği kadar iyi hissediyordu. Gelenler, tıpkı bayram ziyaretindeki gibi iyi dileklerde bulunup ikramı içtikten sonra yeniden kucaklaşıp gidiyorlardı. Onlar giderken Umay Nine onlara küçük ağaç parçaları verip ceplerinde saklamalarını tembihliyordu.

Bu yoğun komşu trafiği içinde, üç bacaklı tekir kedi Üç, sevinçle zıplayarak, gelen ve gidenleri koklayarak kendi ilişki durumunu düzenlemeyi ihmal etmiyordu. Bu arada, neredeyse albino olacak kadar soluk tenli ve beyazımsı sarı saçlı, takım elbiseli genç bir adam bahçenin kapısında belirdi. Defne'ye bakışındaki heyecanlı endişeden onun Attilâ Gültekin olduğunu hemen anlayan Semahat, kadınsı bir içgüdüyle Defne'nin ona kibar ve samimi davrandığını, ancak hiç de benzer bir ilgi duymadığını hissetti. Attilâ Gültekin içtenlikli bir endişeyle Defne'yi hastaneye yatması için boşuna ikna etmeye çalışırken, bir yandan onları göz hapsine alan Timur'a sert bakışlarla karşılık veriyor, bir yandan da Cemal Dokuzoğlu'nun neden kendisini hâlâ işten çıkarmadığını bir türlü anlayamadığını anlatıyordu. Attilâ Gültekin'in Defne için işini tehlikeye attığını imâ etmesine rağmen, Defne'nin kendisine özel şefkat göstermeyişine içerlediğinin herkes farkına varmıştı.

Bu sırada Timur'un telefonu "Bir Tatlı Huzur Almaya Geldim Kalamış'tan" şarkısıyla çaldı. Bursa'dan arayan karısı, haberlerde Defne'nin bulunduğunu duymuş, buna sevineceğine, Timur'un neden kendisini arayıp televizyonlardan önce haber vermediğine sitem ediyordu. Belki de Defne'nin sâlimen bulunuşuna gerçekten seviniyordu ama ikinci planda kalmak endişesi bu sevincini boğuyordu. Timur'un keyifsiz ses tonu, onu hâlâ önemsediği anlaşılan Defne'yi rahatsız etmiş olmalıydı ki, telefonu alıp Timur'un karısını yatıştırdı. Mesafeli bir sesle, kendisini Ümit adlı bir komiserin günlerce süren araştırma ve sıkı takibi sonunda kurtardığını ve bu operasyonunda Timur'un bir rolü olmadığını, böylece kocasının kendisiyle bir ilişkisi olmadığını dolaylı olarak ifade etti. Bu telefon konuşmasını dinleyen herkes gibi Semahat de Timur'un karısının Defne'yi belki de haklı olarak kıskandığını ama buna pek gerek olmadığını anladı. Anlayanlar içinde bir tek Timur'un yüreği burkuldu. İlle birinin yüreği burkulur zaten, ille...

Bu esnada bahçe kapısının önünde pahalı, son moda ve büyük bir araba durdu, şoför neredeyse yuvarlanarak koştu ve arka kapıyı açtı. Sürdüğü pahalı parfümün kokusu daha kapının dışından bütün bahçeye yayılan, orta yaşlı, orta boy göbekli, güneş yanığı yüzünde gereğinden fazla beyaz parlayan dişlerini gösteren bir gülüş takılı kalmış, beyaz saçlı, pahalı güneş gözlüğü takmış, lacivert çok şık kesim bir blazer altına marka bir kot pantolon ve krem rengi süet ayakkabı giymiş bir adam arabadan inip, halkını selamlayan kral edasıyla bahçeye el salladı. "Bir de utanmadan buralara geliyor şarlatan!" diye öfkeyle tısladı Attilâ Gültekin. "Bu Cemal Dokuzoğlu değil mi? Yahu ben otuz beşime geldim, adam botoks mu yaptırıyor nedir?" diye homurdandı Timur. Biraz önce onu kıskanan Attilâ Gültekin, şimdi Timur'a dönüp, "Gerdirmediği yeri kalmadı ki, basında genç kızlarla görünebilmek, hâlâ beğenilen erkeğim, demek için canını verir şerefsiz!" dedi. Onlara bakıp, gülmemek için kendini zor tuttuğu anlaşılan Defne, "Yeter ama, bak eğer sinirlendiğinizi belli ederseniz önemsendiğine inanıp çok sevinir ha!" dedi. "Az daha onun yüzünden ölüyordun Defne!" diye öfkeyle söylendi Attilâ Gültekin. "Bu herif yüzünden mi? Tüküreyim yüzüne!" diye öne çıktı Timur. "Gerek yok, ben bu şerefsizin burnunu kanattım dün sabah, hem de Komiser Ümit'in yanında! Sahi Defne, bu Komiser Ümit senin gerçekten kuzenin mi?" Bu üçünün aralarında üç yaramaz çocuk gibi fısıldanmasını keyifle izleyen Semahat'in, kendi kuzenleriyle çocukken bayramlarda nasıl eğlendiklerini hatırlayınca burnu sızladı. Ama başına gelenler sırasında onlardan hiçbiri kendine destek çıkmamış, korumamıştı. Bütün akrabaları onu yalnız bırakmıştı sonunda!

Tiyatro sahnesine çıkmış başrol oyuncusu edasıyla 'havuzlu bahçe'ye giren Cemal Dokuzoğlu'na baştan aşağı markalarla donanmış manken gibi bir kadın asistan ile dağınık ve dalgın görünen bir delikanlı eşlik ediyordu. Samimi olmayan jestler, ses tonu ve abartılı sözcüklerle Defne'ye, "Bebeğim geçmiş olsun, korkuttun bu sefer beni!" dedikten sonra, Umay Nine'ye çekinerek, "O güzel limonatanızdan rica edebilir miyim Şaman Kraliçem?" diye sordu. Çabucak limonatasını içti, Attilâ Gültekin'i tamamen görmezden geldi, Semahat'in farkına bile varmadı, Timur'uysa hatırlamaya çalıştı, fakat çıkartamadı ama iki kez 'Bebeğim, güzel ablan Aysu nerede?" diye sordu, küçük Ayperi'nin teyzesine çektiğini üzülerek belirtti ve hiçbir diyaloğa meydan vermeden, acele kalkıp gitti. Giderken, tam kapının önünde durdu ve Defne ile Attilâ'ya işaret edip, önceden planlamış olduğu cümleyi herkesin duyacağı şekilde söyledi: "Siz ikiniz, hazırlanın, yola çıkıyorsunuz! Yeter bu kadar ortadan kaybolmalar bebeğim!"

Aynı sabah Tasvir'i yıllar sonra, nihayet evinde ziyarete giden Komiser Ümit, öğleden sonra saat iki sularında Semahat'i telefonla aradığında, Candan Erçetin'in 'Gönül kırgınlıkları, hayat haksızlıkları, şehir yalnızlıkları çeken kırık kalpler' şarkısı, onların hep beraber 'orta kahve'lerini içtikleri 'havuzlu bahçe'de inledi. Semahat önce uzun uzun herkesin hâlini hatırını sordu, Komiser Ümit de Defne'yle konuşup onun hatırını sordu. Bu geleneksel fasıl bittikten sonra, Komiser Ümit, Defne'nin kendini iyi hissettiğinde karakola gidip 'inanılır bir hikâyeyle' ifade vermesi gerektiğini Semahat'e anlattı. Ya da o hiç rahatsız olmasındı, karakoldan eve gelip ifade alabilirlerdi; uzaktan akrabalık sayılsa da, bugüne bugün bir polis kuzeniydi kendisi... Semahat 'inanılır bir hikâye' ile onun ne demek istediğini anlamıştı, üzerine basarak tekrarlayınca, kendisini gülümseyerek dinleyen Defne'nin bakışlarından onun da bunu anladığını anladı. Komiser Ümit'in bir de güzel haberi vardı: dün geceden beri çok şaşırtıcı bir hızla iyileşen yaralı yunus, bu akşamüstü hava biraz serinledikten sonra Marmara'ya salıverilecekti. Yunusun denize salınması esnasında, Türkiye'de hayvanlara değer veren insanların da bulunduğunu göstermek için, Greenpeace Akdeniz Türkiye Ekibi, Hayvan Barınakları ve Veteriner Hekimler Odası'ndan temsilciler, Sahil Güvenlik'ten izin alarak bazı basın mensuplarıyla beraber küçük bir 'yunusa özgürlük töreni' düzenleyeceklerdi. Ve eğer Defne Kaman kendini iyi hissediyorsa, onu da aralarında görmek istiyorlardı.

"Sen de yunusa özgürlük törenine gelirsen, belki biz de Tasvir'le katılırız, Semahat Abla? Mâlum yunus seni artık tanıyor..."

"Bugün Ayçöreğimin doğum günü! Yunusa teşekkür etmek için bu iyi bir fırsat. Hep beraber gideriz!" dedi Umay Nine.

"Değil mi?" diye şaşırarak hatırladı Defne, kucağındaki yeğeni Ayperi'nin kendi kopyası dalgalı kızıl saçlarını öperek. "Bugün doğum günüm, ben bunu unutmuştum Umay Ninem!"

"Ben de gelebilir miyim Büyük Nine? Ha Umay Nine? Hiç sahici yunus görmedim. Hele özgürlüğüne kavuşacak bir yunusu, asla!" diye neşeyle sordu Ayperi.

"Küçük Ninen Ayten ile annen Aysu izin verirse gelirsin mini Ayçöreğim!"

"Hele bir vermesinler, ben de Defne Teyzem gibi kaybolurum sonra ha!" diye bilmiş bilmiş başını salladı küçük kız. Bütün yetişkinler yedi yaşındaki Ayperi'ye gülerken o yine sordu:

"Peki, şimdi ne oldu? Sonunda hep olması gerektiği gibi bütün kötüler yakalandı ve iyiler kazandı mı yani?"

38. İnsan Bilincinin Bir Kurgusu Olarak Özgürlük

"Dünyada kaç kişiye doğum gününü bir yunusla, hem de onu özgürlüğüne kavuşturarak kutlamak nasip olmuştur?" diye mutluluktan başı dönmüş bir sesle sordu Komiser Ümit. "Maksimum 100 diyorum ben!" diye kendi sorusunu coşarak yanıtladı sonra. Yanında elini bir daha ayırmamak üzere sanki tutkalla onun eline yapıştırmış gibi görünen, orta boylu, narin, yüzünde utangaç gülümsemesiyle mutluluktan ışıl ışıl parlayan genç bir kız vardı. Kızın birer keman yayı gibi güzel simsiyah kaşlarının altında, içinden yaşama sevinci fışkıran ela gözleri ve bol lacivert rimelle şahlanmış kirpikleri göz alıcıydı. Başını boncuk mavisi bir türbanla sımsıkı bağlamış, ayrıca türbanın içini de siyah bir örtüyle alnının yarısından itibaren kapatmıştı. Üzerine uzun kollu şık bir beyaz ceket, siyah pantolon ve beyaz lastik ayakkabılar giymişti. Komiser Ümit ile Tasvir'in iki yıldan fazla zamandır hasret çektikten sonra, şimdi ilk defa böyle el ele tutuşabildiklerini bilen birkaç kişi dışında, orada bulunan kimsenin bu mutlu çiftin yaşadıklarından haberi yoktu. Marmara Denizi'nde, Adalar açıklarına doğru yol alan Sahil Güvenlik botunda bu genç çiftin çevrelerine yaydıkları neredeyse elle tutulacak kadar göz kamaştırıcı mutluluk, onları tanıyan ve tanımayan herkese bulaşıyor, aşkta en dibe vurmuş, hep aynı acıyı yaşamamak için korkudan tövbe etmiş insanın bile içinde aşka dair bir ümit yeşeriyordu.

"Doğum günü diyorsun da... Bizim ailede dedelerimiz tam doğdukları günü bile bilmezler, o zaman yazılmazmış nüfusa. Babamların nesliyse bilir, fakat onlar da ne kendilerinin ne de bizim doğum günlerimizi kutlamamıza izin verirler. Tıpkı yılbaşı gibi, doğum günü kutlamak da 'gâvur icadı' diye uygunsuz görülür bizde. Bak ama Semahat Abla, üç yıl önce benim doğum günümü Ümit'le gizlice kutlamıştık, hatırlıyor musun Ümit Can?" diye bal damlayan bir sesle sordu Tasvir.

"Unutmak mı? Eğer sana ait tek bir şeyi, seninle geçen tek bir ânı unutsaydım, şu sıradan hayatımın bir anlamı kalır mıydı, Tasvirim?" diye onu yanıtlayan Ümit, bunları söylerken adeta genç kızın gözlerinin içine akıyordu.

"Eh o zaman, Tasvir'le nikâhınızdan sonra hep beraber şöyle bir Adalar turu yapmaya, hattâ yıllardır hep hayâl ettiğim ama bir türlü nasip olmayan şu meşhur 'Ada'da rakı-balık' kutlamasına ne dersin Komserim?" diye sordu onları sevgiyle izleyen Sahaf Semahat.

"Aman ha, Yunus Ağbimler içkili yere gitmezler, gözünü seveyim Semahat Ablam, artık çatışma ve ayrılık istemiyoruz!" diye yalvarır bir sesle araya girdi Tasvir. "Zaten halamın oğulları arayıp hakkımızda pis pis konuşmuşlar..."

"Hiç canımızı sıkmıyoruz artık Can Tasvirim! Bak diyorum ki, biz önce ailenle, daha sonra da aramızda, biz bize kendi istediğimiz gibi kırk gün kırk gece eğleniriz!" dedi kolunu şimdi onun omzuna dolayarak sarılan Ümit.

Otuz altı metrelik yerli yapım 'Kaan' adlı Sahil Güvenlik botunda insanî bir amaçla buluşan hâlâ idealist yirmi kişi, küçük bir su havuzunda sevinç çığlıkları atarak denize bırakılacağı ânı bekleyen yunusu Sedef Adası açıklarında uğurlamaya gidiyordu. Sahil Güvenlik botu, normalde yanında taşıdığı 4 metrelik küçük müdahale botu Avon'u sahilde bırakmış, onun yerine içinde yunusu taşıyan basit bir su havuzunu monte etmişti. Yunusu taşıyan küçük su havuzunu matafora denilen vinçle yerine takan görevli asker, başından hiç ayrılmayarak, hedefe varılana dek güvenliği kontrol ediyordu. Çevre Koruma ve Kadın Dernekleri ile Hayvan Koruma Barınaklarını temsilen gönüllü sivil toplumcular, Veteriner Hekimleri Odası'ndan iki veteriner ve basın mensuplarından oluşan yolcu grubunun ortak yanı, son hafta içinde yazdığı haber dizisi yüzünden hayatı tehlikeye giren Gazeteci Defne Kaman ve yaralanan yunusun sembolü olduğu özgürlüktü. Bir saat önce karakola uğrayıp polise verdiği ifadede, yazı dizisine konu olan 'karı katili koca'nın kendisini tehdit etmesi üzerine endişelenerek Büyükada'da bir arkadaşının evinde saklandığını açıklayan Defne Kaman, katilin yakalanması üzerine ortaya çıktığını anlatmıştı. Polise gitmek yerine Büyükada'da saklanması yadırgansa da akla yakın gelen bu hikâyeye bir hafta öncesine kadar herkes gibi inanacak olan Komiser Ümit ve Sahaf Semahat, artık dünyaya bir yunusun gözünden bakabilmeyi öğrendikleri için gülümsemişlerdi.

Konu, 'tabiat, çevre, hayvanlar ve kadınlar' olunca, bunları nedense sadece 'gençlerin, kadın ve eşcinseller'in ilgileneceği '*hafif işler*' kategorisinde gören çoğunluk ve 'görünmez erk', kendi çok '*ağır işler*'iyle meşgul olduğundan, 'Yunusa Özgürlük' törenine ne basından, ne siyasetten, ne de iş ve sanat dünyasından tanınmış adlar katılmıştı. İşte, aynı sebepten bottaki bu törene de birkaç az izlenen televizyon kanalı, az takip edilen internet sitesi, biri Defne Kaman'ın çalıştığı gazeteden olmak üzere üç gazeteci ile iki sosyal medya bağımlısı katılmıştı. Semahat'in ve Defne'nin yakın arkadaşları Greenpeace Akdeniz'den Uygar, Hayvan Barınağı'ndan Tolga ile yunusu tedavi eden Veteriner Hekim Erdem de bu özel günde oradaydı. Sahil Güvenlik botu mürettebatından Teğmen Buluthan, bir fırsatını yakalayıp, Defne Kaman'ın yazılarını severek takip ettiğini söyleyerek, botun kaptanı gibi, "Böyle hayırlı bir işe destek vermekten mutlu oldukları"nı yinelemişti.

Günbatımına doğru hava biraz serinlemiş, pazartesi gününü yırtıcı sıcaklığı ile boğan güneşe arkasını dönen İstanbul kendini daha yumuşak bir yaz akşamına bırakmıştı. Yunusun bulunduğu su havuzunun yanında, Umay Ninesi'yle el ele oturan Defne Kaman küçük basın grubunun ilgisinden biraz rahatsız ve hâlâ oldukça solgun görünse de hem Komiser Ümit, Tasvir, Sahaf Semahat'le, hem de çevreci derneklerdeki arkadaşlarıyla tek tek ilgileniyordu. Onun yanından hiç ayrılmayan Attilâ Gültekin, belki de Timur Bursa'ya döndüğü için sevinçten dört köşe görünüyordu. Defne'nin Veteriner Erdem'in elini tutup büyük minnetle ona teşekkür edişi sırasında Semahat'le Ümit hiç farkında olmadan göz göze gelip birbirlerine gülümserken, Umay Nine'nin onlara bakıp başını salladığını görünce suçüstü yakalanmış gibi saklanacak yer aradılar. O zaman, Umay Nine onları eliyle yanlarına çağırdı.

"Gelin bakayım yanıma! Bak artık Defne bulundu diye bizi unutmayacaksın Ümit Haydar Kaman! Sen artık kendine hayrı dokunan birisin. Başkalarına da bu yüzden hayrın dokundu zaten. Sık sık geleceksin Kalamış'taki Bahçeli Ev'e. Tasvir'i de getireceksin, sonra çocuklarınız olunca, onlar 'havuzlu bahçe'de oynayacak, şeftali toplayacaklar. Sen de bizim bir oğlumuzsun artık. Ve sen Kutlu ve Bilgi'nin anası Semahat Evlâdım, insan ana olmak için illâki doğurmak zorunda değildir. Bir ağacın, bir kedinin, bir başkasının çocuğunun da anası olur insan. Erkek de kadın da... Sen şefkatlisin, senden kötülük gelmez dünyaya, ama sana kötülük edenlere de artık yeter, diyeceksin. Sen de bana *Kutadgu Bilig* okumaya, kışları Aşura'ya ablalık etmeye gel bizim evimize. Hem Üç de sevdi seni. Kediler iyi insanları hemen tanır."

Umay Nine'nin nihayet kendisini kabul ettiğini anlayan Ümit, ailesinin mutlu gününde yanında olmayacağını ama yaslanacağı olgun yaşta bir akrabaya da ihtiyaç duyacağını düşünerek sordu: "Ben sizden nikâhımda şahidim olmanızı isteyecektim ama bilmem kabul eder misiniz?" Ümit ne dese, ne yapsa ona hayran olmaya hazır olan Tasvir, aşkın muhteşem vecd evresinde uçuyordu. Onun bu teklifini Umay Bayülgen de sevinerek karşıladı.

"Tabii ki, hem memnuniyetle gelirim, hem de kutlu gününe şahadet ederim! Bol bol ayçöreği de yapar, dağıtırız inşallah!"

O ayçöreği deyince Semahat'le Ümit kendilerini tutamayıp, gülmeye başladılar. O sırada, gazetecilere açıklama yapan Defne de kendisine seslenildiğini sanarak onlara dönüp baktı.

"Ayçöreği, deyince küçük Ayçöreği Ayperi gelmedi mi sizinle buraya?" diye merakla sordu Semahat.

"O annesi olacak süs bebeğiyle, anneannesi olacak nursuz kızım, Ayperi'yi bizden uzak tutuyorlar maalesef! Onun eğitimi de biraz aksıyor bu yüzden... Ne dans, ne müzik, ne botanik, astronomi, ne de mitoloji eğitimini düzenli alabiliyor..." diye üzülerek açıkladı Umay Nine. "Defneciğim, biraz tatil yapıp, Ayperi'nin eğitimine zaman ayırsa iyi olacak!"

"İyi olur Umay Nine, benim de dinlenmeye, okumaya, kafamın içini temizlemeye ihtiyacım var ama anlaşılan hemen değil... Baksana beni göreve yolluyorlar, gelecek hafta gidiyoruz," dedi Defne, anneannesinin elini avuçlarını arasına alıp okşayarak.

"Evet, gidiyoruz!" diye sevinerek onlara katıldı Attilâ Gültekin. "Herif beni işten atmadığı gibi bir de göreve yolladı, Komserim! Sizce de bunun içinde bir iş var, değil mi?" diyerek Ümit'e doğru eğilerek fısıldadı.

"Aman ha Defne kardeş, git, çalış, güzel haberler yap da ne olur suyu, denizi, okyanusu olmayan bir yere git ya hu! Yüreğimizi ağzımıza getirme bizim bak yine!" diyerek candan bir kahkaha attı Ümit ortaya. O gülünce Tasvir de onunla güldü. İkisi öyle mutluydu ki, gülmek için bahaneye hiç ihtiyaçları kalmamıştı.

"Yok yok, denizi olmayan bir yere gidiyoruz, Çorum'da tarihî eser kaçakçılığıyla ilgili önemli olaylar varmış, bu konuyu Defne yazarsa dikkat çeker diye bizi bir ekip olarak yolluyor Dokuzoğlu oraya!" dedi biraz övünerek Attilâ Gültekin.

"Hah, çok güzel, suyu olmayan yere gidin de, neresi olursa olsun!" diye ferahladı Ümit, sonra durdu ve sordu: "Çorum'da hangi tarihî eser var ki hırsızlar üşüşmüştür?"

"Hitit Yolu!" diye çığlık attı Sahaf Semahat. "Onu da mı talan ediyorlar ya?"

"Sen Defne kardeşimi yalnız bırakmıyorsun bak Attilâ kardeş ha! Çorum'da su yoktur diye rahatız, ama bak yüreğimizi ağzımıza getirmeyesiniz, şurada mürüvvete erecek, dünya evine girecek bir çiftiz... Dur ama, yani sen bizim nikâha gelemeyecek misin Defne?" diye üzülerek sordu.

"Bizimki en fazla dört beş günlük bir iş. Belki yetişirim Komserim, belli mi olur?"

Onlar konuşurken Sahil Güvenlik botu sırasıyla Heybeli, Burgaz, Kınalı ve Büyükada'nın güzel siluetlerine uzaktan seyrederek geçmiş, Sedef Adası'na yaklaşmıştı. Bu sırada bot yavaşladı. Defne, Veteriner Erdem ve asistanı ile su havuzunu denize indirecek teknisyen yunusa yaklaştılar. Defne yunusa elini uzatıp ona dokundu. Onunla kimsenin duyamayacağı bir mırıltıyla konuşup vedâlaştı.

Su havuzu mataforayla yavaş yavaş denize indirildi, küçük havuz daha suya değmeden, yunus sevinçli bir çığlıkla fırlayıp havada bir perende attı ve denize kavuştu. Bir canlının tedavi edilmek için bile olsa kendi doğal ortamından ayrılıp, sonra özgürlüğüne kavuşmasındaki mutluluk, izleyen her vicdan sahibine iyilik ve insanlıkla ilgili hâlâ umudun varlığını hatırlatır. Bottakilerin bazıları bu yüzden alkışlamaya, bazıları da sevinçten ağlamaya başladı. Ümit, birden Defne'nin evinde gördüğü o muhteşem rüyayı anımsadı. Defne'nin bir yunusla beraber yüzdüğü o güzel rüyayı hayatı boyunca unutamayacağını biliyordu. Ancak kâbusa dönen sonu hiç hatırlamak istemedi. Elini hiç bırakmadığı ve 'memleketin en güzel esmeri' diye sevdiği kıza dönüp, "Yunus da biz de aynı gün özgürlüğe kavuşuyoruz Can Tasvirim!" dedi. Tasvir, hayran hayran ona gülümsedi. Sonra önemli bir şey unutmuş gibi yüzü ciddileşti telaşla, "Allah kimseyi özgürlüğünden eksik bırakmasın. Âmin!" diye birine sıkı sıkı bir şey tembihler gibi konuştu.

Onlara istemeden kulak misafiri olan Semahat'in, özgürlük denen şeyin var olduğuna, varsa ne kadarının sahici olduğuna dair kuşkuları çoktu. 'Beynimizin kullanmadığımız kısmı bizim sayılır mı? Özgürlük böyle soyut bir şey...' diye düşününce kafası iyice karıştı.

Semahat'in koyduğu adla Defne olarak anılan yunus, sevinç çığlıkları atarak botun etrafında birkaç kez döndü, bu sırada basın fotoğrafçıları, katılımcıların toplu fotoğraflarını çekti. Ertesi gün gazetelerin iç sayfalarından birinde yer alacak o toplu fotoğraf, yunus poz vermek ister gibi onların tepesine sıçrarken çekilmişti. Yunus birkaç dakika kadar botun etrafında yüzerek vedâ ettikten sonra, uzaklara, kendi dünyasına ve cinslerinin yanına doğru hızla gözden kayboldu.

Bot, Kadıköy ve Karaköy'de inecek yolcuları bırakmak için geri dönerken Tolga ve Uygar yanlarında getirdikleri şampanya ve şarapları açıp yunusa özgürlük kutlaması için bot mürettebatının temin ettiği plastik bardaklarla dağıttılar. Tadına bakmak için bile olsa bir yudum şampanyayı ağzına koymaktan çekinen Tasvir'e kaptanın kola bulması Ümit'i çok sevindirdi, Tasvir üzülmesin diye kendi şampanyasını da bitirmedi. Arada bol bol New York'lu Dedektif Matt Scudder'dan alıntılar ve şakalar yapması, onun çok mutlu olduğunun sağlaması gibiydi.

Basın mensuplarının ve STK'cıların çoğu gibi Attilâ Gültekin de Avrupa Yakası'nda yaşadığından, onlar Karaköy'de inmek üzere Kadıköylülerle vedâlaştılar. Kadıköy'de bottan indiklerinde artık karanlık çökmüştü. İskelede durup biraz konuştular, sonra kucaklaştılar. Tam ayrılırken, Umay Nine, Ümit'in elini tutup onu kendine doğru çekti:

"Ümit Haydar Kaman Evlâdım, bizim evin önünden geçen Münir Nurettin Selçuk Caddesi var ya? Hah, işte o sanatçının güzel şarkılarından birinde, "Ümit yolcusu yorulmaz, baht izinde koşar gider!" diyor. Bir dinle bakalım. Mâhur makamı, insan ruhunu iyileştirir, derler. Bir de ona 'yürük semai' ritmi eklenmiş ki, Türkiye hüznündeki neşenin sesidir. Dinle de, bak bakalım senin adın boşuna mı Ümit'tir? Haydi, öp elimi şimdi!" diyerek elini öptürdü, sonra da onu alnından öptü. Anneannesinin elini çok ender öptürdüğünü bilen Defne, "İşte Komserim, şimdi sahiden kuzen olduk!"diye gülümsedi.

Semahat dükkânına gitmek için Moda'ya yönelmişken, Nevşehir'deki arkadaşı Ayşen'in dedesinin çok sevdiği "Âşıka Bağdat Sorulmaz/ Ufukları aşar gider/ Ümit yolcusu yorulmaz/ Baht izinde koşar gider/ Sevdaya karşı durulmaz/ Gönüllerde yaşar gider" şarkısını söyleyerek, neşeyle yürüyordu. Defne ve Umay Nine eve gitmek için Kalamış, Ümit'se Tasvir'i evine bırakmak için Üsküdar yönlerine ayrıldılar. İskele Meydanı'nda hafta başı akşamına özgü dağınıklık ve tenhalığın hüznü vardı. Defne ile Umay Ninesi daha Kadıköy İskelesi önünde bir taksiye yeni binmişler, Semahat, tam Kadıköy Çarşısı'na girmişti ki, birden iki el silah sesi ve çığlıklar duyuldu. Sonra çığlıklar çoğaldı, büyüdü. Sesler, Üsküdar dolmuşlarının olduğu yerden geliyordu.

Az sonra bir ambulans sesi Kadıköy akşamını yırtarak oraya doğru gidiyordu.

39. Yüzündeki Süsü Göz Olan Okura Vedâ

Bu romanı okuduğundan beri yüzündeki gözün en büyük süsü olduğunu hatırlayan Ey insan hakkı yemez, karıncaezmez, Ey kıymet bilir, vefâlı okur! İşte bu romana vedâ vakti geldi. Anadolu'nun kadim geleneğinde 'vedâ etmek' önemli, ciddi ve törensel bir iştir, ne şakaya ne de aceleye gelir. Arkasından SU dökülmeden yolcumuzu göndermeyiz. SU gibi gitsin ve tez geri dönsün isteriz. Sonsuza kadar veya geçici olarak aramızdan ayrılanlar, giderken vedâ ederler. Evet, vedâ, bitiş, kopuş ve ayrılıktır, üzüntülü, hüzünlüdür ama yeni başlangıçlara, hayırlara vesile olsun dileriz. Eski ve yeni şarkılarımız, türkülerimiz, masal ve efsanelerimizde, mektup ve ağıtlarımızda, şimdi pop kültürümüzün içinde, her yerde, vedâ ederken, hangi din, dil veya cinsiyetten olsak da Anadolu'nun kadim geleneğini sürdürürüz. Bu bizi hâlâ kardeş kılar. Bu romanın anlatıcısı olarak naçiz bendeniz, şimdi siz kadirşinas okurlara vedâ etmeye hazırlanırken, kahramanımız Defne Kaman yeni bir maceraya doğru yola çıktığından, bu vedâm ancak gelecek kitaba kadardır. Gönlünüz olur, zaman da ayırırsanız yeniden buluşuruz.

Efendim, vedâ ederken bir hikâye anlatmak da gelenektendir. Bendeniz size kısaca Horasan'da doğan ve yaşamak için hoşgörünün nefes aldığı Anadolu'nun Selçuklu başkenti Konya'yı seçen 13. yüzyılın büyük şair ve felsefecisi Mevlâna'dan tam iki yüzyıl sonra Rotterdam'da doğan, onunla fikren akraba saydığım bir başka büyük hümanist ve reformcu Erasmus'tan bahsedeceğim. Erasmus, *Deliliğe Övgü* adlı eserinde, "gerçek bilgelik, deliliktir," demiştir. Ancak aynı kitabında ileri sürdüğü karşı görüşe göre, 'kendini bilge sanmak da gerçek deliliktir.' *Deliliğe Övgü*, Latin şairi Horatius'un ünlü "hakikati gülerek söylemek" prensibinin mükemmel bir tanığıdır. Erasmus'un sözleri olmasa da, zeki ile deli arasında incecik bir çizgi olduğunu, en çok kıt zekâlılar tekrarlar, bilirsiniz. Gerçek, çoğu zaman insanı delirtecek kadar yıpratıcı ve serttir. Bilgelik, ne pahalı arabasını satıp tüketim manyaklığına tövbe etmekle, ne de Sûfi filozoflara güzellemeler yazarak elde edilecek kadar hızlı-kolay-hazır paket bir erdemdir. Bilgelik, gerçeğe cesaretle ve samimiyetle ilerlemeye gönül koyanın uzun yolculuğunun sonunda avucuna dolan ışıktır, nurdur. Bilgelik, öyle keskin bir ışıktır ki, bilgenin gözlerini yakar. Bilge kendinin bilge olduğunu bilmez, bilse unutur, hatırlamaz herhalde...

Ey bu kitabın iyi yürekli, zarif ve kibar okuru! Sizlere burada sayfalar boyu anlattığım 'Uyumsuz Defne Kaman'ın Maceraları' adlı serüvenimizin *SU Kitabı* kısmı burada bitiyor. Bendeniz, roman anlatıcınız olan naçiz kulunuz, bu kitapta size sadece ve sadece 'hakikati gülerek nakletme'ye, 'gerçek bilgeliğin delilik' ve '*kendini bilge sanmanın da gerçek delilik*' olduğunu hatırlatmaya çalıştım. Bu görevimi yerine getirirken, Defne Kaman'ı kovalamaktan ve onun çevresinde gelişen olayları takip etmekten biraz yorulduğumu itiraf etmeliyim. Ne yazık ki şimdi sizler gibi kitabın kapağını kapatıp biraz dinlenmeme imkân yoktur. Defne Kaman'ın yeni macerası için yola çıkmak üzere olduğu şu ânda bendeniz de bavulumu toplayıp bir otobüsle onun peşinden seyahate hazırlanmaktayım. Uçaktan hoşlanmam, tren severim ama onun gittiği yere tren olmadığından uzun bir otobüs yolculuğu bendenizi beklemektedir. Daha önce bahsettiğim gibi, bendeniz Defne Kaman'ın maceralarının anlatıcısı olarak çalıştığım için ondan ayrılmam, kısa bir tatil yapmam bile mümkün değildir. Çünkü artık sizin de bildiğiniz gibi, ben olmasam bu maceraları anlatacak başka hiç kimse yoktur.

Değeri dünyalara bedel roman okuru, size bu sayfada artık vedâ ederken, ömrünüzün uzun, tuttuğunuzun altın, gönlünüzün şefkatli olmasını diliyorum. Şimdi bana müsaade ediniz; mâlum, yolcu yolunda gerek! Efendim, âdettendir, geleneğimizde her hikâye, masal biter, her kitabın son sayfası kapanırken gökten üç elma düşer. Ve gökten üç elma düştü: Biri sana ey sevgi değer okur, öbürü Defne Kaman ve dostlarına, üçüncüsü de bana!

SON

(2007 – 2011)